# FANTASY

*Buch*

Isabeau wächst in einem abgelegenen Tal im Schatten der Drachenklaue auf, dem Berg der Drachen. Unter der Obhut der alten Hexe Meghan lernt sie, mit den Tieren des Waldes zu reden und mit Hilfe der Kräuter zu zaubern. Doch die beiden Frauen leben in ständiger Gefahr, denn seit eine böse Königin den Herrscher von Eileanan in ihren Bann gezogen hat, sind Hexerei und Magie jeder Art streng verboten. Die alten, ehrwürdigen Hexentürme sind verwaist, die Zirkel der Zauberkundigen zerschlagen, und sogar die magischen Tiere werden gnadenlos gejagt. Während Isabeau sich auf ihre Aufnahme in die Gemeinschaft der Magier vorbereitet, ahnt sie nicht, dass schon bald alle Hoffnungen der verfolgten Hexen von Eileanan auf ihr ruhen werden.

*Autorin*

Kate Forsyth wurde 1966 im australischen Sydney geboren, wo sie mit ihrem Ehemann und ihren beiden Kindern lebt. Sie ist als Journalistin für mehrere Magazine tätig und eine der erfolgreichsten Autorinnen in Australien. Ihr Fantasy-Reich Eileanan ist von der schottischen Heimat ihrer Vorfahren inspiriert.

*Demnächst erscheinen:*

DER MAGISCHE SCHLÜSSEL: 2. Die Hexen von Eileanan (24174), 3. Der See der zwei Monde (24163)

Weitere Bände sind in Vorbereitung.

FANTASY

# Kate Forsyth

# Der Hexenturm

Der magische Schlüssel 1

Ins Deutsche übertragen
von Karin König

BLANVALET

Die Originalausgabe erschien unter dem Titel
»Dragonclaw. Book One of The Witches of Eileanan« (Parts 1 + 2)
bei Arrow/Random House Australia, Sydney

*Umwelthinweis:*
Alle bedruckten Materialien dieses Taschenbuches
sind chlorfrei und umweltschonend.

Blanvalet Taschenbücher erscheinen im Goldmann Verlag,
einem Unternehmen der Verlagsgruppe Random House GmbH.

Deutsche Erstveröffentlichung 3/2002

Umschlaggestaltung: Design Team München
Umschlagillustration: Agt. Schlück/Lundgren
Satz: deutsch-türkischer fotosatz, Berlin
Druck: Elsnerdruck, Berlin
Titelnummer: 24162
Redaktion: Manuela Schomann
V. B. · Herstellung: Peter Papenbrok
Printed in Germany
ISBN 3-442-24162-6
www.blanvalet-verlag.de

1 3 5 7 9 10 8 6 4 2

# Dies ist eine Art Prolog

*... Diese besagte Agnis Sampson ... wurde gefangen genommen und vor Seine Majestät den König und verschiedene schottische Adlige zum Haus Halicuid gebracht, wo sie streng vernommen wurde, aber alle Überzeugungskünste, die Seine Majestät der König und der Rat bei ihr anwandten, konnten sie nicht dazu bewegen, irgendetwas zu gestehen, sondern sie leugnete standhaft alles, was ihr vorgeworfen wurde, woraufhin sie ins Gefängnis gebracht wurde, wo sie solcherlei Marter erlitt, wie sie seit einiger Zeit für Hexen in ... Schottland vorgesehen sind ... Agnis Sampson wurde danach erneut vor Seine Majestät den König und den Rat gebracht, und als sie über die Zusammenkünfte und abscheulichen Taten von Hexen befragt wurde, gestand sie verschiedene so wundersame und fremdartige Dinge, dass Seine Majestät sie alle als außerordentliche Lügen bezeichnete, woraufhin sie ... ihm genau die Worte verkündete, die zwischen Seiner Majestät dem König und Seiner Königin gewechselt wurden ... in Dero Hochzeitsnacht, mit Dero jeweiligen Antworten, woraufhin sich Seine Majestät der König höchst verwunderte und beim lebendigen Gott schwor, er glaube, dass alle Teufel der Hölle dasselbe nicht hätten enthüllen können ... Ferner gestand sie, dass sie zu der Zeit ... als sie Teil der Gruppe war, bevor sie ihren Namen bekam, eine Katze nahm und sie taufte und danach an alle Körperteile der Katze die wichtigsten Teile eines to-*

*ten Mannes band … und dass die tote Katze in der darauf folgenden Nacht mitten aufs Meer verbracht wurde … und als das getan war, erhob sich auf dem Meer ein solcher Sturm, wie noch kein stärkerer je gesehen worden war … dann war der Wind widrig und gänzlich gegen Seine Majestät; und weiterhin erklärte die besagte Hexe, dass Seine Majestät niemals sicher vom Meer zurückgekehrt wäre, wenn sich Sein Glaube nicht gegen ihre Absichten behauptet hätte …*

King James I. und VI.
DÆMONOLOGIE, 1597

# Landkarten

TÌRLETHAN
Drachenklaue
Weißschlossberge
Der Hauer
Pass
Turm der Rosen & Dornen
Caeryla
Sithicheberge
Muileach
Rhyllster
Turm der Träumer
Turm der Zwei Monde
Lucescere
RIONNAGAN
Ban-Bharrach
BLÈSSEM
Loch Lucescere
Rhyssmadill
Dùn Eideann
Berhtfane
Schleusen und Kanäle
Dùn Gorm
Turm der Gesegneten Felder
N
CLACHAN
Die Finger
Seedeich
Cuinns Turm
Südeileanan

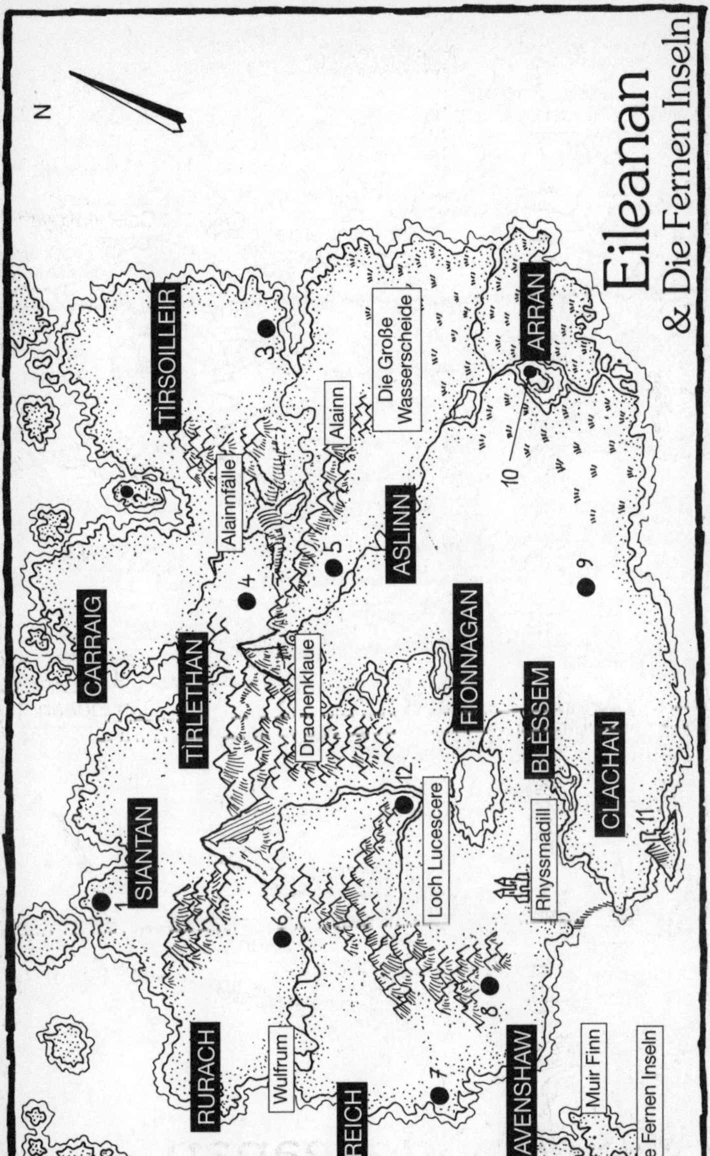


Bitte Rückseite beachten

Zur Karte auf Seite 9:

1 Turm des Sturms
2 Turm der Meersinger
3 Turm der Krieger
4 Turm der Rosen & Dornen
5 Turm der Träume
6 Turm der Sucher
7 Turm der Pferde-Lairds
8 Turm der Raben
9 Turm der Gesegneten Felder
10 Turm der Nebel
11 Cuìnns Turm
12 Turm der Zwei Monde

# Der erste Faden wird gezogen

[illegible]

# [illegible]

Isabeau schwang sich auf ihr Pferd [illegible] den Weg [illegible]
[illegible]
Schnee [illegible]
[illegible]

[illegible]

[illegible] Stute vor [illegible]
[illegible] verbrannte Tal [illegible]
[illegible] diese Berge [illegible]

# Isabeau das Findelkind

Isabeau schwang sich das Bündel über die Schulter und schritt den Weg hinab, während sie den Blick auf der Suche nach ersten sich entfaltenden Blättern und Blumen im matschigen Schnee auf den Boden richtete. Es waren nur noch wenige Tage bis Lichtmess und Frühlingsanfang, und da es der erste schöne Tag seit Monaten war, hatte Isabeau ihn ganz mit Graben und Schneiden und dem Füllen ihres Kräutersackes mit Wurzeln, Blättern und frühen Blumen verbracht.

Obwohl ihr die Sonne warm in den Nacken schien, glitzerte noch immer Schnee auf den zerklüfteten Bergspitzen über ihr und lag aufgetürmt in den Schatten unter den gewaltigen Bäumen. Es war ein strenger Winter gewesen, und Isabeau war froh, wieder draußen auf den Wiesen sein, tief die liebliche Luft einatmen und die Tiere des Tales zu sich rufen zu können. Tiere aller Arten regten sich, als der Lebenssaft wieder in den Stängeln floss, und sie sprangen ihr um die Füße oder zwitscherten ihr aus den Büschen zu, forderten sie dazu heraus, Spaten und Messer hinzulegen und mit ihnen zu spielen. Sie lächelte und sprach mit den Tieren in deren eigener Sprache, hielt aber nicht in der Arbeit inne, wohl wissend, dass sie müde war und das Licht bereits schwand. Sie musste vor Einbruch der Nacht zu Hause sein. Obwohl das verborgene Tal unter dem Schutz der Waldhexe Meghan stand, waren diese Berge gefährlich, das vor Leben strotzende Tal eine Versuchung für hungrige Jäger, ob menschlich, tierisch oder aus dem Reich der Zauberwesen.

Der Weg führte zwischen den Stämmen uralter, hoch aufragender Bäume hindurch. Durch die verflochtenen Zweige konnte man Blicke auf die Felsnadel der Drachenklaue erhaschen, die über den sie umringenden niedrigeren Bergen aufragte und deren schmale Spitze schneebestäubt war. Isabeau hielt auf dem Kamm des Hügels inne, streckte den schmerzenden Rücken und genoss die bemerkenswerte Aussicht. Der See unter ihr erstreckte sich bis zum östlichen Rand der Talsohle, schlängelte sich bis zur Kante und fiel dann Hunderte von Fuß in die darunter liegenden Täler hinab. Über den weit entfernten Hügeln stiegen die beiden Monde auf. Der bronzene Magnysson im vom Sonnenuntergang überstrahlten Himmel, Gladrielle im Lavendelton. Ein leichter Rauchgeruch hing in der Luft, und Isabeau schritt eifriger aus, als sie erkannte, dass ihre Hüterin zurückgekehrt sein musste, während sie draußen auf den Wiesen war. Meghan war jetzt schon mehrere Wochen fort gewesen, und Isabeau hatte sich allmählich gefragt, ob sie rechtzeitig zu ihrem sechzehnten Geburtstag zurückkehren würde, der schon in zwei Tagen war.

Als sie den Fuß eines der gewaltigen Bäume erreichte, die den See umsäumten, steckte Isabeau den Spaten fester in den Gürtel und begann rasch und leichtfüßig zu klettern. Bald befand sie sich vierzig Fuß über dem Boden und griff nach den Seilen, die im Zwielicht fast unsichtbar zwischen den Ästen hingen. Sie stieß sich vom Ast ab und schwang sich zum nächsten Baum, wobei sie sich an die hauchdünnen Seile klammerte, die von Stamm zu Stamm eine Brücke bildeten. Wie stets verfluchte sie die Geheimhaltungssucht ihrer Hüterin, die das Betreten und Verlassen ihres Heims so schwierig machte. »Es dauert nicht lange, bis Wege sichtbar werden, Isabeau, das weißt du. Wir dürfen keinen Hinweis darauf hinterlassen, dass hier jemand weilt, denn das könnte unser Verderben sein.« Wenn Isabeau einen geknickten Zweig zurückließ, wurde sie gründlich gescholten und musste den übel riechenden Topf ausschrubben, in dem Meghan ihre Tränke zubereitete.

Sie schwang sich mit einer Körperdrehung in die Zweige des größten Baums im Wald, der auf einem Felsvorsprung über dem See wuchs. Seine Wurzeln wurden von Dornengestrüpp geschützt, das jetzt mit weißen Knospen geschmückt war. Sich an einen der dicken Äste klammernd, hielt Isabeau inne und sah sich um. Es war fast dunkel, und das Wasser des Sees unter ihr schimmerte schwarz. Im Osten waren die Monde vollkommen aufgegangen, und in ihrer Spur war ein roter Komet erschienen, der stark pulsierte und gleichmäßig über den Himmel aufstieg. Isabeau beobachtete den Roten Wanderer halb ehrfürchtig und halb ängstlich, denn der Komet war schon vor sechs Tagen erschienen, und sie hatte niemanden fragen können, was dies bedeutete. Sie wusste, dass beim Aufsteigen des Kometen Rituale ausgeführt werden mussten, aber sie konnte sich nicht um alles in der Welt erinnern, welche es waren. Es war jedoch wahrscheinlich nicht wichtig, denn wenn es wichtig gewesen wäre, hätte Meghan ihr vor der Abreise gesagt, was sie tun müsste. Meghan würde niemals ein Datum im Hexenkalender vergessen, gleichgültig wie selten es vorkam.

Gut sechzig Fuß über dem Boden balancierend, fand Isabeau durch Tasten den verborgenen Griff und schwang die Tür in dem gewaltigen Stamm auf. Sie warf ihr Bündel hinein, bevor sie ihren langen Körper durch den schmalen Eingang wand.

»Für Meghan ist das ja wunderbar«, murrte sie, wie sie es schon immer tat, seit sie ausgewachsen war, »aber wenn ich auch nur ein bisschen dicker werde, kann ich mich nicht mehr durch diese verdammte Tür quetschen.«

Isabeau stand nun in einem kleinen runden Raum, dessen raue Wände von ungleichmäßigen Regalen gesäumt wurden, die überall dort eingepasst waren, wo es die Astknorren erlaubten. Diese Regale waren mit Gefäßen und Flaschen gefüllt, während getrocknete Pflanzen und die gedörrten Körper von Fledermäusen, Chamäleons und Eidechsen von der niedrigen Decke hingen. Der Raum war so klein, dass Isabeau beide Wände mit den Händen berühren konnte. In der Mitte des Bodens befand sich eine kleine Öffnung mit einer Leiter, die zu dem Stockwerk darunter führte. Isabeau musste ihr Bündel erneut hinunterwerfen, bevor sie sich selbst hindurchquetschte.

Jeder folgende Raum war etwas größer als der darüber liegende, und jeder hatte eine Öffnung mit einer Leiter im Boden, die zum nächsten Raum führte. Ab dem vierten Stockwerk waren die Räume mit Wandteppichen behangen und die Regale mit Büchern und seltsamen Gegenständen gefüllt – einer Kristallkugel auf Klauen, einem gelben Schädel, einer Weltkugel, einem Stück knorrigen Treibholz. Das fünfte Stockwerk barg Isabeaus Schlafraum, in dem eine schmale, von blauen Samtvorhängen mit goldenen Quasten umgebene Schlafstelle den meisten Platz einnahm, ein weiteres Relikt der geheimnisvollen Vergangenheit ihrer Hüterin. Das sechste Stockwerk beherbergte Meghans Schlafraum, in dem auf allen Regalen dicke Bücher aufgetürmt waren und eine geschnitzte Holztruhe an einer gewölbten Wand stand. Isabeau fragte sich immer noch, wie es ihrer zarten Hüterin jemals gelungen war, die wuchtige Truhe in den Baum zu bringen, ganz zu schweigen von all den anderen Möbeln.

Als Isabeau sich herabbeugte, um sich ins unterste Stockwerk hinabzuschwingen, wo sich die Küche und die Vorratsräume befanden, hörte sie Stimmengemurmel. Sie erstarrte augenblicklich und legte sich dann so leise wie möglich flach auf den Boden, sodass sie durch die Bodenluke schauen konnte, um zu sehen, wer dort war.

Das unterste Stockwerk war weitaus größer als die darüber liegenden Räume, da der Baum an einem natürlichen Fels emporgewachsen war, der eine kleine, durch Stamm und Wurzeln verborgene Höhle in sich barg. Demzufolge bestanden die nördlichen Wände aus Holz und die restlichen aus von Hand geglättetem Fels, wobei die Feuerstelle in einem Spalt errichtet war, der einen natürlichen Rauchfang darstellte. Die Baumwurzeln bildeten eine verknotete Decke, in der jeder Winkel und Spalt als Regal oder Versteck diente. Kunstvoll hinter zwei der mit Regalen versehenen Wände verborgen, befanden sich die Eingänge zu Geheimgängen, von denen einer zu einer versteckten Höhle am See und der andere in den Wald führte.

Isabeau verrenkte sich den Hals, um durch die herabhängenden Bündel Kräuter und Zwiebeln zu blicken, und sah Meghan auf ihrem merkwürdigen Stuhl mit der hohen Rückenlehne vor dem Feuer sitzen. Auf ihrem Schoß lag ein blaues Buch, dessen Seiten mit ihrer feinen, krakeligen Schrift und ihren Zeichnungen gefüllt waren. In einer Hand hielt sie einen Edelstein, der in goldenem Feuer erstrahlte.

»Erkennst du also mein Geheimsymbol? Ich bin mir sicher, dass ich es schon früher irgendwo gesehen habe, aber ich kann es in keinem der Bücher finden, die ich hier habe …« Sie hielt jäh inne, zog die Hand zurück und steckte sie unter ihr Plaid. »Komm herunter, Isabeau. Ich hab dich schon seit über einer Stunde zurückerwartet. Hast du Kleeblätter gefunden?«

Durch die Erkenntnis erleichtert, dass es nur ihre Hüterin war, schwang sich Isabeau leichtfüßig hinab. »Ja, zwei Büschel«, antwortete sie.

»Ich hoffe, du hast sie nicht an den Wurzeln herausgezogen«, sagte die Waldhexe gereizt, während sie das Buch schloss und es neben ihrem Stuhl ablegte. Sie war eine sehr kleine Frau. Ihr eisenfarbenes Haar war zu einem langen, über den Rand des Stuhls herabhängenden Zopf geflochten, der bis auf den Boden reichte. Eine weiße Strähne begann an ihrer linken Augenbraue und wand sich durch den ganzen Zopf. Ihr Vertrauter, ein Donbeag namens Gitâ, kauerte auf den niedrigen Dachsparren über ihrem Kopf und nagte geziert an einer Nuss, die er in den Pfoten hielt.

»Natürlich nicht! Du hast es mich besser gelehrt«, erwiderte Isabeau und ließ ihr Bündel auf den handgefertigten Holztisch plumpsen.

»Du musst hungrig sein. Wir haben gerade etwas Tee getrunken. Gieß dir eine Tasse ein.«

Wir? Isabeau richtete sich überrascht auf und sah erst jetzt die Frau auf dem Stuhl auf der andern Seite des Feuers sitzen, durch die flackernden Schatten halbwegs verborgen. Es war Isabeau nicht in den Sinn gekommen, dass Meghan mit jemand anderem als Gitâ gesprochen haben könnte, denn in den ganzen sechzehn Jahren, in denen Isabeau schon in diesem Tal lebte, hatte sie niemals zuvor jemand besucht. Das Tal war weit von der Stadt und jeglichem Dorf entfernt und lag unmittelbar unterhalb der Drachenklaue, der Heimat der Drachen. Niemand betrat leichtfertig und unbefugt Land, über das die Schatten der Drachen zogen.

Die Frau betrachtete sie, bis sich Isabeau unter dem intensiven Blick unbehaglich fühlte. Sie hatte helle Haut, schwarze Haare und grüne Augen, trug ein braunes Gewand und ein Wollplaid um Schultern und Brust gelegt. Ihr Haar war lang und sehr unordentlich. Es floss ihr über die Schultern und reichte ebenfalls bis zum Boden, hier und da mit Lederbändern gebunden.

»Das is' also dein kleines Mädchen«, sagte die Frau. Sie sprach mit deutlichem Akzent, gedehnt und sehr volltönend. »Welch eine Vogelscheuche!«

Isabeau wurde sich augenblicklich ihrer fleckigen Kniehose, der Zweige und Blätter in ihrem verfilzten Haar und ihrer schmutzigen Fingernägel bewusst. Sie blickte finster drein. »Ich hab den ganzen Tag draußen nach Kräutern gesucht. Das ist eine schweißtreibende und schmutzige Arbeit!«

»Das ist wohl wahr«, sagte die Frau ruhig. »Komm her. Ich möcht dich ansehen.«

Isabeau regte sich nicht, sondern blickte die Fremde nur misstrauisch an. Meghan erhob sich steif und zündete mit dem Finger die Kerzen auf dem Kaminsims und dem Tisch an. Warmes Licht flackerte auf, und kurz darauf trat Isabeau widerwillig näher.

»Komm, setz dich her, Kind«, sagte die Frau, und Isabeau kniete sich zu ihren Füßen auf den Boden, noch immer ein wenig finster dreinblickend, aber durch die ruhige Autorität in der Stimme der seltsamen Frau wie unter Zwang.

Zunächst hatte Isabeau wegen des schwarzen Haars und des glatten Gesichts angenommen, die Frau sei jung. Jetzt war sie sich dessen nicht mehr so sicher. Obwohl nur wenige Linien die helle Haut durchzogen, war in ihrem Blick eine unleugbare Reife, und unter ihren Augen lagen dunkle Schatten. Sie war umgeben von einem Hauch der Müdigkeit, verursacht durch die langen Wege, die sie bereist hatte, und die langen Jahre, die sie erduldet hatte. Es war schwer, den Blick unter diesen ruhigen, forschenden Augen nicht abzuwenden, aber Isabeau wehrte sich eigensinnig dagegen.

»Ich bin wirklich froh, dich kennen zu lernen, Isabeau«, sagte die Frau schließlich. »Mein Name ist Seychella, und ich bin eine alte Freundin deiner Hüterin. Ich hab eine lange und mühsame Reise auf mich genommen, um hierher zu gelangen – es waren anstrengende Monate.«

Isabeau fragte sich, warum die Frau eine solche Reise unternehmen sollte, nur um ihr verborgenes Tal zu besuchen. Auch wenn es wunderschön war, gab es hier nicht viel mehr als Bäume und Felsen, und sie musste sich ihren Weg durch tiefe Klammen und Schluchten gesucht haben, welche die Sithicheberge so undurchdringlich machten. Isabeau erkannte, dass die erwartete Ankunft Seychellas der Grund für Meghans unerwartete Abwesenheit während der letzten Wochen gewesen sein musste. Meghan musste der fremden Hexe entgegengegangen sein und sie durch das Höhlenlabyrinth geführt haben, das den einzigen Zugang zum Tal darstellte. Die andere Frau hätte ihren Weg niemals allein hindurchfinden können, denn Meghan hatte die einzigen Eingänge sorgfältig verborgen. Warum war Seychella also hier? Man unternahm keine solch lange und schwierige Reise, nur um einen Höflichkeitsbesuch abzustatten.

Isabeaus Interesse war geweckt, denn sie hatte in wenigen Tagen Geburtstag. In der Zeit, als der Hexensabbat eine Macht im Land darstellte, wurden Akoluthen an ihrem sechzehnten Geburtstag daraufhin geprüft, ob sie als Lehrlinge in den Hexensabbat aufgenommen werden konnten. Die meisten Akoluthen verbrachten die vorhergehenden acht Jahre an der Theurgia, wo sie viele der Grundregeln der Magie erlernten, nachdem sie sich im Alter von acht Jahren der Ersten Prüfung der Macht unterzogen hatten. Isabeau wusste, dass Akoluthen ihren ersten Ring, wie auch den Zeremoniendolch der Hexen, nach der Zweiten Prüfung der Macht erhielten, die ihren Status als Hexenlehrlinge anzeigten. Acht Jahre später, nachdem sie die Dritte Prüfung der Macht absolviert hatten, erhielten die Lehrlinge als vollwertige Mitglieder des Hexensabbats ihren Hexenstab.

Viele Hexen schafften es nur bis zu ihrem Mondsteinring, aber wenn sie Macht und Ehrgeiz besaßen, konnten sie weiterlernen und versuchen, ihre Elementringe zu bekommen. Hatte eine Hexe die Erste, Zweite und Dritte Prüfung in jedem Element bestanden, wurde sie Zauberer oder Zauberin genannt und durfte den entsprechenden kostbaren Stein an der linken Hand tragen. Natürlich wagte es heute niemand mehr, Ringe irgendwelcher Art zu tragen. Dennoch hatte Isabeau oft davon geträumt, ihren Mondsteinring zu erringen und Lehrling zu werden. Konnte es sein, dass Meghan Isabeau prüfen wollte, obwohl der Hexensabbat aufgelöst und Hexerei verfemt war? Isabeaus Herz raste, denn ihr brennender Ehrgeiz war es, mehr über die Kunst der Magie zu erfahren.

Obwohl sie wusste, dass Hexerei verboten war und dass jedermann, der bei ihrer Ausübung ertappt wurde, zum Tode oder zum Exil verurteilt wurde, war Isabeau von dem Thema fasziniert. Sie liebte das Gefühl, die Eine Macht heraufzubeschwören, die allmähliche Verstärkung aller Sinne, das Gefühl von Macht und Erhabenheit, das sie dann erfüllte. Nun, ihre ganze Geschichte war aus magischen Fäden gewoben, auch wenn niemand mehr zu dieser Geschichte stehen würde. Und obwohl Meghan nur selten über die Anwendungsmöglichkeiten und Praktiken der Einen Macht sprach, hatte Isabeau nach und nach die zahllosen Bücher ihrer Hüterin durchgearbeitet. Die meisten davon enthielten Geschichten von Zauberwesen, vage Prophezeiungen und einfache Zauber, die jedermann vollbringen konnte, aber in einem Buch, einem magischen Buch aus alter Zeit, hatte Isabeau von Hexen gelesen, die das Wetter beherrschen, sich unsichtbar machen, die Zukunft voraussagen und sogar fliegen konnten.

»Der Tee«, sagte Meghan, und Isabeau spürte, wie sie errötete, während sie zum Feuer stolperte, über dessen Flammen die alte tönerne Teekanne hing. Es sah ihr nicht ähnlich, die Fassung zu verlieren. Sie wunderte sich darüber, noch während sie das wohlriechende Gebräu in die Becher goss und die Honigplätzchen aus der Büchse auf dem Kaminsims nahm.

»Mit Honig von unseren eigenen Bienen gemacht«, sagte Meghan.

»Und wo habt ihr die Bienenkörbe versteckt?«, fragte Seychella mit Belustigung in der Stimme.

»Das ist ein Geheimnis«, erwiderte Meghan lächelnd, trank den Tee und nickte Isabeau zu, die auf einem Hocker am Feuer kauerte, da die Fremde ihren üblichen Platz eingenommen hatte. »Warum nimmst du nicht dein Bad, Isabeau? Du bist schmutzig!«

»Aber ich möchte zuhören«, protestierte Isabeau.

»Du kannst trotzdem zuhören«, beschwichtigte Seychella sie. »Ich werd erzählen, während du badest.«

Angesichts der Vorstellung, vor einer Fremden baden zu sollen, zog Isabeau ein wenig zögerlich den hüfthohen Badezuber aus der Ecke neben dem Feuer hervor und goss heißes Wasser aus dem Kessel hinein. Sie vermischte es mit kaltem Wasser aus der Tonne auf der anderen Seite und prüfte die Temperatur mit dem Finger. Es war gerade eben lauwarm, sodass Isabeau das Wasser mit dem Finger umrührte und sich konzentrierte. Sie fühlte, wie sich das Wasser allmählich zu erhitzen begann, bis Dampf von der gekräuselten Oberfläche aufstieg. Und sie spürte mehr, als sie es sah, dass die beiden Frauen Blicke wechselten, und errötete.

»Sie erhitzt ihr Wasser also selbst«, murmelte Seychella, und Isabeau hörte deutlich die Belustigung in ihrer Stimme. »Nun, das geht gewiss schneller, als den Kessel immer wieder zum Kochen zu bringen!«

Isabeau löste langsam ihre Zöpfe, sich des Blickes der dunkelhaarigen Frau bewusst. Isabeaus feuerrotes und sehr lockiges Haar reichte bis unter die Knie und stand als krauser Heiligenschein um Gesicht und Körper.

»Sie hat es also nicht geschnitten, wie so viele Mädchen das jetzt tun«, sagte Seychella zufrieden.

»Natürlich nicht«, erwiderte Meghan mürrisch. »Ich hab mich noch nicht so weit vom Hexensabbat entfernt!«

»Nein, du bist altmodisch, das ist sicher.«

Isabeau achtete nicht auf die Frauen und gab eine Hand voll wohlriechende Rosenblätter und einige Tropfen duftendes Sternholzöl ins Wasser, bevor sie ihre schmutzige Kniehose, das wollene Wams und das schweißfleckige Hemd auszog.

»Kennt sie *Ahdayeh*?«, fragte Seychella, während das Mädchen ins Wasser stieg und den Blick der älteren Frauen beflissen ignorierte.

»Ein wenig«, antwortete Meghan. »Nur das, was ich ihr beibringen konnte, und du weißt, dass ich nicht mehr so viel umherziehen kann wie früher. Sie kennt jedoch alle Haltungen, und ich war so kritisch wie möglich.«

Isabeau konzentrierte sich darauf, sich mit der langstieligen Bürste den Rücken zu schrubben. Sie war schon immer mehr daran interessiert gewesen, im See zu schwimmen oder mit ihren tierischen Freunden das Tal zu erkunden, als an *Ahdayeh*, der Kampfkunst. Sie konnte sich einfach nicht vorstellen, dass es nötig würde, zu kämpfen oder eine Waffe zu benutzen.

»Was kann sie noch?«, fragte Seychella eher verächtlich.

»Sie kann gut mit Tieren umgehen«, räumte Meghan widerwillig ein. »Sie hat schon mit den Vögeln gesprochen, als sie gerade laufen konnte, und sie kann jedes Kaninchen, jeden Hirsch und jede Schlange beschwören.«

»Ich hab einmal mit einem Säbelzahnpanther gesprochen«, sagte Isabeau, wobei sie sich sehr bemühte, nicht zu stolz zu klingen. »Es war erschreckend, seine Worte klangen so wild, aber es war trotzdem aufregend.«

»Und was hat der Säbelzahnpanther gesagt?« Seychella zog eine Augenbraue hoch.

Ein tiefes Schnurren drang aus Isabeaus Mund, das schließlich in ein Knurren überging.

»Süß süß der Wind reich im Geruch der Schritt des Gehörnten der Geschmack der Geruch die süße Jagd das Pochen des Blutes die Jagd der Tanz der Geruch der Geschmack des Fleisches das Geräusch reißender Muskeln oh stirb Geliebte oh stirb!«, übersetzte Meghan und lächelte. Seychella schnaubte.

Isabeau schäumte ihr Haar mit Rosenseife ein und blinzelte Gitâ, dem Donbeag, zu. Die Seife duftete herrlich. Sie und Meghan machten sie jedes Jahr selbst, einige mit Rosenblättern, wegen der beruhigenden Wirkung, einige mit Lavendel und einige mit Düsterwaid und Klee, wegen der Heilwirkung. Das Düsterwaid war purer Luxus, da es eine der wertvollen Essenzen war, die Meghan von der Außenwelt in ihr Waldheim mitgebracht hatte.

Obwohl Seychella versprochen hatte, dass Isabeau zuhören könnte, wenn sie und Meghan miteinander sprachen, konnte Isabeau nur Bruchstücke ihrer leisen Unterhaltung verstehen. Das wenige, was sie hörte, nährte nur noch ihren Verdacht, dass Seychellas Besuch mit ihr zu tun hatte.

»Was hast du vor mit der Kleinen?«, fragte Seychella recht deutlich, während sie sich Tee eingoss. Meghans Antwort war unhörbar, aber die schwarzhaarige Hexe sagte daraufhin: »Wenn sie wirklich einige Fähigkeiten besitzt, müssen wir alles in unserer Macht Stehende tun, um ihr zu helfen.«

Isabeau wurde aufgeregt. Vielleicht würde Meghan endlich damit beginnen, sie die Geheimnisse der Einen Macht zu lehren. Als Waldhexe hatte es Meghan stets als wichtiger für Isabeau erachtet, das Heilen, das Aufziehen von Pflanzen und die Sprache der Waldwesen zu erlernen. Das hatte Isabeau also, zumindest bis vor wenigen Jahren, gelernt, als ihr der Beginn der Menses ein solches Aufwallen der Macht beschert hatte, dass ihr rotes Haar knisterte und ihre blauen Augen Funken sprühten. Isabeau hatte ihre Macht in geringerem Maße schon immer ausüben können und hatte durch die Beobachtung von Meghan gelernt, wie man ein Feuer entfachte oder kleine Gegenstände bewegte. In der Woche, in der ihr Blut zu fließen begann, entzündete sie durch Fingerschnippen unabsichtlich ein Feuer, als sie nur eine Kerze anzünden wollte.

Isabeau lächelte bei der Erinnerung, lehnte sich im Badezuber zurück und schaute zu den Brandmalen an der Holzdecke hinauf. »Das lässt man besser bleiben, wenn man in einem Baum lebt«, hatte Meghan nur gesagt, als sie die Leiter heruntergehinkt kam und Isabeau erschreckt und in Tränen aufgelöst bei dem verzweifelten Versuch vorfand, das Feuer zu löschen. Danach hatte die

Waldhexe zugestimmt, Isabeau gelegentlich Unterricht zu erteilen, da sie erkannte, dass ihr Schützling weiterhin heimlich Dinge ausprobieren würde. Je eher sie ihre Kräfte zu kontrollieren lernte, desto besser.

Nach dem Bad saß Isabeau in einem weichen Hemd und Beinlingen auf dem Stuhl und kämmte ihr feuchtes Haar. Sie hätte so gerne Fragen gestellt, wusste aber, dass sie es bald herausfinden würde, falls sie etwas mit Seychellas mysteriösem Erscheinen zu tun hätte. Also half sie Meghan, den dicken Gemüseeintopf zu servieren, der ihre übliche Abendmahlzeit darstellte, und zog sich dann wieder in ihre Ecke zurück, um schweigend zu essen.

Die beiden Hexen unterhielten sich während der ganzen Mahlzeit unbeschwert, sprachen über Menschen, von denen Isabeau noch nie gehört hatte, und über Orte, die sie nur von der Karte im oberen Raum her kannte. Gitâ kam aus den Sparren herab und rollte sich mit leuchtenden Augen auf Meghans Schoß zusammen. Isabeau hörte interessiert zu, und die Neugier auf das frühere Leben ihrer Hüterin wuchs mit jeder Geschichte. Sie hatte das Haus in dem riesigen Baum und ihr Waldleben mit Meghan viele Jahre lang als selbstverständlich betrachtet und sich erst kürzlich zu fragen begonnen, wie es kam, dass sie hier lebten, und warum Meghan so viele Mühen auf sich nahm, um ihr Leben geheim zu halten. Meghan beantwortete selten ihre Fragen und machte nur gelegentlich quälende Andeutungen, was Isabeau nur noch neugieriger werden ließ. Als sie jetzt der Unterhaltung der Frauen lauschte, erkannte sie deutlicher denn je, dass Meghan nicht immer in den Sithichebergen gelebt, Kräuter gesammelt und am Feuer gestrickt hatte. Sie sprachen über Seereisen, Tändeleien in großen Schlössern, heraufbeschworenen und misslungenen Zaubereien und Neuigkeiten von anderen Hexen, die im Exil lebten oder sich verbargen.

»Ich habe Neuigkeiten von Arkening«, sagte Seychella leise. Meghan hob den Blick von ihrer Strickarbeit. »Sie hält sich in den Sgàileanbergen, nahe der Grenze nach Rurach versteckt. Ich traf sie, als ich von Siantan durch die Berge kam.«

»Ich hab seit dem Tag des Verrats nichts mehr von Arkening gehört«, sagte Meghan leise. »Ich konnte nur wenige der Schwestern finden, und dann auch nur diejenigen, die nicht zu verängstigt sind, um auf meine Botschaften zu reagieren.«

»Glaub mir, ich hab sie kaum erkannt. Sie war so alt und zerlumpt und bettelte auf einem Dorfplatz. Sie wollte nicht mit mir sprechen, weil sie solche Angst hatte, als Hexe erkannt zu werden. Die Hexenjagden in Rurach während der letzten fünf Jahre waren ziemlich grausam.«

»Ja, davon hab ich gehört.«

»Natürlich.« Seychellas Stimme klang ironisch. »Was hast du noch gehört? Es erstaunt mich, wie du so tief in diesen miserablen Bergen leben und dennoch mehr Neuigkeiten hören kannst als ich!«

»Ja, aber du hast niemals wirklich die Fertigkeit des Kristallsehens durch Wasser und Feuer beherrscht, oder? Deine Fähigkeiten liegen woanders.«

Seychella zuckte gereizt die Achseln.

Meghan strickte seelenruhig weiter und sagte: »Ich hab jedenfalls Neuigkeiten aus Rhyssmadill. Unsere alte Freundin Latifa schickt mir regelmäßig Botschaften, obwohl ich mich um ihre Sicherheit sorge. Sie sagt, die Dinge würden mit jedem Tag schlimmer. Der Rìgh verlässt das Schloss nicht mehr, er scheint nicht einmal am Essen interessiert, ganz zu schweigen von den Regierungsgeschäften. Die Wälder werden von Banditen heimgesucht, und die Kaufleute sind über den Stillstand des Handels mit den anderen Inseln verbittert – ohne die Gesänge der Meerhexen, heißt es, würden die Seeschlangen sehr kühn, und kein Schiff wagt sich hinaus, obwohl die Herbstgezeiten weichen. Auch unter den Gutsherren herrscht große Unzufriedenheit, besonders beim Clan der MacSeinns, die vor vier oder fünf Jahren von den

Fairgean aus Carraig vertrieben wurden. Aber der Rìgh rührt keinen Finger, um ihnen bei der Wiedererlangung ihres Landes zu helfen.«

»Auch auf dem Lande herrscht Unzufriedenheit«, sagte Seychella. »Die Bauern in Siantan haben in den Strohdächern Waffen versteckt, und es wird viel über einen Mann geredet, den sie den Krüppel nennen. Es heißt, er rettet Hexen vor dem Feuer und tritt für die Armen ein. Ich hab zum ersten Mal seit vielen Jahren Reden gegen die Krone gehört ... Und ich höre, dass die Banrìgh ständig unbesonnener wird. Bald wird sie straucheln – und wer weiß, was dann geschieht.«

»Das glaube ich nicht«, erwiderte Meghan klanglos. »Dass sie noch überheblicher wird, ja, das kann ich mir vorstellen. Aber Maya ist listig wie eine Schlange. Wenn sie unbesonnen scheint, dann weil sie hofft, dass jemand einen Zug gegen sie unternimmt.«

»Rebellion liegt in der Luft, Meghan, ich riech es.«

»Vielleicht, vielleicht auch nicht«, erwiderte Meghan.

»Es stimmt, dass unser Aufstand in Rurach vollkommen erfolglos war. Ich hatte viele Hexen mit dem *Talent* versammelt, und wir haben mit den dortigen Rebellen Kontakt aufgenommen, wie du uns angewiesen hattest. Von ihnen hab ich zum ersten Mal vom Krüppel gehört – die erzählen unglaubliche Geschichten dort! Wusstest du, dass er unmittelbar unter der Nase der Banrìgh eine ganze Wagenladung Hexen gerettet hat? Die Rebellen verehren ihn, obwohl niemand weiß, wer er ist. Manchmal glaub ich, dass er nur ein Mythos ist und alle Geschichten erfunden sind ... obwohl einige der Befehle, die zu den Rebellen durchdrangen, geradezu brillant waren. Und sie mussten ja irgendwoher gekommen sein. Mit unserer Hilfe haben die Rebellen so manche Dorfhexe und manchen Dorfweisen vor der Verfolgung durch die Roten Garden gerettet. Es ist uns sogar gelungen, einige Turmhexen vor dem Feuer zu retten, nicht dass es uns letztendlich viel genützt hätte. Ich weiß nicht, wie die Banrìgh uns entdeckt hat – ich bin mir sicher, dass uns die Kleinbauern dort nicht verraten haben, denn die Menschen von Rurach haben dem Rìgh niemals verziehen, dass er Tabithas verbannt hat. Außerdem helfen sie uns so manches Mal, Dorfhexen zu verstecken. Ich hoffe, dass nicht der MacRuraich die Liga gegen Hexen zu uns geführt hat, obwohl er uns natürlich danach regelrecht zur Strecke gebracht hat. Es fällt mir so schwer zu glauben, dass Tabithas' eigener Bruder uns verraten würde. Die Banrìgh muss ihn verhext haben.«

»Es gibt noch andere Druckmittel.« Meghans Stimme klang traurig.

»Ich hab zehn Jahre damit verbracht, den Widerstand in Rurach aufzubauen, und die Roten Garden haben in wenigen Stunden alles zerstört. Der MacRuraich hat buchstäblich jeden Einzelnen von uns zur Strecke gebracht …«

»Dich hat er nicht erwischt«, bemerkte Meghan.

»Ich bin als Einzige entkommen. Als Einzige!«

»Aber du weißt, dass der MacRuraich dich gefunden hätte, wenn er es gewollt hätte. Der Clan der MacRuraichs findet alles, wonach er sucht. Das ist ihr *Talent*.«

»Ja, wir hatten keine Hoffnung mehr, nachdem die Banrìgh Anghus MacRuraich auf unsere Spur gesetzt hatte. Ich weiß nicht, welche Art Zauber sie bei ihm angewandt haben könnte, um ihn so gegen uns aufzuwiegeln. Die MacRuraichs waren dem Hexensabbat stets treu ergeben.«

»Ich versteh das nicht ganz«, sagte Isabeau, die nicht länger still bleiben konnte. »Ihr sprecht von der Banrìgh, als sei sie selbst eine Hexe. Aber wie kann sie das sein? Ich dachte, sie hasst Hexen und Magie.«

»Alle Magie außer ihrer eigenen«, grollte Seychella.

Meghan wandte sich zu ihrem Schützling um. »Isabeau, wie oft habe ich dich über den Tag des Verrats zu belehren versucht?

Und du hattest nichts Besseres zu tun, als dich zum Schwimmen oder zum Spielen auf der Wiese davonzustehlen, sobald ich dir den Rücken kehrte.« Isabeau besaß den Anstand zu erröten. Tatsächlich war der einzige Unterricht, auf den sie sich wirklich jemals konzentrierte, derjenige über Magie oder über die Fähigkeit, im Wald zu überleben. »Es ist wichtig, dass du das verstehst, Isabeau. Ich möchte, dass du zuhörst und dir merkst, was ich dir jetzt erzähle, denn der Schatten des Tages des Verrats liegt noch immer auf uns, und wir kämpfen alle darum, uns davon zu befreien. Wenn Hexerei jemals wieder eine Macht im Lande werden soll, müssen alle Hexen begreifen, was Maya getan hat.« Isabeau nickte angesichts des Tonfalls ihrer Hüterin eingeschüchtert.

»Kannst du dich an die Geschichte der Dritten Fairgeankriege erinnern, Beau?«

»Na ja, ich weiß, dass die Fairgean bei uns eingefallen sind, aber ich weiß nicht, warum ... Das war vor vielen Jahren, lange bevor ich geboren wurde. Sie kamen heimlich und besetzten die Lochans und Flüsse, sodass es sogar gefährlich war, die Herden zu tränken ... Der Rìgh rief das erste Heer zum ersten Mal seit Jahrhunderten zusammen ... seit den Zweiten Fairgeankriegen. Sie haben die Fairgean vertrieben ... Er ist, glaube ich, gestorben ...« Isabeaus Stimme versiegte.

»Hör mir gut zu, Isabeau, eine Hexe muss so viel lernen, wie sie kann – nur mit Wissen und Verständnis kann sie die Hohe Magie erlangen. Du bist kein Kind mehr. Wenn die Gerüchte stimmen, kann es vielleicht im ganzen Land einen Bürgerkrieg geben, und das wird uns alle betreffen, selbst dich und mich in diesem unserem kleinen Tal. Nun hör gut zu«, sagte Meghan. »Vor zwanzig Jahren wurde Parteta der Tapfere beim Kampf gegen die Invasion der Fairgean getötet, die mit der Flut gekommen waren, um die Küsten von Clachan und Ravenshaw zurückzuerobern. An eben diesem Tag wurde sein Sohn Jaspar zum neuen

Rìgh gekrönt, im Blut und Feuer des Schlachtfeldes kniend, mit dem flammenden Leitstern in seiner Hand. Obwohl er noch ein Kind war, ohne Bart oder Brustbehaarung, vertrieb Jaspar die Fairgean von den Stränden Clachans, und sie flohen wieder aufs Meer.«

Isabeau nickte, obwohl sie keinen großen Unterschied zwischen ihren und Meghans Worten erkennen konnte.

»Der Rìgh Jaspar kehrte als Held nach Lucescere zurück, wo er von seiner Mutter Lavinya und seinen drei jüngeren Brüdern, Fearguz, Donncan und Lachlan, freudig und voller Sorge empfangen wurde. Drei Jahre lang herrschten Frieden und Wohlstand, bis Lavinya ihrem Mann in den Tod folgte. Erneut trauerte das Schloss, da Lavinya sowohl freundlich als auch weise gewesen war und schmerzlich vermisst wurde. Nun stand der Rìgh an der Schwelle zum Mannesalter, stark und prächtig wie ein junger Baum, und ganz Eileanan hatte Grund zu der Annahme, dass er ein Rìgh wie sein Vater und dessen Vater vor ihm werden würde – gerecht, stark und tapfer und gleichzeitig gnädig, voller Mitgefühl und Weisheit. Wie dem auch sei, an seinem achtzehnten Geburtstag wurde Jaspar MacCuinn von einer ihm unbegreiflichen Unruhe erfüllt und verlor bei Staatsangelegenheiten zunehmend die Geduld. Als eine schöne Unbekannte in rotem Samt mit einem Falken auf dem Handgelenk zum Schloss kam, verliebte sich der Rìgh wie vom Blitz getroffen in sie. Sie heirateten noch in derselben Woche, und die ganze Stadt feierte mit ihnen. So kam es, dass Maya die Unbekannte Banrìgh von Eileanan wurde.« Der singende Tonfall von Meghans Stimme verhärtete sich vor Zorn, und Isabeau hatte das Gefühl, sie habe den Namen der Banrìgh hasserfüllt ausgesprochen.

»Nun kommen wir zu den Ereignissen, die uns unmittelbarer betreffen. Nicht jedermann war über die Heirat des Rìgh erfreut. Es gab viele, die gegen Maya sprachen, diejenigen, die ihr misstrauten, weil sie eine Fremde war, und diejenigen, denen ihre zunehmende Macht über den Rìgh Sorgen bereiteten. Es schien, als sei er verhext worden: Er mische sich bei seinen Ausritten nicht mehr unters Volk, saß Gerichtsverhandlungen nicht mehr bei und half auch nicht mehr beim Aussäen der Sommersaat. Er verbrachte seine Zeit mit Maya in ihrem Boudoir, und wenn er sich zeigte, dann mit glasigen Augen. Er sah aus wie ein Mann, der Mondfluch getrunken hat. Seine Brüder oder seine treuen alten Diener schien er kaum mehr zu erkennen.

Er begann, den Hexensabbat zu schmähen, der seinem Vater so viele Jahre lang geholfen hatte, das Land zu regieren, und sich viel Weisheit und Wissen angeeignet hatte. Maya benutzte ihre Macht, um den Rìgh zu beeinflussen – sie sagte, dass die magischen Wesen *Uile Bheistean* seien und vernichtet werden müssten. So wurde es zu einer großen Heldentat, die Drachen, Nyx und geflügelten Pferde wie auch alle anderen magischen Wesen zu töten, die einst Verbündete des Clans der MacCuinns gewesen waren. Sie sprach gegen den Hexensabbat und durchsetzte ihn mit eigenen Akoluthen, die das Kredo verkehrten und es in den Dienst Mayas stellten. Tabithas, welche den Hexensabbat anführte, wurde die Gunst des Rìgh entzogen; er hörte nicht mehr ihren Rat. Schließlich erhob er den Leitstern gegen die Hexen, die ihm stets treu gedient hatten, und ließ die Roten Garden die Türme stürmen. Das war natürlich der Tag des Verrats. An dem Tag verschwand Tabithas, die Hüterin der Schlüssel, und die Türme wurden gestürzt.«

Isabeau hörte zu, aber den größten Teil dieser Geschichte hatte sie schon früher gehört und ihr wenig Aufmerksamkeit geschenkt. »Ich versteh noch immer nicht«, sagte sie. »Was ist mit der Banrìgh?«

»Sie muss wohl eine mächtige und geschickte Zauberin sein, dass sie das Herz des Rìgh so rasch gewinnen und ihn dann so schnell gegen den Hexensabbat einnehmen konnte. Jaspar hatte den Hexensabbat stets geliebt, und er besitzt auch selbst *Talent* –

er kann nicht ohne sehr starken Zwang dazu gebracht worden sein, so zu handeln. Andererseits war Maya dabei, als die Roten Garden den Turm der Zwei Monde stürmten. Sie gab die Befehle und sorgte dafür, dass sie ausgeführt wurden. Tabithas stellte sich ihr entgegen, und du musst bedenken, dass Tabithas, die Bewahrerin der Schlüssel, die mächtigste Hexe im Land war.«

»Was ist also geschehen?«

»Das wissen wir nicht. Tabithas verschwand. Wir haben sie niemals wiedergesehen, obwohl ich überall nach ihr gesucht und sie mit der Kraft meines Geistes gerufen habe – es war nutzlos. Später sagte der Rìgh, sie sei verbannt worden, aber Tabithas hat niemals getan, was andere ihr sagten. Sie war ebenso stolz wie ihr Wolf und ebenso wenig bereit, eine Schmähung zu verzeihen. Sie hätte ein solches Urteil niemals sanftmütig akzeptiert. Maya muss sie irgendwie bezwungen haben, obwohl ich nicht weiß, ob mit Geschicklichkeit oder List.«

»Sie hat auch dich überwältigt, oder?«, fragte Seychella in leicht ironischem Tonfall.

»Hat sie das getan? Wirklich?«, fragte Isabeau.

»Wir konnten so vielen Soldaten nicht standhalten«, wich Meghan aus. »Ich musste Ishbel fortschaffen, und Maya und ihr Diener wollten mich aufhalten. Ich öffnete die Erde zu ihren Füßen und beobachtete, wie sie in den Abgrund stürzten, aber nur Augenblicke später waren mir beide wieder auf den Fersen. Das ist keine gewöhnliche Macht.«

»Und sie zwingt anderen ihren Willen auf«, sagte Seychella. »Das ist ihr wahres Verbrechen. Da steckt auch noch etwas anderes dahinter als nur Zwang, denn sie kann ganze Menschenmengen auf einmal manipulieren.«

»Aber warum? Wenn sie selbst eine Hexe ist, warum will sie dann andere Hexen vernichten?«

»Nicht nur Hexen«, sagte Meghan. »Sie vernichtet alle magischen Wesen.«

»Niemand weiß, warum«, erklärte Seychella. »Die Hexe mit dem finsteren Herzen scheint alle unsere Geheimnisse und Züge zu kennen, aber wir wissen nichts über sie. Sie sagt, sie sei in Carraig geboren, aber wir konnten mit allen unseren Fragen nicht herausfinden, wo oder wann, noch wer ihre Eltern sind. Sie ist wahrhaftig die Unbekannte.«

»Hat sie also ... den Rìgh verhext?«, fragte Isabeau stockend, nicht sicher, ob sie auch alles verstand.

»Ob es nun Hexerei oder nur der Zauber der Liebe ist – wir wissen nur, dass der Rìgh jeden Tag schwächer wird und Maya jetzt offen im Rat und bei Gericht sitzt und die Soldaten befehligt«, erwiderte Meghan. Sie wirkte müde, ihr schmaler Körper war auf dem Stuhl zusammengesunken.

»Und bei Eàs grünem Blut – sie hat etwas mit dem Verschwinden der drei Prionnsachan zu tun, oder ich will keine Hexe mehr sein!«, rief Seychella aus.

Isabeaus Augen weiteten sich. Sie war noch ein kleines Mädchen gewesen, ungefähr vier Jahre alt, als die drei jungen Prionnsachan eines Nachts verschwanden, offensichtlich aus ihren Betten entführt worden waren. Sie und Meghan waren durch das Hochland gereist, als sie die Nachricht hörten, hatten Kräuter verkauft, für Proviant Krankheiten geheilt und dem Klatsch gelauscht. Sie unternahmen diese Reisen zu den Dörfern ein oder zwei Mal im Jahr, stets in ihre gröbste Kleidung gehüllt. Das Verschwinden der drei Brüder des Rìgh hatte weithin Bestürzung und Angst ausgelöst. Viele Gerüchte kursierten auf den Marktplätzen und in den Gasthäusern, und Meghan, die Medizin und Tränke mischte oder ihre kleinen Holzkästchen mit Kräutern verkaufte, hörte sie alle. Die meisten glaubten anscheinend, sie wären zu fernen Ländern gesegelt, um Abenteuer zu suchen. Es war noch immer gängige Praxis bei sehr tapferen jungen Männern und Frauen, deren es viele gab, sich auf eine Mission zu begeben – um die legendären Gärten der Celestine zu finden, wo alle Krankheiten geheilt werden konnten; um das schwarze geflügelte Pferd aus Ravenshaw zu finden, das oft gesehen, aber niemals gezähmt wurde; um das Verlorene Horn von Elayna oder den Ring von Serpetra zu finden. »Aber der jüngste Prionnsa war erst zwölf Jahre alt«, hatte Meghan sanft gesagt. »Sicherlich zu jung, um an eine Mission zu denken?« Die Dorfbewohner hatten sich unbehaglich geregt, und einer hatte gemurmelt: »Man ist niemals zu jung, um ein Abenteuer erleben zu wollen, oder?« Während die Jahre vergingen und Isabeau älter wurde, hörten sie gelegentlich Gerüchte über Sichtungen, aber die vermissten Prionnsachan von Eileanan kehrten niemals wieder heim.

»Maya selbst befahl die Suche, denn der Rìgh war außer sich vor Kummer, wie wir gehört haben. Aber nirgendwo war etwas von den vermissten Prionnsachan zu sehen oder zu hören. Nachdem die drei Kinder verschwunden waren, wandte sich die Stimmung gegen Maya, und es gab Gerüchte, dass sie etwas mit ihrem Fortgehen zu tun hätte. Sie nannten sie eine Hexe, und das war, wie du weißt, nur fünf Jahre nach dem Tag des Verrats, als einer angeklagten Hexe noch immer der Tod durch Verbrennen drohte. Maya zwang sie jedoch nieder und schnitt sich ihr Haar als Beweis dafür ab, dass sie keine Hexe war, denn selbst damals wollten nur wenige Hexen ihr Haar schneiden lassen … Letztendlich zog sie alle, wie stets, auf ihre Seite. Ich denke gewiss, dass sie Zwang auf sie ausgeübt hat, obwohl ich noch niemals davon gehört habe, dass Zwang bei mehr als einem oder zwei Menschen gleichzeitig angewandt wurde, und dies waren buchstäblich Tausende!«

»Sie scheint eine mächtige Zauberin zu sein, Isabeau, und wir können ihre Beweggründe nur vermuten, ich habe selbst gesehen, wie sie den Tod von zweihundert Hexen und Lehrlingen befohlen hat. Einst war der Hexensabbat in diesem Land eine Macht, und seine Türme waren die Zentren allen Lernens und Studierens, seine Hexen unter den besten Heilern und Denkern. Einst waren Hexen respektiert und gefürchtet, jetzt sind sie verhasst und geschmäht. Ganz Eileanan trägt Mayas Joch auf den Schultern – man darf sie nicht unterschätzen!«

»Hast du die andere große Neuigkeit gehört? Anscheinend sind die Rotmäntel in die Berge geschickt worden, um erneut *Uile-Bheistean* zu vertreiben. Es heißt, der Erlass gegen Zauberwesen wirke nicht schnell genug und die Bauern seien eigensinnig.« Die Verachtung in Seychellas Stimme war deutlich hörbar. »Ich hab in den Dörfern der Highlands gehört, dass eine Streitmacht gegen die Drachen geschickt worden ist, um sie ein für alle Mal zu vernichten.«

»Sie schickt eine Streitmacht gegen die Drachen?«, fragte Meghan ungläubig und mit tief gefurchter Stirn. Sie muss sehr selbstsicher sein … Die Drachen nehmen Grenzübertretungen übel und werden nicht zögern, ihr Land zu verteidigen … Sie muss Drachenfluch haben«, murmelte Meghan mehr zu sich selbst als zu den anderen. »Nichts sonst wird einen Drachen fällen, obwohl ich mich frage, wo sie ihn gefunden hat. Eine sehr seltene Pflanze und gefährlich zu destillieren …«

»Die Dorfbewohner sind alle nervös. Es heißt, die Drachen würden kommen und aus Rache ihre Häuser niederbrennen.«

»Wenn Maya Aedans Pakt bricht, werden sie genau das tun.«

»Nun, ich hab gehört, sie hat die Wachen gegen die Drachen geschickt, weil diese den Pakt zuerst gebrochen hätten.«

»Das glaub ich keinesfalls. Wo hast du das denn gehört?«

»Auf meinem Weg durch die Weißschlossberge. Die Drachen haben die Herden angegriffen. Ich hörte, dass auch Menschen betroffen waren. Sie haben auf jeden Fall Soldaten getötet, denn ich sah die Leichen auf meinem Weg, und es konnten bei diesen Wunden nur Drachen gewesen sein.«

Meghans Miene zeigte einen Ausdruck angespannten Interesses. »Tatsächlich? Also verletzen die Drachen den Pakt. Das ist interessant. Ich wundere mich, dass wir sie nicht gesehen haben.«

»Ich glaubte, neulich einen Drachen gesehen zu haben«, sagte Isabeau, von Aufregung ergriffen. »Es war nur ein über die Monde ziehender Schatten. Ich dachte, ich hätt es mir eingebildet.«

»Ich habe seit Aedans Pakt nicht mehr gehört, dass Drachen Herden angreifen – und das ist jetzt über vierhundert Jahre her.« Meghan wirkte, als stelle sie rasche Berechnungen an, und ein kleines Lächeln erschien auf ihrem Gesicht. »Maya wird feststellen, dass sie sich übernommen hat, wenn sie die Drachen auf ihrem eigenen Grund und Boden herausfordert. Man stelle sich vor, einen Trupp Rotgardisten gegen die Drachenklaue zu schicken!«

»Es ist von Wesen aller Art die Rede. Eines ist interessant – sie haben Wölfe getötet, insbesondere in Rurach. Das hab ich auch von einem Hausierer in Weißschloss gehört. Anscheinend haben die Wölfe Regimenter der Rotgardisten angegriffen, und sie haben schwere Verluste erlitten. Außerdem hab ich gehört, dass die Wölfe auch die Herden der Anhänger der Banrìgh angegriffen haben, was ebenfalls interessant ist.«

»Sie töten Wölfe?«, fragte Meghan nachdenklich. »Aber … das kann doch nicht sein. Sie kann nicht glauben …«

»Ich hab die Wölfe selbst gesehen, als ich unterwegs war, in einem der Dörfer nahe der Quelle des Wulfrum. Sie hatten sechs davon an Pfählen aufgehängt. Stolz wie die Gockel haben sie gekräht: ›Oh, da wird unsere Lady aber zufrieden mit uns sein! Oh ja, und wenn wir zurückkehren, sind wir Helden!‹ Mir ist ganz schlecht davon geworden.«

»Aber ich dachte, Tabithas wäre fort. Ich hab nichts mehr von ihr gehört, seit sie nach der Verbrennung verschwand.«

»Niemand hat etwas von ihr gehört«, sagte Seychella sanft.

Die Erwähnung Tabithas' der Wolfsläuferin erregte Isabeaus Aufmerksamkeit. Wie viele Mitglieder ihres Clans hatte Tabithas NicRuraich einen Wolf als Vertrauten gehabt, ein großes graues

Tier, das sich wie seine Herrin in den Wäldern und Bergen Rurachs wohler gefühlt hatte als in den Gärten und Höfen des Turms der Zwei Monde. Meghan lächelte oft, wenn sie erzählte, wie der Anblick von Tabithas' Wolf zu deren Füßen so manchen widerspenstigen Prionnsa zum Erbleichen und Zittern gebracht hatte, der noch Augenblicke zuvor stolz und kalt wie ein Gletscher gewesen war.

»Das ist noch nicht alles. Die Dorfbewohner sprechen von irgendeinem merkwürdigen neuen Grauen, das anscheinend zu Mayas Gunsten wirkt. Es ist kaum zu sehen, aber es ist grau und hat Flügel, und sein Blick verhext Menschen, sodass sie nicht schreien oder davonlaufen können. Es stiehlt Kinder aus ihren Betten, besonders jene aus Blutlinien mit dem *Talent*. In Blèssem heißt es, dass jedermann mit einem Lächeln oder Verzückung auf dem Gesicht tot aufgefunden wird, der gegen die Banrìgh gemurrt hat.«

»Ein Mesmerd? Das kann nicht sein ...«

»Was ist ein Mesmerd?« Seychella spie das Wort aus wie eine bittere Frucht.

»Die Mesmerd sind Wesen aus Nebel und Schlamm. Sie kommen aus dem Murkmyre und sind vielleicht die gefährlichsten aller Zauberwesen, weil sie nicht denken oder fühlen wie wir. Was einer sieht, sehen alle, was einer hört, hören alle. Man kann sie nicht belügen, weil sie nicht auf deine Worte lauschen, sondern nur auf die dahinter stehende Absicht. Sie vergessen niemals, niemals, und sind äußerst skrupellos. Ich hab noch nie zuvor von einem Mesmerd außerhalb Arrans gehört – ich frage mich, ob sich der NicFóghnan wieder in unsere Angelegenheiten einmischt? Dieser Clan war schon immer ein Feind der MacCuinns ...«

»Es klingt, als wären sie höchst übel, obwohl niemand, mit dem ich gesprochen habe, tatsächlich einen gesehen hat. Sie haben nur ... die Leichen gefunden, die sie zurückgelassen haben.«

»Ich frag mich …« Meghan wirkte, als ob sie noch mehr sagen wollte, aber dann fiel ihr Blick auf Isabeau. Sie bemerkte deren glänzende Augen und eifrige Miene, schwieg und nahm stattdessen ihre Strickarbeit wieder auf.

»Welche Art Hexe bist du?«, fragte Isabeau Seychella, wobei sie die Frau angespannt betrachtete, deren ungebändigtes Haar sich um den Sitz ihres Stuhles schlängelte und bis auf den Boden fiel.

»Warum glaubst du, dass ich eine Hexe bin?«, fragte Seychella mit äußerst ruhiger Stimme. Isabeau schwieg. Kurz darauf lachte Seychella. »Ich erscheine aus dem Nichts, spreche von Macht und *Talent*; ich kenne Tabithas. Dumme Frage.« Nach einer weiteren Pause sagte sie ruhig: »Ich bin eine Windhexe, Isabeau.«

»Kannst du mich fliegen lehren?«, fragte Isabeau eifrig. Das war schon immer ihr heimlicher Wunsch gewesen. Sie hatte sich einst den Knöchel gebrochen, als sie versucht hatte, vom Ast eines Baumes aus zu fliegen, nachdem sie etwas über die Possen von Ishbel der Geflügelten gelesen hatte, einer Hexe, die ebenso mühelos flog wie jeder Vogel. Meghan hatte ihren Knöchel gerichtet, ihn mit Kräutern und Schlamm verbunden, ihr knochenstärkende Tees verabreicht und dabei ununterbrochen geschimpft und gespottet. Isabeau hatte nur ihr rotes Haar zurückgeworfen und sie ignoriert, denn sie würde gewiss eines Tages die Geheimnisse des Fliegens entdecken, wie Ishbel die Geflügelte es getan hatte.

Die beiden Hexen sahen einander an, und Seychella schürzte die Lippen. »Das Kind kann noch nicht einmal laufen und will bereits fliegen! Nur die Mächtigsten lernen zu fliegen, meine Liebe, und ich bezweifle, dass du die Fähigkeit besitzt.«

Isabeau errötete erneut und platzte heraus: »Nun, kannst du es? Kannst du fliegen?« Isabeau erweckte mit ihrem roten Haar, das lockig und wirr aus den Zöpfen gelöst um ihr Gesicht und ihre geröteten Wangen lag, den Eindruck, als würden buchstäblich Funken aus ihrem Kopf sprühen.

Meghan musste lachen und murmelte dann: »Jetzt siehst du, warum ich glaube, dass sie sich dem Feuer zuwenden wird!«

Die andere Hexe schien recht überrascht und dann ungehalten über Isabeaus Frage. Schließlich lachte sie rau. »Nein, Kind, ich kann es nicht. Zumindest nicht auf die Art, wie du es meinst. Ich kann über einen zwölf Fuß hohen Zaun springen und ich würde niemals aus einem Baum stürzen. Aber richtig fliegen – das kann ich nicht.«

»Ich hab von einer Hexe gelesen, die in einer Woche von einem Ende des Landes zum anderen fliegen und in der Luft Purzelbäume und Flickflacks schlagen konnte.«

»Ishbel! Nun, ein *Talent* wie Ishbels kommt nicht allzu häufig vor.« Seychella seufzte. »Ich fürchte, wir werden zu Lebzeiten kein solches *Talent* mehr erleben. Verdammt und verflucht sei die Banrìgh! So viele Hexen getötet, so viele Fähigkeiten verloren.«

»Ich hab auch von Hexen gelesen, welche die Struktur des Universums falten konnten und durchs All segelten. Stimmt das?«

»Wo hast du das denn bitte gelesen! Weißt du, es ist verboten, über die Große Durchquerung zu sprechen. Man würde dich zur Vernehmung bringen, wenn man dich hörte! In welchem Buch hast du das gelesen, Kind?«

Meghan räusperte sich. »Ich hatte schon immer eine Leidenschaft für Bücher.«

»Aber diese Geschichte kann sie nur im *Buch der Schatten* gelesen haben, das am Tag des Verrats von der Banrìgh vernichtet wurde!« Seychella hatte sich mit hochroten Wangen jäh aufgerichtet. »Sie würde von der Liga gegen Hexen verbrannt werden, wenn man sie so etwas sagen hörte – sie leugnen alle Geschichten über die Große Durchquerung, das musst du doch wissen!«

»Ich habe niedergeschrieben, woran ich mich erinnern konnte, aus allen Büchern. So viele Bücher wurden verbrannt, so viel Wissen ging verloren. Ich fürchtete, es würde niemals wiederentdeckt, wenn sich nicht jemand daran zu erinnern versuchte.«

Isabeau schwieg und wählte nachdenklich ein weiteres Honigplätzchen vom Teller auf dem wackeligen Tisch beim Feuer. Sie wusste ebenso gut wie Meghan, dass dieses besondere Buch, obwohl viele der auf jedem Tisch und Regal aufgestapelten Bücher in Meghans krakeliger Handschrift geschrieben waren, etwas Gewaltiges aus alter Zeit war, in rotes Leder gebunden, mit einem angelaufenen silbernen Schlüssel – so lang wie Isabeaus längster Finger. Jede Seite war mit einer anderen Handschrift beschrieben als die vorhergehende Seite. Viele waren kunstvoll mit in kräftigen Farben gemalten Bildern von Drachen und geflügelten Pferden, den Bahnen von Sternen und Monden oder der Form fremder Länder illustriert. Wie bei vielen von Meghans Büchern war die letzte Seite leer, unberührt, und doch wusste Isabeau aus Erfahrung, dass eine weitere leere, auf die Feder wartende Seite erscheinen würde, wenn man diese beschreiben und umblättern sollte. Sie hatte niemals herausfinden können, wie oder wann diese nächste Seite erschien, aber die Magie versagte nie.

Während sich Isabeau darüber wunderte, warum Meghan die Existenz des Buches geleugnet hatte, sprach Seychella, die Meghans Erklärung anscheinend akzeptiert hatte, darüber, wie schwierig es war, die richtigen Zutaten für Zauber und Medizinen zu bekommen, wenn die Schiffe der Händler es nicht mehr wagten, sich den Seeschlangen zu stellen. »Ich hab fast kein Naswurz mehr«, sagte die Hexe gereizt, »und die Macht weiß, dass auch nicht mehr viel Düsterwaid übrig ist.«

»Ja, es ist vielleicht Zeit für eine Reise zu den Häfen«, sagte Meghan verträumt.

Isabeaus Herz machte vor Aufregung einen Satz. Sie hatten sich noch nie weiter hinausgewagt als bis zum Hochland von Rionnagan. Isabeau hatte von der gefährlichen Schönheit des Meeres gehört, aber sie hatte noch niemals ein größeres Gewässer als den Tuathansee in Caeryla gesehen. Sie hoffte, dass Meghan meinte, was sie sagte. Welch ein Abenteuer! Es würde Monate dauern, um von ihrer Heimat aus das Meer zu erreichen, und sie würden das halbe Land durchreisen müssen. Sie würde vielleicht Zauberwesen sehen oder Seeschlangen oder sogar den Palast des Rìgh besuchen.

»Zeit fürs Bett, Isabeau«, sagte Meghan, erhob sich steif und sammelte die schmutzigen Teller ein.

»Aber es ist erst …«

»Denk daran, dass du den ganzen Tag draußen auf dem Berg warst. Du kannst kaum noch die Augen offen halten!«, entgegnete ihre Hüterin, während sie im Raum umherhinkte.

»Aber …«

»Keine Ausflüchte, Beau. Zeit fürs Bett.«

Isabeau sagte den beiden Hexen widerwillig Gute Nacht und kletterte die Leiter zu ihrem Raum hinauf, der kalt und dunkel war. Schwaches Licht flackerte die Sprossen herauf, aber sie machte sich nicht die Mühe, eine Kerze anzuzünden, denn ihre Nachtsicht war ausgesprochen gut. Sie sah in dem dunklen Raum fast ebenso gut wie heute Nachmittag draußen auf der Wiese. Meghan hatte stets gesagt, sie könnte wie eine Elfenkatze sehen.

Isabeau streckte in ihrem kalten kleinen Bett langsam die Beine aus, genoss die Kühle der Laken auf ihrer Haut und wunderte sich über das unerwartete Erscheinen der fremden Hexe. Sie lächelte, als sie sich vorstellte, wie sie die hochmütige Seychella beeindrucken würde, indem sie die Prüfung der Macht mit Leichtigkeit bestand. Sie würde dafür sorgen, dass der schwarzhaarigen Hexe die Augen aus dem Kopf fielen. Isabeau war noch immer dabei, ihren Triumph zu planen, als Meghan die Leiter heraufkletterte, zu ihr kam und sich, wie stets, auf ihre Bettkante setzte.

»Schläfst du schon, Beau?«

»Mmh-mmh. Meghan, hast du's wirklich so gemeint, als du sagtest, wir würden ans Meer reisen?«

»Allerdings. Es ist einiges im Gange, und so verhasst es mir auch ist, unser kleines Tal zu verlassen, so muss ich doch mit Hand anlegen, wenn die Dinge so werden sollen, wie ich es möchte. Aber jetzt schlaf, Isabeau. Wir haben morgen einen langen Tag vor uns.« Mit dieser rätselhaften Bemerkung beugte sich die alte Hexe herab und küsste Isabeau auf die Stirn, zwischen die Augen, wie sie es jeden Abend tat.

Als sie gegangen war, zappelte Isabeau aufgeregt herum und verfiel in Träumereien über Abenteuer und Entdeckungen, Paläste und Zauberwesen. Sie war schon ruhelos, seit der Schnee zu tauen begonnen hatte und wieder mehr Leben um sie herum herrschte. Ihr geruhsamer Alltag in dem verborgenen Tal, wo jedes Tier ein Freund war und sie außer mit Meghan mit niemandem sprechen konnte, langweilte sie häufig. Wenn die Zeit kam, freute sie sich stets auf die Ausflüge in die Berge, wo sie Kräuter und Halbedelsteine suchten. Und noch begeisterter war sie, wenn sie beide in die Täler hinabzogen, um Tränke und Liebeszauber zu verkaufen. Isabeau war noch niemals weiter nach Süden gelangt als bis zur Highlandstadt Caeryla, die sie vor acht Jahren besucht hatten.

Es war eine Zeit des Feierns gewesen, die Zeit des roten Kometen, eine Zeit der Fruchtbarkeit und der starken Magie. Die Straßen Caerylas waren mit farbigen Bändern und Fahnen geschmückt, Blumentöpfe zierten jeden Eingang, und die Städter trugen ihre feinste Kleidung. Spielleute klimperten auf ihren Gitarren und sangen von Liebe; Jongleure jonglierten bunte Bälle und vollführten Flickflacks, während Tanzbären sich ihre schmerzenden Köpfe hielten. Isabeau hatte noch niemals etwas den Jongleuren Vergleichbares gesehen, welche die Menge mit Späßen und magischen Tricks, Feuerschlucken, Schwertschlucken und Jonglieren unterhielten, wobei ihre bunten Mäntel die zerlumpte Kleidung darunter verbargen. Einer der Jongleure war ein kleiner Junge, dünn und flink, der blitzschnell die Straße entlang Rad schlagen konnte. Isabeau beneidete ihn ganz offen und zögerte an Meghans Hand, um ihn zu beobachten. Sie dachte, dass sie gerne in dem farbenprächtigen, kleinen Wohnwagen von Stadt zu Stadt ziehen und für ihren Lebensunterhalt mit Apfelsinen jonglieren würde. Meghan zog Isabeau jedoch sanft, aber energisch von dem Platz mit seinen hellen, pendelnden Lampen und flackernden Schatten fort.

Sie waren in den Städten gefährdet. Das verstand Isabeau. Die Roten Garden waren überall, achteten misstrauisch auf Fremde und behandelten vermutliche Hexen mit großer Brutalität. Isabeau wusste, dass sie nicht mit der Einen Macht spielen oder darüber sprechen durfte. Sie wusste, dass sie sich stets still und unauffällig verhalten musste und niemals Aufmerksamkeit auf sich ziehen durfte. Wenn sie eine Stadt betraten, wurde Meghans Hinken deutlicher, ihr Körper irgendwie gebrechlicher. Sie zog ihr Plaid über den Kopf, sodass ihr dicker Zopf verborgen und ihr Gesicht halb im Schatten blieben. Isabeau verzichtete in den Städten auf ihre Kniehose und kleidete sich in graue Wolle, das Haar von einer Leinenhaube bedeckt – das Musterbeispiel eines kleinen Mädchens.

Isabeau war jedoch erst acht Jahre alt. Sie hatte noch nicht gelernt, so geschickt mit der Menge zu verschmelzen, dass hinterher niemand sicher sein konnte, ob sie da gewesen war oder nicht. Und mit ihrem ungebärdigen roten Haar und ihren strahlend blauen Augen war es nicht leicht für sie, unbemerkt zu bleiben. Aber nicht Isabeaus auffällige Farben waren ihr Verderben. Ihr Spiel mit der Einen Macht war es. Sie und Meghan übernachteten in einem Gasthaus in der Stadtmitte. Weil Lichtmess war, befanden sich viele Reisende auf den Straßen, die gekommen waren, um mit anderen jungen Leuten ums Feuer zu tanzen, Verwandte zu besuchen und mit den Hausierern zu handeln. Meghan sagte, dass sie dort versuchen sollten, gemahlenen Narrenbalsam, Hirtenlavendelöl, schwarze Nieswurz und vielleicht ein wenig Düsterwaid zu bekommen, wenn ein Hausierer zufällig welches hatte. Isabeau wusste jedoch, dass Meghan auch Informationen bekommen wollte, seien es Markttratsch, die Geschichten, die Jongleure und Spielleute erzählten, oder alte Bücher und Handschriften.

Das Gasthaus war voller Menschen. Meghan kauerte auf einem Stuhl beim Feuer und nickte über ihrer Strickarbeit ein, während unflätige Scherze und Geschichten von Sichtungen der vermissten Prionnsachan mit den düsteren Berichten der Highlandkleinbauern wetteiferten. Zuerst war Isabeau müde von der langen Reise, und die Hitze des Feuers machte sie schläfrig. Nachdem sie jedoch gehorsam eine Schale wässrigen Eintopf gegessen und sich ihre schmerzenden Beine erholt hatten, wurde sie ruhelos. Sie erhob sich gemächlich von der Bank und wollte davonschleichen, als sie ein strenger Blick von Meghan traf, der bewies, dass die Hexe nicht wirklich schlief. Isabeau gab natürlich vor, den Blick nicht zu bemerken, denn sie wusste, dass die Gespräche über die Schwierigkeiten zwischen dem Rìgh und der Banrìgh zu spannend für Meghan waren, als dass sie fortgegangen wäre. Der Blick bewirkte jedoch, dass sich Isabeau eine Zeit lang still und unauffällig verhielt. Sie wanderte im Schankraum umher, lauschte dem Spielmann, der auf seiner Gitarre klimperte und von Abenteuerreisen und magischen Schwertern sang, und beobachtete, wie die Dienstmädchen mit den Gästen tändelten.

Nach einer Weile schlüpfte sie durch die großen Türen in den Hof hinter dem Gasthaus, wo Pferdeknechte und Stallburschen umhereilten, Taschen und Schachteln von Kutschen und Karren abluden, Pferde striegelten und schwere Eimer trugen, wobei das Wasser auf die Ziegelsteine schwappte. Inmitten des Hofes verursachte ein großer Hengst, der sich aufbäumte und tänzelte, gerade Aufruhr, sodass sich die Pferdeknechte ducken mussten, um den tellergroßen Hufen zu entgehen. Isabeau konnte die rot geränderten Augen des kohlschwarzen Hengstes und den roten Gaumen seines Mauls sehen, als er wieherte. Sie hatte keine Angst. Isabeau mochte Pferde und ritt häufig einige der wilden Ponys, die in den Bergen rund um das verborgene Tal lebten. Sie hatte jedoch noch niemals ein Pferd gezähmt, da die Herden in den Bergen stolz und vor Menschen auf der Hut waren, gleichgültig wie gut sie ihre Sprache beherrschten. Isabeau hatte fast ebenso früh mit Pferden zu sprechen gelernt, wie sie die Sprache der Vögel erlernt hatte, denn – wie Meghan sagte – Pferde wussten häufig genauso viel wie ihre Herren, wenn nicht mehr, und unterhielten sich meist gerne. Dieses Pferd war zornig und verängstigt, das konnte Isabeau hören. Ihr Mitleid war rasch geweckt, und sie trat langsam vor, schaute zu dem Pferd hoch, während es sich aufbäumte und ausschlug. Sie war sich kaum bewusst, was sie vorhatte, aber noch ehe sie die Möglichkeit hatte, auch nur eine Hand nach dem bedrohlichen Maul auszustrecken, wurde ein starker Arm um ihre Taille geschlungen, und sie wurde schwungvoll aus dem Weg gehoben.

»Stallhöfe sind kein Platz für hübsche kleine Mädchen«, sagte ihr eine Stimme lachend ins Ohr. Sie wurde in die Luft geworfen und wieder aufgefangen. Isabeau quiekte vor Vergnügen. »Hier, fang«, sagte der Mann und warf sie einem seiner Gefährten zu, der sie mühelos auffing und auf den Boden stellte.

Recht zerzaust und in ihrem Stolz verletzt schaute Isabeau zurück und sah ihren Retter flink vortreten, das Halfter des Hengstes festhalten und ein Ohr mit seiner großen Hand ergreifen. Er war sehr groß und sehr dunkel und trug eine enge, schwarze Hose, ein zerrissenes, karmesinrotes Hemd und ein Lederwams. Sein langes, schwarzes Haar war aus dem Gesicht zurückgebunden. Isabeau erkannte ihn – es war einer der Jongleure, denen sie

Meghans wegen früher am Abend nicht hatte zusehen dürfen. Schon die erste Berührung des Mannes hatte den Hengst besänftigt, aber er rollte noch immer die Augen und tänzelte über den Ziegelsteinboden. Der Jongleur streichelte den verschwitzten Hals des Hengstes und flüsterte ihm einige Worte in das Ohr, das er noch immer festhielt, und das Tier beruhigte sich allmählich.

»Mein Pa kann verdammt gut mit Pferden umgehen«, sagte jemand stolz. Als Isabeau sich umsah, erblickte sie den Jungen, der ebenso leicht Rad schlagen konnte, wie sie laufen konnte. Sein dunkles Gesicht war schmutzig, und seine Kleidung – ein himmelblau besticktes Wams über einem gekräuselten Hemd, das einst weiß gewesen war – längst zerschlissen. Die dünnen Beine ragten wie Stöcke unter der kurzen, zerrissenen Hose hervor und steckten in Stiefeln, die ihm offensichtlich viel zu groß waren. Isabeau kümmerte seine zerlumpte Erscheinung nicht – er hatte ein schelmisches Gesicht und schwarze Augen, aus denen das Interesse blitzte, als er zu ihr in ihrem sittsamen, grauen Kleid und der weißen Haube herübersah.

»Was hat er zu dem Pferd gesagt?«, fragte Isabeau.

Das Gesicht des Jungen umwölkte sich ein wenig. »Ach, nur Unsinn«, sagte er. »Die Worte bedeuten nicht viel – auf'n Tonfall kommt es an.«

Isabeau wollte noch weiter nachfragen, als sie spürte, wie jemand sie erneut um die Taille fasste und hoch in die Luft schwang. Sie schaute in das gut geschnittene Gesicht des Jongleurs hinab und lachte vor Freude, als er sie erneut in die Luft warf. »Hat deine Mama dir nicht gesagt, dass kleine Mädchen nicht mit großen bösen Rössern spielen sollen?«

»Ich mag Pferde«, protestierte Isabeau.

»Ja, aber vielleicht sind nich' alle Pferde nett«, sagte er.

»Er ist ein nettes Pferd, er will nur einfach nicht hier sein«, erklärte Isabeau. »Sein neuer Herr ist abscheulich.«

»Ach tatsächlich?«, rief der Jongleur aus. »Und woher weißt du das, Kindchen?«

Isabeau errötete augenblicklich vor Verwirrung. »Ich weiß es einfach«, sagte sie lahm. »Er sieht wie ein nettes Pferd aus.«

Das fand der Jongleur aus einem unbestimmten Grund lustig, denn er warf den Kopf zurück und lachte. »Nun, meine Kleine, versuch das nächste Mal, nicht unmittelbar unter den Hufen eines Pferdes zu spielen, gleichgültig wie nett das Pferd sein mag.«

Er stellte sie auf den Boden und zog irgendwo aus seiner Kleidung bunte Bälle hervor, die er ruhig mit beiden Händen jonglierte, während er sprach. »Und jetzt lauf schön zurück zu deiner Mama, Kind, sie wird dich schon vermissen. Und du solltest besser auch nach Hause laufen, Dide. Ich werde mal sehen, was für 'ne Unterhaltung dieses Gasthaus zu bieten hat.« Die Bälle verschwanden wie durch Magie, und er betrat, gefolgt von seinen Gefährten, das Gasthaus.

Die beiden Kinder sahen einander an und begannen mit quiekendem Lachen durch die Strohballen und Fässer und Kisten, die den Hof und die Ställe säumten, wild Fangen zu spielen. Es war der größte Spaß, den Isabeau gehabt hatte, seit sie das Tal vor zwei Monaten verlassen hatte. Tatsächlich hatte sie das Gefühl, noch nie so viel Spaß gehabt zu haben, da sie niemals andere Spielkameraden gekannt hatte als die Tiere des Waldes.

Dide war flink und wendig, er konnte auf den Händen laufen und im Handumdrehen Rad schlagen, und er kannte so viele lustige Geschichten, dass sich Isabeau vor Lachen nicht mehr halten konnte. Schließlich wurden sie vom Oberpferdeknecht aus den Ställen verscheucht und rannten mit geröteten Wangen aufgeregt wieder ins Gasthaus.

Als Isabeau durch die Tür stürzte, durchbohrte sie augenblicklich Meghans finsterer Blick, obwohl die alte Frau auf ihrem Stuhl am Feuer für jedermann zu schlafen schien. Isabeau kam schliddernd zum Stehen und war sich jäh ihres grauen, staub-

und strohbedeckten Kleides, ihrer verlorenen Haube, ihrer roten, aufgelösten Locken sowie des Lachens und der Bemerkungen der Gäste bewusst. Sie verkroch sich in eine dunkle Ecke und säuberte sich, während sie versuchte, mit den Wänden zu verschmelzen. Danach sah sie wieder einigermaßen annehmbar aus, was sich daran zeigte, dass sich die Aufmerksamkeit der Gäste erneut den Jongleuren zugewandt hatte, die an einem Ecktisch mit einigen der Gäste würfelten – mit einem dicken Mann mit pelzbesetztem Mantel, einem großen, finsteren Mann, der schielte, und einem ruhigen Mann, der kaum sprach. Der Spielmann hatte seine Gitarre beiseite gelegt und schaufelte einen großen Teller Eintopf in sich hinein, wobei er eine Hand um die Taille eines der Dienstmädchen gelegt hatte und sie sicher auf seinem Schoß festhielt.

Die bunte Kleidung des Jongleurs und seine laute Stimme dominierten den Raum, und Isabeau konnte sich ohne weitere Bemerkungen wieder beruhigen. Dide hatte sich mit ihr in die Ecke verzogen, weil er offenbar seinen Vater nicht merken lassen wollte, dass er nicht, wie befohlen, nach Hause gegangen war. Die beiden flüsterten und kicherten eine Weile zusammen, wobei Isabeau sorgfältig darauf achtete, nicht Meghans Blick zu begegnen.

Es wurde bald deutlich, dass der Jongleur gewinnen würde, als er lachend und mit einem Scherz auf den Lippen Berge von Münzen zu sich heranzog. »Heute Abend gibt's was zu essen«, flüsterte Dide, und Isabeau wandte sich entsetzt zu ihm um. Sie hatte, trotz ihrer Abgeschiedenheit vom Rest der Welt, stets genug zu essen gehabt. Sie betrachtete Dides dünne Arme und Beine und den Umriss eines blauen Flecks an seiner Schläfe. Vielleicht waren das Reisen von Stadt zu Stadt, das Jonglieren mit Bällen und das Erzählen von Geschichten doch keine solch aufregende Lebensweise.

Während die Nacht voranschritt, wurde Isabeau erneut schläfrig, und sie und Dide rollten sich gemeinsam am Feuer zusammen, beobachteten die Spieler und lauschten dem Spielmann, als er wieder leise zu klimpern begann. Die Glückssträhne des Jongleurs hielt nicht an – schon bald verlor er wieder, und Isabeau beobachtete besorgt, wie der Berg Münzen allmählich abnahm.

»Nun, ich habe genug«, sagte der dicke Mann im Mantel schließlich, gähnte und schob seinen Stuhl zurück.

»Ihr könnt noch nicht gehen, guter Mann«, erwiderte der Jongleur lachend. »Ich hab noch ein paar Münzen zu verlieren.«

Isabeau hörte Dides Seufzen und war froh, als der dicke Mann den Kopf schüttelte und aufstand.

»Kommt schon, guter Mann, noch ein Wurf. Ich setze alles, was ich noch habe, gegen Euer gesamtes Geld.« Der Jongleur schob seinen kleinen Berg Münzen vor, schnippte eine Münze müßig hoch und fing sie wieder auf, sodass sie im Licht umherwirbelte.

Der dicke Mann geriet in Versuchung. Er beobachtete, wie die Münze blinkte, als sie sich in der Luft drehte, nickte dann und setzte sich wieder hin. »Aber nur ein Wurf«, warnte er, und der Jongleur lächelte und warf die Münze auf den Tisch.

Die Spannung im Raum stieg, als der dicke Mann seine Taschen leerte, sodass Münzen über den Tisch rollten. Er würfelte als Erster und lächelte zufrieden, als die Würfel doppelte Banrìghs zeigten. Das Gesicht des Jongleurs umwölkte sich zum ersten Mal. Er nahm die Würfel mit finsterer Miene einen Moment in beide Hände. Dann würfelte er mit einer raschen Bewegung des Handgelenks. Die Würfel drehten sich in der Luft und fielen herab; Isabeau beugte sich vor und beobachtete, wie sie über den Tisch rollten und dann langsamer wurden. Anscheinend würde der Jongleur verlieren – daher deutete Isabeau, ohne nachzudenken, mit dem Finger hin, die Würfel rollten noch einmal herum und blieben bei doppelten Rìghs liegen. Überall im Raum war Seufzen zu hören. Der Jongleur lachte und sammelte alle Münzen ein, und kurz darauf zuckte der dicke Mann mit den Achseln und verließ den Tisch. Isabeau lehnte sich auf ihrem Stuhl zurück, sich Dides verwirrten Blicks und des strengen, stetigen Blicks ihrer Hüterin bewusst.

»Wie hast du das gemacht?«, flüsterte Dide. Isabeau schwieg und tat, als wüsste sie nicht, was er meinte. Auch der Jongleur sah sie abschätzend an, und sie erkannte entsetzt, dass sich der andere Spieler, der ruhige Mann mit den grauen Augen, jetzt ebenfalls über den Tisch vorbeugte, um sie zu beobachten. Verwirrt drückte sie sich wieder an Meghans Seite, die sie an sich zog und unter ihr Plaid nahm, sodass niemand sie mehr sehen konnte.

»Dummes Gör«, flüsterte Meghan. »Hoffentlich hast du keinen Schaden angerichtet.«

Hinter Meghans schützendem Arm hervorspähend, sah Isabeau, dass die Jongleure ihre Mäntel aufnahmen und gehen wollten, wobei sie noch immer redeten und lachten, Dide hoch oben auf dem Rücken seines Vaters. Der ruhige Mann stand mit nachdenklicher Miene im Schatten, während der Spielmann das Dienstmädchen zu küssen versuchte und der Wirt Zinnkrüge zusammenklingen ließ, als er den Tisch abräumte. Als die Jongleure aus der Tür drängten, sah Dides Vater zu ihr herüber und blinzelte ihr zu, und Dide winkte vorsichtig zum Abschied, wobei er noch immer verwirrt wirkte.

Meghan wartete, bis sich das Gasthaus geleert hatte, bevor sie sich erhob und Isabeau vor sich herschob. »Wir müssen gehen«, sagte sie. »Nimm deine Sachen.«

»Ihr geht, Mistress?«, sagte eine Stimme aus dem Schatten. »Es ist reichlich spät, um das kleine Mädchen mit in die Stadt hinauszunehmen. Habt Ihr kein Bett?«

Meghan wandte sich langsam um, den Rücken stark gebeugt. »Ach, danke, zu gütig, Sir«, sagte sie greinend. »Aber ich muss das kleine Mädel nach Hause zu ihrer Mama bringen. Ich hätt nicht so lang bleiben sollen, doch das Feuer war so warm …«

»Aber Ihr lebt doch gewiss nicht in dieser Gegend. Ich hab Euch noch niemals zuvor gesehen«, sagte die Stimme, und der Mann trat ein wenig vor, sodass das schwache Licht des Feuers über sein Gesicht flackerte.

»Das stimmt, Sir«, sagte Meghan mit ihrer greinenden Stimme. »Aber die Familie Collene wohnt seit langem in dieser Gegend.«

»Solch rotes Haar ist hier aber eher ungewöhnlich«, sagte der Mann ruhig, und Isabeau spürte jäh die Angst in sich aufsteigen.

»Ach, das Rot hat sie von ihrem Grandpa«, kicherte Meghan. »Er is nich von hier. Kam aus dem Westen, um hier sein Glück zu versuchen. Er war ein guter Mann, wenn auch ein wenig hitzig. Aber jetzt müsst Ihr uns entschuldigen, Sir. Die Mama des Mädchens wird sich schon Sorgen machen.« Ohne eine Antwort abzuwarten, hinkte sie durch die Tür in die dunkle Nacht hinaus, raffte dann augenblicklich ihre Röcke und lief flink über den Hof in den Stall. »Still, Beau«, warnte sie. »Sag nichts. Reg dich nicht.«

Isabeau kauerte sich gehorsam neben sie, als der Mann eilig aus der Tür des Gasthauses trat, innehielt und die Straße hinabblickte, als suche er nach ihnen. Sie beobachteten ihn schweigend, bis er schließlich die Achseln zuckte und wieder hineinging. Meghan schüttelte ihre Röcke aus und zog Isabeau hoch. »Hiernach wirst du einen Monat lang Wasser holen und Holz hacken, mein Kind!«

Dann brachte Meghan Isabeau so rasch und unauffällig wie möglich aus der Stadt. Da Caerylas hohe Steinmauern nur drei Tore aufwiesen, die alle streng bewacht wurden, mussten sie einen Abwasserkanal hinab und in den darunter liegenden See rutschen. Der dunstige See von Caeryla war berühmt für sein *Uile-Bheist*, ein geheimnisvolles, schlangenähnliches Wesen, das häufig jene packte, die unvorsichtig genug waren, am Ufer des Sees zu stehen oder in seinem Wasser zu schwimmen. Daher waren sie reichlich zitternd in den See gestiegen, auch wenn Meghans

Zauberkraft bei den meisten Wesen, egal ob Zauberwesen oder nicht, wirksam war.

In dieser Nacht wanderten sie bis zur Dämmerung und fanden schließlich in den Wäldern im Osten Schutz. Meghan hatte Isabeau noch immer nicht erlaubt, sich auszuruhen, obwohl Lichtmess und somit Isabeaus achter Geburtstag war. Sie zündete in der beginnenden Dämmerung ein Feuer an, und sie vollführten gemeinsam die Lichtmessrituale, wie Isabeau es seit ihrer Geburt jedes Jahr getan hatte. Dieses Jahr war es jedoch anders, denn als die Rituale beendet waren, löschte Meghan das Feuer nicht und gönnte ihnen auch keine Ruhe, sondern prüfte Isabeau über ihr Zauberkönnen und ihr magisches Wissen. Die Prüfungen dauerten, trotz Isabeaus Erschöpfung, stundenlang, und das kleine Mädchen wusste, dass dies die Strafe für ihre Vorführung der Macht in dem Gasthaus war. Schließlich war Meghan zufrieden und ließ sie ruhen, aber Isabeaus Träume waren von Nachtmahren erfüllt.

Als sie am darauf folgenden Nachmittag erwachte, stellte sie freudig fest, dass die Jongleure mit ihrem Wohnwagen ebenfalls dieses Gehölz als Unterstand gewählt hatten. Dide war da und wartete ungeduldig darauf, dass Isabeau aufwachen würde, damit sie wieder miteinander spielen konnten. Seine kleine Schwester Nina tollte ohne einen Faden am Leibe im Gehölz umher, ihr Haar fast ebenso rot wie Isabeaus. Sie blieben sieben Tage lang im Schutz des Waldes, und Isabeau erlebte mit so vielen Spielkameraden die beste Zeit ihres Lebens. Meghan hatte sich anscheinend auch angefreundet – mit Dides Großmutter Enit, einer gebrechlichen Frau mit gekrümmtem Rücken, Händen wie Klauen und einer angenehmen, melodiösen Stimme. Die beiden alten Frauen verbrachten viel Zeit damit, am Feuer zu kauern, Handschriften zu lesen und über Zauber zu streiten, oder aber sie verschwanden mit dem Vertrauten der Großmutter in den Wäldern, einer Amsel mit einer weißen Feder über dem linken Auge.

Isabeau war überrascht, dass sich Meghan und Enit aus den alten Zeiten vor dem Tag des Verrats kannten, da die Waldhexe bei der Begegnung mit den Jongleuren in Caeryla keinerlei Zeichen von Wiedererkennen gezeigt hatte. Isabeau war jedoch an Meghans Geheimnisse gewöhnt, und so nutzte sie deren Beschäftigtsein, um so viel Spaß zu haben wie noch niemals zuvor in ihrem Leben. Am Ende der sieben Tage begaben sie sich auf die lange Reise zurück ins verborgene Tal, wobei sie dieses Mal den Pass und seine Wachsoldaten mieden und stattdessen den langen Umweg entlang der Großen Wasserscheide nahmen. Isabeau war untröstlich, dass sie Dide verlassen musste, und Meghan war anscheinend auch traurig über die Trennung von Enit, da ihre Miene so grimmig und düster wirkte, wie Isabeau es noch niemals zuvor erlebt hatte. Meghan war auf der langen Rückreise so schweigsam und elend, dass Isabeau befürchtete, sie sei noch immer böse auf sie. Als Isabeau erneut eine Entschuldigung stammelte, sah Meghan sie nur abwesend an und sagte: »Ach, ist schon gut. Ich hatte es bereits vergessen«, was Isabeau nur noch stärker beunruhigte, denn Meghan vergaß ein Vergehen niemals.

Ein weiteres Jahr verstrich, bevor sie und Meghan sich wieder aus den Sithichebergen hinauswagten, und sie waren niemals wieder weiter nach Süden gezogen als bis in die Highlands.

Da Isabeau solch glückliche Erinnerungen an ihre letzte lange Reise hatte, war es nicht verwunderlich, dass sie bei der Aussicht auf eine weitere ausgedehnte Reise aufgeregt war. Sie hatte stets gehofft, Dide noch einmal zu begegnen, obwohl sie sich nur an seine schwarzen Augen und seine verrückten Späße erinnern konnte. Sie lächelte bei der Erinnerung und versuchte dann, sich zusammenzureißen und zu schlafen. Ihr letzter Gedanke war, dass sie zweifellos erst etwas über ihre Zukunft herausfinden würde, wenn Meghan es für angebracht hielt, und keine Sekunde früher. Meghan hatte eine Art, Geheimnisse zu bewahren, die

Isabeau wütend machte. Aber ganz egal was sie tat, Meghan würde ihr niemals etwas verraten, bevor sie dazu bereit war.

Als Isabeau erwachte, blieb sie einen Moment still liegen und fragte sich, warum sie so freudig erregt war. Dann erinnerte sie sich und krümmte vor Vergnügen die Zehen. Sie sprang aus dem Bett, warf sich ihre Kleider über, polterte die Leiter hinab und rief: »Ist vor dem Frühstück noch Zeit zum Schwimmen?«

Meghan, die kaum jemals zu schlafen schien, rührte im Porridge, während Seychella plaudernd an der Wand lehnte. »Wenn du dich beeilst«, antwortete Isabeaus Hüterin. »Nimm Seychella mit. Ihr würde eine Erfrischung bestimmt gut tun. Und könntest du den Wäschestapel mit hochnehmen, wenn du gehst?«

Isabeau öffnete den Mund zum Protest, da sie geplant hatte, einfach durch den Geheimgang hinauszuschlüpfen, bei weitem der schnellste Weg zum See. Ein Blick aus Meghans schwarzen Augen genügte jedoch, und sie schwieg.

Seychella wirkte entsetzt. »Schwimmen!«, rief sie aus. »Habt ihr nicht gehört, dass die Fairgean zum Lochan zurückkehren?«

»Ich glaube kaum, dass wir uns sorgen müssen«, erwiderte Meghan in dem trockenen Tonfall, den Isabeau so gut kannte. »Die Fairgean brauchen Salzwasser, kein Süßwasser. Außerdem könnte kein Fairge den Wasserfall herabspringen, und anders kommen sie nicht herein.«

»Nun, ...du musst es ja wissen ...« Die schwarzhaarige Hexe klang wenig überzeugt, aber sie folgte Isabeau die Leiter hinauf und half ihr, die Ladung sauberer Wäsche zu tragen, die Meghan ihnen reichte.

Sie quetschten sich durch die kleine Tür im obersten Stockwerk hinaus und überquerten eine Hand vor die andere setzend die Seilbrücke, die zwischen den Bäumen befestigt war. Seychella lachte und spaßte über Meghans Geheimhaltungssucht. Isabeau lächelte nur. Sie war die persönlichen Eigenarten Meghans gewohnt, und obwohl sie häufig über die Unzugänglichkeit des Baumhauses stöhnte, wusste sie doch, dass es eine Frage der Sicherheit war. Schon eines von Meghans Büchern genügte, sie beide zum Tode zu verurteilen, ganz zu schweigen von der Kristallkugel, den Gefäßen mit Kräutern und Pulvern, den alten Landkarten und kostbaren Ölen. Der Rìgh sagte, Magie sei gefährlich, Hexen seien böse und der Gebrauch der Einen Macht sei streng verboten. Isabeau hatte den Erlass gegen Hexerei des Rìgh selbst gesehen, der auf die Eingangstür der Bürgermeisterei in Caeryla gemalt worden war. Sie hatte gehört, wie die Roten Garden noch immer Hexenjagden im Land veranstalteten, jede Frau und jeden Mann hervorzerrten, welche oder welcher der Zauberei verdächtig war, und sie zur Verhandlung mit zurück nach Dùn Gorm nahmen. Meghan empfand starkes Mitleid mit den Gefangenen. »Sie können keine Macht gehabt haben, oder nur sehr wenig, wenn sie so mühelos gefangen werden konnten«, sagte sie dann, während sie die steilen Pfade nach Hause erklommen. »Eine wahre Hexe würde brutalen Kerlen entkommen, ohne auch nur einen Finger zu rühren.«

Isabeau bekam ihre erste Vorführung der Macht der Windhexe, als Seychella lieber mühelos von einem Ast des Baumes auf den Boden sprang, als den ganzen Stamm entlang hinabzuklettern, wie Isabeau es getan hatte. Isabeau, die sich stets für behände wie ein Eichhörnchen gehalten hatte, war recht geschwind hinuntergeklettert und hatte sogar einen raschen Salto eingelegt, um mit ihrer Kraft und Wendigkeit zu prahlen, aber Seychella war einfach vom Ast gesprungen und leichtfüßig gut vierzig Fuß tiefer gelandet.

»Wie hast du das gemacht?«, fragte Isabeau, aber die Hexe amüsierte sich, indem sie den Wind rief, sodass er Isabeau das lange Haar um das Gesicht und in den Mund peitschte.

Das Wasser des Sees war so eiskalt wie immer. Seychella trieb auf dem Rücken und schaute zur Drachenklaue empor, wobei ihr

Haar hinter ihr herwogte wie ein Trauerflor. »Meghan hat wirklich ein magisches Tal gefunden, nicht wahr?«

Isabeau war sich nicht ganz sicher, was die Hexe meinte, aber sie nickte. »Es ist hübsch.«

Die Hexe schaute zu ihr herüber, drehte sich müßig und schwamm einige Züge. »Und du wurdest hier geboren, oder?«

»Ich denk schon«, erwiderte Isabeau unsicher. »Ich weiß, dass ich hier gefunden wurde. Ich war erst wenige Wochen alt, wahrscheinlich bin ich also hier auf die Welt gekommen.«

»Vermutlich als Kind eines Schafhirten. Niemand sonst wär verrückt genug, viel Zeit an diesen Hängen zu verbringen, so hübsch sie auch sein mögen.«

Isabeau schwieg. Sie vermutete, dass ihre Eltern tatsächlich Schafhirten oder sonstige Hirten gewesen sein mussten, aber sie bevorzugte dennoch ihre eigenen, prächtigeren Vorstellungen. Ihr rotes Haar war sehr ungewöhnlich und das Mysterium ihrer Geburt äußerst faszinierend. Isabeau hatte mehrere komplizierte Geschichten gesponnen, um ihre Aussetzung zu erklären. In ihrer Lieblingsgeschichte sah sie sich als Erbin eines großen Gutes, die von einem bösen Onkel ausgesetzt wurde, der an ihrer statt erben wollte. Das erklärte alles recht zufriedenstellend und ließ die Möglichkeit vollkommen außer Acht, dass ihre Eltern sie vielleicht nicht gewollt hatten.

»Kannst du mir noch mehr von deiner Magie zeigen?«, fragte sie. »Etwas wirklich Tolles?«

Seychella lehnte sich verträumt zurück und bewegte im eiskalten Wasser leicht die Hände. Sie schwieg, aber Isabeau spürte, wie die Temperatur sank, während die Hexe die Eine Macht heranzog. Zunächst begann die ruhige Oberfläche des Sees zu beben, die Spiegelung der Berge zerbrach und löste sich auf. Wellen wogten auf sie zu, und die Äste der Bäume begannen sich zu wiegen. Der Wind nahm an Stärke zu, bis Wolken über ihnen dahinrasten und die Äste der Bäume wild peitschten. Blütenblätter wirbelten von den blühenden Büschen heran, zerstreuten sich im Wind wie Schneeflocken. Es wurde immer kälter, und Isabeau zitterte und sank tiefer ins Wasser. Plötzlich erklang ein gewaltiger Donnerschlag, Blitze zuckten herab und spalteten einen der uralten Riesen im Wald, sodass er mit einem Krachen umstürzte, andere Bäume mit sich riss und den Boden erzittern ließ. Isabeau war tief beeindruckt. Sie hatte noch niemals solch eine mächtige Entfaltung der Macht erlebt. Alle Tricks und Spiele, die sie mit der Einen Macht vollführte, waren im Vergleich hierzu nichts. Selbst Meghans gelegentliche Vorführungen waren verglichen mit denen Seychellas unbedeutend.

»Bring es mir bei«, bat Isabeau. »Wie machst du das?«

»Es ist gefährlich, mit dem Wetter zu spielen«, sagte Seychella müde. »Nichts für kleine Mädchen.«

Isabeau war empört. »Ich bin kein Kind mehr!«

»Du musst begreifen, wie das Wetter wirkt«, sagte Seychella. »Es ist ziemlich schwer, einen Sturm heraufzubeschwören – du musst tief in die Winde der Welt eindringen und ihre Gestalt und Richtung verändern. Blitze zucken zu lassen ist vielleicht das Schwerste von allem, besonders für eine Frau, denn es bezieht auch die Macht des Feuers mit ein, und Feuer ist eher eine männliche Macht. Es ist für mich recht anstrengend. Kannst du dem Wind zuhören?«

Isabeau schwamm näher heran. »Ich weiß nicht ... Ich bin nicht sicher ...«

»Weißt du, wann es schneien wird?«, fragte Seychella.

Isabeau nickte. Sechzehn Jahre in den Sithichebergen genügten, um jedermann die Zeichen des Wetters zu lehren. Sie konnte sagen, wann es regnen oder schneien oder wann sich der Wind erheben würde.

»Gut. Das ist der Anfang. Wenn du dem Wind zuhören kannst, sind es nur noch ein paar kleine Schritte. Du musst dem Wind deinen Willen aufzwingen. Sag ihm, wann er kommen und wann er gehen soll. Lass dich im Geiste von ihm tragen. Du wirst allmählich sehen, wie er strömt.

Isabeau war vor Aufregung außer sich. Meghan erzählte ihr niemals solche Dinge. Sie sagte nur immer »Hör zu« und »Beobachte«, als enthielten diese Worte alle Geheimnisse der Magie.

»Aber vielleicht kannst du es nicht tun«, sagte Seychella abschließend. »Nur wenige Hexen vollbringen es jemals. Du musst wissen, dass das *Talent* jedes Einzelnen verschieden ist. Ich kann Dinge tun, zu denen keine andere Hexe im Stande ist, während Meghan ... Nun, alle Hexen müssen ihre eigenen Grenzen finden. Häufig findet man Dinge zufällig heraus. Ich weiß, dass die Luft mein Element ist, da ich diese Dinge stets rascher und leichter lernte als alle anderen, damals, als die Theurgia noch bestand. Ich habe jedoch erst erkannt, dass ich den Wind beherrschen kann, als ich schon weitaus älter war als du. Ich saß in einem Boot auf dem See, als ein gewaltiger Sturm aufkam. Wir wären alle umgekommen, wenn ich dem Wind nicht befohlen hätte davonzuziehen.«

Isabeau, die hingerissen lauschte, wurde sich jäh der Tatsache bewusst, dass Meghans gebeugte Gestalt am Ufer wartete. Ihr Gesicht wirkte grimmig und ungehalten. Isabeau schwamm zum Ufer und fragte sich bange, was sie dieses Mal falsch gemacht hatte. Meghan sah jedoch nicht sie, sondern Seychella finster an.

»Seychella, hast du die Blitze heraufbeschworen?«, fragte sie.

Isabeau war überrascht über den verdrossenen Ausdruck auf dem Gesicht der Windhexe. »Ja, Meghan«, antwortete sie. »Ich hab nur ein wenig Macht gezeigt ...«

»Seychella, du hast mir doch gesagt, die Berge seien voller Roter Garden. Wie konntest du solch ein Risiko eingehen? Diese Blitze wären noch in vielen Meilen Entfernung zu sehen gewesen ... Blitze aus heiterem Himmel! Jeder Rotgardist, der einen Pfifferling wert ist, würde dem nachgehen.«

»Hab keine Angst, Meghan, du weißt, dass es nur einen Pass

in dieses Tal gibt, und der ist so gut verborgen, dass man wissen muss, wo er ist, um ihn zu finden. Außerdem sind die Berge ein vollkommener Irrgarten! Jeder Rotgardist, der versuchen würde, uns zu finden, würde Monate brauchen, um wieder aus all den Tälern ohne Ausgang herauszufinden. Und die Blitze hätten überall niedergehen können – wie sollen sie es also wissen?«

Meghan deutete auf die gezackte Bergspitze der Drachenklaue, die in den Himmel ragte. »Sie brauchen nur zu wissen, dass es in der Nähe der Drachenklaue geschehen ist«, sagte sie. »Gleichgültig wo sie sind, dieser verdammte Berg wird sie direkt zu uns führen!«

Seychella war nicht lange beschämt. Isabeau verbrachte den größten Teil des Tages mit ihr und lauschte ihren Geschichten aus der großen Zeit des Hexensabbat, als Hexen beim Regieren des Landes halfen und von Gutsherren und Höflingen respektiert wurden. Seychella sprach viel über die Theurgia im Turm der Zwei Monde. Isabeau wäre als Kind dorthin geschickt worden, sagte Seychella, sobald sich bei ihr irgendwelche Macht gezeigt hätte. Sie hätte die grundlegenden Regeln von Wunsch und Wille gelernt und man hätte ihr viele nützliche Fertigkeiten beigebracht.

»Ich hätte Unterricht in Magie bekommen?«

»Ja, du hättest Mathematik, Geschichte, Alchimie und die alten Sprachen gelernt«, erwiderte Seychella lebhaft. »Und außerdem Astronomie und Anatomie.«

Isabeau glaubte allmählich, dass die Theurgia doch nicht so viel Spaß gemacht hätte. »Aber was ist mit Magie?«

»Du musst die Naturgesetze und das Universum begreifen, bevor du die Eine Macht auch nur annähernd verstehen kannst«, antwortete die Hexe streng, bevor sie unerwartet bezaubernd lächelte. »Sei nicht so niedergeschlagen, Kindchen. Du hättest gelernt, deine Macht heraufzubeschwören, und wärst mehrere verschiedene Arten gelehrt worden, sie zu benutzen. Aber ich hab das Gefühl, dass du von Meghan ohnehin ebenso viel, wenn nicht mehr, gelernt hast. Wir vom Hexensabbat glauben an eine lange Lehrzeit – erst nach der Zweiten Prüfung und der Annahme als Lehrling beginnen die wahren Lektionen in Hexerei.«

Es stimmte, dass Isabeau viele Fertigkeiten einfach dadurch erlernt hatte, dass sie Meghan zugesehen hatte. Die Eine Macht war nicht so leicht zu beherrschen. Meghan sagte, viele Menschen lebten ihr ganzes Leben lang, ohne auch nur zu erkennen, dass sie überhaupt etwas von der Einen Macht besaßen, während manchmal eine Fertigkeit unentdeckt blieb, nur weil niemand jemals daran gedacht hatte, die Eine Macht auf die entsprechende Art anzuwenden.

Isabeau versuchte den ganzen Tag, den Wind heraufzubeschwören, konnte aber nicht einmal ein Blatt vom Boden anheben oder die Anemonen auf ihren langen Stielen erzittern lassen. Schließlich gab sie es verärgert und enttäuscht auf und schwor sich, Seychella um eine erneute Heraufbeschwörung des Windes zu bitten, damit sie den Trick daran erkennen konnte. Inzwischen ließ sie sich von Seychella in der Kunst des *Ahdayeh* unterweisen und erkannte, dass die schwarzhaarige Hexe eine weitaus strengere Lehrerin war als Meghan.

Später am Tage grub Isabeau Wurzeln und Gemüse für ihre Abendmahlzeit aus, als sie plötzlich merkte, dass sie beobachtet wurde. Sie war wieder schmutzig und schweißbedeckt, da Meghan es ihr niemals erlaubte, die Saat in einer sauberen, ordentlichen Reihe auszusäen wie in anderen Gärten, die Isabeau gesehen hatte. Ihr ganzes Essen wurde im Wald verstreut angebaut, damit kein Zeichen von Ackerbau irgendeinem Eindringling anzeigen würde, dass in der Nähe Menschen lebten. Isabeau war daher fast eine Stunde lang im Unterholz des Waldes umhergekrochen und hatte verzweifelt versucht, sich zu erinnern, wo sie die Kartoffeln gepflanzt hatte.

Das Gefühl begann als unangenehmes Kribbeln im Nacken.

Isabeau rieb mit ihrer schmuddeligen Hand darüber und grub dann mit ihrem kleinen Holzspaten weiter. Das Gefühl wurde stärker, und Isabeau wandte sich jäh um. Ein alter Mann saß hinter ihr auf einem Baumstamm. Ein verirrter Sonnenstrahl fiel durch die Äste, und er saß in dessen Licht, sodass er durch die Blendung zunächst nicht zu sehen gewesen war. Alles an ihm war alt und gebrechlich. Das Gesicht war voller Runzeln, seine helle Kopfhaut schimmerte deutlich durch das dünne, weiße Haar, und die Hand, die einen geschnitzten Wanderstab hielt, war gekrümmt wie eine Vogelklaue. Sein widerspenstiger Bart wallte bis über die Knie und schleifte über die Blätter auf dem Waldboden. In den Bäumen über ihm saß ein Rabe, der Isabeau mit glänzenden Augen ansah.

»Dies ist also die Kleine, die Meghan auf dem Berg gefunden hat«, sagte der alte Mann. Isabeau wollte so gerne widersprechen, dass sie kein Kind mehr sei, aber irgendetwas ließ sie schweigen. Kurz darauf war sie froh, als der alte Mann mit seiner schwachen Stimme fortfuhr: »Anscheinend kein kleines Kind mehr. Wie alt bist du, Mädchen?«

»Ich werde morgen sechzehn«, erwiderte Isabeau würdevoll.

»Dann ist es an der Zeit, deine Prüfungen abzuhalten«, sagte der alte Mann.

Isabeaus Herz machte einen Satz, aber sie schwieg noch immer, setzte sich auf die Fersen zurück und sah den alten Mann ebenso starr an, wie er sie anblickte. Isabeau erkannte erschreckt, dass der alte Mann blind war, seine Augen von einem weißen, glasigen Film überzogen.

»Ich bin Jorge der Seher«, sagte der alte Mann. »Mein Weg zu dir war lang, Isabeau das Findelkind. Komm und knie dich vor mich.«

Isabeaus Überraschung und Verwunderung waren so groß, dass sie kein Wort hervorbrachte. Gehorsam überquerte sie die Lichtung und kniete sich vor dem weißhaarigen Mann in den

Staub. Sie spürte knochige Finger auf ihrem Haar, und dann hielt Jorge ihren Kopf, während sich seine Daumen mitten auf Isabeaus Stirn trafen. Sie spürte ein seltsames Surren in ihrem Geist und schüttelte es gereizt ab.

»Seltsam …«, murmelte Jorge.

»Was kann einen Traum von tausend Jahren auslösen?« Es war Meghans Stimme. Isabeau konnte sich nicht umwenden, um ihre Hüterin anzusehen, weil der alte Mann ihren Kopf noch immer fest in Händen hielt, aber sie hörte, wie sie die Lichtung überquerte.

»Ah«, sagte der alte Mann und beugte sich vor, um Isabeau auf die Stirn zu küssen, zwischen die Augen. Sofort war Isabeaus Kopf von einem Trappeln und Trommeln erfüllt, was wie Pferdehufe auf hartem Untergrund klang. Die knubbeligen Finger gruben sich tiefer in die Haut an ihren Schläfen, und sie musste dem Drang widerstehen, den Kopf impulsiv wegzuziehen.

»Es stimmt, du hast Macht«, sagte der alte Zauberer, als er sich schließlich zurücklehnte und die Hände wieder auf seinen Wanderstab stützte. »Aber du bist unwissend und anmaßend. Wie kannst du so unwissend sein, nachdem du dein ganzes Leben mit Meghan von den Tieren verbracht hast?«

»Sie war stets ein eigenwilliges Kind«, sagte Meghan sanft. »Ich bin froh, Euch zu sehen, Jorge. Ich konnte nur hoffen, dass Ihr kämt. Ich fürchtete …«

»Ich war lange Zeit fort«, sagte Jorge. »Es müssen sieben Jahre oder mehr gewesen sein. Am Himmel stehen Zeichen, Meghan, ich kann spüren, wie sie an mir zerren.«

»Ja, der Rote Wanderer ist wieder hier. Ich wünschte, ich wüsste, was das für uns bedeutet. Ihr habt die Geschichten von Hexenjagden und Vollstreckungen gehört?«

»Ja, mein Kind. Es war sehr schwer für mich, hierher zu gelangen. Die Reise durch das Land wird von Tag zu Tag schwieriger.«

»Hattet Ihr keine Probleme damit, den Weg zu finden?«

Der alte Zauberer kicherte. »Die Drachenklaue war ganz leicht zu finden, da Jesyah mir den Weg gezeigt hat. Weitaus schwieriger war es, den Eingang zu entdecken. Jesyah muss an diesem verdammten Berghang wohl in Hunderte von Höhleneingängen geflogen sein. Danke für deine gestrige Gedankenbotschaft. Sind alle Hexen versammelt?«

»Ihr seid erst der zweite, Jorge. Aber ich habe Hoffnung; schon seit Wochen erwarte ich sie. Ich hab Nachrichten an alle mir bekannten Hexen geschickt und suche im Kristall noch immer weitere.«

»Ja, aber wir sind jetzt nur noch so wenige, und wir haben alle Angst. Ich habe mir ein hübsches Plätzchen in den Sithichebergen ausgesucht, damit ich das Land nicht durchqueren oder über den bewachten Pass kommen musste.«

»Welche Nachrichten bringt Ihr, Jorge?«

»Nur schlechte, Meghan. Das Meer ist voller Fairgean – wahrscheinlich riechen sie die Schwäche des Rìgh. Ich habe gehört, dass sie auf dem Wulfram bereits bis zum dritten See vorgedrungen sind.«

»Das sind wirklich Besorgnis erregende Nachrichten.« Meghan erhob sich schwerfällig. »Kommt mit zurück zum Haus, Jorge. Ihr müsst müde sein.«

Der alte Zauberer stand auf, und der Rabe flatterte herab und setzte sich auf seine knochige Schulter. Jorge streichelte die schwarzen, glänzenden Federn und sagte: »Hat Gitâ etwas gegen einen Gast einzuwenden?«

»Gefallen wird es ihm wohl nicht«, antwortete Meghan lachend, »aber er wird sich gastfreundlich verhalten.« Sie gingen durch den Wald zurück, während Isabeau voll Neugier hinterhertrottete.

»Meghan, ich hatte eine Vision, bevor ich kam. Es war sehr seltsam. Die Vision änderte sich ständig, obwohl ich sie festzuhalten versuchte. Ich spüre, dass wir an einem Kreuzweg der Ereignisse stehen. Die Schicksalsgöttinnen weben neue Farben in den Stoff, und nur die Zeit kann zeigen, was das für uns bedeutet.«

»Was habt Ihr gesehen, Jorge?«

»Ich sah, wie ein Säugling geboren wurde, der mit gespreizten Beinen auf der Welt stand – einen Fuß auf dem Land, den anderen auf den Meeren. Er hielt den Leitstern in der Hand. Ich versuchte, tiefer in die Vision hineinzublicken, aber sie veränderte sich, und ich sah zwei gleiche Gesichter, wie in einem Spiegel und doch verschieden. Alles, was ich in meinen Träumen wahrnehme, existiert anscheinend doppelt – die Doppelfrucht des Granatapfels, Kirschen, ein Kaninchen mit zwei Jungen, zwei Monde, die aufeinander treffen, manchmal, um sich zu küssen, manchmal, um sich zu beißen. Ein Traum hat mich zu Tränen gerührt und geweckt. Ich träumte, ich wäre wieder in Lucescere. Ich lief in den alten Thronraum, mit Freude im Herzen, und sah dort auf dem Thron einen geflügelten Mann, der den leuchtenden Leitstern in der Hand hielt. Solch ein seltsamer und schöner Anblick! Und dann wandelte sich der Traum, und ich lief erneut in den Thronraum und konnte nur den klagenden Klang eines Clàrsachs hören. Und dort, auf dem Thron, sah ich eine Frau, in deren Faust der Leitstern loderte. Zuerst bin ich froh, und ich sehe, dass sie die bis zu den Füßen reichende, weiße Haarlocke hat – das Merkmal einer wahren NicCuinn. Aber, Meghan, nun kommt das Schlimmste. Ich nähere mich – und sie ist eine Fairge! Es ist kein Zweifel möglich. Ich sehe ihre Schuppen schimmern sowie ihre Flossen und den Schwanz, und ihr Mund ist nicht der Mund einer Frau!«

»Das ist wirklich eine seltsame Vision«, sagte Meghan nachdenklich.

»Wahrhaftig, bei meinem Bart und dem Bart des Zentauren. Da ist noch was …, ich weiß, dass es eine wichtige Bedeutung hat, aber ich kann nicht sagen, welche. Ich träum jede Nacht von

Magnysson und Gladrielle. Ich seh sie in meinen Träumen, wie sie aufsteigen und untergehen, und ich seh, wie einer vom anderen vereinnahmt wird … Magnysson nimmt Gladrielle in die Arme, wie es die alten Erzählungen stets berichtet haben, aber er verschlingt sie, Meghan! Er frisst sie auf! Ich glaub, das kann nur bedeuten, dass ein Krieg bevorsteht, ein Krieg, wie wir viele Jahrhunderte lang keinen mehr gesehen haben.«

»*Wenn Magnysson Gladrielle schließlich in seinen Armen hält, wird alles heil oder zerbrochen sein, gerettet oder ausgeliefert*«, murmelte Meghan.

»Was ist das?«, fragte der blinde Seher und beugte sich näher zu ihr. »Was hast du gesagt?«

»Nur einen alten Spruch, an den ich mich aus meiner Kindheit erinnere. Ich hab viele Jahre lang nicht mehr daran gedacht … Ja, dieses Jahr ist unser Jahr, das weiß ich. Ich wünschte, die Sterngucker würden noch leben. Ich würde vieles darum geben zu wissen, ob meine Himmelsdeutungen richtig sind.«

»Wir sollten zuerst diese junge Hexe prüfen und sehen, ob das Versprechen der Macht erfüllt werden kann«, sagte Jorge. »Welches *Talent* besitzt du, Mädchen?«

»Ich weiß es nicht«, sagte Isabeau verwirrt. Dies bereitete ihr insgeheim Sorgen, obwohl Meghan ihr versicherte, Hexen wären häufig schon recht alt, bevor sie ihre besondere Berufung fänden.

Jorge hielt es nun genauso. »Ach, nun, mach dir nichts draus. Ich war über vierzig, als ich herausfand, dass ich die Gabe hatte, in die Zukunft zu sehen, und ich musste zuerst mein normales Sehvermögen verlieren.«

Dann wandte er sich an Meghan und sagte: »Wir brauchen den richtigen Platz, weißt du, einen Platz nahe dem Wasser, der Erde, der Luft und dem Feuer.«

»Ich bin vorbereitet«, sagte Meghan. »Heute Nacht ist Lichtmess, das Ende des Winters und der Anfang der Jahreszeit der

Blumen. Wir werden die Prüfung bei Sonnenuntergang beginnen und die Lichtmessrituale in der Morgendämmerung durchführen. Hoffentlich wird der Kreis vollständig sein.«

# Die Prüfung der Macht

Isabeau kauerte unter einem Dornenbusch und versuchte, sich zu wärmen, indem sie mit den Händen ihre bloßen Arme und Schultern rieb. Es war der erste Frühlingstag unmittelbar vor der Dämmerung und bitterkalt. Sie war müde und hungrig, da sie die ganze Nacht nicht geschlafen und auch nichts gegessen hatte. Sie hatte sich zu leeren versucht, wie Meghan sie angewiesen hatte, und sich bemüht, Teil der dunklen, stillen Nacht zu werden, während die großen Bäume in sternerfüllten Fernen aufragten und das miteinander verschmolzene Licht der beiden Monde auf die verschneiten Bergspitzen schien. Aber sie spürte nur die Kälte und empfand Angst.

Bald waren die Bergspitzen vor einem hellgrünen Himmel silhouettenhaft zu erkennen. Isabeau rappelte sich auf und trottete den Berghang hinab, die Arme über ihrer nackten Brust verschränkt. Allmählich wurde ihr wärmer, und sie lief schneller. Denn nach der langen, schweren Prüfung war sie völlig erstarrt und glaubte, für die nächste Prüfung jeden Vorteil gebrauchen zu können. Irgendwie wusste sie, dass es wichtig war, heute Morgen ihr Bestes zu geben, da es um ihre Zukunft ging. Isabeau beabsichtigte keineswegs, ihr ganzes Leben ruhig in den Wäldern und Bergen zu verbringen, Kräuter zu sammeln und Arzneien herzustellen, um sie jedes Jahr bei den Dorffesten zu verkaufen. Isabeau wollte Abenteuer erleben.

Im Dämmerlicht konnte sie durch den Wald schwach den See schimmern sehen. Dieser See nahm den größten Teil des Talbodens ein und ergoss sich in schmalen Rinnsalen über dessen Rand auf die weit unten gelegenen Ebenen. Am Wasserfall war ein kleines Feuer entzündet worden, auf das Isabeau nun zuhielt.

Während sie lief, wiederholte sie für sich den Reim, den sie als Kind gelernt hatte:

»Ist Lichtmess hell und klar,
ist der Winter auch noch da.
Ist Lichtmess voller Regenschauer,
ist der Winter fort auf Dauer.«

*Wenn es nicht vor Einbruch der Nacht regnet, sieht es so aus, als bekäme der Winter noch eine Chance,* dachte Isabeau und erinnerte sich daran, wie viele ihrer Geburtstage mit gutem Wetter begonnen hatten. Und doch war ihr Geburtstagsessen im Freien häufig vom Sturm verdorben worden. Das Wetter war in den Sitchebergen gefährlich wechselhaft.

Auf einem freien Flecken Erde nahe dem Rand der Klippe, die bewegte Oberfläche des Wasserfalls nur einen Fuß entfernt, war ein großer Kreis tief in den Boden geritzt worden. Innerhalb dieses Kreises war ein fünfzackiger Stern skizziert, dessen Form in dem trüben Licht nur schwer erkennbar war.

An vier der fünf Spitzen saß je eine Hexe. Ihre Stäbe staken aufrecht in der Erde hinter ihnen und markierten die Punkte, wo Stern und Kreis zusammentrafen. Die Hexen waren nackt, ihr Haar offen; sie saßen mit gekreuzten Beinen, die Augen waren geschlossen. So saßen sie schon die ganze Nacht, wobei jede die Prüfung schweigend ertrug. Isabeau verneigte sich vor den vier Hexen und setzte sich dann an die fünfte Spitze des Pentagramms. Zu ihrer Rechten saß Meghan von den Tieren, zu ihrer Linken Seychella, die in den Luftelementen am meisten Macht besaß. Gegenüber hatte Jorge der Seher Platz genommen, der sah, was andere nicht erblicken konnten. An der vierten Spitze saß eine Hexe, die Isabeau noch niemals zuvor gesehen hatte. Sie wirkte so zerbrechlich wie Jorge und war von hellem Haar umgeben, das sich so lang wie der Brautschleier einer Banrìgh um sie schmiegte. Als Isabeau sie verwundert betrachtete, öffnete sie die Augen, die strahlend blau und tränennass waren.

»Lasst uns die Rituale der Lichtmess zelebrieren«, sagte sie mit melancholischer und sanfter Stimme.

Isabeau senkte den Kopf und verfiel in den vertrauten Singsang, die Riten, die sie und Meghan in jedem Jahr ihres Lebens in der Dämmerung der Jahreszeit der Blumen ausgeführt hatten. »Im Namen Eàs, unserer Mutter und unseres Vaters, du, die du die Spinnerin und Weberin und Fadenschneiderin bist, du, die du die Saat säst, das Getreide wachsen lässt und die Ernte einbringst. Bei der Reinheit der vier Elemente, Wind, Stein, Flamme und Regen, bei der Reinheit des klaren Himmels und des Sturms, der Regenbogen und Hagelkörner …«

Nach einer ganzen Nacht ohne Nahrung und Ruhe und ob ihrer Nacktheit zitternd, verfiel Isabeau in eine leichte Trance, sodass der Klang des Singsangs, der üppige Geruch des Weihrauchs und des Holzrauchs und das Schimmern des Lichts auf dem Wasser in Wogen kamen und gingen. Als sie sich zum Tanzen erhoben, fühlte sie sich, als würde sich ihr Körper ohne ihren Willen oder ihre Kontrolle drehen und mit den Füßen auf die Erde aufstampfen – sie war abgesondert, getrennt, fort.

Danach sprach Seychella: »Isabeau das Findelkind, du gelangst an den Berührungspunkt von Erde, Luft, Wasser und Feuer – bringst du die Seele mit?«

»Mögen mein Herz gütig, mein Geist stürmisch, meine Seele tapfer sein.«

»Isabeau, du kommst mit einem Wunsch zu Pentagramm und Kreis. Welcher Wunsch ist es?«

»Der Wunsch, in Weisheit und Kraft die Handhabung der Einen Macht zu erlernen. Der Wunsch, um Aufnahme in den Hexensabbat zu bitten, damit ich die Gesetze und Pflichten der Magie erlernen kann. Mögen mein Herz gütig, mein Geist stürmisch und meine Seele tapfer sein.«

Alle vier Hexen bildeten mit den Fingern der linken Hand einen Kreis und kreuzten ihn mit einem Finger ihrer Rechten. »Meghan, deine Beraterin und Hüterin, sagt, du habest die Erste Prüfung der Macht bestanden.« Isabeau sah Meghan überrascht an. »Sie hat dich an deinem achten Geburtstag geprüft, wie es die alten Gesetze verfügen.«

Isabeau erinnerte sich deutlich an ihren achten Geburtstag. Meghan hatte den ganzen Morgen ihre Hexenfähigkeiten untersucht, aber sie hatte geglaubt, diese Aufgaben wären die Strafe für ihre Unbedachtheit gewesen und nicht die Erste Prüfung der Macht.

»Wie es die Zweite Prüfung der Macht verfügt, musst du die Erste Prüfung erneut ablegen.« Isabeau schaute zur Beruhigung zu Meghan, aber in deren grimmigem Gesicht war nichts zu erkennen. Plötzlich warf Jorge einen Stein auf sie; ein harter Wurf, der direkt auf ihr Gesicht gerichtet war. Isabeau wehrte den Kiesel automatisch ab, und er landete zwischen den Felsen.

»Isabeau das Findelkind hat die Luftprobe bestanden – das zu bewegen, was sich bereits bewegt«, sagte die unbekannte Hexe. Ihre Stimme klang sehr matt. »Atme die gute Luft tief ein, mein Kind, und wünsche allen Winden der Welt Gutes, denn ohne Luft würden wir sterben.« Bei diesen letzten Worten bebte ihre Stimme vor Tränen.

Isabeau atmete die nach Wald duftende Luft gehorsam tief ein und spürte, wie Heiterkeit sie erfüllte. Sie hatte die erste Probe bestanden, und es war leicht gewesen!

Nun erhob sich Seychella, überquerte mit einer tiefen Wasserschale das Pentagramm und ging zu Isabeaus Sitzplatz, wobei sie sorgfältig darauf achtete, nicht über die Linien zu treten. Sie stellte die Schale auf den Boden vor sie hin. Isabeau war überrascht, als sie sah, dass die Hände der Hexe jetzt voller Ringe waren.

Man konnte die Stärke einer Hexe stets nach der Anzahl der Ringe und deren Anordnung beurteilen, hatte Meghan ihr einst erklärt. Am mittleren Finger der rechten Hand trug Seychella den Mondstein, der die Belohnung für das Bestehen der Zweiten Prüfung der Macht war. Am Herzfinger trug sie einen blauen Topas, der anzeigte, dass ihr stärkstes Element die Luft war, und am Mittelfinger funkelte ein Granat, der bewies, dass sie auch das Element Feuer beherrschte. An der linken Hand trug Seychella am Herzfinger einen Saphir, der besagte, dass sie die Luftprüfung der Zauberin bestanden hatte.

Also war Seychella eine mächtige Zauberin – viele Hexen errangen niemals mehr als einen oder zwei Ringe. Nur selten war eine Hexe so mächtig, dass sie alle zehn Ringe erwerben konnte, und sogar Tabithas hatte nur sieben errungen.

Meghan und die silberhaarige Hexe erhoben sich ebenfalls und traten weiter heran, um die Wasserschale sehen zu können. Isabeau hatte Zeit festzustellen, dass ihre Hände ebenfalls voller Ringe waren, bevor Seychella »Die Wasserprüfung« zu intonieren begann. Isabeau konzentrierte augenblicklich alle ihre Energien auf die Schale und versuchte, keinen Finger zu regen. Es war irgendwie leichter, die Eine Macht zu gebrauchen, wenn man Gesten verwenden konnte, aber Meghan sagte, das würde auf eine Novizin hinweisen: Richtige Hexen konnten die Eine Macht auch dann anwenden, wenn ihnen Hände und Füße gebunden waren. Isabeau hatte das Element Wasser noch nie als sehr leicht beherrschbar empfunden, und obwohl sie sich bemühte, zeigte sich in der Schale keine Reaktion. Sie zwang das Wasser mit jeder Unze ihrer Kraft zur Bewegung. Schließlich begann es in der Schale zu wogen, schwappte von einer Seite zur anderen und spritzte über den Rand.

»Kontrolliere es«, sagte Meghan, und das Wasser beruhigte sich allmählich, bis es sanft an den Seiten der Schale leckte.

»Isabeau das Findelkind hat die Wasserprobe bestanden – Ebbe und Flut zu beherrschen«, sagte Seychella. »Nun trink einen tiefen Schluck des Wassers, Kind, und wünsch den Flüssen und Seen der Welt Gutes, denn ohne Wasser würden wir sterben.«

Isabeau trank dankbar aus der vor ihr stehenden Schale, denn sie war sehr durstig. Das Wasser schmeckte klar und frisch und strömte durch sie hindurch wie Regen durch ein ausgetrocknetes Bachbett. Meghan ging zu ihrem Platz zurück, wo sie einen Topf mit Erde und drei Baumrindengeflechte hochnahm. Isabeau setzte sich vertrauensvoll zurück, sah zu, wie ihre Hüterin den Tontopf herüberbrachte, und achtete dabei auf deren Hände. Sie konnte kaum ein Keuchen unterdrücken, als sie merkte, dass Meghan sieben Ringe trug. Mondstein, Granat, Jade, Türkis und blauer Topas an der rechten Hand wiesen sie als Gebieterin über alle fünf Elemente aus. An ihrer linken Hand trug sie einen Smaragd, der höchste Grad des Elements Erde, und einen Opal, der Ring der Zauberin des Elementes Geist.

»Meghan, bist du ... du musst doch ... Meghan, bist du eine Zauberin?«

»Wie kannst du das nicht wissen!«, schalt Seychella. »Du lebst sechzehn Jahre lang bei einer Zauberin Ersten Ranges und ahnst es nicht?«

»Still, Seychella. Das Kind hat bisher keine Hexe außer mir gekannt – wie sollte sie es also wissen? Sie hat alles, was sie weiß, in Büchern gelesen oder dadurch gelernt, dass sie mich nachahmte. Sie hat die Ringe noch niemals zuvor gesehen, sie sind zu kostbar, als dass Kinder damit spielen sollten, und zu gefährlich für mich, um sie zu tragen. Wie sollte sie es wissen?«

»Aber ...«, begann Isabeau.

»Nicht jetzt, Kind. Ich werd deine Fragen später beantworten. Jetzt möchte ich, dass du dich der Erdprobe unterziehst.«

Isabeau löste mit zitternden Händen das erste Baumrindengeflecht. Sie konnte kaum glauben, dass Meghan eine Zauberin war – und mit sieben Ringen! Ihre liebe alte, brummige Hüterin, die ebenso flink über die steilen Wiesen hinkte wie sie selbst und mehr über die Feld- und Waldtiere wusste als jede andere Person, der Isabeau je begegnet war. Dadurch verlor alles, was Isabeau kannte, seine Ordnung, und sie erschauderte leicht.

In dem Rindengeflecht befand sich eine Auswahl von Samen in verschiedenen Formen und Größen. Sie hielt die Samen einen nach dem anderen hoch und benannte sie. »Nachtschatten, Krapp, Ruhrkraut, Hundszunge, Immergrün, Kreuzkraut«, leierte sie daher, während ihr Geist weiterhin mit der Offenbarung rang, dass ihre Hüterin keine gewöhnliche Waldhexe war. »Holunder, Gänsefingerkraut, Wacholder, Haselstrauch, Zaunrübe, Wiesenschaumkraut, Felberich, Brombeere, Glockenfrucht, Apfel …«

Als sie geendet hatte, zeigten die vier Hexen weder durch Worte noch durch Gesten, ob sie die Samen richtig benannt hatte, sondern befahlen ihr nur, drei der Samen auszuwählen und in den Topf zu säen. Das war schwierig. Isabeau erhielt keinen Hinweis darauf, was die Hexen von ihr erwarteten. Jeder der Samen hatte unterschiedliche Eigenschaften: Einige wirkten heilend, einige nährend, wieder andere waren giftig. Nachdem Isabeau gründlich über das Problem nachgedacht hatte, wählte sie sorgfältig drei Samen aus – Brustwurz, Hafer und Haselstrauch – und setzte sie in die Erde. Brustwurz wurde manchmal Seelenfriede genannt, weil er heilende und stärkende Eigenschaften besaß. Jeder Teil der Pflanze von der Wurzel bis zur Blüte und zum Samen konnte genutzt werden. Man konnte damit jegliche Art Fieber oder Entzündung lindern, ob innerlich oder äußerlich. Hafer war eine nahe liegende Wahl – wenn Nahrung knapp war, konnte ein Mensch monatelang allein von Haferbrei leben. Den dritten Samen auszuwählen, war schwieriger gewesen, aber Isabeau hatte sich schließlich für den des Haselstrauchs entschieden, denn wie Brustwurz hatte auch der Haselstrauch stark heilende Kräfte, war aber wie Hafer auch essbar und reich an Protein und lebenswichtigen Mineralien. Der wichtigste Grund für diese Wahl war jedoch, dass Haselholz eines der geweihten Hölzer war, das Holz, aus dem häufig die Hexenstäbe und die Griffe von Hexendolchen gefertigt wurden. Nachdem Isabeau die Samen gesetzt hatte, wässerte sie sie und führte ihre Hand konzentriert über die Erde, wie sie es ihre Hüterin oft hatte tun sehen.

Im nächsten Rindengeflecht befanden sich Stücke duftender Baumrinde, grüne Zweige, getrocknete Blumen und Beeren. Erneut benannte Isabeau ein jedes und seine Eigenschaften, und erneut erfolgte von den Hexen keine Reaktion. Isabeau öffnete seufzend das letzte Rindengeflecht. Es war jetzt vollkommen hell, was ihr das Benennen der gemahlenen Metalle und Minerale erleichterte, die sich in dem Geflecht befanden. Denn diese Aufgabe war für Isabeau ohnehin etwas schwieriger, da ihr die Pulver nicht aus dem Alltag vertraut waren, wie es bei den Samen und Kräutern der Fall gewesen war. Während Isabeau die Minerale benannte, streute sie etwas davon in den Topf mit Erde und wässerte sie sorgfältig. Als Nächstes wurde sie aufgefordert, die ersten sieben Sprachen der Tiere vorzutragen – die allgemeine Sprache der Vögel, Fische, Insekten, Reptilien, Amphibien, Säugetiere und anderer Myriaden von Wesen, die von manchen Leuten Zauberwesen und von anderen *Uile-Bheistean* genannt wurden. Isabeau kannte nicht nur die allgemeinen Sprachen, sondern auch viele der Dialekte, insbesondere die Sprachen der Vögel und Säugetiere, sodass dies eine leichte Herausforderung für sie war. In einem Anflug von Übermut trug sie volle vierzehn Sprachen vor, aber die Hexen schienen es nicht zu bemerken.

Die ganze Zeit über, während Isabeau sprach, konzentrierte sie sich weiterhin auf die Samen im Topf, wärmte sie geistig und nährte sie mit ihrer eigenen Energie. Während sie die letzten wenigen Sprachen vortrug, sah sie, wie sich die Erde regte, und pries die vielen Male, die sie Meghan diesen Trick hatte vollführen sehen.

Ein Laut der Zufriedenheit entschlüpfte Jorge, denn seine blinden Augen hatten gesehen, was die Hexen nicht bemerkt hatten. Seychella sprang augenblicklich auf, und als sie die ersten Sämlinge sich nach der Sonne ausstrecken sah, rief sie: »Bravo!«

»Isabeau das Findelkind hat die Erdprobe bestanden – die Anforderung des Wissens«, sagte Meghan, und ihre Stimme klang zufrieden. Sie brachte Isabeau einen Teller mit Brot, Käse und Äpfeln sowie einen Becher Minztee. »Iss kräftig von der guten Erde, mein Kind, und wünsche den Früchten und Tieren der Welt Gutes, denn ohne sie würden wir sterben.«

Isabeau, die ihren Tee gerne heiß mochte, erhitzte ihn mit dem Finger, bevor sie trank, und aß etwas von dem Brot und Käse. Sie spürte, wie ihre Kraft zurückkehrte, und jubilierte, weil sie die ersten drei Proben bestanden hatte.

Nun erhob sich der blinde Zauberer und trug eine Kerze zu Isabeau, die ihm zulächelte und den Docht anzündete, ohne auch nur mit der Wimper zu zucken. Gelangweilt beschloss sie, ihnen eine Vorführung dessen zu bieten, was sie wirklich tun konnte. Sie hob die linke Hand so, dass die Flamme von der Kerze auf ihre Fingerspitze sprang, und spielte dann mit der Flamme, bis sie drei kleine Feuerkugeln jonglierte. Bevor sie weitermachen konnte, sagte Meghan streng: »Du hast uns die Flamme gezeigt, nun zeig uns die Leere.«

Gehorsam löschte Isabeau mit einem Zwinkern die Kerzenflamme, fühlte sich dabei aber ein wenig gereizt. *Die Herausforderung der Flamme und die Leere sind grundlegende Übungen – jede Novizin könnte das tun,* dachte sie. Dennoch wartete sie auf das ihr unvermeidlich scheinende Lob.

»Bescheidenheit und Selbstbeherrschung sind notwendige Eigenschaften jeder Hexe«, sagte die Zauberin Seychella streng. »Wenn eine Hexe die Eine Macht missbraucht oder zu viel Gefallen an ihrem Gebrauch findet, kann daraus nur Unglück entstehen.« Isabeaus Herz sank. Sie hatte dieselben Worte viele Male von Meghan gehört, sie aber nie beachtet, da sie zu bestrebt gewesen war, der Einen Macht ihren Willen aufzuzwingen. »Dennoch hat sie die Anforderung der Flamme und der Leere bestanden und somit auch die Feuerprobe. Setz dich nahe ans Feuer, Kind, wärme es und sonne dich in seinem Licht. Wünsch dem Feuer der Welt Gutes, denn ohne Wärme und Licht in der Dunkelheit würden wir sterben.«

Isabeau kauerte beim Feuer, bis ihre Wangen rot und ihre Glieder warm waren, bevor sie erwartungsvoll auf ihren Platz zurückkehrte.

»Nun zur letzten Anforderung, der Geistprobe«, sagte Jorge.

Isabeau wartete, aber nichts geschah, niemand regte sich oder sagte etwas. Sie sah sie alle an, begegnete dem traurigen Blick aus blauen Augen der silberhaarigen Hexe, Jorges glasigen Augäpfeln, Seychellas ungeduldigem Starren. Nur Meghan erwiderte ihren Blick nicht, sondern sah mürrisch zu Boden.

»Sag uns, was du siehst«, forderte Seychella sie auf, und Isabeau blickte sich einigermaßen verwirrt um. Sie sah nichts, was sie nicht schon während der letzten vier Stunden gesehen hätte – den See, den Wasserfall, den Wald, den Himmel.

»Vor deinem geistigen Auge, Kind«, soufflierte ihr die unbekannte Hexe.

Isabeau schloss verzweifelt die Augen, sah aber nichts als enttäuschende Dunkelheit. Sie dachte an den Morgen ihres achten Geburtstags zurück, als sie schon einmal auf diese Art geprüft worden war. Sie erinnerte sich daran, wie Meghan etwas auf ein Stück Papier gemalt hatte und sie es hatte raten lassen. »Einen Stern in einem Kreis«, sagte Isabeau und hörte sie erleichtert seufzen. Sie blickte unwillkürlich zu Meghan und sah, dass ihre

Hüterin sie mit durchdringenden schwarzen Augen beobachtete. Der Blick ließ sie erröten und stottern: »Ich erinnere mich an das Spiel. Jetzt sehe ich nichts.«

»Seltsam«, sagte Seychella. »Lassen wir sie bestehen oder durchfallen? Sie hat die richtige Antwort gegeben.«

»Sie muss es gewiss sehen. Es ist die Anforderung der Klarsicht«, sagte die Fremde. Isabeau schaute flehend zu Meghan, aber Jorge antwortete und sagte: »Sie hat die richtige Antwort gegeben. Wer sind wir, dass wir die Wege der Macht verstehen wollen? Wie sie zu der Antwort kam, bleibt gewiss Eà überlassen.«

Erleichterung durchströmte Isabeau. Sie versuchte, sich zu erinnern, ob sie und Meghan dieses Spiel jemals wieder gespielt hatten, aber sie glaubte es nicht. Ihre Lehrerin hätte sie doch sicher auf diese Probe vorbereiten müssen? Und warum hatte sie nichts gesehen, wenn alle erwarteten, dass sie etwas sehen würde?

»Isabeau hat die richtige Antwort auf die Anforderung des Geistes gegeben«, stimmte Jorge an. »Spür das Blut durch deine Adern pulsieren, mein Kind, spür die Lebenskräfte dich beseelen. Danke Eà, unser aller Mutter und Vater, für den ewigen Funken, und wünsche den Kräften des Geistes Gutes, die uns leiten und lehren und uns Leben geben.«

Isabeau wurde keine lange Ruhepause gewährt, obwohl sie wieder einen Schluck Wasser bekam und man ihr zum Bestehen gratulierte. Seychella zeigte ihre Verwirrung über die letzte Prüfung offen, beugte sich aber Jorges Urteil. Isabeau kauerte sich ans Feuer, denn die Sonne wurde nun von aufkommenden Wolken verdeckt, und es wehte ein scharfer Wind. Dann erhob sie sich und suchte sich eine ebene Felsfläche, um ihre *Ahdayeh*-Übungen zu absolvieren.

»Der Schneelöwe geht zur Tränke«, stieß Seychella hervor, und Isabeau spürte augenblicklich, wie ihr Körper in den lockeren, anmaßenden Schritt verfiel, den sie gelernt hatte.

»Der Schneelöwe schnuppert in die Luft«, und Isabeau wandte sich den Hexen zu, jeder einzelne Nerv angespannt, den Rücken gestreckt und den Kopf erhoben.

»Der Schneelöwe springt auf den Fels.«

Isabeau sprang leichtfüßig in die Luft, die Arme nahe am Körper, landete gute sechs Fuß entfernt, die Füße geschlossen, die Knie gebeugt. Während der nächsten Stunde prasselten die Befehle auf sie herab, und Isabeau musste jede einzelne der dreiunddreißig *Ahdayeh*-Haltungen ausführen. Als ihr Körper ermüdete und die Befehle schwieriger wurden, spürte sie, wie ihre Muskeln zu schmerzen und ihre Beine zu zittern begannen. Nur einmal stolperte sie ernstlich, und das geschah gegen Ende, als sie *Der Drache greift an* ausführte, eine Übung, die einen komplizierten Salto und einen stürmischen Lauf beinhaltete. Isabeau machte sich beim Salto so klein wie möglich, aber der Fels war uneben, und sie stolperte beim Aufkommen. Die Hexen schwiegen, saßen einfach nur zu beiden Seiten des Feuers an den Spitzen des Pentagramms und warteten darauf, dass sie sich wieder erholen würde.

Isabeau hatte sich bei dem Sturz den Knöchel verletzt, aber sie verzichtete wohlweislich darauf, sich zu beklagen oder Anzeichen von Schmerzen zu zeigen. Sie beendete die letzten drei Schritte und kam sauber wieder in ihrer Stellung auf, bevor sie dankbar zu Boden sank. Ihr ganzer Körper schmerzte, und sie spürte Tränen in den Augen brennen, aber sie schwieg und schaute nur auf ihre im Schoß verkrampften Hände hinab.

Dann begann die Zweite Prüfung der Macht. Isabeau spürte, wie ihre Zuversicht zurückkehrte, als sie die Anforderungen der Luft, des Wassers und der Erde bestand. Die erste Übung beinhaltete, einen Stein von einem Fleck auf einen anderen zu heben – ein unbewegtes Objekt zu bewegen. Für die zweite Übung goss sie Wasser aus einem Krug in einen anderen, ohne eines der Gefäße anzurühren – die Anforderung des unkontrollierten Auf- und

Abebbens von Wasser. Für die Erdprobe rief sie Tiere zu sich – einen Otter aus dem See, ein Kaninchen aus dem Wald, einen Haubenfalken vom Himmel, einen Salamander aus den von der Sonne aufgeheizten Felsen, eine Spinne aus ihrem Netz. Das war für Isabeau durch ihr Zusammenleben mit Meghan von den Tieren leicht, denn alle Tiere im Tal waren ihre Freunde. Nachdem die Tiere Isabeaus Hand berührt hatten, drängten sie sich um Meghan, und sie sprach freundlich mit ihnen, streichelte das weiche Fell des Kaninchens und strich dem Falken über den hellen Kopf.

Isabeau hätte die Feuerprobe als die leichteste von allen empfinden müssen, denn sie brauchte nur das Feuer als Werkzeug zu benutzen. Sie hatte schon früher viele Messer und Spaten geschmiedet und manchmal einfachen Schmuck anfertigen dürfen, den sie auf den Dorfmärkten verkauft hatten. Aber heute bestand ihre Aufgabe darin, einen Mondsteinring zu fertigen, und ihre Hände zitterten, während sie das durch Hitze geschmeidig gemachte Silber drehte. Sie hatte niemals zuvor einen Ring gefertigt, und dieser Ring würde von Meghan getragen werden, wenn Isabeau die Zweite Prüfung bestand, während sie selbst den ihrer Hüterin tragen würde. Sie wollte, dass der Ring perfekt würde, damit Meghan ihn stolz annehmen könnte. Es war ein bedeutender Vertrauensbeweis, etwas mit eigener Hand Geschmiedetes zu verschenken – ebenso bedeutend, wie etwas fortzugeben, das man lange getragen oder benutzt hatte, da solche Dinge gegen einen selbst gerichtet werden konnten, wenn sie in die falschen Hände gerieten. Und doch war dies Brauch des Hexensabbats, und daher würde der Ring, den sie bei Bestehen der Prüfungen bekäme, der Ring sein, den Meghan von ihrem vorherigen Lehrling, Ishbel der Geflügelten, bekommen hatte. Isabeau wusste, dass dieser Ring einer ihrer kostbarsten Schätze sein würde, und doch würde sie ihn eines Tages fortgeben müssen, im Gegenzug für einen neu geschmiedeten Ring aus den Händen ihres eigenen Lehrlings.

Während sie darauf wartete, dass das Silber erneut formbar

würde, bemerkte sie, dass Meghan mit einem langohrigen Hasen sprach. Es war nicht leicht, mit Hasen zu sprechen, wenn man keinen Hinterlauf und keinen weißen Schwanz besaß. Isabeau merkte, dass Meghan mit der Hand rhythmisch auf den Boden schlug, und fragte sich, was Alarmierendes geschehen war. Als sie das nächste Mal aufschaute, entfernte sich Gitâ eilig von der Waldhexe und flog sogar alle paar Schritte, indem er die Hautsegel zwischen seinen Beinen ausbreitete.

*Ein anderer Donbeag muss in sein Nest eingedrungen sein*, dachte Isabeau müßig, bevor sie ihre Aufmerksamkeit dem Einsetzen des Mondsteins zuwandte. Sie erkannte den Stein – sie hatte ihn vor einigen Jahren gefunden, als sie die Berge erkundete, und ihn Meghan in der Erwartung gegeben, dass eine hübsche Gürtelschnalle oder Brosche zum Verkaufen daraus gefertigt würde. Es war der einzige Mondstein, den sie jemals gefunden hatte, ein etwas unförmiger Kreis, der funkelndes Licht aussandte.

Sie setzte den Mondstein zwischen silberne Rosenblüten, wie Meghan sie in der vorangegangenen Nacht angewiesen hatte, bevor Isabeau ausgeschickt worden war, um sich der Prüfung allein im Wald zu stellen. Die anderen Hexen hatten sie mit Meghan allein gelassen, die sie dann einige Stunden lang die Rituale der Prüfungen gelehrt hatte. Als Isabeau ihre Antworten perfekt auswendig konnte und verstanden hatte, was in der Dämmerung von ihr erwartet würde, hatte ihre Hüterin ein kleines Buch mit einem blauen Umschlag zur Hand genommen. Dies war, wie sie erfuhr, ihr Akoluthenbuch, in dem Meghan fast jeden Tag von Isabeaus Leben festgehalten hatte. Meghan wollte es sie nicht lesen lassen, zeigte ihr aber mehrere Seiten, auf denen ihr Verhalten und ihr Fortschritt bei den Lektionen vermerkt waren, die Meghan für ihre Ausbildung erwählt hatte, üblicherweise in strengem Tonfall.

Die Waldhexe hatte dann zu einer der ersten Seiten des Buches umgeblättert und Isabeau dort ein gezeichnetes Motiv gezeigt. Es war der Entwurf eines Rings, der Stein zwischen zwei Rosenblüten eingebettet, die in den Bergen wild wuchsen. In den Ring waren feine Linien als Dornen eingraviert. Meghan ließ Isabeau ihre Visualisierungsfähigkeiten an der Zeichnung üben, bis Isabeau das Motiv perfekt nachzeichnen konnte. »Erinnere dich daran«, hatte die Hexe gesagt, »wenn du morgen deinen ersten Ring gestaltest.«

Sie fragte sich, warum Meghan darauf bestand, dass sie einen solchen Entwurf benutzte, denn normalerweise setzten Hexen ihre Steine in das Familiensymbol oder -wappen ein oder entwarfen ihrer Geschichte entsprechend selbst neue Formen und Motive. Sie hatte Meghan gefragt, aber die alte Hexe hatte sie nur finster angeblickt und sie angefaucht: »Warum musst du immerzu Fragen stellen? Du wirst es verstehen, wenn der richtige Zeitpunkt gekommen ist.«

Isabeau fragte wohlweislich nicht, aber während sie die gewundenen Linien der Dornen vorsichtig in den Ring eingravierte, stellte sie sich die Frage erneut. Es war nicht leicht, den Entwurf aus Silber zu gestalten, aber schließlich beendete sie die Arbeit und legte den Ring mit einer Mischung aus Hoffnung und Sorge zum Abkühlen hin.

Nach jeder Probe wurde Isabeau aufgefordert zu atmen, zu trinken, zu essen und sich aufzuwärmen, und jedes Mal wünschte sie dem jeweiligen Element, wie angewiesen, Gutes. Die Sonne sank in eine dunkle Wolkenbank, der Wind frischte auf, und Isabeau war so müde, dass sie kaum noch aufrecht sitzen konnte. Sie hegte keinerlei Zweifel, dass die Hexen sie, trotz des drohenden Sturms, erst am Ende der Prüfungen ruhen lassen würden. Aber sie wusste auch, dass sie sich nur noch einer Probe stellen musste. Also atmete sie mehrere Male tief durch und sammelte ihre Willenskraft.

Meghan reichte ihr eine Tonscherbe. Isabeau fuhr mit den Fingern darüber und konzentrierte sich, spürte aber nichts. Obwohl sie Meghan dabei schon zugesehen hatte, wie sie einen Gegenstand festhielt und dessen Vergangenheit erfasste, hatte sie es doch noch niemals selbst versucht. Sie starrte die Tonscherbe mit aller Willenskraft an, um sie zum Sprechen zu bringen, hörte aber nichts. Sie reichte sie Meghan, deren Gesicht verschlossen war, verzweifelt zurück.

Ihr Versagen erstaunte Seychella. Dem Kredo nach brauchte eine Hexe die Prüfungen nicht in allen vier Elementaren Mächten abzulegen, sondern musste nur die Geistprobe bestehen, um dem Hexensabbat beitreten zu dürfen. Soweit sie sich erinnern konnte, hatte niemals eine Novizin alle vier elementaren Anforderungen bestanden, ohne auch die letzte zu bewältigen. Isabeau wurde von Verzweiflung überwältigt und begann wider Willen zu weinen.

»Weine nicht, Kind«, sagte Seychella. »Weinen nutzt keinem von uns.«

Wieder sprach Jorge zu ihrer Verteidigung. »Ihr Gesicht ist verschleiert. Sie kann ihr drittes Auge nicht öffnen. Ich kann den Geist in ihr spüren, aber sie kann nicht sehen. Das ist auch bei mir geschehen, als ich Novize war, bevor ich mein Sehvermögen verlor. Mein Berater erlaubte mir, eine höhere Probe in einem anderen Element zu versuchen, und als es mir gelang, wurde mir gestattet, die Zweite Prüfung der Macht abzulegen.«

Seychella stimmte widerwillig zu, Isabeau diesen Ausweg zu gewähren. Obwohl die Sonne noch immer über dem Horizont stand, wurde es rasch dunkler, während Sturmwolken ins Tal zogen. Die Drachenklaue war vollkommen verhüllt, und der Wind peitschte das lange Haar der Hexen. Isabeau schaute besorgt zu den grünlichen Wolken, die von Blitzen durchzuckt wurden.

»Hast du diesen Sturm heraufbeschworen?«, fragte Meghan die schwarzhaarige Hexe, die entrüstet den Kopf schüttelte. »Das ist nicht die Form oder Richtung, die Stürme im Frühjahr in dieser Gegend annehmen«, murrte Meghan und sah Isabeau anklagend an.

Die höhere Feuerprobe empfand Isabeau als lächerlich einfach, denn sie brauchte nur die Flammen zu handhaben, wie sie es bereits vorher getan hatte. Sie lachte, als man sie dazu aufforderte, und beschwor sofort eine Feuerkugel herauf, die sie in die Höhe warf. Sie jonglierte bereits sieben Kugeln, als Seychella mit kaum unterdrücktem Lächeln sagte: »Das genügt! Ich denke, wir können festhalten, dass du mit Feuer umgehen kannst!«

»Ich habe dies schon vorhin getan – warum sollte ich es wiederholen?«, fragte Isabeau, deren ganzer Körper selbstgefällige Neugier ausdrückte.

»Alles zur richtigen Zeit und in der richtigen Reihenfolge«, sagte die unbekannte Hexe mit leichtem Lächeln.

»Wir können wohl sagen, dass du alle Proben bestanden hast, mein Kind. Nun musst du uns zeigen, wie du all die elementaren Mächte gebrauchst. Fertige dir deinen Hexendolch an und gestalte ihn sorgfältig, denn du wirst ihn sehr lange Zeit tragen. Nimm das Silber, das die Erde hervorgebracht hat, schmiede es mit Feuer und Luft und kühle es mit Wasser. Passe es in einen Griff aus geweihtem Haselholz ein, das du mit deinen eigenen Händen geglättet hast. Sprich darüber die Worte des Kredos und lass deine Energien darin einfließen. Erst dann wirst du in den Hexensabbat aufgenommen werden.«

Isabeau schmiedete mit ungewohnter Nervosität einen Dolch für sich, benutzte dazu geschickt und gekonnt die Werkzeuge, die man ihr gab, und passte ihn sorgfältig in einen Griff aus Haselholz ein. Mit ein wenig zittriger Stimme sprach sie den Segen der Eà über der schmalen Klinge und schaute dann zu Meghan hinüber, während ein müdes Grinsen ihr Gesicht überzog.

Sie hatte die Zweite Prüfung bestanden! Isabeau war zu müde, um aufgeregt zu sein, aber sie spürte zumindest eine gewisse Selbstzufriedenheit in sich.

Seychella sprach als Erste. »Es beunruhigt mich, dass Isabeau eigentlich zu viel Stolz und Eigensinn besitzt, um in den Hexensabbat aufgenommen zu werden, auch wenn sie die nötige Macht zeigt. Ich habe das Gefühl, dass sie noch zu unreif ist. Wären die Zeiten anders, würde ich vorschlagen, dass sie noch ein zusätzliches Jahr als Novizin in der Theurgia verbringen und zusätzliche Pflichten wie Bödenschrubben und Teppichklopfen übernehmen sollte, um Bescheidenheit zu lernen. Aber die Theurgia besteht nicht mehr, und sie kann nicht einmal ein Jahr lang dort die Ordnung und Disziplin lernen, die sie benötigt.«

Die Zauberin Seychella hielt inne, und die Hexen fixierten ihren erschöpften Akoluthen mit grimmigem Blick. Isabeau war den Tränen erneut sehr nahe, ihre Schultern sanken herab und ihre Wangen röteten sich. Sie war sich sicher, dass Seychella trotz ihres Erfolges bei den Prüfungen darauf bestehen würde, sie nicht in den Hexensabbat aufzunehmen.

Seychella wartete einen Moment, bevor sie ihre Stimme erneut erhob. »Wie dem auch sei – die Anzahl der Mädchen, die auch nur die elementarsten Proben bestehen können, nimmt rasch ab, und Isabeau hat diese Proben trotz ihres Eigendünkels eindeutig mit Bravour bestanden. Daher empfehle ich, ihr zu gestatten, den Mondstein ihrer Mentorin zu tragen, der anzeigt, dass sie die Zweite Prüfung bestanden hat!«

Isabeau hob ruckartig den Kopf, die Augen strahlend blau. Sie erschauderte zutiefst und sah die vier Hexen aufgeregt an.

»Komm her, Beau«, sagte Meghan, und Isabeau hörte den Stolz in ihrer Stimme. Sie lief hin, kniete sich vor ihre Hüterin und barg ihr gerötetes Gesicht in deren Schoß. »Wie oft muss ich dir noch sagen, dass du nur das tun sollst, was man dir zu tun befiehlt, und nicht mehr!«, schalt die Waldhexe. »Du musst Gehorsam, Bescheidenheit und Selbstbeherrschung lernen!«

»Ja«, sagte Isabeau demütig, zu glücklich, um auch nur an ein sanftes Aufbegehren zu denken.

»Streck deine Hand aus.«

Isabeau kam der Aufforderung nach, und in ihren Augen brannten Tränen, als die Zauberin Meghan den Mondstein langsam vom Mittelfinger ihrer rechten Hand zog und ihn auf Isabeaus Finger steckte. Der Mondstein war klein, vollkommen rund und in eine silberne Fassung in Form zweier beschützender Hände eingelassen.

»Isabeau, mit diesem Ring bist du in den Hexensabbat aufgenommen. Sei dir bewusst, dass du nach Wissen streben musst, und gebrauche die Eine Macht weise und sparsam. Sei dir bewusst, dass du erst den ersten Schritt auf einem Weg gegangen bist, der mit Gefahren und Einsamkeit befrachtet sein mag. Sei dir bewusst, dass du die Eine Macht nur zum Lehren, zum Heilen und zum Helfen gebrauchen darfst, aber niemals, um jemanden zu verletzen oder jemandem zu schaden, außer wenn du dich oder andere verteidigen musst. Sei dir bewusst, dass der Gebrauch der Einen Macht Gefahren birgt, da sie vom falschen Glanz der Macht erfüllt ist. Schwöre, dass du diese Dinge erkennst und dich ihrer erinnern wirst!«

»Ich schwöre«, sagte Isabeau und blickte auf den Mondstein hinab, der an ihrer rechten Hand schimmerte. Dann reichte sie ihrer Hüterin, wie es der Hexensabbat verfügte, den Ring, den sie gefertigt hatte, und lächelte sie an, überrascht über den Tränenschimmer in den normalerweise bitteren, schwarzen Augen.

Meghan erwiderte ihr Lächeln, dankte ihr und sagte dann: »Gemäß dem Kredo des Hexensabbats musst du schwören, stets von Herzen die Wahrheit zu sagen, denn du musst nach deinen Überzeugungen handeln. Du musst schwören, die Macht nicht dazu zu gebrauchen, andere zu behexen, und daran zu denken, dass alle Menschen ihren eigenen Weg wählen müssen. Du musst die Eine Macht weise und achtsam gebrauchen, mit freundlichem Herzen, scharfem und besonnenem Verstand und unerschütterlichem Mut. Schwörst du dies?«

»Ich schwöre. Mögen mein Herz freundlich, mein Geist scharf und meine Seele tapfer sein.«

»Sei dir jedoch auch des Folgenden bewusst, Isabeau: In Zeiten der Unruhe und des Streits, wie wir selbst sie augenblicklich durchleben, musst du erwählen, wie und wann du die Wahrheit sagst. Zu viele Hexen sind gestorben oder verbannt oder verstümmelt worden, weil sie zu viel Mut gezeigt haben. Du warst schon immer ein Plappermaul und eine Unruhestifterin – nun, ich erinnere mich noch an die Begebenheit, als du uns in Caeryla beinahe als Hexen enttarnt hättest! Beobachte und höre zu, und sei umsichtig.«

Seychella beugte sich vor und sah Isabeau aufmerksam in die Augen. »Isabeau, dies sind schwierige Zeiten. Der Hexensabbat ist zerrüttet, seine Mitglieder verstreut oder tot, ein Großteil seines Wissens verloren. Du bist jetzt eine anerkannte Hexe, wenn auch erst ein Hexenlehrling. Lerne so viel, wie du kannst. Du zeigst einige Macht, obwohl dein Wille ungezähmt ist. Bemühe dich, Wissen und Können zu erlangen, denn es wird bald die Zeit kommen, in der jede Hexe im Land gebraucht werden wird. Verstehst du das?«

»Ja, Zauberin Seychella.«

Nun beugte Jorge sich vor und nahm Isabeaus Hand in seine gebrechliche, vogelähnliche Klaue. »Hadere nicht, meine Liebe, weil du nicht klar sehen konntest. Die Schleier werden fallen, wenn die Zeit gekommen ist, und du wirst sehen und hören, was dir jetzt verborgen bleibt. Bewahre dir dein Vertrauen, und möge Eà dich segnen.«

»Euch auch«, antwortete Isabeau, und er drückte sanft ihre Hand, bevor er sich zurücklehnte, um die silberhaarige Fremde vorbeizulassen. Sie kniete sich neben Isabeau, die Augen in ihrem blassen Gesicht von einem lebhaften Blau, und umarmte den neu aufgenommenen Hexenlehrling fest, was Isabeau sehr überraschte.

»Du hast es gut gemacht, sehr gut. Ich kann gar nicht sagen, wie stolz ich auf dich bin. Du hast allen Anforderungen standgehalten, und es gibt selten Hexen, denen das gelingt.« Sie sah Meghan einen Moment an und murmelte: »Es ist mehr, als mir jemals gelungen ist.« Dann umarmte sie Isabeau erneut und spielte mit den Fingern in ihren ungebärdigen, rotgoldenen Locken. »Ich bin wirklich froh, dich so stark und hübsch zu sehen. Willkommen im Hexensabbat, selbst in diesen düsteren und gefährlichen Zeiten, und achte auf deine Sicherheit. Ich könnte es nicht ertragen … Es hat genug Tod und Qual gegeben. Sei vorsichtig, Isabeau, und hüte deine Seele.«

»Das werde ich«, erwiderte Isabeau, ein wenig überrascht von der Ergriffenheit in der Stimme der Hexe.

»Gehen wir zurück und feiern wir!«, sagte Seychella. »Es ist viel Zeit verstrichen, seit wir die Prüfungen begonnen haben! Ich weiß nicht, wie es Isabeau geht, aber ich bin erschöpft!«

»Noch nicht«, widersprach Meghan.

Isabeau schaute auf und löste den Blick von ihrem sanft schimmernden Mondstein. Sie erkannte den Unterton in der Stimme ihrer Hüterin. Etwas stimmte nicht. Meghan stand beim Feuer und sagte: »Ich möchte Isabeau noch einer weiteren Probe unterziehen.«

»Bist du verrückt? Es gießt in Strömen!«, sagte Seychella, und es hatte tatsächlich zu regnen begonnen, zunächst nur in großen Tropfen, aber dann zunehmend heftiger, während der Wind die Oberfläche des Sees zu schaumgekrönten Wellen aufpeitschte. Meghan nickte mit solch grimmiger Miene, dass Isabeau Angst aufsteigen spürte. »Vor kurzem wurden die Wachvorrichtungen des Tales durchbrochen. Ich konnte die Prüfungen nicht aufhalten, nachdem wir so lange gewartet und so hart dafür gearbeitet hatten, dass Isabeau ihre Chance bekam. In den ganzen zwanzig Jahren, die ich nun hier lebe, hat niemals zuvor jemand die Wachvorrichtungen durchbrochen. Und es handelt sich nicht um eine verirrte Schafherde! Die Tiere haben mir von einem großen Kontingent Roter Garden berichtet … und von noch etwas anderem – einer geflügelten Gestalt, die der Hase als Geist bezeichnet.« Seychella und Jorge sprangen alarmiert auf. »Wir müssen fliehen«, rief Seychella. »Einem Mesmerd können wir nicht standhalten!«

»Sie durchsuchen bereits das Tal«, sagte Meghan zornig. »Die Tiere berichten mir, wo sie sind. Es ist zu spät, sie werden das Feuer inzwischen gesehen haben. Wir werden sie ablenken müssen und uns dann im Baumhaus wieder treffen. Passt auf, dass sie euch nicht folgen, und sucht, wenn es sein muss, Schutz im Wald, denn dort werden sie euch nicht finden.«

»Was ist mit dem Mesmerd?«, fragte Seychella ungehalten. »Er hat Flügel! Er kann fliegen!«

»Meidet den Mesmerd um jeden Preis«, sagte Meghan, gerade als Isabeau einen entsetzten Schrei ausstieß. Sie konnte durch den Wald eine Reihe Soldaten in roten Jacken auf sie zulaufen sehen. Es waren ungefähr sechzig Mann, und ihrem Gesichtsausdruck nach zu urteilen, hatten sie die fünf Hexen entdeckt.

»Ich möchte Isabeau der Feuerprobe der Zauberin unterziehen«, sagte Meghan.

Die fremde Hexe sah Isabeau mit ihren tiefblauen Augen an. »Der Zauberinnengrad? Ist sie dazu bereit?«

»Im Namen der Schicksalsgöttinnen, beeil dich!«, rief Seychella.

»Was ist los?«, schrie Isabeau, als die Roten Garden ihre Langschwerter hoben und auf sie zuliefen. Es bestand kein Zweifel, dass sie sich in höchster Gefahr befanden, denn die Zeichen der Hexerei waren überall um sie herum erkennbar: der Kreis und das Pentagramm, die in den Staub gezeichnet waren, die Wasserschale, der Topf mit Erde, das offene Haar und die beringten Finger der Hexen. Wenn man sie fing, würde man sie verbrennen.

Meghan ergriff Isabeaus Arm. »Die Feuerprobe der Zauberin – eine Flamme als Waffe benutzen«, sagte sie. »Jetzt, Isabeau!«

Isabeau schleuderte den Soldaten instinktiv eine Feuerkugel entgegen und war bis ins Mark erschüttert, als die Männer schreiend fielen, wobei einer verzweifelt die Flammen auszuschlagen versuchte, die ihn verschlangen. Vor innerer Kälte zitternd, warf sie eine weitere Kugel und noch eine, aber es kamen einfach immer mehr Soldaten auf sie zu. Jorge kauerte neben ihr und versuchte nicht einmal, sich zu schützen, als von den Armbrustschützen Pfeile auf sie niederregneten. Ohne auch nur nachzudenken, lenkte Isabeau die Pfeile ab und beschwor eine gewaltige Flamme zwischen den Hexen und den Soldaten herauf. Plötzlich stürzte Jorges Rabe aus dem Himmel herab und schlug mit den Flügeln auf die Köpfe der Soldaten ein. Seychella rief den Wind heran und ließ die ganze Macht des Sturms auf die Roten Garden zubrausen. Während die fünf Hexen im ruhigen Auge des Sturms kauerten, kämpften die Soldaten gegen Wind und Regen an.

Die unbekannte Hexe nahm Isabeaus Hände. »Es ist Zeit für mich zu gehen. Du hast es gut gemacht, meine Tochter. Hab keine Angst vor deiner Macht. Es stimmt, dass sie schreckliche Dinge vollbringt, aber du kannst sie auch zum Guten gebrauchen. Denk daran, und komm nicht von deinem Weg ab.« Isabeau bemühte sich, nicht zu weinen. Der Gebrauch des Feuers als Waffe hatte sie wahrhaftig erschüttert – sie hatte noch nie einem anderen Lebewesen Schaden zugefügt, es sei denn versehentlich. Sie bedauerte es jedoch nicht, das Feuer gebraucht zu haben, denn die Alternative hätte sehr wohl Gefangenschaft und Tod sein können. »Denk an das, was Meghan dich gelehrt hat. Sie war dir eine bessere Mutter, als sonst jemand es hätte sein können.« Die Hexe mit den blauen Augen küsste Isabeau und umarmte dann Meghan.

»Geh in Liebe, Ishbel«, sagte Meghan mit sehr trauriger Miene. »Werde ich dich wiedersehen?«

»Ich weiß es nicht«, erwiderte die Hexe mit den blauen Augen, und ihre Stimme klang so schwermütig, dass Isabeau von Mitgefühl und Sorge erfüllt wurde. »Wenn es die Schicksalsgöttinnen wollen, werden sich unsere Fäden wieder kreuzen. Aber jetzt muss ich gehen.«

Bevor Isabeau der Überraschung über ihre Identität Ausdruck verleihen konnte, war die fremde Hexe mit wehendem Haar verschwunden. Sie stieg einfach in die Luft und flog davon, wie eine vom Wind getragene Feder. Isabeau schrie auf und streckte sogar eine Hand aus, wie um sie festzuhalten, aber es war zu spät, Ishbel war über die Klippe davongeflogen.

»Wird sie dort sicher sein?«

»Das hoffe ich«, erwiderte Meghan zornig. »Aber im Moment sollten wir uns um uns selbst kümmern.«

Isabeau fuhr herum und sah die Soldaten jetzt sehr nahe, während der Mesmerd unmittelbar hinter ihnen schwebte, die Arme ausgestreckt, als wollte er sie umfassen. Er ragte über sieben Fuß vor den wogenden Wolken auf, mit einem Antlitz von unmenschlicher Schönheit, riesigen, gazeartigen Schwingen und zwei Paar Armen mit vielfachen Gelenken. Graue Behänge umflatterten seinen Körper, und seine Facettenaugen schimmerten irisierend. Isabeau merkte, dass ihr Blick von diesen funkelnden Augen unwiderstehlich angezogen wurde, und ihr Feuer stockte und erlosch.

»Sieh ihn nicht an!«, schrie Meghan. »Und lass dich nicht von seinem Atem berühren!«

Isabeau riss den Blick ruckartig los und versuchte, den Mesmerd mit Flammen zu umhüllen, aber er schoss mit einer jähen und schwindelerregenden Bewegung seitwärts und vorwärts, wich ihrem Feuer aus und war plötzlich so nahe, dass Isabeau seinen sumpfigen, schlammigen Atem riechen konnte. Sie wich mit einem Schrei zurück, stolperte und fiel, und dann stürzte sich ein großer Wollbär auf den Mesmerd und zog dessen hypnotischen

Blick auf sich, sodass Isabeau fortkriechen konnte. Bevor die gefährlichen Klauen des Bären mehr anrichten konnten, als die Luft zu harken, hatte der Graue Geist den Bären auch schon mit seinen Armen umfasst und presste sein gekrümmtes Maul gegen die Schnauze des Bären. Isabeau sah schaudernd, wie der Bär erlahmte und als zottiger Haufen zu Boden sank. Dann schoss der Mesmerd erneut vorwärts, während er die von Seychella gegen ihn heraufbeschworenen, eindrucksvollen Blitze geschickt mied.

Nun warf der große Rothirsch, der König des Tals, sein Geweih auf und preschte auf den Mesmerd zu, aber das Wesen wich erneut seitwärts aus, wobei seine durchscheinenden Schwingen schwirrten. Der Rothirsch röhrte heiser, wandte sich um und stürmte auf die Soldaten zu, verletzte einen Soldaten schwer an der Schulter und stieß einen anderen zu Boden. Plötzlich erklang ein Knurren, bei dem das Blut in den Adern gefror, und ein Säbelzahnpanther stürzte sich von einem Felsen auf den Rücken eines Soldaten. Kurz darauf hob er den wilden Kopf, die Fangzähne blutverschmiert, und sprang dann mit anmutigem Satz einem weiteren Mann an die Kehle.

Alle Tiere des Waldes waren da, kämpften an der Seite der Hexen, von Meghan von den Tieren zu Hilfe gerufen. Donbeags flogen von den Bäumen herab und zerkratzten den Soldaten mit ihren scharfen, kleinen Krallen das Gesicht; Kaninchen und Hasen hoppelten ihnen um die Füße und brachten sie zum Stolpern; Vögel kreischten trotzig und stürzten sich mit Schnäbeln und Krallen auf Kopf und Schultern der Soldaten; sogar ein Rudel Wölfe kam durch das Unterholz geschlichen und griff die Soldaten von hinten an. Isabeau frohlockte einen Moment und dachte, sie müssten siegen, aber dann sah sie den Mesmerd den Säbelzahnpanther mit seinem Blick aus unzähligen Augen hypnotisieren, ihn mit seinen vier Armen ergreifen und der großen Katze den Todeskuss verabreichen. Der Rothirsch fiel durch einen Pfeil und kämpfte sich wieder hoch, nur um erneut zu stürzen, als das Langschwert eines Soldaten in seinen Hals eindrang, und die Armbrustschützen wandten sich um und schossen die Wölfe mit ihren Pfeilen nieder, sodass ein grauer Körper nach dem anderen mitten im Sprung fiel.

Isabeau warf zornig eine weitere Flammenkugel, und der Soldat, der den Rothirsch getötet hatte, fiel schreiend und von Flammen umzüngelt zu Boden, sodass Isabeau vor Entsetzen zu würgen begann.

»Zaudere jetzt nicht, Isabeau!«, befahl Meghan und hob jäh die Hand, woraufhin sich die Erde unter den Füßen der Soldaten mit einem schrecklichen, knirschenden Geräusch weit auftat und die vordersten Soldaten verschlang.

»Schnell, lauf! Geh jetzt. Nimm Jorge mit und kümmere dich um ihn«, befahl Meghan.

Isabeau nahm den blinden Seher bei der Hand und tauchte im Schutz des prasselnden Regens in den See. Sie schwamm unter Wasser und zog den alten Mann hinter sich her. Zuerst wehrte er sich schwach, aber bald war er nur noch lebloses Gewicht, und sie musste darum kämpfen, überhaupt vorwärts zu kommen. Auf der anderen Seite tauchte sie wieder auf und sah ihn vorsichtig an, aber er war kaum bei Bewusstsein, das Gesicht schneeweiß. Sie konnte nichts tun. Isabeau tauchte erneut und brachte Jorge in Etappen zur anderen Seite des Sees. Sie verbarg sich mehrere Male in den Binsen am Ufer, um nachzusehen, ob ihnen jemand folgte, doch sie konnte nur erkennen, dass der Kampf in der Nähe des Wasserfalls noch immer tobte: Gewaltige Lichtblitze zuckten und die Erde bewegte sich dröhnend.

Isabeau sah, wie Seychella den Sturm zwischen den verbliebenen Soldaten herumwirbeln ließ, sodass sie stolperten und die Umhänge über ihre Köpfe peitschten oder sich an ihren Beinen verhedderten. Plötzlich zuckte der Mesmerd vorwärts, und Isabeau sah Seychella jäh innehalten, regungslos stehen bleiben und das geflügelte Wesen verwirrt ansehen. Der Mesmerd umschloss sie mit seinen Armen und wandte sich dann um, als spüre er Isabeaus Blick auf sich ruhen. Sie tauchte mit pochendem Herzen wieder unter, ihre Faust in Jorges Haar verkrampft.

Schließlich schwamm sie unter einen überhängenden Felsen, der die Wasserhöhle unter dem Baumhaus verbarg. Sobald Isabeau Jorge auf den sandigen Boden der Höhle hinaufgezogen hatte, presste sie das Wasser aus ihm heraus, bis er hustete und schnaufte, und trug ihn dann mühevoll durch den Geheimgang in die Küche.

Es überraschte sie, Gitâ dort vorzufinden, der geschäftig die Speisekammer durchstöberte und Vorräte auf dem Tisch stapelte. Er keckerte aufgeregt, als er sie sah, ließ einen Beutel fallen, um an ihr hochzuspringen, und tätschelte ihre Wange mit einer Pfote, bevor er wieder von ihrer Schulter wich.

»Schnell, schnell«, keckerte er und sprang erneut auf den Tisch, wo Meghans halb gepacktes Bündel lag.

Isabeau drängte Jorge auf einen Stuhl und sah sich in panischer Bestürzung um. Die lange, anstrengende Prüfung, gefolgt von dem jähen Angriff der Soldaten, hatte ihre Widerstandskraft geschwächt, und sie merkte, dass sie nutzlos wie ein Kaninchen umherhuschte, während Tränen ihre Wangen hinabliefen. Sie zwang sich zur Ruhe, zum Nachdenken, aber der Anblick des Mesmerd schien wie ein Omen gewesen zu sein, und sie hatte entsetzliche Angst.

Gitâ keckerte mahnend, und Isabeau riss sich zusammen und kniete sich hin, um im Kamin ein Feuer anzuzünden. Sie war besorgt, dass der Rauch ihre Feinde unmittelbar zu ihnen führen könnte, aber der Rauchabzug war geschickt gestaltet, und draußen tobte noch immer der Sturm, sodass jeglicher Rauch sofort zerstreut würde. Es dauerte einige Augenblicke, bis sie das Feuer in Gang bringen konnte. Sie war so müde und aller Energie beraubt. Schließlich flackerte es doch auf, und sie trocknete sich ab und zog rasch warme Kleidung über.

Dann wandte sie ihre Aufmerksamkeit wieder Jorge zu, rieb seine Arme und Beine heftig und bereitete ihm einen heißen Tee. Gerne hätte sie ihm ein heißes Bad eingelassen, um das Zittern zu dämpfen, das seinen Körper marterte, doch sie wusste, in welch großer Gefahr sie sich befanden. Das Baumhaus konnte jeden Moment entdeckt werden – sie hatte keine Ahnung, wie viel die Roten Garden wussten. Sie mussten sich bereithalten, das Haus im Handumdrehen zu verlassen.

Während Jorge eine hastig improvisierte Mahlzeit aß, begann Isabeau, ihre Gürteltaschen wieder zu füllen. Den Schicksalsgöttinnen sei Dank, dass sie jenen Tag auf den Bergwiesen verbracht hatte! Sie hatten viele Kräuter, Nüsse und Gemüse eingelagert und besaßen noch immer einiges getrocknetes Obst vom Winter. Gitâ hatte bereits viele nützliche Vorräte zusammengetragen, einschließlich seines eigenen Wintervorrats an Nüssen, und stopfte sie jetzt eifrig in Meghans Tasche.

Plötzlich quiekte er erregt und sprang auf den Geheimgang zu, angespannt nahm Isabeau ihr Messer auf, wohl wissend, dass sie zu erschöpft war, um noch mal mit Feuer zu kämpfen. Es war jedoch Meghan, tropfnass, das graue Haar wie Rattenschwänze um die Knie baumelnd.

»Gut gemacht«, sagte sie. »Mach dich so rasch wie möglich bereit. Sie müssen einen Hexensucher haben – all die Magie, die du heute aufgewendet hast, muss sie zu uns gezogen haben wie der Honig einen Bären.«

Isabeau gehorchte eilig, während Meghan die Leiter hinaufzuklettern versuchte und dann schwankend den Handlauf ergriff. »Seychella?«, fragte Isabeau ängstlich, aber Meghan schüttelte nur grimmig den Kopf.

Wenige Minuten später, als Isabeau die Stufen hinaufstürzte, um ihre Stiefel und Kleidung zum Wechseln zu holen, fand sie Meghan, noch immer nass und nackt, auf dem Boden vor ihrer Kiste kniend. Sie warf hastig Dinge in eine kleine Tasche. Isabeau war erstaunt, auch das große Buch darin verschwinden zu sehen, obwohl die Tasche nicht größer als ihre Hand und das Buch so schwer war, dass sie es kaum anheben konnte.

»Du zitterst, Meghan, zieh dich an!«, rief Isabeau.

»Dies ist wichtiger«, antwortete Meghan zerstreut. »Ich kann nicht zulassen, dass sie Hand an meine Schätze legen.«

Isabeaus Augen weiteten sich, während Meghan mehr Dinge in die Tasche warf, als normalerweise je hineingepasst hätten. Meghan bemerkte ihren Blick. »Eine magische Tasche«, sagte sie kurz angebunden. »Einer der wertvollen Gegenstände aus den Türmen. Ich hab sie benutzt, als ich hierher kam. Alles, was wir besitzen, kam aus dieser Tasche! Trödel nicht, Isabeau, sie werden jeden Moment hier sein!«

Isabeau erklomm so schnell sie konnte die Leiter zu ihrem Zimmer, zog ihre Stiefel an und ergriff ihren Rucksack. Sie stopfte eine Ersatzhose, ein weiches Hemd, ein Kleid, eine Wollweste, die Meghan gestrickt hatte, und ihr Nähzeug in den stabilen Rucksack. Dann stieg sie die Leiter wieder hinab und packte ihren und Meghans Rucksäcke mit Vorräten zu Ende. Isabeau hängte sich für jeden eine Flasche mit Wasser aus der Tonne um. Sie stopfte Baumwollbeutel verschiedener Größen, die mit Tee, Mehl, Salz, Hafer und anderen wichtigen Dingen gefüllt waren, in zwei leichte Kessel. An ihrem Gürtel hingen Lederbeutel mit getrockneten Kräutern und Gewürzen zum Kochen sowie für magische Zauber. Schließlich packte sie ihren Hexendolch und einen kleinen Kochtopf, einige Zinnschalen und etwas von Meghans Heiltränken ein und nahm Plaid und Mütze von einem Haken beim Feuer. Die ganze Zeit über drehte sich in ihrem Kopf alles, was sie an diesem Tag gesehen und erfahren hatte, wie auch die Erkenntnis, dass sie das Tal verlassen mussten. Sie hatte sich immer vorgestellt, auf Abenteuer auszugehen, aber niemals auf diese Art.

Jorge hatte sich nach seinem hastig eingenommenen Mahl gut

erholt und sich in ein altes Plaid gehüllt, während seine Kleider vor dem Feuer dampften. Isabeau nahm sein zerrissenes Gewand auf und versuchte, das Trocknen zu beschleunigen, aber ihre Macht war erschöpft und sie war so schwach wie eine Novizin. Sie flocht ihr feuchtes Haar und überlegte, was sie vergessen hatte, als an der Tür im oberen Stockwerk ein lautes Hämmern erklang. Isabeau sprang auf und stürzte die Leiter wieder hinauf. Meghan befand sich im obersten Raum und leerte mit unbarmherziger Hingabe die Regale, wobei Gitâ ihr begeistert half. Isabeau konnte schwach Seychellas Stimme hören, die sie bat, die Tür zu öffnen.

»Es ist Seychella«, rief sie. »Soll ich aufmachen?«

»Sei keine Närrin«, sagte Meghan, während sie die Regale auf der Suche nach etwas durchwühlte.

»Aber was ist, wenn sie den Roten Garden zu entkommen versucht? Sie werden sie erwischen.«

»Ich würd sagen, sie haben sie bereits erwischt«, sagte Meghan. »Kannst du den Mesmerd nicht spüren? Er hat sie wahrscheinlich in seiner Gewalt.«

Der Gedanke, dass der Mesmerd unmittelbar vor der Tür war, ließ Isabeau entsetzt zurückweichen. Meghan stellte sich ruhig vor die Tür und vollführte mit den Fingern eine Reihe von Zeichen. Ein kompliziertes Symbol aus grünem Feuer flammte einen Moment auf und erlosch dann wieder. Meghan wiederholte die Gesten bei jeder der Türen auf dem Weg die Leiter hinab, nachdem Isabeau sie sorgfältig verriegelt hatte. »Das sollte sie eine Weile aufhalten«, sagte Meghan zufrieden.

»Sollten wir nicht aufbrechen? Wenn der Mesmerd weiß, dass wir hier drinnen sind …« Isabeau erschauderte. Ihre Hüterin fuhr seelenruhig damit fort, den Inhalt der Küchenschubladen in die magische Tasche zu befördern. »Meghan!«

»Geduld, mein Kind«, sagte ihre Hüterin. »Sie werden diese Wachzauber nicht so schnell durchbrechen, und Seychella kennt die Geheimgänge nicht, erinnerst du dich?«

»Aber was ist mit Seychella?«

»Im Moment können wir nichts für sie tun. Wir müssen uns um unsere eigene Sicherheit kümmern«, erwiderte die alte Hexe unerbittlich.

Schließlich war Meghan bereit. Sie sah sich traurig um und legte ihre Hand an die lebendige Wand des Baumes. »Ich danke dir, mein Freund«, sagte sie. Erst dann ließ sie Isabeau den Eingang zum hinter den Regalen der Vorratskammer verborgenen Geheimgang öffnen.

Während Meghan wartete, sah sie wie abwesend den Rucksack durch und überprüfte, was Isabeau und Gitâ eingepackt hatten. Als sie die Taschen voller Proviant, die Kleidung zum Wechseln, den Dolch und die Pfanne sah, brummte sie anerkennend. »Das hast du gut gemacht, Beau«, sagte Meghan. »Alles. Ich bin sehr stolz.« Sie steckte die Hand in die Tasche ihres feuchten Gewandes und nahm einen weiteren Ring hervor, dessen Stein im ersterbenden Feuerschein topasgelb schimmerte. Dieser Edelstein hatte eine merkwürdige Fassung, mit je einer winzigen goldenen Rose auf beiden Seiten, umgeben von eingeritzten Dornen. Isabeau erkannte das Motiv sofort, denn es war das gleiche, das Meghan ihr am vorangegangenen Abend gezeigt hatte und das jetzt den Mondsteinring zierte, den Meghan an ihrem Mittelfinger trug. Sie erkannte auch, dass der ungewöhnliche gelbe Glanz des Edelsteins derjenige war, den Meghan am Abend von Seychellas Ankunft vor ihr verborgen hatte.

»Dieser Stein wurde bei dir gefunden«, sagte Meghan. »Er gehört jetzt dir, du hast ihn dir heute verdient.«

Isabeau betrachtete ihn erstaunt. Ein Zauberinnenring! Auf der Innenseite war ihr Name eingeprägt. Sie fragte sich, ob er einen Hinweis auf ihr geheimnisvolles Erbe enthielt.

»Ich hab dich nicht benannt«, erklärte Meghan. »Du kamst mit dem Ring. All diese Jahre hab ich ihn für dich aufbewahrt. Ich wusste, dass es ein Zauberinnenring war, obwohl ich nicht sagen kann, woher er stammt oder was sein Motiv bedeutet. Den Edelstein nennt man ›Drachenauge‹ – er ist sehr selten. Komm, lass uns gehen.«

Den blinden Seher an der Hand führend, eilten sie den Geheimgang hinab, während Isabeaus Herz so laut pochte, dass sie befürchtete, die Soldaten könnten es hören. Der Gang endete unter einem gewaltigen Dornenbusch, sodass sie stark zerkratzt wurden, als sie sich hindurchkämpften. Sie befanden sich außer Sicht des Baumes, bewegten sich aber dennoch vorsichtig durch das dichte Unterholz und achteten auf Wachposten. Jorge ging mit ihnen, das blinde Gesicht besorgt von einer Seite zur anderen wendend.

»Gebrauch deine Magie nicht«, warnte Meghan. »Sie haben einen Hexensucher bei sich.« Sie gingen hintereinander leise und um sich schauend durch den Wald. Sowohl Isabeau als auch Meghan kannten jeden Pfad in diesem Tal, und sie kamen ohne Schwierigkeiten voran. Der Sturm ließ bereits nach, sodass sie zwischen den sich zerstreuenden Wolken den roten Kometen am Himmel aufsteigen sehen konnten. Er schien ein schlechtes Omen zu sein.

Es gab nur einen Weg ins Tal und aus dem Tal hinaus, der durch ein die westliche Bergwand durchziehendes Höhlensystem führte. Einige waren nur kurz und andere schienen durchgängig, nur um dann ausweglos zu enden. Es gab sogar einen See, weit unter der Oberfläche – ein unheimlicher Ort, an dem Stalagmiten und Stalaktiten einander berührten und sich die Decke wie das Dach einer komplizierten Steinkathedrale wölbte. Die Höhlen bildeten ein Labyrinth und boten natürlichen Schutz. Isabeau konnte noch immer kaum glauben, dass die Roten Garden hindurchgefunden hatten. Es musste Magie im Spiel gewesen sein. Sie erschauderte bei der Erinnerung an den Mesmerd.

Der Seanalair der Roten Garden hatte zweifellos eine Wache zurückgelassen, und so blieben sie im Schutz der Bäume und berieten sich. »Es wird das Beste sein, wenn sie nicht wissen, dass wir fort sind«, sagte Meghan. »Wenn sie nicht eindringen können, werden sie es mit Feuer versuchen, und schließlich wird der Baum brennen. Am besten sie glauben, dass wir mit ihm verbrannt sind.«

»Sie könnten einen der Zugänge zum Geheimgang finden.«

»Vielleicht. Es wird dennoch das Beste sein, wenn sie nicht wissen, wie oder wann wir gegangen sind. Ich glaub, ich weiß einen Weg …« Meghan führte sie zu einer Höhle, die selbst Isabeau nicht kannte, eine Öffnung unter überhängenden Brombeersträuchern. Beim Hineinkriechen wurden sie arg zerkratzt, hatten aber das sichere Gefühl, unbeobachtet zu sein. »Jorge, wir werden Licht brauchen, es sei denn, Ihr könnt uns führen?«

»Ich kann vieles erkennen, aber nicht den Weg durch dieses Labyrinth«, antwortete der Seher, der neben Isabeau in der Dunkelheit kauerte. »Meghan, können wir eine Vision riskieren?«

Meghan schüttelte den Kopf. »Ich gäbe auch viel drum, Euer *Talent* nutzen zu können, mein Freund«, sagte sie. »Aber es ist zu gefährlich. Vielleicht können wir es riskieren, wenn wir aus den Höhlen herausgelangt sind, obwohl ich lieber keine Magie gebrauchen würde, wenn wir es vermeiden können. Es ist einfach viel zu gefahrlich.«

»Die Geister sprechen zu mir. Wir müssen schnell raus hier, Meghan!«

»Dann spendet uns ein wenig Licht, und ich werde uns sicher hinausführen. Nur ein wenig. Wir dürfen keine Aufmerksamkeit auf uns ziehen.«

Jorge kam der Bitte nach, und Meghan überprüfte in dem schwachen Flackern die kleine Höhle. Sie legte ihre Hände an den Stein, und Isabeau konnte spüren, wie sie sich konzentrierte. »Sehr gut«, murmelte sie und begann, sie aufwärts zu führen, durch einen schmalen Kamin, der zeitweise mit Hilfe der Knie und Ellenbogen erklommen werden musste. Es war anstrengend, aber bald befanden sie sich in einer größeren Höhle und kamen schneller voran. Meghan legte hin und wieder die Hände an die eine oder andere Wand. Isabeau folgte ihrem Beispiel und versuchte zu erkennen, was ihre Hüterin tat.

Meghan lächelte ihr zu. »Lausche«, sagte sie, und Isabeau konzentrierte sich. Bald nahm sie in der Beschaffenheit des Gesteins einen feinen Unterschied wahr – ein Teil davon schien kälter, dunkler. »Nicht in diese Richtung«, sagte Meghan.

Sie wanderten über eine Stunde lang in dem Labyrinth umher, bis Isabeau vor Müdigkeit taumelte und sich zu fragen begann, ob Meghan wusste, wohin sie ging. Sie hörten ein oder zwei Mal Stimmen, und einmal durchschritten sie die Höhle, die auf die andere Seite des Berges hinausführte. Ihr rauer Boden war mit den kleinen schwarzen Körpern der Elfenkatzen bedeckt, die den Eingang normalerweise bewachten. Ein Rotgardist stand nervös im Eingang und spähte in die Dunkelheit hinaus. Sie huschten lautlos hindurch und gelangten in einen Vorraum, ohne dass er etwas merkte. Wenige Minuten später ließen sie den Berg hinter sich – Meghan hatte sie durch einen Spalt in dessen Flanke geführt. Draußen war der Boden dicht mit Schnee bedeckt. Isabeau zog ihre Mütze weit über die brennenden Ohren herab und verbarg ihre in Fäustlingen steckenden Hände unter ihrem Plaid. »Himmel, ist das kalt!«, rief sie.

»Seid jetzt leise. Versucht, keine Spuren zu hinterlassen. Denkt an den Mesmerd«, sagte Meghan und führte sie durch die Nacht, während Jesyah der Rabe auf Mitternachtsschwingen vorausflog.

Als sie schließlich zu einer Rast Halt machten, schlafwandelte Isabeau beinahe schon. Sie kuschelte sich in ihr Plaid und war im Handumdrehen eingeschlafen. Doch sie schlief schlecht und wurde immer unruhiger. Ruckartig erwachte sie und war davon überzeugt, dass etwas geschehen sei. Es war pechschwarze Nacht, obwohl der große, rote Komet langsam über sie hinwegstrich, eine lange Spur hinter sich herziehend. Sowohl Jorge als auch Meghan hatten sich erhoben und blickten zum Kometen. Vögel schrien überall im Wald, und irgendwo brüllte ein Schneelöwe.

Dunkle Gestalten flogen um die zerklüftete Bergspitze der Drachenklaue, und das widerhallende Signal ihrer Schreie ließ Isabeau das Blut in den Adern gefrieren. Drachen!

»Was ist passiert?«, fragte sie.

»Ich weiß es nicht«, erwiderte Meghan.

»Ein beeindruckender Zauber«, sagte Jorge. »Etwas Seltsames und Großartiges. Jemand hat gelernt, die Kometenmagie zu beherrschen. Kometen lassen sich nicht so leicht zähmen.« Er erschauderte. »Ich habe Angst, Meghan.«

»Ich auch.« Sie standen da und beobachteten den Kometen lange, bis der wehende Schweif schließlich verblasste und der Komet sank. »Heute war der achte Tag«, sagte Meghan. »Komm, Isabeau, wir müssen reden.«

Sie legte ihrem Schützling eine Decke um und setzte sich neben sie, während sie auch ihr eigenes Plaid fester um sich schlang. »Heute ist dein Geburtstag, Isabeau. Du warst wenige Wochen alt, als ich dich fand – eingewickelt in ein zerrissenes Kleidungsstück und zwischen den Wurzeln meines Baumes abgelegt, wo ich nicht umhin konnte, über dich zu fallen. Du hattest den Drachenaugenring in der Faust und um den Hals ein Elfenbeintäfelchen mit deinen astrologischen Daten. Ich werde dieses Täfelchen behalten, weil solch präzises Wissen über deinen Geburtsort und die Geburtsstunde gefährlich sein kann.« Sie hielt einen Moment inne. »Isabeau, dies ist jetzt deine Geburtsstunde und dein Geburtsort.«

Sie kicherte angesichts Isabeaus Miene ein wenig und sagte: »Wirklich. Ich mein es so, denn du bist jetzt als Hexe wiedergeboren und nicht mehr Isabeau das Findelkind, sondern Isabeau der Hexenlehrling. Aber ich glaube, dass du in dieser Stunde – um Mitternacht am achten Tag des Kometen – vor sechzehn Jahren geboren wurdest. Und du wurdest auch hier geboren, wenn auch nicht genau auf diesem Fleck. Dein astrologisches Täfelchen besagt recht deutlich, dass du bei der Drachenklaue auf die Welt kamst.«

»Also wurde ich nicht hierher gebracht, sondern tatsächlich hier geboren?« Das zerstörte Isabeaus Theorie vom bösen Onkel.

»Dem Täfelchen nach ja«, erwiderte Meghan. Sie hielt mit gesenktem Kopf inne. »Du wurdest mir teilweise aufgrund dessen überlassen, wer ich bin, aber hauptsächlich, würd ich sagen, weil ich der einzige Mensch in der Nähe war. Niemand harrt in diesen Bergen aus. Sie werden als zu gefährlich erachtet. Unser Tal wurde heute zweifellos zufällig entdeckt. Die Garden waren hier, um Drachen zu jagen, und wurden durch den hübschen Trick hierher geführt, den Seychella dir neulich gezeigt hat, wie auch durch unsere anderen zahlreichen Vorführungen der Macht. Du siehst, Isabeau, dass du erst mit dem Wetter umgehen darfst, wenn du etwas mehr davon verstehst. Obwohl der Sturm, den du gestern heraufbeschworen hast, vielleicht unser aller Leben gerettet hat, hattest du gewiss mehr Glück als Verstand.«

Isabeau riss vor Staunen den Mund auf. Meghan lächelte über ihren Gesichtsausdruck, nickte aber. »Ja, diesen Sturm hast gewiss du heraufbeschworen, Kind. Du warst die Einzige mit genügend Macht, die verrückt genug war, es zu tun.« Isabeau staunte noch immer. Meghan erklärte ein wenig barsch: »Gestern war dein sechzehnter Geburtstag. Du weißt, welch wichtiger Tag dies für eine Hexe ist, und besonders für dich, die zurzeit des Kometen geboren wurde. Was ich dir zu erklären versuche. Der Komet ist randvoll mit Magie. Am Zenit seiner Macht geboren zu werden, ist ein sehr starkes Zeichen. Daher wusste ich, dass du die Zauberinnenanforderung des Feuers bewältigen konntest, denn ich hatte stets vermutet, dass Feuer dein Element sein würde. Deine Macht ist ein Zeichen, das ich nicht ignorieren kann. Hier findet ein Kampf statt, Beau, und ich vermute, dass du eine unserer verborgenen Waffen sein wirst. Du musst eine Aufgabe für mich übernehmen.« Sie hielt inne und betrachtete ihren Schützling, aber Isabeau staunte noch immer. »Hör mir bitte zu. Ich möchte, dass du einer Freundin etwas bringst. Es ist sehr wichtig. Die Dinge in Eileanan spitzen sich zu, und vielleicht hängt die gesamte Zukunft des Landes und des Hexensabbats davon ab, dass du diese Aufgabe sicher bis zum Ende durchhältst.«

»Eine Mission?«, flüsterte Isabeau atemlos.

»Ja, eine Mission, wenn du so willst. Hör mir aufmerksam zu. Wir haben nicht viel Zeit, und ich habe viel zu sagen. Du musst zum Palast des Rìgh gehen – zum neuen Palast am Meer. Dies musst du meiner Freundin Latifa geben. Sie wird wissen, was zu tun ist.« Meghan zog einen weichen, schwarzen Beutel aus ihrer Tasche und öffnete ihn ein wenig, um einen darin ruhenden magischen Talisman zu zeigen. Er passte leicht in Isabeaus Hand und war wie ein geneigtes Dreieck geformt, dessen Seiten ungefähr einen halben Zoll breit und mit magischen Symbolen versehen waren.

»Wohin muss ich gehen? Ich weiß nicht einmal, wo der Palast ist!«

»Du wirst ihn finden. Zunächst musst du aus dem Hochland herausgelangen, und glaube mir, das ist zu diesem Zeitpunkt schwierig genug«, sagte Meghan. »Das Land ist wild, Beau, und dieses Mal werde ich nicht da sein, um auf dich aufzupassen. Du musst vorsichtig sein. Denk an die Neuigkeiten, die Seychella mitgebracht hat – einige der magischen Wesen werden unruhig, und der Hass auf die Menschen wächst schon seit dem Erlass gegen Zauberwesen. Dann können auch die Wälder selbst gefährlich sein. Es gibt Flüsse und Wasserfälle und Klippen, Wölfe, Schneelöwen und auch Wollbären, Isabeau. Verlass dich außerdem nicht darauf, dich aus Schwierigkeiten herausreden zu können. Bären sind nicht gerade die klügsten Wesen und werden nicht darauf warten, dass du sie begrüßt.«

»Ich hab mein ganzes Leben in den Wäldern verbracht«, sagte Isabeau entrüstet. »Ich weiß über Wölfe und Bären Bescheid.«

»Ja, aber begreif doch! Ich lebe schon viele Jahre hier. Die Wesen dieser Hügel kennen mich, und du stehst unter meinem Schutz. Wenn du weggehst, verlässt du meinen Schutz.«

Isabeau war ein wenig ernüchtert, sowohl durch das vor ihr liegende Unbekannte als auch durch das Wissen, dass das Tal durch Magie geschützt gewesen war und sie dies niemals erkannt hatte. Diese unheimlichen Nächte, in denen sie nach pflichtvergessenem Spielen nach Hause gestolpert war, während sie sich vorgestellt hatte, dass Schneelöwen hinter Büschen und Säbelzahnpanther hinter Felsen lauerten und die Schatten von Drachen über den Mond zogen! Sie hätte sich keine Sorgen machen müssen.

»Noch gefährlicher sind jedoch die Menschen, denen du begegnen wirst«, fuhr Meghan fort und beugte sich vor. Ihre Augen blickten schwarz und durchdringend aus ihrem faltigen Gesicht. »Isabeau, du musst lernen zuzuhören, anstatt zu sprechen; zuzuschauen, anstatt der Mittelpunkt der Aufmerksamkeit sein zu wollen. Du hast den Mondstein und das Drachenauge bekommen. Verbirg sie mit dem Talisman in diesem schwarzen Beutel, trage sie nicht. Sie werden dich jenen, die kundig sind, als Hexe offenbaren, und du willst doch nicht entdeckt werden, Isabeau. Mayas Diener sind stark, du könntest sie nicht bekämpfen. Du bist nur eine eben erst flügge gewordene Hexe und weißt nichts! Lass dich nicht vom Hochmut der Jugend fehlleiten. Die Wege der Einen Macht sind sehr seltsam und schwierig. Versuch nicht mit Gewalt beim Lernen vorwärts zu kommen und überschätze die Kenntnisse nicht. Verbirg dich hinter Mittelmäßigkeit.«

»Aber …«

»Du bist dem Tragen des Zauberinnenrings noch nicht gewachsen, Isabeau«, sagte Meghan sanft. »Du verstehst die Magie instinktiv, musst sie aber auch mit dem Verstand begreifen und noch viel härter lernen. Den Zauberinnenring erringt man nicht so leicht. Du musst viele Erfahrungen sammeln und dich noch vielen Prüfungen unterziehen.«

»Aber ich habe die meisten Prüfungen mit Bravour bestanden. Nur der Geist …« Sie brach ab.

»Die Macht des Kometen knisterte in dir, Isabeau. Es war dein sechzehnter Geburtstag, ein sehr bedeutsames Datum. Und nur meine Ausbildung hat es dir ermöglicht, die Erdprüfungen zu bestehen.«

»Aber sie waren einfach …«

»Nur weil ich es dich gelehrt habe. Die Erde ist mein Medium. Ich würde es erkennen, wenn deine Stärke darin läge. Du weißt nichts von den tieferen Geheimnissen der Erde und wie man sie nutzbar macht. Ich wünschte, ich hätte die Zeit, es dich zu lehren. Wir hatten bereits angefangen, obwohl du der Stille nicht lauschen wolltest, wie ich dich gebeten hatte. Du kannst die Erde nicht erkennen, solange du ihr Lied und ihr tägliches Grollen nicht hörst, aber du wolltest immerzu schwatzen, ungeachtet dessen, was ich sagte.«

»Ich wusste es nicht!«, protestierte Isabeau bestürzt. »Du hast niemals gesagt, dass es eine Lektion war.«

»Ich sagte stets ›Hör zu‹, aber du konntest noch nie gut zuhören.« Meghan seufzte halb spöttisch, halb ernst. »Ich hoffe, du hast heute Nacht zugehört, Isabeau, denn es könnte eine Weile dauern, bis ich dich wiedersehe. Die Schicksalsgöttinnen drehen ihr Rad und weben den Stoff unseres Lebens, und wer weiß, wann sich unsere Fäden das nächste Mal kreuzen.«

»Warum? Wohin gehst du? Warum kannst du nicht mit mir kommen?«

»In normalen Zeiten würde ich es tun«, erwiderte Meghan ernst. »Selbst wenn ich lieber hier friedlich im Schatten der Drachenklaue bliebe oder mit dir ans Meer reisen würde. Aber ich kann nicht. Auch ich muss mich hinauswagen. Es tut zu weh zuzusehen, wie man vom Lauf der Welt in diesem kleinen Tal unberührt bleibt. Ich muss gehen und Neuigkeiten sammeln und alte Freunde treffen – vielleicht steht die Zukunft aller, die wir kennen und um die wir uns sorgen, auf dem Spiel.«

»Wie finde ich also den Palast? Und was mach ich, wenn ich dort bin?«

»Du musst durch den südlichen Pass hinab und dich dann südöstlich durch die Wälder und Täler schlagen, bis du die Highlands verlässt. Versuch die Dörfer dort zu meiden, die Menschen sind mürrisch und misstrauisch und erinnern sich vielleicht, dass du mit mir zu Besuch da warst. Wenn alle Vorzeichen stimmen, ist jetzt nicht der richtige Zeitpunkt, um als Hexenbegleitung in Erinnerung zu bleiben.«

»Aber niemand wusste jemals, dass du eine Hexe warst«, wandte Isabeau ein, als sie sich der Verkleidungen erinnerte, die sie angenommen hatten.

»Oh, einige wussten es. Bei manchen ist es auch nicht wichtig. Es gibt in Rionnagan noch immer Hexenfreunde. Aber es ist besser, wenn es niemand sonst weiß. Niemand darf dich im Verdacht haben.«

»Ist es nur zu meiner eigenen Sicherheit, oder würde es auch einen deiner Pläne beeinträchtigen, wenn ich als Hexe entlarvt würde?« Vage Enttäuschung erfüllte Isabeau und ließ ihre Stimme mürrisch klingen.

»Du bist noch keine Hexe, mein Kind«, erwiderte Meghan kalt. »Erst ein Lehrling. Aber du hast Recht, es würde dem Hexensabbat nicht gefallen, wenn einer seiner Lehrlinge gefangen und verurteilt würde, besonders nicht, wenn es sich um einen Lehrling handelt, der das Versteck Meghans von den Tieren kennt. Maya wäre sehr glücklich, diese Information aus dir herauspressen zu können!«

Isabeau hatte Angst. »Wer bist du?«, flüsterte sie.

»Ich bin, wer ich bin, Isabeau. Derselbe Mensch, den du schon immer gekannt hast. Meghan von den Tieren, Waldhexe, Bewahrerin des Schlüssels des Hexensabbats.«

»Aber ich wusste nicht …«

»Es gibt vieles, was du über mich nicht weißt, Isabeau. Meine Natur und mein Wesen hängen nicht von deinem Wissen um ihr Vorhandensein ab. Du hattest häufig Gelegenheit für deine Beobachtungen.«

Isabeau wusste nicht, was sie sagen sollte. Wie konnte Meghan die Anführerin des Hexensabbats sein, die mächtigste Hexe im Land, seit Tabithas die Wolfsläuferin verbannt worden war?

Meghan las ihre Gedanken. »Ich war so manches lange Jahr die Bewahrerin des Schlüssels, viel zu lange. Es war stets Brauch, diese Stellung bis zum Tode innezuhaben, aber was soll man tun, wenn sich der Körper weigert zu sterben? Also hab ich mich zurückgezogen, fand dieses Tal und den Baum und kehrte immer seltener zum Turm zurück. Tatsächlich war ich stolz, als Tabithas gebeten wurde, die Bewahrerin des Schlüssels zu werden. Sie behielt ihn jedoch nur kurze Zeit, das arme Kind. Als die Soldaten kamen und der Turm brannte, übergab sie mir den Schlüssel und sagte, ich solle ihn gut hüten. Also trag ich erneut eine Last, von der ich befreit zu sein glaubte, während Tabithas die Wolfsläuferin, ich weiß nicht wo, tot oder verbannt ist. Aber genug davon. Du musst nur wissen, dass ich wieder die Bewahrerin des Schlüssels bin, die Anführerin des Hexensabbats und der Dreizehn Türme, und dass du ein Hexenlehrling bist und mir zu gehorchen hast.

Wenn du an Caeryla vorbeigelangt bist, musst du die Fähre über Loch Tuathan nach Dunceleste erwischen und dann wieder nordwärts reisen, bis du den Waldrand erreichst. Du kannst ihn nicht verfehlen – es ist ein uralter Wald, und niemand traut sich in seine Nähe, da sie glauben, dass es darin spukt. Eine Freundin von mir wird dich dort treffen und dich zum Tulachna Celeste führen, einem hohen, grünen Hügel mit kreisförmig angeordneten, aufgerichteten Steinen. Fürchte dich nicht, meine Freundin wird auf dich aufpassen. Dort ist es sicher, es ist einer der letzten sicheren Plätze. Aber es ist auch ein magischer Ort, Isabeau. Sei also vorsichtig.«

»Ich verstehe nicht …« Isabeau zögerte.

»Tulachna Celeste wurde von den Celestine errichtet, Isabeau, von magischen Wesen aus magischem Gestein gebaut und mit so schwierigen Zaubern verbunden, dass sie niemals gelöst werden konnten. Selbst Maya mit all ihren Kräften könnte Tulachna Celeste nicht niederreißen.«

»Du sprichst über die Banrìgh stets, als wäre sie eine große Zauberin …«

»Hör mir aufmerksam zu, Isabeau. Maya ist das stärkste und raffinierteste *Talent* im Land. Nur eine sehr mächtige Zauberin ist zu dem im Stande, was sie am Tag des Verrats getan hat. Aber sie ist durch ihre verderbte Magie mit einem Makel behaftet – sie liebt die Macht um ihrer selbst willen. Sie benutzt sie zu ihren eigenen Zwecken, sie benutzt sie, um zu verletzen und um Schaden zuzufügen. Das widerspricht dem Kredo der Hexen, dem zu folgen du heute Nacht geschworen hast. Wenn du deine Schwüre brichst, läufst du Gefahr, eine weitere Maya zu werden – grausam, tyrannisch, gehasst.« Meghan wartete, bis sie sich sicher war, dass ihr Lehrling ihre Worte verstanden hatte. »Bleibe am Tulachna Celeste, Isabeau, bis meine Freundin Wolkenschatten sagt, dass du sicher wieder gehen kannst. Gib dich in ihre Hände. Ich möchte nicht, dass du auf eigene Faust durch Rionnagan reist. Es gibt dort überall Räuber und Geächtete, und der Weg ist schwierig. Sie wird nicht mit dir gehen können, aber sie wird für dich den sichersten Weg zum blauen Palast hinab auswählen oder jemanden finden, der mit dir gehen kann.«

Kurz darauf nickte Isabeau. Sie wollte aufsässig widersprechen, dass sie in der Lage sei, selbst überallhin zu gelangen. Aber als sie nur einen Moment nachdachte, beschlich sie das Gefühl, dass dies ein guter Zeitpunkt wäre, zuzuhören und nicht zu sprechen.

»Folge erst einmal dem Rhyllster. Meide, wenn möglich, die Dörfer. Fremde bleiben zwischen diesen einsamen Hügeln lange in Erinnerung. Wenn du zum Fuß der Hügel kommst, dann beginne dir Gedanken zu machen, wie du den Fluss überqueren kannst. Benutz die Fähren nicht, wenn du Dunceleste erst passiert hast – die Fährleute werden gut dafür bezahlt, Maya jeden verdächtigen Fremden zu melden. Wenn du über den Fluss gelangt bist, folge ihm nicht mehr, da er sich wie eine schläfrige Schlange dahinwindet. Geh genau nach Osten, aufs Meer zu. Du wirst lange brauchen, um den Palast zu erreichen. Aber du solltest vor dem ersten Mai dort sein.

Isabeaus Herz sank. Sie konnte sich ein Land, das so groß war, dass man Monate für die Durchquerung brauchte, nicht vorstellen.

»Vielleicht früher.« Meghan lächelte über Isabeaus Gesichtsausdruck. »Es geht darum, sicher anzukommen, nicht schnell. Je näher du dem Palast kommst, desto sicherer wirst du sein, auch wenn das seltsam klingt. Die größeren Städte sind an durchziehende Fremde gewöhnt, und die Menschen sind weniger aufmerksam als die Leute auf dem Land. Lass den Talisman im Beutel, das wird seine Kraft dämpfen. Gebrauche die Macht nicht, wo jemand dich sehen oder hören oder riechen kann … Ja, denk dran, eine geübte Hexe kann die Eine Macht riechen, wird dich hören und riechen können, wenn du sie benutzt! Nimm Feuerstein mit und gewöhne dir an, ihn zu benutzen. Selbst kleine Handlungen, wie deinen Saum zu flicken, können entdeckt werden, wenn eine andere Hexe in der Nähe ist.«

Isabeau begriff allmählich wirklich. Der Gebrauch der Einen Macht erschien ihr so natürlich wie das Atmen. Es gab hundert kleine Arten und sie entdeckte immer mehr. Wie sollte sie damit aufhören, wenn sie es gewohnt war, sie so häufig und so zweckdienlich zu gebrauchen?

»Es wird gut für dich sein«, sagte Meghan. »Du verstehst nicht, was du tust. Du besitzt wahres Potenzial, Beau. Ich habe nur einen anderen Lehrling gekannt, der so rasch lernte, obwohl sie sehr undiszipliniert und prahlerisch war.«

»Wer war das?«, fragte Isabeau interessiert.

»Das ist unwichtig. Denk einfach daran, dass du Kontrolle, Urteilsvermögen und Einsicht lernen musst, wenn du über kindische Tricks und gewöhnlichen Zauber hinausgelangen willst. Das ist der eine Grund, warum ich dich zu Latifa schicke. Sie ist eine sehr alte Hexe, sehr weise, wenn auch scharfzüngig. Sie wird keine Unverschämtheiten von dir dulden, so wie ich es tue.«

»Wann bin ich unverschämt?«, rief Isabeau empört aus. »Als würdest du mich jemals ...« Als sie die schwarzen Augen ihrer Hüterin aufblitzen sah, lehnte sie sich recht beschämt zurück.

»Latifa weiß besser als irgendeine andere Hexe, was im Palast vor sich geht. Und sie kennt Feuer-Zaubertricks, die du dir nicht einmal vorstellen könntest.«

Isabeaus Augen sprühten vor Aufregung blaue Funken. Sie mochte das Element Feuer. Es bedeutete eine große Herausforderung für sie. Manchmal schmiegte es sich in ihre Hand wie eine zärtliche Katze, ein anderes Mal verbrannte es sie mit einem boshaften Peitschenhieb aus Funken. Die Erde war unbeugsam, die Luft eher erschreckend und das Wasser angenehm, wenn auch schwierig. Nur mit dem Element Geist hatte Isabeau keine Erfahrung. Sie hatte keine wirkliche Vorstellung davon, was es bedeutete.

Sie wusste, dass das Element Geist große magische Taten möglich machte, wie den Zauber, der von den Vorfahren der Hexen heraufbeschworen worden war, als sie die Große Durchquerung von ihrer Welt zu dieser durchgeführt hatten. Den ersten Seiten des *Buchs der Schatten* zufolge hatte der Erste Hexensabbat seine erheblichen Mächte vereint und den Stoff des Universums gefaltet, sodass sie mit ihrem Schiff die weite Entfernung zwischen den Welten zurücklegen konnten. Meghan hatte Isabeau das Prinzip häufig veranschaulicht, indem sie den Stoff ihres Rocks zwischen die Finger jeder Hand genommen und die Falten zusammengeführt hatte. Isabeau war von dieser Geschichte stets sehr beeindruckt gewesen und hatte sich gedacht, dass wohl ein seltsamer und erstaunlicher Zauber für eine derartige Durchquerung des Universums nötig war.

»Wird sie mich lehren?«

»Wenn sie dich mag. Du wirst auf jeden Fall mit ihr arbeiten, erlernen, was sie tut, und allen Neuigkeiten im Palast lauschen. Ich werde in regelmäßigen Abständen Boten zu dir schicken, und du musst ihnen alles erzählen, was du gehört hast. Isabeau, nichts wird zu gering oder unwichtig sein, um es mir mitzuteilen, das kann ich nicht genug betonen. Alles, was dir seltsam erscheint, überhaupt alles. Wenn die Vorzeichen stimmen, gelangen die Angelegenheiten Eileanans letztendlich zur Entscheidung.«

»Wie werd ich deine Boten erkennen?«

»Ich werd ein Tier schicken. Nimm dich vor Falken in Acht. Wenn du gut bist und hart lernst, könntest du mich vielleicht sogar kristallsehen, aber erst, wenn Latifa es dir erlaubt. Es ist sehr gefährlich kristallzusehen, wenn vielleicht ein Hexensucher zusieht.«

»Worin besteht Latifas Arbeit? Was werde ich lernen?«

»Latifa ist Mayas Köchin«, erwiderte Meghan.

»Köchin!«, rief Isabeau. »Ich hasse Kochen!«

Meghan zog missbilligend eine Augenbraue hoch und fuhr fort: »Wolkenschatten wird ihr Bestes tun, um dich sicher zu Latifa zu führen. Du kannst ihnen beiden vertrauen. Bleib in Rhyssmadill, bis ich dich benachrichtige. Latifa wird gut auf dich aufpassen und dich vieles lehren, was ich dich nicht lehren kann. Sie ist eine gute Hexe und ein treues Mitglied des Hexensabbats.«

»Meghan, wie konntest du mir nur nicht sagen, wer du bist?«

»Wer ich bin? Ich bin die, die ich immer gewesen bin«, fauchte die Zauberin. »Und du, Isabeau, bist gerade erst in gefährlichen Zeiten der Kindheit entwachsen. Besonnenheit war niemals deine größte Stärke. Ich bin die Bewahrerin des Schlüssels des Hexensabbats, seit Tabithas fort ist. Was hätte es dir genützt, das zu wissen? Hättest du meinem Unterricht besser zugehört? Das bezweifle ich. Ich wünschte, du wüsstest es auch jetzt nicht, weil es dir jederzeit herausrutschen könnte, und ich will keinesfalls Mayas Aufmerksamkeit auf uns lenken. Du musst darauf vorbereitet sein, dich um dich selbst zu kümmern. Jorge kann auch nicht weit mit dir reisen, weil er die übrigen Hexen in den Weißschlossbergen warnen muss. Wir können mit denjenigen, die wir kennen, gedankensprechen, aber auch das ist häufig zu riskant.«

»Was ist mit Seychella?«, fragte Isabeau.

Meghans altes Gesicht zuckte leicht, aber sie sagte: »Wenn sie sie zur Verurteilung in die Stadt hinabbringen, können wir ihr wahrscheinlich helfen, oder sie wird selbst entkommen. Sie ist eine sehr mächtige Hexe. Wenn sie sie getötet haben, können wir nichts tun.«

Isabeau versuchte, den harten Kloß in ihrer Kehle herunterzuschlucken, und wunderte sich über den mangelnden Schmerz der Waldhexe. Sie musste sich doch gewiss sorgen? Aber das schmale, runzlige Gesicht war nur starr vor Entschlossenheit, und die schwarzen Augen funkelten.

»Isabeau, ich hab dich so viel gelehrt, wie ich kann, jetzt musst du allein lernen. Wohin auch immer du gehst, höre zu und beobachte, denn du musst viele deiner Lehrer selbst finden. Die Reise selbst wird deine erste Lektion sein. Denk einfach daran, dass die Strafe für Hexerei das Exil oder der Tod ist. Außerdem wird Mayas Macht immer stärker.«

»Wohin gehst du?«, fragte Isabeau gereizt, die sich jetzt nicht mehr sicher war, dass sie die heitere Ruhe des Bergsees mit seinen Blumenwiesen, den wuchtigen Bäumen und den scharfen Fängen der darüber aufragenden Drachenklaue verlassen wollte.

Meghan schaute zurück, dorthin, wo sich die Bergspitze abzeichnete. »Ich begebe mich auf die Suche nach dem Drachen«, sagte sie.

# Das Spinnrad dreht sich

[illegible]

der [illegible] kommt [illegible]
ihre Herrschaft über das [illegible]
[illegible] suchen und [illegible]

# Maya die Unbekannte

Maya ritt durch die Wälder, ihr Hemd klebte ihr feucht am Leib, und aus dem kurzen Haar tropfte es ihr in den Nacken. Die Banrìgh blickte, trotz der warmen Sonne, dem Vogelgesang und einem allgemeinen, durchs Schwimmen hervorgerufenen Wohlbefinden, finster drein. Sie wünschte, sie müsste nicht zum Palast zurückkehren, dessen Gänge voller spionierender Diener, misstrauischer Höflinge und eifersüchtiger Akoluthen waren, während ihr Ehemann in der königlichen Suite wartete. Als sie an ihren Mann dachte, verzog sie einen Moment den Mund. Er konnte es nicht ertragen, wenn sie länger als zwanzig Minuten von seiner Seite wich, und er würde sich jetzt Sorgen machen.

*Er ist abhängig von mir*, dachte sie, *wie ein Narr von Mondfluch*. Aber selbst dieser Gedanke schmerzte, denn ihr Einfluss auf ihn hatte mit dem ersten aufkommenden Rot am nächtlichen Horizont wieder nachgelassen. Sie dachte mit einem seltsam angstähnlichen Gefühl an den Kometen. Sechzehn Jahre lang hatte ihr Einfluss auf den Rìgh außer Frage gestanden, so sehr, dass sie ihm während der letzten fünf Jahre ein klein wenig Freiheit gelassen hatte. Sie hatte gewusst, dass sie ihn jederzeit wieder an sich binden konnte, und war damit beschäftigt gewesen, ihre Herrschaft über das Land zu festigen, indem sie die vermaledeiten Hexen suchen und ausrotten und die Widerstandsbewegung bekämpfen ließ, die ihre Macht unerklärlicherweise zu untergraben begonnen hatte. Ihre Feinde hatten allmählich ihre Sicherheit beeinträchtigt und ihre Kraft unterminiert.

Vielleicht war es ein Fehler gewesen, ihnen an jenem verrückten Tag vor so vielen Jahren gegenüberzutreten. Es schien eine zu gute Gelegenheit, um sie verstreichen zu lassen: Jaspar im ersten Liebeswahn, sie unsicher, ob dessen Macht andauern würde, und die Hexen arglos und anmaßend. Der Tag der Abrechnung hatte sie vieles über die Reichweite und Finesse ihrer eigenen Macht gelehrt und sie alle auf den von ihr erwählten Weg gebracht. *Es war das Risiko wert,* entschied sie, *obwohl mein Weg jetzt verworren ist.*

Weit über ihr zog ein Falke über den Himmel, von dessen Klauen helle Bänder herabhingen. Als sein Schatten über Maya hinwegglitt, erschauerte sie. Der Wald lichtete sich, und sie konnte Wasser schimmern sehen. Bald würden durch die Zweige die hohen, blauen Türme des Rhyssmadill-Palastes zu erkennen sein, der auf einem großen, in den See hinausragenden Felsvorsprung erbaut wurde, sodass er auf drei Seiten von Wasser umgeben war. Rhyssmadill war in gewisser Weise sowohl ein Symbol für Mayas Triumph am Tag der Abrechnung wie auch für ihr Versagen. Sie hatte den Rìgh davon überzeugt, ihr einen neuen Palast zu bauen, weit weg vom alten Palast mit seinem Turm voller Geister und Magie, Mysterien und Geheimnissen. Zum ersten Mal seit über tausend Jahren hatte der Clan der MacCuinn seinen Hof aus Lucescere verlegt. Das war ihr Sieg und für das ganze Land ein Zeichen, dass eine neue Ordnung eingeführt wurde.

Maya hatte sich jedoch einen Palast am Meeresstrand gewünscht, in ständiger Sicht- und Hörweite der Wogen, die aufgehende Sonne auf den Gesichtern.

Doch Rhyssmadill war an den Ufern des Berhtfane erbaut worden, wo das Salz des Meeres bereits durch den Lauf des Rhyllster verdünnt war. Das war das einzige Mal, dass sich der Rìgh nicht ihrem Willen beugte, weil er das Meer abergläubisch betrachtete, wie auch ein Großteil seines Volkes. Nur die Meerhexen von Carraig hatten das Meer wahrhaft verstanden, und sie waren nun alle fort.

Maya lächelte erneut und streckte dem Falken ihr behandschuhtes Handgelenk entgegen, der lautlos und mit todbringender Anmut herabstieß. Er hockte schwer auf ihrem Handgelenk, aber sie trug ihn mit gewohnter Leichtigkeit. Der Falke wandte den Kopf, um Maya durch den Schlitz in seiner Lederkappe anzusehen, und gab einen zischenden Laut des Missfallens von sich. Dann zog er mit dem Schnabel scharf an einer Strähne ihres tropfenden Haars und tat ihr damit weh.

Maya zog den Kopf zurück und starrte mürrisch geradeaus. Als sie über einen Hügel ritt, sah sie vor sich Rhyssmadill, dessen Türme im Zwielicht ätherischer denn je wirkten. Hinter dem höchsten Turm bemerkte sie das rote Pulsieren des Kometen, und ihr Stirnrunzeln vertiefte sich. Kurz darauf warf sie den Falken in die Luft, damit sie ihr Haar mit dem Leinenhandtuch trocknen konnte, das sie in ihrer Satteltasche hatte. Dann wischte sie sich das Salz aus dem Gesicht und verstaute das Handtuch wieder. Der Falke stieß einen lauten Schrei aus, stürzte auf sie zu und fuhr mit den Klauen durch ihre wild zerzausten Locken, bevor er wieder aufstieg. Maya strich sich das Haar mit grimmiger Miene zurück.

*Halte dich bedeckt,* ermahnte sie sich. *Hab Geduld.*

Das Haar schicklich hinter die Ohren gesteckt, den Falken wieder auf ihrem Handgelenk, ritt sie im kurzen Galopp den Hügel am See hinauf. Sie überquerte die schmale Steinbrücke und nickte lächelnd den Wachen zu, die bei ihrem Herannahen Haltung annahmen. Sie passierte die großen Tore, wandte sich aber dann lieber dem engen Pfad zu, der zu den Küchen und Ställen führte, als die formalen Gärten am wuchtigen vorderen Eingang zu durchqueren. Ein Junge lief heran, um ihr Pferd zu übernehmen, und sie stieg anmutig ab, strich der Stute dankbar über die Nüstern und übergab den Falken der Obhut des Falkners.

Sobald Maya die Gärten und Höfe bei der Küche erreicht hatte, erschien eine kleine, dicke Frau vor ihr und vollführte einen raschen Hofknicks.

»Der Rìgh hat schon gefragt nach Euch, Mylady. Is' ein wenig … unruhig.«

»Danke, Latifa«, sagte Maya und lächelte ihr zu. »Sollte ich mich zuerst frisch machen oder ihn am besten sofort aufsuchen?«

»Es tät nich schaden, wann Ihr Euch ein wenig waschen und Euer Haar bürsten würdet, Mylady«, sagte die alte Frau und trottete davon, wobei die Schlüssel an ihrer Taille laut klimperten.

Maya seufzte. Sie war sich sicher, dass die alte Köchin wusste, wohin es sie zog, wenn sie in den Wäldern spazieren ging. Diesen schlauen alten Augen entging nicht viel. Die Frage war, ob sie die abergläubische Angst des Rìgh vor dem Meer teilte. Was würde sie von Mayas Liebe zum Schwimmen halten? Bisher hatte die alte Köchin nichts gesagt, was Mayas Misstrauen erweckt hätte, aber sie beschloss, die Frau dennoch genau im Auge zu behalten.

Nachdem sie die vielen Stufen zu ihrem Schlafzimmer emporgestiegen war, entkleidete sich Maya und glitt in das lange, grüne Becken in der Mitte ihres Schlafzimmers. Ihre Dienerin Sani kniete steif am Rand des Beckens, goss Duftöle ins Wasser und wusch ihrer Herrin dann gründlich die kurzen Haare. Maya war versucht zu verweilen, da das Wasser so kühl und angenehm war, aber sie wusste, wie gefährlich diese Versuchung war. Sani kleidete sie in das Lieblingsgewand des Rìgh – ein rotes Samtgewand, dass im Stil dem glich, das sie bei ihrer ersten Begegnung getragen hatte – und kämmte ihr das Haar glatt an den Kopf.

»Es ist fast so weit«, murmelte die alte Frau, deren seltsam helle Augen glänzten. »Ihr dürft heute Abend nicht fehlen, Kind, denn dies ist unsere letzte Chance.«

Maya nickte und betrat die Suite ihres Ehemannes. Der Rìgh saß lustlos auf dem gepolsterten Sitz des östlichen Schlafgemachs und blickte zu dem Kometen hinaus. Sie lächelte, setzte sich neben ihn und legte den Arm um seine ausgemergelte Gestalt.

Jaspar wandte den Kopf, hatte sie erst jetzt bemerkt. Sein Gesicht hellte sich auf. »Ach, mein Liebling, du bist zurückgekehrt. Du warst schon so lange fort, dass ich mir Sorgen gemacht habe. Wo bist du gewesen?«

Maya lehnte den Kopf an seine Schulter. »Auf der Jagd, Liebling. Es war solch ein schöner, frischer Tag.«

»Ja ...«, sagte er und runzelte mit leerem Blick die Stirn. Dann hellte sich sein Gesicht erneut auf. »Auf der Jagd? Ich erinnere mich, als einst ...«

»Ach, zieh mich damit nicht mehr auf!«, wandte Maya rasch ein. »Du weißt, dass ich normalerweise keine solch dumme Gans bin! Ich bin seit Jahren nicht mehr vom Pferd gefallen!« Jaspar lachte pflichtschuldig, aber sein Blick war wieder leer. Maya seufzte dankbar – es war nicht immer so leicht, ihn von alten Erinnerungen abzulenken, von einer Vergangenheit, die sie nicht mit einschloss. So viele seiner früheren Erlebnisse waren für sie gefährlich, weshalb sie stets versuchte, ihn vom Erinnern abzuhalten.

Sie aßen an diesem Abend in den Räumen des Rìgh allein, nur von ihrer Dienerin Sani umsorgt. Die alte Frau schwieg die ganze Zeit und entfernte sich lautlos, als der letzte Gang serviert war. Der Rìgh blieb die gesamte Mahlzeit über still, während sein Blick häufig zum Ostfenster schweifte, dessen Flügel geöffnet geblieben waren. Der Komet stieg rot wie Blut am Himmel auf und bot einen beunruhigenden Anblick. Maya überließ ihren Ehemann sich selbst, nahm den *Clàrsach* auf und strich leicht über dessen Saiten, sodass Musik durch den düsteren Raum schwebte und seine Winkel mit Melancholie erfüllte. Der Rìgh stützte den Kopf auf die Hand und lauschte. Als sie geendet hatte, sagte er gereizt: »Setz dich zu mir!« So setzte sie sich neben ihn, während sie mit den Fingern weiterhin müßig über die Saiten des *Clàrsach* strich. »Maya, bist du sicher?«

»Wobei, Liebling?«

»Bist du sicher, dass der Leitstern fort ist?«

»Jaspar, das ist sechzehn Jahre her. Du kannst doch gewiss nicht mehr den Verlust dieses ... Steins betrauern?«

»Maya, ich kann ihn hören ...«

»Jaspar, du weißt, dass die Hexen ihn zerstört haben. Es gehörte zu ihrem Verrat, das Erbe zu nehmen und es zu vernichten. Es tut mir Leid, ich wünschte, ich könnte ihn dir zurückbringen, aber er ist fort.«

Der Rìgh seufzte und rieb sich verwirrt die Stirn. »Aber ich kann ihn hören.«

»Es ist nur eine Erinnerung.« Maya begann erneut zu spielen, dieses Mal eine lebhaftere Melodie, eine, bei der man die Füße nicht ruhig halten konnte. Die Miene ihres Mannes erhellte sich ein wenig, und sie begann, ein unzüchtiges Lied zu singen, das normalerweise in den übelsten Kaschemmen gesungen wurde, aber nicht im Palast des Rìgh. Das brachte Jaspar zum Lachen, und bald hatte er den Leitstern vergessen, obwohl gelegentlich ein vage beunruhigter Ausdruck über sein Gesicht zog.

Maya schälte eine Glockenfrucht für ihn und goss ihm noch mehr Wein ein. Während er aß, zog sie die Vorhänge zurück und öffnete alle Fenster, sodass eine frische Meeresbrise durch den Raum strömte. Einige Kerzen erloschen und das Feuer flackerte auf, aber der Rìgh bemerkte es kaum, während er in die rubinroten Tiefen seines Weins starrte. Maya nahm die Seidenkissen von der Couch mit der harten Rückenlehne und häufte sie unmittelbar vor der Balkontür auf. Als sie einen raschen Blick auf den

Nachthimmel warf, erkannte sie anhand der Position der Sterne, dass ihr bis Mitternacht noch immer einige Stunden blieben.

Jaspar überraschte sie, indem er sagte: »Ich kann noch immer nicht glauben, dass sie mir den Leitstern einfach so nehmen würde. Sie muss gewusst haben, dass ich sie nicht verletzen würde. Es waren all diese anderen Hexen – die waren die Verräter, sie waren diejenigen, die sich gegen mich auflehnten.«

»Alle Loyalität der Hexen gilt zuerst dem Hexensabbat«, sagte Maya, während sie erneut Wein in seinen Becher goss. »Das weißt du.«

»Aber sie war meine Cousine!«, rief Jaspar, und seine Stimme klang tränenschwer. »Alle haben sich gegen mich verschworen – der Hexensabbat, Meghan, sogar meine Brüder – sie haben sich alle gegen mich verschworen! Alle!«

»Ich nicht, Liebling«, sagte Maya und küsste ihn seitlich auf den Hals. Er griff sofort gierig nach ihr, aber sie entwand sich mit noch einem flüchtigen Kuss auf den Scheitel seinen Armen.

»Nein, nein, du nicht, mein Liebling. Du hast mich niemals verraten«, sagte der Rìgh, griff nach ihren Röcken und küsste ihre Hand.

Sie hatte Mühe, sich zu befreien, aber es gelang ihr mit einem Lächeln. Dann durchquerte sie den Raum und setzte sich auf den Stapel Kissen im Mondlicht. Wie erwartet, folgte Jaspar ihr augenblicklich, fasste sie um die Taille und küsste sie wiederum auf den Hals. Sie spielte auf dem *Clàrsach* eine leise, sanfte Melodie. »Sprich noch ein wenig mit mir, mein Rìgh. Es ist lange her, seit du so gesprochen hast.«

»Wie kann ich ohne den Leitstern der Rìgh sein? Es ist eine Farce!«

»Du bist durch das Geburtsrecht der Rìgh«, sagte Maya. »Der Leitstern ist unwichtig. Die Menschen vergessen bereits …«

Jaspar seufzte und begann, von seiner Kindheit zu sprechen, während der Komet über ihnen immer höher stieg und das Licht der zwei Monde weiter in den Raum hineinkroch. Maya spielte den *Clàrsach,* beobachtete und lauschte und füllte das Glas ihres Ehemannes nach, das er rascher und rascher leerte. Er kam unbeirrbar wieder auf den Leitstern zu sprechen, wie so häufig, aber dieses Mal lenkte Maya ihn nicht ab, sondern spielte nur ihr Instrument und achtete auf die Zeit.

»Er singt mir noch immer sein Lied. Vielleicht ist es wahr, was gesagt wird, dass er das Blut verändert, in die Seele eindringt ... Er grüßt. Ich kann ihn hören ... Ich erinnere mich, wie Dada uns immer damit spielen ließ, als wir Kinder waren. Er sagte, je häufiger wir uns damit beschäfigten, desto fester würde der Bund. Er wäre stets unser Recht und unsere Bürde, sagte er, er könnte uns niemals Schaden zufügen oder von uns beschädigt werden ...« Dann kam ihm anscheinend ein Gedanke. »Maya, wie könnte sie ihn zerstören? Sie ist eine NicCuinn, sie hätte ihn niemals zerstören können.«

Mayas Finger bewegten sich flink über die Saiten. Er seufzte und lauschte einen Moment, während er seinen Wein trank. »Ich erinnere mich an eine Gelegenheit, als Lachlan den Leitstern über die Brustwehr fallen ließ. Er kam in seine Hand zurück, als er ihn rief, obwohl er noch ein kleines Kind war.« Tränen liefen sein Gesicht herab, und Maya knirschte mit den Zähnen. Sie konnte es nicht ertragen, wie sich sein Gesicht umwölkte, wann immer er sich an einen seiner Brüder erinnerte. Jener schicksalhafte Tag war zwölf Jahre her, und doch trauerte er noch immer. Er sollte nur an sie denken, nur von ihr träumen, niemanden außer ihr lieben.

Sie spielte nun schneller und begann, ihm etwas vorzusingen, ein leises Wiegenlied, das bald in einen drängenderen Rhythmus verfiel. Der Rìgh atmete heftiger und liebkoste nun durch den Samt ihre Brust. Maya entzog sich seinem Griff erneut und setzte sich zu seinen Füßen auf den Boden, wobei sie immer schneller spielte. Er versuchte, sie zu küssen, aber sie stand auf und begann zu tanzen, während sie spielte und dabei die schweren Röcke um ihre blassen Beine schwingen ließ. Sie tanzte immer schneller und die Röcke wirbelten höher und höher. Der Rìgh legte sich auf die Kissen zurück, sah sie über den Rand seines Kelchglases hinweg an und atmete unregelmäßig. Schließlich erreichte das Lied ein letztes wildes Crescendo, und sie warf den *Clàrsach* von sich und tanzte ohne Musik, während sie ihr Mieder aufschnürte. Das verrückte Tempo ihrer stampfenden Füße wurde langsamer, die Röcke fielen, und sie glitt neben ihn auf die Kissen, wo seine Hände sie gierig liebkosten.

Als sie einander küssten und streichelten, stöhnte Jaspar vor Lust, und Maya begann leise, ganz sanft einen uralten Zauber zu intonieren. Der Rhythmus der Worte schien mit dem Rhythmus ihrer Körper zu verschmelzen und schneller zu werden, bis die Turmuhr schlug. Triumph und Freude erfüllten sie, und sie rollte sich auf ihn, sodass er den Atem anhielt und den Rücken durchbog. Als die zwölfte Stunde erklang, fuhr sie mit der Zunge in sein Ohr und flüsterte: »Ich liebe dich.«

Jaspars Körper bäumte sich als prompte Reaktion jäh auf, und sie rief die letzten Worte des Zaubers, die bindende Beschwörung. Der über ihnen dahinziehende Komet flammte augenblicklich hell auf und stieß einen langen Feuerschweif aus. Maya schloss die Augen, kostete ihren Triumph aus, sicher, dass der Zauber gewirkt hatte, als Jaspar sich an sie klammerte, halb weinte und halb in ihren Nacken keuchte.

# Meghan von den Tieren

Meghan wartete lange Zeit im Schatten der Bäume und beobachtete, wie sich ihr blinder Freund und ihr Schützling den schneebedeckten Hang hinabmühten, während der Rabe über ihnen träge flatterte. Ihr Blick verweilte auf Isabeaus hellem Kopf. Ihr war nicht wohl bei dem Gedanken, dass das Kind diese gefährlichen Wege bald allein bereisen musste. Vielleicht war es falsch gewesen, sie so sehr zu beschützen. Vielleicht war es falsch gewesen, das Kind so in ihr Herz zu schließen.

Sie seufzte und begann den Aufstieg auf den Berg, während sich der Donbeag unter ihr Plaid schmiegte. Auch sie hatte eine gefährliche und schwierige Reise vor sich, und sie musste vorankommen, solange die Sonne noch schien. Meghan fürchtete keines der Tiere der Wälder oder Hügel, aber dies waren wilde Berge, und es gab viele magische Wesen, die sich nicht einen Deut um die Zauberin Meghan kümmerten. Auch sie musste manchmal schlafen, und dann war die Gefahr am größten. Denn im Schlaf waren ihr Körper und Geist ungeschützt. Sie durfte nur so wenig wie möglich ausruhen.

Obwohl Meghans Magie es ihr erlaubte, recht mühelos über den Schnee hinwegzugleiten, war es dennoch eine schwierige Reise. Sie stolperte hin und wieder. Es wehte ein sehr scharfer Wind, und je höher sie stieg, desto kälter wurde es. Bald hatte sie die Bäume hinter sich gelassen und kämpfte sich schwer atmend durch Eis und Schnee. Die Sonne war bereits untergegangen, sodass rund um sie herum Schatten lagen, obwohl der Schnee auf den Bergen noch rot und golden und orangefarben glühte.

Gitâ schnatterte aufgebracht und legte eine Pfote auf ihre Schulter. *Du solltest rasten, meine Liebe,* sagte er tief in ihren Gedanken.

Meghan schüttelte den Kopf. *Nein, wir haben so wenig Zeit,* antwortete sie. *Ich glaube, dieser Kometenzauber letzte Nacht bedeutet für uns nur Übles.*

*Du bist müde. Du hast schon mehrere Nächte nicht geschlafen. Du musst dir deine Kraft bewahren,* schalt Gitâ.

*Was bedeutet meine Kraft im Vergleich mit dem Drachen?*, erwiderte sie. *Der Drache ist mächtiger als jedes andere Wesen. Seine Kraft würde mich leicht überwältigen.*

*Es ist die Macht des Geistes, die du bei dem Mutterdrachen brauchst,* sagte Gitâ und tätschelte ihr Ohrläppchen. *Und auch die Stärke des Körpers, damit sie dich nicht erschöpft. Sie kennt viele Tricks.*

*Die Zeit ist von entscheidender Bedeutung,* sagte Meghan.

*Wie auch du, meine Liebe,* sagte der Donbeag. *Schlaf eine Welle, und ich werde über dich wachen. Nichts wird dir geschehen, wenn Gitâ wacht.*

Meghan schüttelte den Kopf. Sie fühlte sich geistig klar und von seltsamer Kraft erfüllt. Ihre Hexensinne sagten ihr, dass ihr die Roten Garden auf der Spur waren, und sie wusste, dass sie rasch vorankommen musste. Ihr ganzer Körper schmerzte und erinnerte sie an die vielen Jahre, die sie auf dem Buckel hatte, das lange, beschwerliche Leben, das an ihren Kräften zehrte. Als Gitâ jedoch erneut protestierte, spürte sie ein schmerzhaftes Hungergefühl im Magen und dachte daran, seit wie vielen Stunden sie nichts mehr gegessen hatte. *Ich werde eine Weile rasten und etwas essen. Suche mir einen geschützten Platz,* sagte sie, und Gitâ sprang voraus, in der zunehmenden Dunkelheit fast unsichtbar.

Er fand eine kleine Höhle an einem Hang. Meghan ließ sich nieder und kaute halbherzig an einem Stück Kartoffelbrot, während sie über Isabeau nachdachte. Verstand sie, welches Vertrauen Meghan in sie gesetzt hatte? Was würde geschehen, wenn sie versagte? Furcht durchströmte sie, und sie wünschte sich erneut, sie hätte das Mädchen härter herangenommen, hätte sie stärker angetrieben, hätte diesem eigensinnigen, widerspenstigen Kopf Wissen eingebleut. Dennoch, Isabeau hatte die Prüfungen bestanden, und es war für einen Hexenlehrling angemessen, ihren Weg allein zu gehen. Sie war klug und besaß Macht – die Reise war in gewisser Weise eine ebenso notwendige Probe wie die Prüfungen selbst.

Dieser Gedanke trieb Meghan wieder auf die Füße, erneut machte sie sich an den Aufstieg. Der Pfad war nun schmal und der Schnee tief. Obwohl die Monde hell schienen, lag nach jeder Biegung ein Teil des Pfades in tiefen Schatten, die Abgründe oder Feinde verbergen konnten. Sie stolperte leicht, lief aber weiter. Über ihr ragte die hohe Bergspitze der Drachenklaue. Während sie ging, sann Meghan über die Bedeutung des Kometenzaubers und das mysteriöse Erscheinen Ishbels der Geflügelten nach. Sie hatte Ishbel für tot gehalten. Sechzehn Jahre lang hatte sie nach einer Spur ihres jungen Lehrlings gesucht, die am Tage des Verrats verschwunden war. Sie selbst hatte Ishbel vor den Roten Garden gerettet, hatte Feuer heraufbeschworen, damit sie entkommen konnte. Dann war das Mädchen verschwunden. Meghan hatte Traumbotschaften und Brieftauben ausgesandt, Hausierer und Dorfhexen befragt, durch Wasser und Feuer kristallzusehen versucht – alles umsonst. Sechzehn Jahre lang hatte es kein Zeichen und keine Nachricht von Ishbel gegeben. Dann war sie beim Probenfeuer für die eine Nacht lang dauernde Prüfung plötzlich wieder erschienen, nackt und mit offenen Haaren – wie die anderen Hexen. Ihr Haar war so lang gewesen wie der Hochzeitsschleier einer Banrìgh. Ihre blauen Augen hatten Meghans vorwurfsvollem Blick standgehalten. Dann hatte sie sie geschlossen, wie es die Prüfung bestimmte, aber die Stille zwischen ihnen war diese ganze lange, bittere Nacht lang von Fragen, Anschuldigungen, Bitten und einer wilden Freude erfüllt. Es war Meghan schwer gefallen, sich zu leeren, ein Gefäß der Stille und Einsamkeit zu werden, wie es die Prüfung verlangte. Sie wusste, dass es für Ishbel sogar noch schwerer gewesen war, denn sie hörte während der Nacht mehrere Male die unterdrückten Laute ihres Weinens.

Meghan knirschte vor Enttäuschung mit den Zähnen. Ishbel sechzehn Jahre nach ihrem Verlust wiedergefunden zu haben und an Schweigen und rituelle Verkündigungen gebunden zu sein! Und sie wieder verschwinden zu sehen, von der Klippe abhebend wie eine sturmgetriebene, weiße Feder! Woher war sie so unerwartet gekommen, und wohin war sie gegangen? Meghans Geist stellte eifrig Überlegungen an, einen glühenden Funken der Hoffnung in der Brust.

Vor Jahren hatte sie eine schmerzerfüllte Traurigkeit befallen, die daher rührte, dass sie die meisten Menschen aus ihrem Freundes- und Familienkreis überlebt hatte. Damals fragte sie sich zum ersten Mal, warum ihr alter Körper weiterlebte, und begann, sich Erlösung zu wünschen. Dann war ein junges, blondes Mädchen aus Blèssem gekommen, das wie so viele adlig geborene Mädchen jener Zeit im Turm der Zwei Monde ausgebildet werden sollte. Der Turm der Gesegneten Felder in Blèssem war eher eine Landwirtschaftsakademie als ein Einweisungsseminar in geheimnisvolle Mysterien, und die benachbarten Türme waren entweder verfallen oder einem einzigen *Talent* oder einer Gedankenschule geweiht. Nur im Turm der Zwei Monde wurden alle verschiedenen Facetten der Hexenkunst unterrichtet sowie die vielen Erscheinungsformen der Magie erforscht. Selbst Mädchen mit geringeren Fähigkeiten fanden einen Platz im Turm der Zwei Monde. Dort wurde eine zunehmende Vielfalt von *Talenten* erforscht und zelebriert.

Meghan hatte Ishbel zum ersten Mal im Hof der Räume der Bewahrerin des Schlüssels gesehen. Sie hatte dort mit Taschen zu ihren Füßen und einer Taube auf ihrer Schulter gewartet. Die Waldhexe war aus ihrem verborgenen Tal zum Turm der Zwei Monde herabgekommen, um Tabithas, die neu gewählte Bewahrerin des Schlüssels, zu besuchen, die einst ihr Lehrling gewesen war. Ein solch gewaltiges, ahnungsvolles Schaudern hatte sie bei Ishbels Anblick befallen, dass sie darum gebeten hatte, bei ihrer Ersten Prüfung der Macht, die alle Novizinnen bestehen mussten, um in die Theurgia aufgenommen zu werden, dabei sein zu dürfen. Die achtjährige Ishbel hatte die Prüfung nicht bestanden und hätte daher rechtmäßig abgewiesen werden müssen. Es war schon recht seltsam gewesen, dass die alte Amme, die sie gebracht hatte, geweint und darauf beharrt hatte, dass Ishbel aufgenommen würde. Ihr Vater und Bruder waren im Dritten Krieg der Zauberwesen umgekommen, erzählte ihnen die alte Amme, und ein Cousin hatte den Besitz geerbt.

»Wir sind kein Waisenhaus«, hatte Tabithas ungeduldig gesagt. »Das Mädchen hat gewiss noch andere Verwandte, die sie aufnehmen werden.«

Die alte Amme schüttelte den Kopf. »Sie tun sich alle vor ihr fürchten.«

Tabithas und Meghan sahen die Amme bestürzt an. Mit ihren blonden Haaren und den blauen Augen war das Mädchen die reine Verkörperung engelgleicher Schönheit.

»Sie kann fliegen«, sagte die Amme und begann zu weinen. »Sie tut es immerzu. Mitten auf dem Sommerjahrmarkt oder wenn die Männer die Ernte einbringen, wenn ihr Cousin Fälle von Diebstahl und Mord zu beurteilen versucht oder wenn sie im Bett sein soll. Sie will nimmermehr zu Fuß gehen und das macht sich einfach nicht gut bei den Leuten.«

Tabithas, die Bewahrerin des Schlüssels, und ihre ehemalige Lehrerin wechselten einen bedeutungsvollen Blick und gaben

Anweisung, dass das Mädchen wieder hineingebracht werden sollte. Das Kind schwebte tatsächlich einen Fuß über dem Boden. Ihr blondes Haar glänzte im Licht, während die Taube mit weißem Flügelschlag neben ihr herflog. Das Mädchen schwebte aufwärts, betrachtete mit versunkener Miene die Gemälde an der Decke und wollte nicht wieder herunterkommen oder ihnen antworten. Schließlich stieg die alte Amme auf einen Stuhl, und es gelang ihr nach mehreren erfolglosen Sprüngen, Ishbel am Knöchel zu packen und herabzuziehen. Die ganze Zeit über hatte Ishbel kein Wort gesprochen.

Meghan beschloss impulsiv, im Turm der Zwei Monde zu bleiben und das Kind als Akoluthen anzunehmen. Sie hatte ihr all ihr Wissen vermittelt und nach Hinweisen auf das Geheimnis ihrer Magie gesucht. Es gab in der Bibliothek nirgendwo Aufzeichnungen über fliegende Hexen, bis auf jene, die Drachen bezwungen oder sich mit Drachen, fliegenden Pferden oder anderen magischen Flugtieren verbunden hatten. Es gab eine Geschichte von einem Paar magischer Stiefel, die den Träger befähigten, große Sprünge über den Boden auszuführen und in nur wenigen Sekunden weite Entfernungen zurückzulegen, aber Meghan konnte nirgendwo einen Hinweis auf jemanden finden, der so leicht und mühelos wie Ishbel fliegen konnte. Sie schien sich in der Luft eher zu Hause zu fühlen als auf dem Boden und brachte Meghan manchmal damit aus der Ruhe, dass sie im Schlaf ungefähr einen Fuß über dem Bett schwebte. Das Geheimnis von Ishbels *Talent* gab Meghan in gewisser Weise wieder eine Aufgabe in ihrem Leben. So sehr sie auch die stille Schönheit ihres verborgenen Tales liebte, hatte Meghan doch die Gesellschaft anderer Hexen vermisst. Die Herausforderung, ein neues *Talent* zu erforschen, erweckte in ihr neues Interesse am Leben. Zum ersten Mal, seit Meghan den Schlüssel aufgegeben hatte, zog sie wieder in den Turm zurück und genoss seine gelassene Routine während der nächsten zehn Jahre mehr als jemals zuvor.

Die hübsche, blonde, eben flügge gewordene Hexe hatte sich in eine zarte Frau verwandelt, die von einer solchen Aura der Entrücktheit umgeben war, dass Meghan Angst bekommen hatte. Warum war sie gerade rechtzeitig für die Prüfung von Meghans Lehrling erschienen? Woher hatte sie gewusst, dass sie gebraucht würde? Meghan dachte die ganze lange Nacht über diese Fragen nach, während ein Verdacht, den sie jahrelang gehegt hatte, langsam zur Gewissheit wurde.

Meghan stolperte noch immer dahin, als die Sonne aufzusteigen begann. Ihr Körper war steif und wund, und sie versuchte sich verzweifelt an das zu erinnern, was sie noch von der Sprache der Drachen behalten hatte. Sie hatte die höheren Sprachen lernen müssen, um ihre Erdprobe als Zauberin zu bestehen, aber das war vor vielen, vielen Jahren gewesen, und sie hatte sie seitdem niemals wieder gebraucht. Die Energie, die sie die langen, ermüdenden Meilen angetrieben hatte, war geschwunden, und Meghan war durch die Strapazen und die Ereignisse der vergangenen drei Tage geistig und seelisch zutiefst erschöpft. Sie konnte sich nur an vereinzelte Wendungen und Wörter der Drachensprache erinnern, und sie begann zu fürchten, dass sie einen sehr großen Fehler begangen hatte.

Sie nahm ein karges Frühstück zu sich und setzte dann den schwierigen Aufstieg zum Gipfel fort, während Gitâ in der Dunkelheit ihrer Tasche schlief. Sogar im Halbdunkel der Dämmerung konnte sie die schmale Linie der Großen Treppe erkennen, die in ständig aufsteigendem Zickzackkurs über die kahle Vorderseite der Drachenklaue verlief. Bald hatte sie die breite Plattform erreicht, die deren Beginn kennzeichnete, und machte sich bereit, unter dem massiven Bogen hindurchzugehen, der auf beiden Seiten von jeweils einem stark beschädigten Steindrachen bewacht wurde, dessen verwitterte Schwingen weit ausgebreitet waren.

Meghan schaute unbehaglich auf die zerklüftete Bergspitze

vor dem sich erhellenden Himmel, während die ersten Sonnenstrahlen auf den Bogen trafen, sodass er vor dem dunklen Hintergrund hervortrat. Dann setzte sie sich unter die perfekte Wölbung des hoch über ihr aufragenden Bogens und wandte ihren Rücken den großen Steindrachen zu. Sie trank ein wenig Wasser und kramte unbeholfen eine Hand voll getrocknete Früchte hervor. Jedes Gelenk in ihrem Körper schmerzte, und sie wünschte, sie könnte sich etwas Tee kochen. Wie es in letzter Zeit manchmal geschah, glitt sie auch jetzt in einen leichten Schlummer. Scheinbar wenige Momente später öffnete sie ruckartig die Augen, da ihre Hexensinne sie vor einer Gefahr warnten. Sie sah zunächst nichts, aber dann erkannte sie schaudernd und mit pochendem Herzen, dass der Drache, der über ihr kauerte, keine weitere Statue war, wie sie in der ersten Verwirrung des Erwachens geglaubt hatte, sondern lebendig war.

Der Drache war viel kleiner, als Meghan erwartet hatte – so hoch wie zwei Menschen, aber schlank und überraschend wendig. Sein eckiger Kopf, der sich vor dem dämmerigen Himmel abhob, war mit einem gezackten Kamm gekrönt, der weiter seinen geriffelten Nacken und Rücken hinab verlief. Er kauerte auf einer hohen Felsspitze, den Schwanz mehrere Male um den Stein geschlungen, und betrachtete Meghan aus schmalen, schimmernden Topasaugen.

Meghans Herz pochte wider Willen heftig, und ihre Beine zitterten. Sie senkte den Blick und sagte in der ältesten aller Sprachen: *Ich grüße Euch, Erhabener.*

Zunächst herrschte Schweigen, und dann regte sich der Drache langsam, richtete sich auf seine mächtigen Beine auf und breitete mit ledernem Rascheln die großen Schwingen aus. Er flog mit erschreckender Schnelligkeit und Anmut die Stufen herab, während das Licht auf seinen schimmernden Schuppen funkelte. Schweiß brach auf Meghans Gesicht und Händen aus, und sie musste sich zwingen, nicht zurückzuweichen.

Dann sprach der Drache mit überraschend melodiöser Geiststimme. *Was führt dich hierher, törichter Mensch?*

*Ich möchte mit Euch sprechen und um die Gunst einer Audienz bitten,* sagte Meghan, bemüht, sich an die vielen komplizierten Höflichkeitsfloskeln der Drachensprache zu erinnern.

Der Drache lächelte unangenehm und faltete die Schwingen entlang seinem glatten Rücken. *Ich möchte nicht mit dir sprechen. Menschen sind für mich nicht interessant, außer als Happen, der meinen Speiseplan abwechslungsreicher gestaltet.* Er gähnte. *Es ist eine Weile her, seit ich Menschenfleisch gekostet habe, aber du wirkst auf mich nicht sehr schmackhaft, ganz Haut und Knochen und Haar. Du darfst gehen.*

Meghan wusste nicht, was sie tun sollte. *Aber ich …* begann sie und hörte, wie sich in der Kehle des Drachen ein leises Grollen aufbaute. Seine Augen waren gefährlich verengt, und er lächelte weiterhin unangenehm, wobei er Reihen scharfer Zähne zeigte. *Du darfst gehen,* wiederholte der Drache und ließ seinen Schwanz hin und her peitschen.

Meghan neigte den Kopf. *Ich möchte Euch eine Frage stellen, mein Laird.*

Der Drache sah Meghan feindselig an. *Du darfst fragen, aber ich warne dich. Deine Anwesenheit langweilt mich allmählich.*

*Warum habt Ihr mir Isabeau gebracht?,* fragte Meghan.

*Ich? Ich habe dir nichts gebracht. Ich mag Menschen nicht.*

*Die Drachen. Warum haben mir die Drachen Isabeau gebracht?*

*Isabeau?* Der Drache sprach das Wort im Geiste mit leichtem Widerwillen aus. *Was ist … Isabeau?*

*Sie ist … oder war … ein Baby. Sie wurde von einem Drachen auf meiner Türschwelle zurückgelassen.* Meghan sah dem Drachen in ihrer Ernsthaftigkeit zum ersten Mal in die topasartigen Augen und konnte den Blick nicht wieder abwenden. Sie hatte das Gefühl, dass die Zeit wie im Fluge verging, unermessliche

Reihen von Jahren, das Schwingen von Planeten und Sternen. Sonnenuntergänge erstrahlten über ihr, Wolken rasten davon, die Welt drehte sich um ihre Achse, und die Drachenaugen glitzerten kalt. Sie spürte größeren Kummer, als sie sich jemals hätte vorstellen können, spürte verzehrenden Hunger und eifersüchtig bewachtes Wissen unter dem Blick der kalt glitzernden Drachenaugen.

Plötzlich kroch etwas ihren Körper hinauf, und Gitâ kreischte in ihr Ohr. Meghan blinzelte und konnte den Blick wieder abwenden. Sie erkannte entsetzt, dass sie nur wenige Zoll von dem Drachen entfernt war, unmittelbar im Schatten seiner Klauen stand. Er ragte über ihr auf, und sie konnte sehen, dass er lächelte.

*Also hat die menschliche Hexe Freunde?*, sagte er sardonisch und stieß einen jähen Flammenstrahl in Gitâs Richtung aus, woraufhin der Donbeag erschreckt zurücksprang.

*Ich möchte verstehen, warum die Drachen in ihrer Weisheit und Scharfsichtigkeit beschlossen haben, das Baby Isabeau in meiner Obhut zu belassen.* Meghan sprach vorsichtig, verließ den Drachenschatten nicht, sondern wandte ihre Worte an sein sehniges Bein, da sie nicht mehr sehen konnte, ohne den Kopf zu heben.

*Warum sollte der Kreis der Sieben an den Angelegenheiten kümmerlicher Menschen interessiert sein?*, sagte der Drache hochmütig, während er eine kleine Rauchwolke ausstieß und sich abwandte.

Meghans Augen schimmerten. Schließlich hielt der Drache inne. Sie besaß einige Informationen und hoffte, sie zu ihrem Vorteil nutzen zu können. *Als ich vor sechzehn Jahren aus Angst um mein Leben in mein verborgenes Tal zurückkehrte, fand ich ein schreiendes Baby auf meiner Türschwelle vor, mit einem Drachenaugenring in der Hand. Ich konnte leicht erraten, wessen Baby sie war, aber wie und warum war sie auf meine Tür-*

*schwelle gelangt? Ich sehe nur eine mögliche Antwort auf das »Wie« – ich weiß, dass die Drachen mich erwählt haben, Isabeau aufzuziehen. Aber ich weiß nicht, warum.*

Der Drache gähnte erneut, wenn auch etwas weniger überzeugend als zuvor, und raschelte mit den Schwingen. *Und selbst wenn dein hübsches Märchen wahr wäre – warum glaubst du, dass wir uns dir gegenüber rechtfertigen würden?* Eine Welt der Verachtung lag in dem Wort »dir«.

*Der Kreis der Sieben muss einen triftigen Grund gehabt haben, sich mit den Angelegenheiten des Landes zu befassen,* sagte Meghan und bemühte sich, dem Drachen nicht wieder ins Auge zu blicken. *Ich wurde für diese Aufgabe auserwählt. Wenn ich sie erfolgreich erfüllen soll, muss ich verstehen, was von mir erwartet wird.*

Der Drache lächelte und breitete seine großen, gelben Schwingen aus, sodass sein Schatten die Sonne verdeckte und die Angst vor Drachen Meghan als erstickende Woge überschwemmte. *Du weißt nichts.*

*Mein Wissen reichte aus, um Euch zu finden.*

*Und doch weißt du nichts.*

*Darum bitte ich um eine Audienz mit dem Kreis der Sieben.*

Der Drache sah sie an, bis Meghans Beine zitterten und ihre Hände vom Angstschweiß feucht wurden, während sie der Drang, erneut in seine Augen zu blicken, fast überwältigte. *Der Kreis der Sieben möchte nicht mit dir sprechen.*

*Aber …*

*Der Zorn auf deinesgleichen lodert heiß in unserer Brust. Geh, bevor ich deine kümmerlichen Knochen zu Asche verbrenne.*

Einen Moment lang herrschte Schweigen, während Meghan verzweifelt ein weiteres Argument zu ersinnen versuchte.

*Du interessierst mich nicht mehr, Hexe. Geh.* Die samtige Geiststimme des Drachen klang drohend, und Rauchfäden entwichen seinen Nüstern. *Geh!*

Meghan hatte keine Wahl. Sie wusste, dass ihr Leben für den Drachen nichts zählte. Sie verneigte sich widerwillig und begann den Berg wieder hinabzusteigen, während die Haut zwischen ihren Schulterblättern kribbelte und ihre Sinne zum Reißen gespannt waren. Als sie nun die steilen Stufen hinabstieg,wallte in ihr ein überwältigendes Gefühl der Niederlage auf. Sie fühlte sich müde und sehr, sehr alt. Ihre Sicht war wie durch einen Schleier getrübt, und sie stolperte, fiel, stieß sich die Stirn und zerkratzte sich den Ellenbogen. Meghan fluchte und blinzelte die Tränen fort, die ihr unwillkürlich in die Augen stiegen. Es war viele Jahre her, dass sie sich zuletzt so hilflos und schwach gefühlt hatte.

Die Erinnerung an den Tag des Verrats bedeutete für Meghan stets Entsetzen und Qual. An jenem Tag war ihr ganzes Leben zerfallen. Ihre besten Freundinnen waren gestorben oder verschwunden, und sie selbst war nur knapp mit dem Leben davongekommen. Die Hexen von Eileanan waren vor jenem verhängnisvollen Tag Hunderte von Jahren eine Macht im Lande gewesen. Es war keiner von ihnen jemals in den Sinn gekommen, dass der Fehler eines Kindes das Volk gegen sie aufbringen könnte. Vielleicht waren sie anmaßend geworden. Aber der Tod durch Verbrennen war gewiss keine gerechte Strafe für ein wenig Anmaßung. Denn auf diese Art waren sehr viele Mitglieder des Hexensabbats gestorben, während der Rauch von den uralten Türmen des Hexensabbats in schwarzen, schmierigen Spiralen gen Himmel stieg.

Meghan wurde erneut von Entschlossenheit erfüllt. Sie würde nicht zulassen, dass der Hexensabbat vernichtet würde, weil die Banrìgh eine rivalisierende Macht fürchtete. Obwohl ihr Körper schmerzte und etwas Blut an ihrer Schläfe herablief, erhob sie sich mühsam wieder. Sie begann, den Pfad langsam weiter hinabzusteigen, tief in Gedanken.

Sie war dem Tag des Verrats entkommen, mit der Hilfe der kleinen Tiere in Feld und Wald, die sie vor Gefahren gewarnt und ihr im ganzen Land verborgene Pfade und Zufluchten gezeigt hatten. Sie hatte sich in ihr verborgenes Tal zurückgezogen und von dort für die Rettung jener gearbeitet, die noch gefangen gehalten wurden, sowie für den Aufbau eines Netzwerks von Spionen. Innerhalb von Tagen war ein Kopfgeld auf sie ausgesetzt worden, und es war für Meghan zunehmend schwieriger geworden, sich frei zu bewegen. Sie hatte sich nur hinausgewagt, um Neuigkeiten zu erfahren oder Relikte der Türme zu erwerben, die in die Karren der Hausierer gelangt waren. Isabeau hatte sie bald nach ihrem Rückzug ins Tal gefunden und sie großgezogen, wobei sie zwangsläufig auch deren Bewegungsfreiheit eingeschränkt hatte. So waren sechzehn Jahre vergangen, und Meghan hatte die ganze Zeit über darauf hingearbeitet, die Macht der Banrìgh zu untergraben. Sie würde jetzt nicht aufgeben.

Meghan lagerte auf freiem Feld, weit außer Sichtweite der breiten Plattform, auf der sie dem Drachen begegnet war. Dieses Mal zündete sie ein Feuer an und bereitete sich eine warme Mahlzeit zu, wohl wissend, dass sie durch Müdigkeit und Hunger desorientiert gewesen war. Es war ein Fehler gewesen, sich so hart anzutreiben, dass sie, wie bei der Begegnung mit dem Drachen, erschöpft war. Gitâ hatte sie gewarnt, aber das Gefühl, dringend vorankommen zu wollen, war stärker gewesen als ihre Vorsicht, und so hatte sie sich von dem Drachen einschüchtern lassen. Sie hörte den Donbeag kichern, als sie ihren Fehler im Geiste eingestand, doch sie achtete nicht auf ihn, sondern schmiedete weitere Pläne. Gitâ ängstigte ihr Vertieftsein. Er rollte sich auf ihrer Schulter zusammen und steckte eine kalte Pfote in ihren Kragen. Aber Meghan wusste, dass sie falsch geurteilt hatte, und war entschlossen, dass das nicht noch einmal passieren sollte.

In der Dämmerung des nächsten Tages wanderte sie zu der Plattform am Fuß der Stufen zurück, und dieses Mal trat sie beherzt durch den Bogen.

Der gepflasterte Weg führte in steilem Winkel aufwärts und wies alle zwanzig oder dreißig Schritt eine hohe Stufe auf. Meghans Augen weiteten sich vor Schreck, als sie sah, wie hoch jede einzelne Stufe war – eine schwierige Kletterpartie bei ihrer Größe. Die Mauern auf beiden Seiten der Treppe reichten höher als ihr Kopf und waren mit teilweise undeutlichen Formen und Symbolen verziert – Monde, Sterne, Kreise und Wellenlinien, Darstellungen von Schlachten und Krönungen, magischen Handlungen und magischen Wesen, alles von komplizierten Steinornamenten und einem doppelten Rand aus dornenumkränzten Rosen gesäumt. Da Meghan nur gelegentlich durch einen Spalt in der Mauer, der durch zerbröckelte Steine entstanden war, etwas sehen konnte, nahmen sie die ständig wechselnden Verzierungen bei ihrem Aufstieg völlig gefangen. Es schien, als würden Geschichten erzählt, aber ihr fehlte das Wissen, um die Szenen zu enträtseln, und so genoss sie einfach deren fremdartige und sinnliche Schönheit.

Je höher sie stieg, desto dünner und kälter wurde die Luft und desto sehnlicher wünschte sich Gitâ zurück in sein heimeliges, kleines Nest in einem Loch im Stamm des Baumhauses. Meghan war froh über sein Keckern, gleichgültig wie sehr er sich beklagte, denn je höher sie stieg, desto stärker wurde ihre Vorahnung. Einmal zog der Schatten eines Drachen über sie hinweg, und sie spürte, als sie sich in einem Anfall von Entsetzen an die Mauer kauerte, die instinktive, menschliche Reaktion auf die Angst vor Drachen.

Als die Sonne untergegangen war, musste Meghan für die Nacht rasten, weil die Dunkelheit Spalten im Weg verbarg, durch die ein unvorsichtiger Reisender leicht zu Tode stürzen konnte. Obwohl die Nacht bitterkalt war, wagte sie kein Feuer anzuzünden, das Drachen und Hexenjägern gleichermaßen als Signalfeuer gedient hätte. Sie aß etwas Brot und getrocknetes Obst, wärmte mit dem Finger etwas Tee, wie Isabeau es tat, und neigte dann den Kopf zurück, sodass sie die Sterne sehen konnte. Sie schienen näher und heller als jemals zuvor, und sie betrachtete sie mit nun schon vertrautem Unbehagen.

Direkt über ihr breitete der Eisvogel seine Flügel aus, während südwärts der Zentaur davonschritt. Der große Sternenwasserfall, den man »Bart des Zentauren« nannte, leuchtete hell. Unmittelbar über dem östlichen Horizont ließ das Kind mit der Urne den Inhalt des Gefäßes unablässig ausströmen, während im Westen der Feuerschlucker schimmerte. Besonders diese Konstellationen verursachten Meghan Unbehagen, denn sie hatte sie noch niemals zusammen am Himmel gesehen. Normalerweise war das Kind mit der Urne schon unter den Horizont gesunken, wenn der Feuerschlucker aufstieg. Und noch seltsamer war, dass die zwei Monde ihre Position getauscht zu haben schienen, sodass Magnysson der Rote niedriger stand als die zarte Gladrielle, anstatt ihr zu folgen, wie er es gewöhnlich tat. Sie wünschte, sie wüsste mehr über den Nachthimmel. Sie wünschte, die Sterngucker wären nicht alle durch die von der Banrìgh aufgestellte Liga gegen Hexen umgekommen. Sie wünschte, sie wüsste, was der Himmel vorhersagte.

Meghan schlief erst wenige Stunden vor der Dämmerung ein und entdeckte beim Aufwachen einen Vogel auf ihrem Knie und ein Murmeltier auf ihrem Schoß, was sie ungemein tröstete.

Während des Aufstiegs des zweiten Tages gelang es ihr, die äußere Mauer zu erklettern, sodass sie sich umsehen konnte. Trotz der Schönheit des sich vor ihr ausbreitenden Panoramas nahm Meghans Angst nicht ab. Die unteren Hänge der Drachenklaue waren mit den Zelten der Roten Garden gesprenkelt, und immer noch kamen weitere Soldaten heran. Die Sonne glitzerte auf der schmalen Linie ihrer Lanzen, während sie die steilen Pfade erklommen. Die Größe des gegen die Drachen gesandten Heeres beunruhigte sie, und sie fragte sich erstmals, welche Magie sie noch beherrschten, um so zuversichtlich sein zu können. Die Anwesenheit eines Mesmerd bei den Roten Garden, die in ihr Tal eingedrungen waren, hatte sie erschreckt, denn sie zeigte sowohl die Scheinheiligkeit als auch die Skrupellosigkeit, welche die Liga gegen Hexen bei ihrem Kampf gegen die Magie an den Tag legte. Sie mussten auch noch mit anderen magischen Wesen, von denen einige sehr gefährlich waren, Abmachungen getroffen haben. Meghan versuchte zu erkennen, was aus ihrem Zuhause geworden war, aber das verborgene Tal war durch einen hohen Landvorsprung verdeckt.

Der Weg wurde während des Aufstiegs immer steiler und war im Laufe der Zeit vom Wetter stark beschädigt worden. Sie musste häufig vorsichtig vorangehen, die Pflastersteine vor sich mit ihrem Stab prüfen und so nahe an der Klippenschulter bleiben wie möglich. An einer Stelle war der Weg vollständig weggebrochen und hatte eine Lücke von mindestens neun Fuß hinterlassen, die einen schwindelerregenden Steinfall freigab.

Gitâ sprang an Meghan hoch und auf ihre Schulter und sandte ihr eine seltsame Geistbotschaft: *Bei solchen Gelegenheiten möchtest du bestimmt das Talent Ishbels der Geflügelten besitzen.*

Meghan musste über diese treffende Feststellung schmunzeln und streichelte das seidige Fell des Donbeag. Sie sah sich sorgfältig um und bemerkte eine kleine Pflanze, die sich ungefähr drei Fuß über ihr in einer Spalte in der kahlen Felsoberfläche hartnäckig ans Leben klammerte. Das etwa faustgroße Kraut zeigte ein Gewirr von Blättern und kleinen, blauen Blüten über den freiliegenden Wurzeln. Meghan hob die Hand, und die Ranken verdichteten sich allmählich und wuchsen, während die Wurzeln einen sichtbaren Ruck taten, als sie sich tiefer in die Spalte wanden. Ein Stein- und Geröllschauer rieselte auf ihre Köpfe herab, und Gitâ zog sich unter Meghans Plaid zurück. Die Hexe musste sich hinsetzen; ihre Fäuste verkrampften sich im Schoß, während sich das Gewirr von Zweigen und Blüten – jetzt von der Größe von

Tafeltellern – über die Felsvorderseite ausbreitete. Der Donbeag kuschelte sich unter ihre Hand, und sie atmete tief durch, da sie ihr Alter spürte.

Als schließlich keine Steine und Geröll mehr herabrieselten, hatte Meghan ein gewisses Maß an Kraft zurückerlangt, und sie erhob sich und betrachtete ihr Werk. Das Bündel wilder Thymian war zu einem großen Rankenwasserfall aufgeblüht, der die Mauer entlang dem gefährlichen Spalt vollkommen bedeckte. Gitâ schnalzte anerkennend, sprang von Meghans Schulter auf die drahtigen Zweige und war mit wenigen flinken Bewegungen auf die andere Seite gelangt, den Schwanz hoch über den Kopf gereckt. »Ich wünschte, für mich wäre es ebenso leicht«, seufzte Meghan, während sie ihren Stab mit einem Seil an ihrem Bündel festband. Sie brauchte fast zwanzig Minuten für die Überquerung der Spalte, wobei sie manchmal auf die zerbrochenen Überreste des Weges trat und manchmal ihr ganzes Gewicht den Ranken anvertrauen musste. Einmal zerbröckelte ein Stein und stürzte unter dem prüfenden Druck ihres Fußes hinab, woraufhin Meghan vorwärts sprang, als ihre Hände an den Ranken abglitten. Nach einem würdelosen Moment, in dem sie hilflos in der Luft hing, während die Wurzeln ihr Gewicht mühsam hielten, gelang es ihr, wieder Halt zu finden. Die restliche Überquerung gelang jedoch sicher. Danach saß sie einige Zeit mit gesenktem Kopf und bebender Brust da.

Obwohl die magisch gewachsene Pflanze auch den hinter ihr befindlichen Roten Garden von Nutzen wäre, ließ sie sie hängen. Die kleine Pflanze hatte hart ums Überleben gekämpft und ihr tapfer geholfen, und sie konnte es nicht ertragen, sie jetzt zu vernichten.

*Sie wird uns auch wieder bei der Überquerung helfen, wenn wir zurückkommen,* stellte Gitâ praktisch fest, und Meghan erkannte plötzlich schaudernd, dass sie gar nicht erwartet hatte zurückzukehren.

In dieser Nacht regnete es; es war ein beständiges, hartnäckiges Nieseln, das ihre Kleidung durchnässte und sie vor Schwäche zittern ließ. Noch vor der Dämmerung verwandelte sich der Regen in Graupel, und die Pfützen gefroren. Meghan kauerte sich an die Steine, rieb ihre starren Hände aneinander und stampfte mit den eisigen Füßen auf. Gitâ lief hin und her und schnatterte laut mit seiner hohen Stimme. *Setz dich, Gitâ*, sagte Meghan im Geiste.

*Können wir nicht in unser hübsches, sicheres Tal zurückkehren? Man sollte sich nicht mit Drachen einlassen. Drachen sind sehr alt und seltsam, meine Liebe, sie mögen Menschen nicht, sie mögen Donbeags nicht. Warum sind wir hier? Man stellt nicht in Frage, was Drachen zu tun erwählt haben, man ist einfach dankbar, nicht knusprig gebraten zu werden. Oh, meine Liebe, ich mag diesen kalten Berg mit seinem harten Gestein nicht. Ich will mein hübsches, heimeliges Nest im Baum. Ich sollte mein Nest jetzt säubern, wo der Frühling da ist. Was geschieht, wenn ein anderer Donbeag es findet und mit Beschlag belegt?* Gitâs Geiststimme klang schrill vor Sorge.

*Niemand wird dein Nest mit Beschlag belegen, Gitâ, aber wenn du zurückkehren willst, dann kannst du das tun, obwohl ich deine Gesellschaft schmerzlich vermissen würde.*

Gitâ sprang auf ihr Knie und rieb sich an ihrem Hals. Sein Fell fühlte sich feucht und kalt an. *Wie kann ich meine Geliebte verlassen?*, sagte er. *Ich habe dich bereits einmal vor der gefährlichen Echse gerettet, und du könntest mich erneut brauchen. Nein, nein, Gitâ wird bleiben, Gitâ wird auf seine Hexe aufpassen.*

*Ich danke dir, Gitâ*, erwiderte Meghan und wandte ihre Aufmerksamkeit dann wieder ihrem Schoß zu, auf dem die Zauberinnenringe von Zeit zu Zeit auffunkelten. Sie spielte abwesend damit, wohl wissend, dass sie morgen den Gipfel erreichen und auf der anderen Seite der Drachenklaue den Abstieg ins Tal der

Drachen hinab beginnen würde. Der bloße Gedanke ließ ihre Eingeweide vor Entsetzen rebellieren. Ihre Finger schlossen sich um die Ringe, sodass deren Härte sie schmerzte. Vorsichtig gab sie sie wieder frei und verstaute sie sicher in ihrer Tasche, wo sie die Ringe leicht erreichen konnte. Sie behielt nur den Granat in der Hand, ihren Feuerring, den sie schließlich mit viel Mühe an ihren knorrigen Finger steckte.

Nun dämmerte es schon fast, und der Himmel war goldrot gestreift. Über Meghan flog ein Haubenfalke, und nach kurzem Zögern rief sie ihn zu sich herab. Sie hörte keine guten Neuigkeiten. Die Roten Garden, die sich direkt am Fuß der Großen Treppe versammelten, hatten eine Stärke von über zweihundertfünfzig Mann erreicht, und weitere kamen hinzu. Meghan stöhnte leicht und lachte dann rau. Es gab kein Zurück.

Nachdem sie ein wenig kalten Haferbrei gegessen und etwas belebenden Tee getrunken hatte, erhob sich Meghan steif und begann die inzwischen lästige Reise zur oberen Plattform, die sich auf der Drachenklaue befand. Sie vollführte im Gehen Konzentrationsübungen, um möglichst stark und ruhig zu werden. Denn sie wusste, dass die Drachen sie nicht leicht passieren lassen würden.

Als sie die Plattform erreichte, wurden die Schatten bereits länger. Sehr müde und leicht zitternd trat Meghan auf das breite Steinpodest hinaus. Aber es lag verlassen da; nur große Statuen breiteten vor dem Himmel ihre verwitterten Schwingen aus. Sie trat zur östlichen Ecke, blickte hinab und hatte endlich klare Sicht auf ihr verborgenes Tal. Meghan spürte ihr Herz sinken, als sie die niedergebrannten Waldstücke und die darauf verteilten Flecken sah – vermutlich die Körper herumliegender Tiere. Der große Baum, der ihr Zuhause war, schien durch Feuer und Axt stark beschädigt, stand aber noch, was Meghan ein wenig Hoffnung gab.

Sie hielt einen langen Moment inne, betrachtete die Landschaft und prägte sich ein, wo die Roten Garden ihre Lager aufgeschlagen hatten. Sie fragte sich erneut, wie Isabeau auf ihrer Reise zurechtkam, während so viele Soldaten überall durchs Land zogen, verdrängte den Gedanken aber – wohl wissend, dass sie keine Möglichkeit hatte, es herauszufinden. Mit grimmiger Miene schulterte sie erneut ihr Bündel und nahm den Stab auf. Doch bevor sie auch nur einen Schritt tun konnte, fiel ein Schatten über sie und verdeckte die Sonne.

Sie schaute auf und sah einen großen, bronzefarbenen Drachen mit durchdringendem Schrei auf sich zustürzen, die goldenen Schwingen vor der Sonne durchscheinend. Obwohl Meghan angesichts seiner Macht und Schönheit zitterte, blieb sie ruhig auf dem Felsvorsprung stehen und grüßte ihn in Gedanken. Der Drache faltete seine Schwingen und raste, trotz ihrer herzlichen Worte, mit gefährlicher Geschwindigkeit auf sie zu.

Meghan, die nicht zurückzuschrecken versuchte, riss sich ihren Ring vom Finger und hielt ihn hoch, sodass der Stein im Licht rot glitzerte. *Erhabener, ich bringe Euch ein Geschenk*, sagte sie im Geiste.

Der Drache brach den Angriffsflug mit einer Drehung seines wendigen Körpers ab und ließ sich stattdessen auf einer der scharf aufragenden Felsspitzen nieder. Dieser Drache war weitaus größer als derjenige, mit dem Meghan zuvor gesprochen hatte, und er hatte ein feindseliges Glitzern in den Augen. Er sah sie an wie eine Katze eine Maus und sagte: *Welches Geschenk bietest du an, das mich interessieren könnte?*

Es fiel schwer, seinen Blick nicht zu erwidern, aber Meghan wusste es besser und hütete sich davor, seinen kalten Topasaugen zu begegnen. Stattdessen betrachtete sie seine glänzende Haut und öffnete ihre Hand, um ihm den darin verborgenen Ring zu zeigen.

*Ein Hexenring*, gähnte der Drache und ließ seine schmale, blaue Zunge hervorzucken. *Ein hübsches Schmuckstück*.

Sie trat vor und legte den Ring auf den Boden. Bevor sie auch nur einen Schritt zurückweichen konnte, hatte sich der Drache bereits so rasch und todbringend wie eine Schlange bewegt, den Ring mit der Spitze seines Schwanzes gepackt, ihn in die Luft geworfen und mit seinem wie eine Klaue geformten Fuß mühelos wieder aufgefangen. *Ich danke dir für dein liebenswürdiges Geschenk, Hexe,* sagte der Drache spöttisch. *Du kannst jetzt gehen.*

Sie stand vor ihm und verneigte sich tief. *Ich bitte um eine Audienz beim Kreis der Sieben.*

*Die Menschen sind in den Jahrhunderten, seit ich zuletzt mit ihnen gesprochen habe, anscheinend sehr kühn und verwegen geworden,* sagte der Drache in Meghans Geist. *Eine Hexe, die nicht weichen will, wenn wir sie dazu auffordern, und eine schnatternde Schar Soldaten, die an unserer Schwelle lagert. Das gefällt uns nicht.*

*Bitte vergebt mir meine Aufdringlichkeit,* sagte Meghan. *Ich würde nur unter extremsten Umständen einer Aufforderung der erhabenen Drachen nicht mit Freuden nachkommen.*

*Gut gesagt, Hexe,* erwiderte der Drache. *Wir haben dich angewiesen, unser Gebiet zu verlassen, und du bist doch zurückgekehrt. Warum hast du das getan?*

*Ich bin in einer verzweifelten Lage, mein Laird.*

*Warum sollte deine Lage für die Drachen von Belang sein?*

*Ich möchte die häufig gepriesene Weisheit der Drachen zu Rate ziehen.*

*Und brauchen diese Männer in den roten Jacken auch verzweifelt unseren weisen Rat, dass sie deswegen solch ein Heer zu unserem Berg bringen müssen?*

*Das weiß ich nicht, mein Laird. Ich habe mit diesen Soldaten nichts zu tun. Ich weiß nicht, warum sie hier sind, aber ich glaube, dass sie mir Böses wollen und vermutlich auch den Drachen feindlich gesinnt sind.*

Der Drache betrachtete sie mit falscher Freundlichkeit. *Ich glaube nicht, dass es dir zusteht, den Drachen zu sagen, wer ihre Freunde und wer ihre Feinde sind.*

*Nein, mein Laird.*

Die großen Topasaugen betrachteten sie, und der lange Schwanz – länger als drei Pferde – schwang hin und her. Meghan wartete. Der Drache gähnte und zeigte dabei einen blauen Gaumen und viele scharfe, spitze Zähne. *Ich werde deiner überdrüssig, Hexe. Sag mir, warum du gekommen bist. Sicherlich nicht, um uns vor der Ankunft der Soldaten zu warnen?*

*Nein, mein Laird, ich weiß, dass Ihr meiner Hilfe nicht bedürft. Ich bin gekommen, die Eure zu suchen.*

Unerwarteterweise lachte der Drache. *Kühn, aber ehrlich. Ungewöhnlich für eine Hexe.*

*Hexen legen einen Schwur ab, nichts als die Wahrheit zu sagen.*

*Ja, aber wie viele Hexen halten diesen Schwur?*

*Ich breche meine Schwüre nicht.*

*Legen Hexen nicht auch einen Schwur ab, das Leben anderer zu respektieren?*

Meghan ballte die Hände zu Fäusten. *Außer bei Lebensgefahr.*

*Nicht bei Wut? Nicht bei Rache?*

Die Waldhexe öffnete ihre Fauste zögernd wieder. *Das sind gewiss gute Gründe,* sagte sie trocken und hörte den Drachen erneut unangenehm lachen.

*Komm schon, Zauberin, ich bin das Spielen mit dir leid, so klug du auch bist. Warum störst du unseren Frieden?*

*Ich möchte mich an den Kreis der Sieben wenden, mein Laird, wenn sie die Zeit aufbringen würden.*

*Der Kreis der Sieben hat größere Sorgen als die unbedeutenden Wünsche eines kleinen Menschen. Welchen Grund zur Sorge hast du?* Der Drachenschwanz peitschte hin und her.

*Es herrschen Aufruhr und Unruhe im Land, und böse Mächte sind am Werk. Ich weiß, dass die Drachen am Faden der Zeit entlang in beide Richtungen sehen, und ich hoffe, das ihr Wissen und ihre Weisheit mir helfen werden, den richtigen Weg zu finden.* Während Meghan sprach, wurde ihre Geiststimme zuversichtlicher, und sie erinnerte sich wieder der seltsamen Wendungen der Drachensprache.

*Der Kreis der Sieben interessiert sich nicht für die Unordnung und Verworrenheit der Menschheit, nicht mehr, als dich die Kämpfe von Ameisen oder die Gefechte von Raupen interessieren. Deinesgleichen bekämpfen und töten einander stets, warum sollten wir darauf achten?*

*Weil der sich über Eileanan ausbreitende Bürgerkrieg auch die Drachen betrifft,* erwiderte Meghan schonungslos. *Maya die Unbekannte hat zum Kampf gegen die Uile-Bheistean aufgerufen, und es werden bereits Drachen getötet. Ich weiß, dass sich die Drachen in der Vergangenheit für die Belange der Menschen interessiert haben, denn warum sonst sollten sie das Leben eines Menschenkindes gerettet haben? Isabeaus Schicksal muss für den Kreis der Sieben von Interesse sein, sonst hätten sie das Baby nicht in meine Obhut gegeben. Drachen handeln nicht ohne sorgfältige Überlegung.*

*Das ist wahr, Hexe, aber wir gewähren ohne Darbringung angemessener Geschenke auch keine Audienz. Ich kann dich nicht passieren lassen, denn du kommst mit leeren Händen.*

*Ich habe Geschenke mitgebracht,* sagte die Zauberin und spreizte ihre Finger, um dem Drachen die Ringe mit dem Jade- und Türkisstein und dem blauen Topas zu zeigen, die sie bis jetzt verborgen gehalten und soeben aus der Tasche geholt hatte.

*Ein unbedeutendes Geschenk, das kaum für den Großen Kreis geeignet ist und wohl auch nicht seine Aufmerksamkeit erregen wird.*

*Das ist wahr, mein Laird, und ich schäme mich wahrhaftig, dem Kreis der Sieben ein solch erbärmliches Geschenk darzubringen. Wenn ich könnte, hätte ich wohl die Kronjuwelen der*

*Cuinn und den Ring der Serpetra mitgebracht, aber ich bin nur eine alte Waldhexe, die außer den Ringen keine Schätze ihr Eigen nennen kann.*

Der Drache ließ seine blaue Zunge hervorzucken. *Und das Blut und Fleisch deines Körpers.*

*Hauptsächlich Knorpel und Knochen,* sagte Meghan wehmütig. *Tatsächlich glaube ich, dass mich die Erhabenen angewidert ausspeien würden, mein Laird.*

Zu ihrer Überraschung lachte der Drache erneut, und der Klang traf sie bis ins Mark. *Wahre Worte, Hexe, wirklich wahre Worte. Nun gut. Ich werde dich passieren lassen, aber du sollst wissen, dass die Erhabenen dein kümmerliches Leben in ihren Klauen halten werden. Erzürne sie nicht.*

*Danke, mein Laird.* Meghan verneigte sich erneut, und der Drache breitete die Schwingen aus und hob seinen Schwanz an, sodass der Himmel vom Glanz und der Gefahr seiner Gegenwart erfüllt war.

*Ich werde dich wiedersehen, wenn deine komischen kleinen Beine dich die Treppe hinabtragen. Brauche nicht zu lange, sonst vergisst der Kreis dein Kommen vielleicht.*

Meghan verneigte sich, obwohl ihr Herz beim Gedanken an die dreitägige Reise, die vor ihr lag, sank. Sie war die Große Treppe und ihre zerfallenen Stufen gründlich leid.

Der Drache sah sie verschlagen an. *Du wünschtest also, du hättest Schwingen, um dich wie der Drache zu erheben, alte Hexe. Möchtest du auf meinem Rücken reiten?*

Entsetzen und Wunsch erfüllten Meghan wie heiß aufwallender Mondfluch, aber sie senkte den Kopf und sagte: *Das ist eine Ehre, die ich niemals zu erwägen wagte.*

Der Drache richtete sich auf die Hinterbeine auf und stieß einen Schrei aus, bei dem Meghan sich auf die Steine kauerte und die Hände auf die Ohren presste, während die Angst vor Drachen ihr Blut gefrieren ließ. *Kein Mensch hat jemals sein Bein über meinen Rücken geschwungen,* zischte er, *und kein Mensch wird das jemals tun.* Der bronzefarbene Drache stieß sich mit wirbelnden Schwingen und peitschendem Schwanz von dem Steinbogen ab und war fort. Meghan richtete sich seufzend auf, glättete ihren Rock und machte sich an den Abstieg.

Der Weg auf dieser Seite des Berges war in weitaus besserem Zustand, und die Steinornamente auf den Mauern waren weitaus deutlicher. Die alte Hexe betrachtete sie sorgfältig und bemerkte, dass die Bilder nun einen großen Mann mit einer Geweihkrone darstellten, der unter einem blühenden Baum stand. Der Fries war von Symbolen der Macht gesäumt, besonders einem, das zwei ineinander verschlungene Drachen zeigte, die durch ein Muster aus zwei dornenumrankten Rosen getrennt wurden.

Gitâ kauerte auf Meghans Schulter. *Der Sommerbaum,* sagte er und deutete auf die Steinmetzarbeit, die den gehörnten Mann darstellte. Meghan überlegte, was der Donbeag meinte, aber als sie ihn fragte, schnalzte er nur und lief ihren Rücken hinab.

Meghan stieß bald auf einen Abschnitt der Mauer, der so zerfallen war, dass sie hinaufklettern konnte. Sie setzte sich auf die Mauer und blickte erstaunt auf die nördlich gelegenen Berge, die sich so weit erstreckten, wie das Auge reichte. Sie waren weitaus höher als die Sithicheberge und trotz des warmen Frühlingswetters schneebedeckt. Unter ihr lag ein breiter, wie eine ungleichmäßige Schüssel geformter Krater, auf dessen gegenüberliegender Seite die Bergspitze der Drachenklaue in Miniatur nachgeahmt war. Inmitten des Kraters befand sich ein See, der seltsam grün und von Dampf bedeckt war. Meghans alte Augen blinzelten, und sie betrachtete den See einige Augenblicke, bevor sie mit leichtem Entsetzen erkannte, dass das, was sie für Felsvorsprünge im Wasser gehalten hatte, tatsächlich Drachen waren. Sie musste einen Moment innehalten, weil ihr Herz laut hämmerte, und sie legte sich flach hin, um sich mit ihrer Silhouette nicht zu verraten. Sie konnte drei Drachen in dem See erkennen, aus deren Nüstern Dampf aufstieg. Ein weiterer lag, den hellen Bauch nach oben gereckt, auf einem Felsen in der Sonne. Dann drehte er sich genüsslich, sein muskulöser Schwanz peitschte das Wasser, und sie sah, dass er weitaus größer war als die Drachen, mit denen sie bereits gesprochen hatte. Sie begann zu zittern und überdachte ihren Plan. Sie hatte niemals erwartet, so viele Drachen vorzufinden, aber letztendlich machte es kaum einen Unterschied, ob es nun um einen oder fünf Drachen ging, und so setzte sie ihren Weg schließlich fort.

Meghan empfand den Abstieg die hohen Stufen hinab als wesentlich leichter als den Aufstieg, und so war sie guten Mutes, als sie den Fuß der Treppe erreichte. Die Statuen, die den dortigen Bogen bewachten, waren ebenfalls in weitaus besserem Zustand, da sie von den hohen Wänden des Kraters geschützt wurden, und so nutzte sie die Gelegenheit, sie ausgiebig zu betrachten. Es waren hervorragende Bildhauerarbeiten, die jede Rippe und Klaue der Drachenschwingen zeigten. Fast konnte man glauben, dass es echte Drachen wären, die durch großartige Magie zu Stein geworden waren.

Der gepflasterte Weg führte an dem großen, grünen See vorbei zu einem identischen Bogen am Fuß der gegenüberliegenden Klippe. Meghan erkannte, dass es dort ebenfalls eine Große Treppe geben musste, die zu den Ländern im Norden führte, wo die wilden, im Schnee hausenden Stämme lebten. Sie wusste von den wilden Stämmen, da einer der ihren wenige Jahre vor der Verbrennung zu den Türmen gekommen war, um zu lernen. Er war auf dem Rücken eines Drachen nach Lucescere gereist und hatte unter den Hexen Aufsehen erregt, da Drachen Menschen gegenüber feindlich waren und sie nicht gerne reiten ließen. Bevor der Drachen-Laird gekommen war, hatten die Hexen geglaubt, die Berichte über die Schneebewohner seien nur Fantasiegeschichten, da Tìrlethan – wie das Land auf der anderen Seite der Drachenklaue genannt wurde – so unwirtlich war, dass niemand außer Eisriesen und Rieseneulen dort lebte.

Meghan atmete tief ein und trat zwischen den Statuen hindurch auf den Weg. Der kleinste und jüngste der Drachen glitt aus dem See, und Wasser strömte von seiner goldenen Haut. Er schwieg, ging aber neben ihr einher und ließ sie durch seine geschmeidige Größe klein erscheinen. Einer nach dem anderen folgten die anderen Drachen seinem Beispiel, und bald war Meghans kleine Gestalt auf allen Seiten von großen, bronzefarbenen Körpern umringt, deren Schwingen seitlich angelegt waren. Meghan, die erfolglos versuchte, ihre Angst zu kontrollieren, die deren schweigende Gegenwart in ihr hervorrief, ergriff fest ihren Stab und konzentrierte sich auf die Betrachtung des Kraters. Seine Wände, über die an der Nord- und Südseite zickzackförmig die Große Treppe verlief, ragten rings um den See hoch und glatt auf. Der von fahlem und geistergleichem Dampf bedeckte See füllte den größten Teil des Talbodens aus. In einer Seite des Kraters gähnten sieben große Höhlen, aber im Gegensatz zu den Höhlen, welche die Wände von Meghans Tal säumten, waren diese nicht natürlich. Vollkommen bogenförmig geschnitten und von komplizierten Ornamenten umgeben, waren sie offensichtlich von demjenigen erbaut worden, der auch die Große Treppe angelegt hatte.

Der Weg führte an den sieben Höhlen vorbei, wobei breite, kreisförmige Stufen zu der in der Mitte gelegenen größten Höhle hinaufführten. Der kleinste der Drachen führte sie diese Stufen hinauf, trat geziert darauf und merkte anscheinend nicht, wie schwierig sie für Meghan zu bewältigen waren. Innerhalb des Höhleneingangs befand sich ein breiter Weg, der sich in einer steilen Spirale abwärts wand, sodass Meghan das Ende nicht sehen konnte. Er war nur am Eingang beleuchtet, sodass die wuchtigen, bearbeiteten Mauern in Dunkelheit versanken. Ein weiterer Drache mit schimmernder Haut kauerte in den Schatten.

Meghan verneigte sich vor ihm, schwieg aber, während sich ihr Atem beschleunigte.

*Ich grüße dich erneut, Hexe,* sagte der ältere Drache in verächtlichem Tonfall. *Ich sehe, dass du trotz meiner Warnung zurückgekehrt bist.*

*Ich grüße Euch, Erhabener. Möge Euer Bett stets warm und Euer Himmel stets blau sein.*

*Mögest du eine weitere Dämmerung erleben,* erwiderte er höflich und ließ seinen Schwanz peitschen. Dann ging er voran, schritt wie ein Schlachtross aus, den großen Kopf stolz erhoben.

Meghan folgte ihm, während sie sich erstaunt umsah. Die Decke der Höhle war viele Hundert Fuß über ihr zu einem Bogen geglättet und himmelähnlich mit Monden und Sternen, Kometen und Planeten bemalt, die alle vergoldet und mit funkelnden Edelsteinen besetzt waren. Die gewölbten Wände waren wie die Bäume eines großen Waldes gestaltet, die Blätter und Zweige mit den spähenden Gesichtern von Tieren und Zauberwesen erfüllt, einige so wunderschön wie ein Traum, andere boshaft grinsend. Schon bald wurde es so dunkel, dass Meghan nichts mehr sehen konnte. Sie zündete ein Hexenlicht am Ende ihres Stabes an, damit sie ihren Weg finden konnte. Nur von diesem schwachen, blauen Licht beleuchtet, wirkten die Gesichter lebendig, blinzelten ihr zu, als sie vorüberging.

Die Drachenprozession stieg langsam in den Berg hinab, die alte Hexe in ihrer Mitte, den Geschmack der Angst metallen in ihrer Kehle. Gitâ, der sich fest zu einer Kugel zusammengerollt hatte, zitterte in ihrer Tasche. In Schatten verloren, waren die Drachen nur Umrisse und Geräusche – Klauen, die auf Stein klickten, raschelnde Schwingen und Schuppen, das Summen ihres Atems, das anzuschwellen und sich zu vertiefen schien, je weiter sie abwärts stiegen. Schließlich gelangte Meghan zum Ende der spiralförmig verlaufenden Rampe und spähte durch die Dunkelheit, während eine Vorahnung sie allmählich überwältigte. Die Luft roch nach Rauch und Schwefel, und die große Höhle war von einem meerähnlichen Geräusch erfüllt, nur dass das Meer eine viele Wochen dauernde Reise entfernt war. Das Geräusch kam und ging in Wellen, wie Wogen auf einem Kieselstrand.

Meghan lief vorsichtig voran und hörte, wie sich die Drachen hinter ihr verteilten. Sie ging über große Steinplatten, die jahrhundertelang von Drachenschritten ausgehöhlt worden waren. Wuchtige, runde Säulen trugen die gewölbte Decke. Plötzlich flackerte aus hoch an der Wand befestigten Fackeln, die in reich verzierten Halterungen steckten, Licht auf. Die Schatten schmolzen und wichen, und die hellen Häute der Drachen leuchteten. Ihre an die Wände geworfenen Silhouetten wirkten wie eine Vielzahl noch größerer Drachen, die ihre Schwingen und sich windenden Schwänze im Gleichtakt mit den abwärts voranschreitenden Drachen hoben.

Am entgegengesetzten Ende der Höhle führten einige flache Stufen auf ein breites Podest hinauf, auf dem Schätze aller Art aufgetürmt waren – Schwerter, Becher, Ringe und Statuen, edelsteinbesetzte Spangen und Perlenschnüre, alle staubbedeckt und matt, sodass nur hier und da im flackernden Licht Gold schimmerte. Das rhythmische Tosen wurde lauter, und Meghans Herz pochte unstet, während ihre Finger um ihren Stab geklammert waren. Zwischen den Bergen von Schätzen sah sie einen großen, mit Klauen versehenen Fuß so hoch wie ihr Kopf. Sie hob ihren Stab und ließ das Hexenlicht höher und höher strahlen, woraufhin sie schließlich die gewaltige Schulter sah, riesiger als jeder Baum. Beim ersten Anblick der erhabenen Drachenkönigin spürte Meghan ihre Knie nachgeben, und sie sank vor Ehrfurcht und Entsetzen zitternd zu Boden. Die Königin war von einem dunklen Bronzegrün und weitaus größer als die anderen Drachen, der Bogen ihres Rückens war im Schatten verborgen. Sie hatte die großen Augen geschlossen, ihr wuchtiger, kantiger Kopf ruhte zwischen den Vorderklauen, und ihr Schwanz wand sich über die Stufen und die Wand entlang. Das Geräusch ihres Atems erfüllte die Halle mit dem volltönenden Tosen, das in gewaltigen, stürmischen Wogen kam und ging. Meghans Rock wallte hinter ihr, die Haarsträhnen, die dem Zopf entkommen waren, wehten im warmen, schwefelfarbenen Drachenatem.

Schließlich fasste Meghan den Mut aufzuschauen, während sie die Krämpfe in ihren Eingeweiden und das Zittern ihrer Glieder zu kontrollieren versuchte. Im flackernden Licht ragten fünf weitere Drachen hoch auf, deren Häute von einem blanken Grün und deren Köpfe allein schon so groß wie ein Bauernhaus waren. Sie hatten sich um Berge von Schätzen herumgewunden, in lockerem Halbkreis um die Königin verteilt, wobei die großen, ungerührten Augen im schwachen Licht glänzten. Die Angst vor Drachen wogte über Meghan hinweg. Wenn sie sich hätte regen können, wäre sie davongelaufen, aber ihr Körper weigerte sich, auf ihre panischen Gedanken zu reagieren, und so kauerte die Hexe lange Zeit nur da, die Arme über dem Kopf verschränkt.

Schließlich ließ Meghans Zittern ein wenig nach, sie schaute erneut auf und erkannte, dass sich die männlichen Drachen hinter ihr versammelt hatten und dass auch sie knieten, die Schwingen angelegt. Lange Zeit herrschte Stille; dann öffnete sich das runzlige Lid der Drachenkönigin allmählich, und sie sah Meghan an.

Meghan konnte ihren Blick nicht abwenden. Das helle Auge hielt sie fest, und sie spürte ein gewaltiges Brausen, als würde die Welt zerfallen. Die Zeit schien erneut zu zerfließen, sodass sie Sterne am Himmel umherwirbeln sah, das Vergehen der Jahreszeiten sah, während Wälder sprossen und verkümmerten, das Dahinrasen sich auflösender Wolken über Himmeln sah, die sich innerhalb von Momenten verdüsterten und aufhellten. Fleisch fiel von Knochen ab, die Knochen zerfielen zu Staub, Gras wuchs hindurch, und die ganze Zeit über jagte die umherwirbelnde Sonne

Wolken über einen lodernden Himmel. Sie sah ihr eigenes Leben, sah es einen Herzschlag lang – all die langen Jahre, ihre Triumphe, ihren Kummer und ihre Zufriedenheit, die vorüberglitten und verschwanden – und spürte, wie sie sich auflöste und verwehte.

Dünn und hell wie ein Glühdraht schwebte sie irgendwo jenseits der Zeit. Eine Stimme sprach in ihrem Geist, bei deren Klang ihr ganzes Sein widerhallte, als sei sie die Saite eines *Clàrsach,* von den Fingern eines Spielmannes gestrichen.

*Meghan von den Tieren, ich bin wirklich überrascht, dich zu sehen,* sagte die Stimme. *Ich hatte geglaubt, du seist für einen Menschen weise. Welche Torheit führt dich hierher?*

Meghan hatte das Gefühl, weinen zu müssen. *Es tut mir ... Leid.*

*Du hast unseren Befehl zweimal missachtet. Es gefällt uns nicht, wenn unserem Willen zuwidergehandelt wird.*

Meghan versuchte sich daran zu erinnern, warum sie gekommen war, was sie wollte, aber sie konnte nur in das lodernde Auge des Mutterdrachens schauen und zusehen, wie Städte erbaut und zerstört wurden, Meere sich erhoben und in Abgründen entschwanden, Berge Feuer spien und zu Staub zerfielen.

*Mein Sohn erzählt mir, du hättest Geschenke gebracht. Zeige sie mir.*

Meghan nahm gehorsam ihre Ringe hervor und legte sie vor dem Drachen auf den Boden, obwohl sie den Blick nicht abwenden konnte.

*Ich glaube nicht, dass das alles ist,* sagte der Drache, und Meghan spürte, wie ihre Hand in ihre Tasche glitt und den großen Smaragd hervornahm, der grün lodernd aufflammte, sowie den Opal, den Zauberinnenring des Geistes. Sie legte die Ringe mit einem jähen Gefühl des Verlusts zu den anderen auf den Boden.

*Wo ist dein Mondstein, Zauberin?*

*Ich gab ihn meinem Lehrling Isabeau, als sie ihre Prüfungen bestanden hatte, wie es angemessen ist.*

*Ah, also ist die kleine Isabeau jetzt eine gerade flügge gewordene Hexe.* Der Drache schien vor Zufriedenheit zu seufzen. *Ihre Mutter wäre erfreut.*

*Ich glaube, das war sie,* sagte Meghan kühn. *Sie schien erfreut.*

Das Auge des Drachen weitete sich, und Meghan hatte das Gefühl, dass die Welt kreiste und kippte. Die Zeit raste in einem Funkenregen vorbei, sie sah einen Augenblick lang das Muster, das die Schicksalsgöttinnen woben, und sie fand es furchtbar. Dann schwand der Einblick, und die Welt stabilisierte sich wieder. Sie starrte noch immer ins Auge des Drachen, sah aber jetzt nur die große, raue Farbfläche und das Flackern der Fackeln, das säulengestützte Gewölbe und ihre eigene winzige, dunkle Gestalt widergespiegelt. Mit der sich stabilisierenden Sicht wuchs auch ihre Entschlossenheit.

*Du bist für einen Menschen tatsächlich nicht nur weise, sondern auch gescheit,* sagte der Drache. *Du hast also das Geheimnis von Isabeaus Geburt erraten. Hat sie dir nicht im Gegenzug auch einen Ring gegeben, wie es der Brauch der Hexen ist?*

Meghan spürte, wie Kummer sie durchdrang. Sie ließ ihre Hand widerwillig erneut in die Tasche gleiten und nahm den einfachen Mondsteinring hervor, den Isabeau für sie gemacht hatte. Der Verlust dieses Ringes schmerzte sie noch mehr als der Verlust ihrer Zauberinnenringe, da er mit Liebe gefertigt und gegeben wurde.

Der große, alte Drache lächelte und ließ eine gespaltene Zunge hervorzucken, die so lang wie Meghan groß, dabei aber schmal und geschmeidig wie eine Schlange war. *Die Geschenke, die schweren Herzens gegeben werden, schätzen wir am meisten,* gurrte der Drache.

Meghan beobachtete mit schmerzerfülltem Herzen, wie der Drache ihre Ringe mit großen Klauen aufsammelte und auf den Schatzberg schnippte. Für jeden dieser Ringe hatte jemand gearbeitet, jemand hatte sich nach ihnen gesehnt, sie durch Jahre der Geduld und des Lernens erworben und sie mit Stolz getragen. Es war hart, sie in einer staubigen Ecke der Drachenhalle verschwinden zu sehen, als Teil eines Stapels uralter Schätze.

*Hatte ich also Recht?*, fragte Meghan, nun entschlossen, Informationen zu erhalten, die diesen hart erworbenen Hexenringen angemessen waren. *Isabeau ist Ishbels Kind?*

*Das ist sie in der Tat. Gut gefolgert, Zauberin.* Die Geiststimme des Mutterdrachen hatte einen leicht belustigten Unterton.

*Ihr vergesst, dass Ishbel zur Zeit des Tages des Verrats mein Lehrling war*, sagte Meghan kalt. *Ich weiß, dass sie schwanger war, und ich weiß, dass sie der Verbrennung entgangen ist, weil ich dafür gesorgt habe.*

*Und daher, meine gescheite kleine Hexe, weißt du, wer ihr Vater war?*

*Ich erinnere mich an Ishbels Geliebten, den rothaarigen Krieger aus Tìrlethan. Sein Name war Khaghard.*

*Und was weißt du über Khan'gharad, den Drachen-Laird, den Narbigen Krieger der Gemeinschaft des Feuerdrachen?*

Meghan sprach bedächtig, wählte ihre Worte sorgfältig und achtete darauf, seinen Namen nun richtig auszusprechen. *Khan'gharad kam vor vielen Jahren, als der Hexensabbat auf dem Höhepunkt seiner Macht war, zum Turm der Zwei Monde. Er sagte, er käme, um von uns zu lernen, sagte, er beherrsche alles, was die Weisen seines Landes ihn lehren konnten, und wollte mehr lernen. Er war, soweit ich mich erinnere, besonders an Drachenkunde interessiert, und so arrangierte ich es, dass er von einem Zauberer namens Feld unterrichtet wurde, einem Zauberer, der diesem Studium viel Zeit gewidmet hatte. Mein früherer Lehrling Tabithas war mir schon lange entwachsen, und ich hatte Ishbel als meinen Akoluthen angenommen. Als Khan'gharad ankam, war Ishbel achtzehn, und sie begegneten sich und verliebten sich ineinander, trotz meiner Sorge, dass ih-*

*rer beider Studien dadurch gestört werden könnten. Aber junge Leute sind junge Leute, auch Hexen, und so war ich bald sowohl erfreut als auch bestürzt zu erfahren, dass Ishbel schwanger war.*

Die Erinnerungen drohten sie kurzzeitig zu überwältigen, und als sollte ihr Schmerz dem Spott preisgegeben werden, sah sie im Auge der Drachenkönigin erneut die Verbrennung des Turmes, die Hinrichtung der dortigen Hexen sowie ihre und Ishbels Flucht. Von Tränen überwältigt, schlug sie die Hände vors Gesicht. Die Visionen erschienen dennoch weiter, und sie sah die entscheidende Konfrontation mit Maya der Behexerin und den Tod Khan'gharads durch ihre eigenen Hände.

*Ich musste es tun,* schluchzte Meghan. *Ich hatte keine Wahl, es ging um unser oder ihr Leben. Ich wollte ihn nicht töten, ich wusste nicht …* Dann hielt sie inne, denn sie konnte selbst in ihrem Kummer nicht lügen, und sie hatte gewusst, dass Khan'gharad von der Banrìgh gefangen gehalten wurde, auch als sie der Erde befohlen hatte, unter deren Füßen aufzubrechen und sie zu verschlingen. Sie hatte Khan'gharad, den Geliebten ihres Lehrlings, in ihrer Blutgier, die Banrìgh zu vernichten, getötet und sich das niemals verziehen.

*Und weißt du, wer Khan'gharad war?,* fragte der Drache, und Meghan hörte Zorn in ihrer Stimme. Sie schüttelte den Kopf, sah erneut hoch und blickte dem Drachen freiwillig in sein goldenes Auge. Dieses Mal schien sie zu fliegen, die Erde fiel hinter ihr zurück, der Wind brauste an ihr vorbei, und ihr Haar wogte. Sie fiel und drehte sich und stieg empor, und das Drachenauge war die Sonne, die sie immer höher zog.

*Khan'gharad war der Erste Krieger der Gemeinschaft des Feuerdrachen und bedeutete seinem Volk sehr viel. Er war auch der Drachen-Laird, der einzige Mensch, dem es seit Aedan selbst gestattet war, sein Bein über unsere Rücken zu schwingen. Weißt du, warum er so begünstigt war? Er hat meiner Tochter das Le-*

*ben gerettet, dem einzigen verbliebenen weiblichen Abkommen meiner Linie und Erbin des Kreises der Sieben.*

Meghan war schwindelig, und sie fühlte sich matt. Vor ihren Augen drehte sich alles. Sie spürte, wie sie fiel. *Warum habt Ihr seine Tochter dann meiner Obhut überlassen? In der Obhut derjenigen, die ihn getötet hat?*, rief sie in die sonnenlodernde Leere.

*Khan'gharad ist nicht tot, Meghan von den Tieren, Zauberin der Erde. Er lebt noch, wenn auch nicht in der Gestalt, in der du ihn kennst. Du darfst dein Gewissen beruhigen, wenn dich der Gedanke an seinen Tod betrübt hat. Außerdem, was kümmert es mich? Er war schließlich nur ein Mensch.*

Irgendwie hatte Meghan wieder einen klaren Kopf bekommen, und sie spürte die Zeit nicht mehr um sich gekrümmt und sah auch keine Visionen voll Entsetzen und Schönheit mehr. Sie fand sich wieder zurecht, klammerte sich an den festen Stein unter ihrer kauernden Gestalt und blickte dem Drachen unverwandt ins lodernde Auge. *Weiser Drache,* sagte sie, *ich verstehe das nicht. Ihr sagt, Khan'gharad, der Drachen-Laird, lebt, obwohl ich sah, wie die Erde ihn direkt zu meinen Füßen verschlang. Ich weiß jetzt, dass Ishbel auch nicht tot ist, obwohl ich glaubte, sie müsse es sein. Ihr habt bestätigt, dass Isabeau ihre Tochter ist. Sagt mir – habt Ihr sie mir gebracht?*

*Ja. Ich habe meinen siebten Sohn angewiesen, das Baby zwischen seine Klauen zu nehmen und zu dem Tal zu fliegen, in dem du lebtest. Ich habe dich dort während der vergangenen Jahre häufig beobachtet und wusste, dass Isabeau bei dir sicher wäre.*

*Erhabene, ich habe die Reise in Euer Land gewagt, um zu verstehen, welche Rolle Isabeau zugedacht ist. Ich habe sie – so gut ich konnte – gelehrt und beschützt, aber jetzt bin ich zum Handeln gezwungen. Ich wurde aus meinem Tal vertrieben, die Tiere des Waldes wurden abgeschlachtet, mein eigenes Leben bedroht. Warum habt Ihr mir Isabeau überlassen?*

Es entstand ein langes Schweigen, und Meghan war sich der noch immer hinter ihr knienden, aufmerksam lauschenden Drachen bewusst, obwohl sie ihre Anwesenheit eher spürte als sah. Ihr Blick war noch immer auf das Auge des größten Drachen gerichtet, des Mutterdrachen, der Königin des Kreises.

Schließlich antwortete die Drachenkönigin, wenn auch widerwillig. *Es ist einfach, Zauberin. Er hat meine Tochter gerettet, und ich glaubte, seine zu retten. Mich interessieren die unbedeutenden Kabbeleien deinesgleichen nicht. So viele Kriege, so viele Leben und Tode, was bedeuten sie mir schon?*

*Warum, Weise, habt Ihr dann Aedans Pakt gebrochen und Menschen und Tiere in Eileanan getötet?*

Meghan war sich bewusst, dass die Drachen hinter ihr mit den Schwänzen schlugen, und die massige Gestalt des Mutterdrachen verlagerte sich mit zischendem Atem, sodass Meghan instinktiv entsetzt zurückwich.

*Vierhundert Jahre lang haben wir unsere Klauen nicht mit dem Blut deines Landes benetzt, ob Mensch oder Tier*, sagte der Mutterdrache, und seine Geiststimme klang vor uraltem Zorn wider. *Wir haben deinen Vorfahr, den großen MacCuinn, geehrt, der uns viele prächtige Geschenke brachte. Aber der Himmel gehört uns und wird uns stets gehören. In den letzten sechzehn Jahren wurden vier unserer Verwandten getötet. Vier!*

Alle Drachen erhoben sich auf ihre Hinterbeine und begannen zu schreien, ein hoher, beklemmender Ton, der in der großen Halle ringsum widerhallte und noch viele Meilen entfernt zu hören sein musste. Meghan sank zu Boden, die Hände auf den Ohren, aber der Ton drang tief in ihren Schädel ein und ließ ihre Trommelfelle beinahe platzen. Schließlich hörte das Wehklagen auf, und Meghan senkte vorsichtig die Hände. Das große Topasauge betrachtete sie streng.

*Meghan von den Tieren, Bewahrerin des Schlüssels des Hexensabbats, ich weiß, dass du nicht an der Jagd auf Drachen be-*

*teiligt bist, die für dein Volk ein Volkssport geworden zu sein scheint. Der erste Drache, der sterben musste, war noch ein Kind und obendrein töricht. Er flog nahe an eine Herde heran und scheuchte sie auf. Als dann der Schlossherr mit seinen Leuten und deinen rot gewandeten Hexen ausritt und ihn niederschoss, trauerten wir, begriffen aber, dass es vielleicht eure barbarische Gerechtigkeit war. Tatsächlich hatte der junge Drache dadurch, dass er die Herde in den Tod getrieben hatte, Aedans Pakt eindeutig gebrochen. Wie dem auch sei, die anderen Drachen wurden in ihrem eigenen Land getötet, in unseren traditionellen Jagdgründen der Sithiche- und Weißschlossberge. Sie hatten nichts getan, was den Zorn deines Volkes hätte herausfordern können.*

*Verstehst du? Menschen ritten in ihr Land und brachten sie zur Strecke, benutzten Betrügereien, Arglist und Täuschung. Einer jener Drachen war ein weiblicher Drache und schwanger! Der Kreis der Sieben wurde auf sechs Mitglieder reduziert! Niemals zuvor hatten die Drachen nicht die volle Anzahl von Sieben im Großen Kreis, und eine Königin ohne weiblichen Nachkommen sterben zu sehen ist für uns die schlimmste aller Tragödien. Wir haben uns nach der Ermordung unserer Söhne nicht gerächt, im seligen Angedenken an deine Vorfahren, Meghan von den Tieren, aber das Abschlachten unserer Tochter und ihres ungeborenen Kindes – das werden wir nicht vergeben!*

Die anderen Drachen grollten beifällig, und Meghan spürte, wie die anderen fünf Drachenköniginnen ihre Schwingen rascheln ließen und ihre geschmeidigen Hälse beugten und aneinander rieben. Der Mutterdrache fuhr fort. *Daher berief ich den Kreis der Sieben ein, um über diese Feigheit und Ungerechtigkeit zu diskutieren und unsere Vorgehensweise zu planen. Drachen von der ganzen Insel flogen herbei, und der Zorn gegen dein Volk war groß. Ich riet dennoch zur Vorsicht. Wir sind von vielen Omen umgeben – ich wollte warten, bis ihre Botschaft deut-*

*licher wurde. Nun steigen jedoch die Streitkräfte deines Rìgh die Treppe hinauf und sammeln sich vor unseren Toren, und ich kann mir nicht vorstellen, dass sie uns wohlgesinnt sind. Sie müssen wissen, dass sich im Moment alle Drachen des Landes hier aufhalten, an diesem einen Ort. Sie haben unsere Tochter mit einer vergifteten Lanze niedergestreckt! Wenn sie uns geballt angreifen, fürchte ich, dass noch mehr meiner Kinder getötet werden.*

Die Halle wurde erneut von Wehklagen erfüllt, das an- und abschwoll, sodass Meghan glaubte, ihr Kopf und Herz würden bersten. Sie war entsetzt über das, was der Mutterdrache ihr erzählte, und wusste, dass die Drachen Eileanan aus Rache für den Tod des weiblichen Drachen verwüsten würden. Drachen vermehrten sich nur langsam, und weibliche Drachen waren unter den Nachkommen selten, weshalb der Verlust eines schwangeren weiblichen Drachen das Aussterben der gesamten Rasse bedeuten konnte. Meghan versuchte, ihrer Scham und Bestürzung Ausdruck zu verleihen, aber die Drachen schlugen mit den Schwänzen und wanden sich vor und zurück, woraufhin die Angst vor Drachen erneut in Wogen über Meghan hinwegschwemmte und ihre Kehle zuschnürte. *Das müssen sie büßen! Wir werden uns rächen!*, begannen die Drachen im Sprechchor zu rufen, und plötzlich wurde Meghan sich bewusst, dass jetzt achtzehn Drachen mit ihr im Raum waren, einige fast so groß wie der Mutterdrache, ihre Haut vor Alter dunkel.

*Dies sind alle im Land noch übrig gebliebenen Drachen,* sagte der Mutterdrache traurig. *Einst verdunkelten unsere Horden den Himmel. Das Geräusch unserer Schwingen war einst wie der Gongschlag eines Gottes. Jetzt sind vom geweihten Kreis der Sieben nur noch sechs Mitglieder übrig, und unsere Nachfolger sind alle noch Kinder.*

Das Wehklagen und Heulen hielt sehr lange Zeit an. Meghan senkte den Kopf; ihre Gedanken überschlugen sich, während sie abwartete. Schließlich beruhigten sich die bekümmerten Drachen, und Meghan ergriff erneut das Wort. *Erhabene Mutter, ich bin ebenso bekümmert wie Ihr darüber, dass die erhabenen und ehrenwerten Drachen gejagt und auf diese Art vernichtet werden sollen. Es sind wirklich düstere Zeiten, die über uns hereingebrochen sind, und ich schwöre bei Eà, unser aller Mutter und Vater, dass ich die boshafte Hexe finden werde, die ihre Diener gegen Euch gesandt hat. Ich glaube, ich verstehe es jetzt. Die Zauberin Maya, die sich Banrìgh nennt, ist schon lange eifersüchtig auf andere Magien. Sie weiß, dass die Drachen lange Zeit Freunde und Verbündete des großen Clans der MacCuinn waren …* Meghan hörte hinter sich ein Zischen und spürte förmlich den Protest der jüngeren Drachen, die Aedan, den direkten Abkömmling Cuinns, den größten Zauberer in der Geschichte Eileanans, nicht gekannt hatten.

Sie fuhr rasch fort: *Tatsächlich hatte der Clan der MacCuinns viele Gründe, das Wohlwollen der Drachen zu preisen, die uns so großzügig und nachsichtig erlaubt haben, unsere Herden durch ihr Gebiet zu treiben und unsere Dörfer auf dem Boden Eileanans zu erbauen. Ich bitte noch einmal um die Güte und Gnade der Erhabenen Drachen …* Sie musste erneut warten, bis sich die Drachen beruhigten, und verspürte tiefen Kummer darüber, dass sie den Menschen nun so sehr misstrauten.

Als sie dazu in der Lage war, fuhr sie fort. *Ich bitte Euch nur, die guten Leute von Eileanan nicht zu bestrafen, die Euch rechtmäßig fürchten und respektieren. Ich weiß, dass Euer Kummer und Zorn Euch verzehrt – und das zu Recht. Dasselbe gilt für mich, die ich die Weisheit und Erhabenheit der Drachen stets geehrt habe. Ich weiß, dass Ihr das Land verwüsten, das Vieh, das unsere Lebensgrundlage ist, und die Menschen, die es hüten, töten, unsere Städte und Dörfer zerstören und unsere Flüsse und Seen verderben könntet. Ich weiß, dass Ihr durch den Pakt Aedans dazu berechtigt seid. Aber nicht die guten Leute von Eileanan sind Eure Feinde. Die boshafte Unbekannte hat unseren Rìgh, den Abkömmling des großen Aedan Weißschloss, der Euer Freund und Verbündeter war, behext. Ich werde selbst gegen sie vorgehen, und ich schwöre Euch, dass ich mein Herzblut geben werde, um den Tod Eurer Brüder und Schwestern zu rächen!*

Dieses Mal äußerten die Drachen Anerkennung, obwohl sich Meghan der Tatsache bewusst war, dass die erhabene Königin sie genau beobachtete. Sie zwang sich, ihr erneut ins Auge zu blicken, in dieses große, goldene Auge, das wie das einer Katze geschlitzt und größer war als Meghans gesamter Körper. So nahe an dem Drachen konnte sie erkennen, wie rau die Oberfläche war und wie tief die Schwärze der schlitzförmigen Pupillen. Die Angst schnürte ihr erneut die Kehle zu.

*Und warum, Meghan von den Tieren, solltest du die Ehrenschuld der Drachen auf dich nehmen?*

*Weil es auch die meine ist,* antwortete Meghan ehrlich. *Ich bin sechzehn Jahre lang wie eine Maus im Dunkeln herumgekrochen und habe versucht, Maya die Behexerin von meinem Tal aus zu bekämpfen. Nach und nach habe ich Kontakt zu den Hexen aufgenommen, die überlebten, und sie waren meine Spione. Ich habe geholfen, allmählich eine Widerstandsbewegung aufzubauen, die mein Schwert sein wird. Endlich bewegen sich die Dinge! Ich höre Berichte, dass Mayas Einfluss auf den Rìgh nachlässt, und ich weiß, dass er den Gesang des Leitsterns hören muss, denn ich höre ihn ebenfalls. Ich höre ihn jeden Tag lauter – er singt von Kampf und Blut! Und auch ich, Erhabene, sehe die am Himmel und im Wasser festgeschriebenen Omen, obwohl ich, anders als Ihr, nicht ihre ganze Bedeutung erkenne. Ich weiß nur, dass die Schicksalsgöttinnen das Gewebe unserer Leben weben und ein neuer Faden gezogen worden ist.*

*Ich verstehe. Also gehst du nicht wegen der Grausamkeiten gegen die Banrìgh deines Landes vor, die sie meinen Söhnen und*

*Töchtern angetan hat, sondern wegen der Untaten, die sich gegen die Deinen gerichtet haben.*

*Ja, Erhabene,* gestand Meghan ein, obwohl sie den Zorn des Drachen über ihre Wahrhaftigkeit fürchtete.

Seltsamerweise schien der Mutterdrache jedoch erfreut, und Meghan erkannte, dass gerade ihr Schwur, stets die Wahrheit zu sagen, auf die Probe gestellt worden war. *Also musst du bei all deinen Plänen auch einen Plan für die Drachen haben?*

Meghan war sich der Tatsache bewusst, dass die Drachen hinter ihr erstarrten, und wählte ihre Worte erneut sorgfältig. *Mitnichten, Erhabene. Wie könnte ich mir anmaßen, Pläne für die Drachen zu schmieden, welche die Gebieter des Himmels und des rauchenden Berges sowie die erhabensten aller magischen Wesen sind? Ich bitte Euch nur um Nachsicht gegenüber den Menschen von Eileanan, zumindest bis ich mit meinem Versuch, gegen die Banrìgh vorzugehen, gescheitert bin. Auf diese Weise haben die Drachen den Pakt des Aedan noch immer eingehalten, und nur diese boshafte, mordende Hexe hat ihn gebrochen!* Meghans Stimme brach, während sie sprach; Jahre des Kummers und des Zorns hatten ihre Stimme rau werden lassen, und sie konnte erkennen, dass sie die Drachenkönigin bewegt hatte.

*Und was ist mit unserem Zorn und berechtigten Rachedurst?,* fragte plötzlich ein anderer Drache. Meghan erkannte die Geiststimme des großen Bronzefarbenen, dem sie am Berghang begegnet war.

Meghan atmete tief ein und sagte beiläufig: *Auf Eurer Türschwelle lagert noch immer eine Legion der Roten Garden und träumt von der Ehre, Drachen abzuschlachten. Was sind sie anderes als das Schwert der so genannten Banrìgh?*

Schwingenrascheln und ein kollektives Zischen erklangen, als sich die in der Halle gruppierten Drachen heftig regten. Der Mutterdrache richtete sein großes Auge auf die Waldhexe und brachte sie durch ihren starren Blick aus der Fassung, bis Meghan glaubte, die Knie würden unter ihr nachgeben. *Das genügt,* sagte der Mutterdrache. *Ich habe meinen siebten Sohn ausgesandt, um mit den Soldaten zu sprechen, die ohne Erlaubnis unter dem Drachenbogen hindurchzugehen wagten. Wir werden uns um sie kümmern, wie wir es für angemessen halten. Verlasse uns jetzt. Ich bin deiner Einmischung überdrüssig.*

Meghan verneigte sich, obwohl ihr Herz sank. Es gab noch immer Fragen, die sie stellen wollte, aber sie wagte es nicht, den Zorn der Drachen zu erregen. Plötzlich kam ihr eine Idee, so kristallklar und vollkommen, dass sie das Risiko doch eingehen musste. *Gewiss, o weisestes und erhabenstes aller Geschöpfe. Aber dürfte ich noch meine Freundin Ishbel besuchen, bevor ich Euch verlasse?*

Ein langes, schreckliches Schweigen entstand, und Meghan senkte den Kopf, bis sie mit gebeugtem Rücken erneut den Boden berührte. Plötzlich begann der alte Mutterdrache jedoch zu lachen, und der tiefe, volle Klang hallte rund um die Halle wider. Das Echo war lange Zeit zu hören. Dann senkte der große, grünbronzefarbene Drache den Kopf ebenfalls bis zum Boden und schloss die Augen.

*Ich habe dich wahrhaftig unterschätzt, alte Hexe,* sagte ihre Geiststimme. *Besuche die knochige, kleine Hexe, wenn du das möchtest. Es ist für eine Hexe mit kurzen Beinen und ohne Schwingen eine Reise von weiteren vier oder fünf Tagen, wenn nicht mehr.* Der Mutterdrache lachte erneut auf, ein Furcht erregender Klang, und sagte: *Ich werde jemanden rufen, der dich dorthin bringen soll. Ich glaube, du wirst mehrere Überraschungen erleben, Meghan von den Tieren, die es wagt, Forderungen an Drachen zu stellen.*

Meghan verneigte sich noch einmal so weit, wie es ihr steifer, alter Körper erlauben wollte, und machte sich dann mit zitternden Beinen auf den langen Rückweg durch die Halle. Gitâs schmaler, brauner Kopf tauchte aus ihrer Tasche auf, und sie konnte ihn an ihrer Seite zittern spüren. *Ein kühner Auftritt, meine Hexe. Ich weiß nicht, wie du das wagen konntest.* Meghan wusste es selbst kaum.

Als sie schon fast die Rampe erreicht hatte, erklang ein gewaltiges Brüllen – die Drachen hatten ihre Stimmen zornig und gequält erhoben. Meghans Herz wurde von Grauen erfüllt. Was war geschehen? Sie sah, wie sich der Mutterdrache aufrichtete, sodass ihr Kopf die Decke der Höhle hundert Fuß über ihr streifte. *Mein Sohn!*, rief sie, und der Klang ihres Schreis warf Meghan um, als wäre sie eine vom Sturm umhergeschleuderte Strohpuppe. Sie drehte sich mehrere Male um sich selbst und wurde gegen die Höhlenwand geschleudert, sodass ihr die Luft wegblieb.

Die meisten Drachen waren durch die dämmerige Halle und die spiralförmige Rampe wie brennende Pfeile davongeflogen. Nur die Königinnen waren geblieben, die auf dem Podest auf und ab schritten und die Schätze unter ihren Klauen verstreuten. Ihrer aller Mutter stieß noch immer qualvolle Schreie aus, und Meghan hielt sich die Ohren zu, um den Lärm auszusperren, der lauter als hundert Becken war.

Nach einiger Zeit flogen die männlichen Drachen durch den hohen, geschnitzten Eingang wieder herein, zwischen sich den Körper des jüngsten und kleinsten der Drachen – desjenigen, dem Meghan am Fuß der Großen Treppe begegnet war. Er warf sich hin und her, und sein langer, von einem Kamm gekrönter Schwanz schlug gegen die Säulen und lockerte Felsen, die schließlich herabpolterten.

Sie legten ihn auf den Boden, und er schrie vor Schmerz laut auf – ein Mitleid erregender Ton, der Meghans Herz rührte. Eine kurze Lanze ragte aus seiner Seite heraus, aber es schien seltsam, dass eine derart kleine Waffe einem so großen Wesen solche Schmerzen bereiten konnte. Einer der Drachen nahm den Lanzenschaft zwischen die Zähne und wollte ihn herausziehen.

*Halt!*, rief Meghan. *Die Lanzenspitze hat gewiss Widerhaken. So bekommt Ihr sie nicht heraus. Außerdem glaube ich, dass sie vergiftet sein muss. Gitâ! Hole meine Kräuter, und beeile dich!*

Die alte Hexe behandelte den Drachen die ganze Nacht lang, versuchte, die langsame Ausbreitung von Drachenfluch in seinem Körper aufzuhalten. Während sie arbeitete, befragte sie den stöhnenden Drachen, bis sie herausfand, was geschehen war. Die Roten Garden waren die Große Treppe heraufgestiegen, genau wie Meghan es getan hatte, und waren weitergegangen, obwohl die Drachen sie aufgefordert hatten umzukehren, genau wie Meghan es getan hatte. Am letzten Bogen hatten sie erneut um die Erlaubnis ersucht, mit dem Großen Kreis sprechen zu dürfen, was ihnen die Königinmutter, trotz vieler Geschenke und gewandter Worte, verweigert hatte. Sie hatten dem jüngsten ihrer Söhne, der die Botschaft überbringen sollte, zunächst schöngetan, ihn dann bedroht und letztendlich verwundet, während er mit ihnen sprach.

Er hatte zunächst nur einen stechenden Schmerz bemerkt, dem Anführer noch eine weitere Warnung zukommen lassen und war dann nach Hause geflogen, aber je höher er flog, desto benommener wurde er und desto mehr Schmerzen verursachte ihm die Wunde. Als er sich ins Tal zurückgekämpft hatte, litt der junge Drache bereits Höllenqualen.

Während sich das Gift ausbreitete, fieberte der Drache und tötete Meghan fast, als er sich hin und her warf. Sie rief die anderen Drachen zu Hilfe, und sie sprachen im Geiste mit ihm und stützten ihn mit ihren großen Gestalten. Der Mutterdrache, der zu groß war, um sich weit von seinem Podest fortzubewegen, trampelte die Stufen hinab, um die Fortschritte seines Sohnes selbst zu überprüfen. Schließlich sank das Fieber allmählich, und die hässliche Verfärbung und Schwellung rund um die Wunde vergingen. Meghan sank erschöpft zurück, lehnte sich mit dem

Rücken an eine Säule und trank ein wenig heilendes *Mithuan*, eine heiße Flüssigkeit, die fast jedes Herz wieder zum Schlagen brachte, gleichgültig wie alt und müde es war.

*Du hast meinem Sohn das Leben gerettet, Meghan von den Tieren, Bewahrerin des Schlüssels des Hexensabbats, Zauberin der Erde, und dafür danke ich dir.* Die Geiststimme des Mutterdrachen durchdrang die Nebel der Erschöpfung, die Meghans Geist umwölkten. *Aus Dankbarkeit werde ich dir unseren Namen nennen. Rufe ihn, und einer meiner Verwandten wird kommen und dir alle nötige Hilfe zuteil werden lassen. Rufe ihn jedoch nur in großer Not, Meghan, Bewahrerin des Schlüssels, denn selbst mit meinem Erlass reagiert der Drache nicht einfach auf jeden Pfiff.*

Dann hörte Meghan, tief in Gedanken, einen Namen von solcher Macht, dass er einige Schleier zu lüften schien und sie erneut das Gefühl hatte, als würde die Zeit zerfließen, die große Freude und Sorge eines gelebten Lebens.

*Caillec Aillen Airi Telloch Cas,* sprach der Drache.

Meghan war überwältigt. Sie blickte in das riesige, goldene Auge des Drachen und sagte ruhig: *Ich danke Euch, meine Banrìgh. Ich weiß die mir zuteil gewordene Ehre zu schätzen.* Sie spürte, wie ein Teil von ihr in diesem stürmischen Feuer versank.

*Du darfst dir aus unseren Schätzen aussuchen, was immer du dir wünschst,* sagte der Drache.

Meghan erhob sich, wankte vorwärts und kniete sich vor den Mutterdrachen, der sie mit seinem hellen Topasauge betrachtete, das verdächtig feucht schien. *Ich danke Euch, Eure Erhabenheit, und wünsche mir tatsächlich nur die Sicherheit meines Volkes und Eure Hilfe bei der Vernichtung Mayas der Behexerin.*

*So soll es sein,* sagte der Mutterdrache, hob eine große Klaue und warf Meghan in einem hellen Funkenregen durch den Raum etwas zu. Meghan hob unwillkürlich die Hand, und als sie ihre Finger wieder öffnete, sah sie alle ihre sieben Ringe, einschließlich des Mondsteinrings, den Isabeau für sie gemacht hatte. Und auch ein Drachenauge war dabei, das rotgolden loderte. *Ich danke Euch,* stotterte sie und ließ die Ringe frohen Herzens wieder in ihre Tasche gleiten.

*Und nun, meine Söhne, ist es an der Zeit, Rache an diesen hergelaufenen Soldaten zu nehmen!,* rief der Mutterdrache, und lautes Schwingen- und Schwanzschlagen erklang, als die Drachen in die Luft stiegen und aus der großen Halle hinausflogen. Meghan spürte, wie es ihr den Atem raubte, denn sie hatte noch niemals einen Anblick solch gefährlicher Erhabenheit gesehen wie diese großen Wesen im Fluge.

*Nun, Zauberin, möchte ich, dass du meine Tochter kennenlernst,* sagte der Mutterdrache und schleppte sich wieder auf den Berg von Schätzen, wo sie sich um- und umwandte, bevor sie sich mit ihrem gewaltigen Körper wieder niederließ. *Sie wird dich zu der Stelle hinabfliegen, wo deine Freundin weilt. Sei vorsichtig, Meghan, Gebieterin der Drachen, und halte dich nicht lange auf.*

Meghan neigte dankbar den Kopf, richtete sich dann so gerade auf, wie ihr alter Körper es zulassen wollte, und blickte der Drachenkönigin direkt ins Auge. Das helle Lodern umschloss sie, und sie flog vertrauensvoll in seinen dunklen Kern. *Meine Banrìgh, ich würde Euch gerne noch um eine Sache bitten. Vor wenigen Nächten, beim höchsten Stand des Roten Wanderers ... geschah etwas. Es wurde ein Zauber ausgeführt. Wir spürten es, und ich weiß, dass Ihr es auch spürtet, denn wir hörten den Schrei Eurer Söhne. Ich würde gerne verstehen, was das war.*

Die Drachenkönigin regte ihre gewaltige Masse, und die Schätze bewegten sich unter ihren Klauen. Ein großer Becher rollte die Stufen hinab und kam vor Meghans Füßen zum Halt, eine Kette funkelnder Perlen in seinem Henkel verfangen. Als sie sprach, klang ihre Geiststimme besorgt. *Es war ein Zeugungszauber,* antwortete sie. *Ein sehr, sehr alter Zauber, der große Macht und sorgfältige Planung erfordert.*

*Hat der Zauber gewirkt?*

*Das hat er in der Tat. Das aus diesem Zauber geborene Kind wird wahrhaft große Macht besitzen. Beim höchsten Stand des Kometen empfangen, wird es im Winter und in den Zeiten der Dunkelheit geboren werden. Dann ist der Schleier zwischen der Welt der Lebenden und der Welt der Toten am dünnsten. Es wird kein gewöhnliches Kind sein.*

Meghan nickte, während Eiseskälte durch ihre Eingeweide kroch. Die Drachenkönigin blies sie sanft an, sodass der dampfende, schwefelartige Atem ihr Haar anhob und sie aufwärmte. *Sei guten Mutes, Meghan, Gebieterin der Drachen. Ich kenne deine Familie schon sehr lange Zeit. Aedans Blut fließt stark in dir. Du bist wahrhaftig seine Tochter. Erinnere dich unseres Namens, und wenn du rufst, werde ich meine Söhne zu dir schicken. Das gelobe ich bei der jahrhundertelangen Freundschaft zwischen unseren Familien.*

Meghan dankte ihr erneut, obwohl sie noch immer vor Kälte zitterte. Auch der warme Atem und die Worte des Drachen konnten diese Kälte nicht vertreiben. Ein Zeugungszauber … und ein an Samhain, in der Nacht der Toten, geborenes Kind. Es war wahrhaftig ein neuer Faden gezogen worden.

Meghan begann langsam den langen Aufstieg aus der Halle der Drachen, nachdem sie zunächst noch einmal nach ihrem Patienten gesehen hatte, der jetzt still lag, die Haut stumpf und etwas grau. Die Haut war jedoch kühler, und er atmete gleichmäßig. Sie war sehr zufrieden darüber, dass sie sein Leben hatte retten können, besonders weil die Drachen dadurch ihre Unterstützung gelobt hatten, ein Ergebnis, an das sie nicht einmal im Traum gedacht hatte. Der Aufstieg die spiralförmige Rampe hinauf ließ ihre Beine zittern und ihr Herz wanken, und sie verfluchte ihren alten Körper und sehnte sich nach ihrer früheren Spannkraft und Vitalität. Von allen Herausforderungen, denen Meghan in ihrem langen und schwierigen Leben gegenübergestanden und die sie bewältigt hatte, musste dies die schwierigste sein, diejenige, bei der sie all ihre Kraft und Geschicklichkeit und ihren Verstand ausschöpfen müsste.

Schließlich gelangte Meghan in die gesegnete Sicherheit und Helligkeit des Tales und fand dort eine hoch gewachsene, ganz in weißes Fell gekleidete, jugendliche Gestalt vor. Von dem Gegensatz zwischen der dunklen Halle und der Helligkeit der aufgehenden Sonne geblendet, strengte Meghan ihre Augen an, um die Züge der Person zu erkennen, und fragte sich, was er oder sie hier im Tal der Drachen tat. Dann fuhr ihr ein jäher Schreck in die Knochen, denn das umschattete Gesicht sah genauso aus wie Isabeaus. Sie stolperte und wäre gefallen, wenn nicht der rettende Arm der Fremden mit Isabeaus Gesicht gewesen wäre.

An eine hohe Stufe gestützt, durchsuchte Meghan ihre Tasche und nahm dann eine kleine Flasche hervor. Die Fremde half ihr den Deckel aufzuschrauben, und sie trank einige Mund voll der starken Flüssigkeit.

»Die Drachen sind wirklich Furcht erregend, alte Mutter«, sagte die Fremde, der Stimme nach eine junge Frau.

Meghan schwieg, betrachtete nur ganz genau Gesicht und Körper der Frau und erkannte, dass die Ähnlichkeit nicht dem Wunschdenken einer törichten alten Frau oder den Nachwirkungen des fürchterlichen Tages und der anstrengenden Nacht entsprungen war. Diese junge Frau sah tatsächlich genauso aus wie Isabeau, nur dass ihr Gesicht vielleicht ein wenig schmaler war. Sie war ebenso groß wie Isabeau und ebenso schlank. Ihr Haar war unter einer Fellkappe und einem Kragen verborgen, aber an der Farbe ihrer Augenbrauen und Wimpern konnte Meghan erkennen, dass sie ebenfalls rothaarig sein musste.

»Wie heißt du?«, gelang es ihr schließlich zu fragen. Das Mädchen zog mit einem gewissen Hochmut die Augenbrauen hoch, aber sie antwortete bereitwillig, mit verhaltenem Akzent, als sei ihr die Sprache fremd. »Ich bin Khan'derin, adKhan'gharad gessepKhan'lysa von der Gemeinschaft des Feuerdrachen, Narbige Kriegerin und Erbin der Feuermacherin.«

»Khan'gharad. Ich kenn den Namen … Ist er dein Vater? Wer ist deine Mutter? Du könntest Isabeaus Zwilling sein, so ähnlich siehst du ihr!« Sie prüfte Khan'derins Gesicht sorgfältig, und das Mädchen hob den Kopf und erwiderte kalt Meghans Blick; ihr Gesicht unter der weißen Fellkappe wirkte hart.

»Ich habe meine Mutter nie gekannt«, sagte Khan'derin ohne ein Zeichen des Bedauerns. »Aber ich bin die Tochter des Enkels der Feuermacherin – des Mannes, der Khan'gharad genannt wird.«

»Wer ist die Feuermacherin?«

Khan'derins Antwort erfolgte ausgesprochen widerwillig, und Meghan dachte, dass das Mädchen nur aus Respekt vor ihrem Alter überhaupt antwortete. »Die Feuermacherin ist Alte Mutter der Gemeinschaft des Feuerdrachen. Die Feuermacherinnen sind Kinder der Roten, den Menschen als Belohnung für ihr langes Exil gegeben, um Wärme und Licht in die bedrohliche Nacht und Schutz vor den Feinden der Gemeinschaften zu bringen. Ich bin ihre Urenkelin und Erbin. Deshalb ist es wirklich nicht von Bedeutung, wer meine Mutter ist. Wie dem auch sei, ich bin an den Dienst für die schlafende Zauberin gebunden, und ich habe mich gefragt, ob das so bestimmt wurde, weil sie meine Mutter ist. Asrohc sagt, sie glaubt es, obwohl ihr auch niemand etwas erzählt.«

»Wer ist Asrohc?« Zu Meghans Überraschung überzog flammende Röte das Gesicht des Mädchens, und sie senkte zum ersten Mal den Blick. Auf dem Karmesinrot ihrer eingesunkenen Wangen sah Meghan zwei dünne Narben, die über beide Wangenknochen verliefen, und dachte an Khan'derins seltsame Art, sich vorzustellen. Meghan wiederholte ihre Frage, aber Khan'derin schaute nur kalt auf und sagte: »Bitte, kommt mit mir. Man hat mir gesagt, Ihr wolltet hinabreisen, um die schlafende Zauberin zu besuchen. Ich werde Euch dorthin bringen.«

»Wohin gehen wir?«

»Natürlich zum Verfluchten Tal«, erwiderte das Mädchen verächtlich.

Meghan, die müde und sehr verwirrt war, stützte sich auf ihren Stab und zog das Plaid fest um sich. »Ich bin müde. Ich muss mich ausruhen und etwas essen, bevor ich eine Reise antreten kann.«

»Wir dürfen nicht im Tal der Drachen schlafen, alte Mutter«, sagte Khan'derin mit respektvoller Stimme, die aber dennoch irgendwie spöttisch klang.

»Ich verstehe«, sagte Meghan. »Dann müssen wir langsam gehen, denn ich spüre heute Morgen wirklich mein Alter.«

»Wir haben es nicht weit, alte Mutter«, sagte das Mädchen mit ihrer kalten Stimme. »Man hat mir gesagt, dass man Euch den Namen der Königin genannt hat. Das bedeutet, dass Ihr Euer Bein über den Drachenrücken schwingen dürft. Wir werden auf dem Drachenrücken hinunterfliegen.«

Meghan lebte schon sehr lange, so lange, dass sie sich manchmal wunderte, warum sie nicht schon längst gestorben war, dem Gefängnis ihres Körpers entrinnen durfte. Manchmal sehnte sie sich nach dieser Erlösung. Zu anderen Zeiten fürchtete sie zu sterben, bevor ihre Aufgaben erfüllt wären. Dennoch fragte sie sich häufig, was ihr das Leben noch bringen konnte, ihr, die als Banprionnsa geboren worden war, aber wahrscheinlich geächtet und geschmäht sterben würde. In dem Moment, in dem sie hörte, dass sie auf einem Drachenrücken fliegen sollte, wusste sie es, und große Freude wallte in ihr auf. Sich vorzustellen, dass sie fliegen sollte, endlich, nach so vielen Jahren, in denen sie darüber gelesen hatte, so vielen Jahren, in denen sie sehnsüchtig Ishbels Luftakrobatik zugesehen hatte! Sich vorzustellen , dass sie, Meghan von den Tieren, ihr Bein über den Rücken eines Drachen schwingen sollte, diesem geheimnisvollsten und Furcht erregendsten aller Zauberwesen.

Khan´derin führte Meghan auf den See zu, wo Dampf von dem warmen Wasser aufstieg, das gegen den Bauch eines kleinen Drachen schwappte. Nur der Kopf des Drachenweibchens war vollkommen zu sehen, die Augen waren geschlossen, die Nüstern trieben unmittelbar über dem Wasser.

»Die Drachen lieben das Wasser. Sie empfinden es hier oben als kalt, und das Wasser ist angenehm und warm«, sagte Kahn'derin. Dies war der erst Satz, den sie ohne Aufforderung gesagt hatte.

»Warum ist das so?«, fragte Meghan, wie stets unersättlich neugierig.

»Das Innere des Berges ist heiß. Er hat vor langer Zeit bei einem Festessen aus Rache für den Raub seiner Tochter alle seine Feinde verschlungen. Aber das missfiel den Göttern, weil er das Brot mit ihnen gebrochen und dann das Gesetz der Gemeinschaften verletzt hatte, indem er seine Gäste tötete. Nun liegen ihm seine Feinde schwer im Magen, und manchmal rülpst er. Einmal, vor langer Zeit, versuchte er, seinen Magen durch Erbrechen von ihnen zu befreien, aber nur seine eigenen glühenden Eingeweide kamen hervor.«

»Befindet sich der Palast der Drachen deshalb bei der Drachenklaue, weil der Berg warm ist?«

»Die Drachen leben tief unten im Bauch des Berges, wo die Steinmauern und der Boden warm sind. Im Palast treffen sie nur ihre Gäste. Kein Mensch oder Zauberwesen darf weiter als bis zu den oberen Hallen hinabsteigen. Selbst ich habe niemals mehr versucht, als an dem Tor vorbeizuspähen.«

Der kleine Drache glitt aus dem See, Dampf stieg von seinem goldenen Rücken auf, und Wasser rann von ihm herab. Er war von heller grüngoldener Farbe und sogar noch kleiner als der verwundete Drache, von Nase bis Schwanzspitze nur zwanzig Fuß lang. Seine Augen glänzten topasfarben, und er sprang fast wie ein Füllen umher; sein gewundener Körper war voll geschmeidiger Anmut.

Meghan verbeugte sich tief vor dem Drachen, aber dieser jüngste und kleinste aller Drachen gähnte nur und sandte Meghans Geist einige kindlich klingende Gedanken. *Ich werde Euch bringen, wohin immer Ihr wollt,* sagte er. *Meine Schwingen brauchen etwas Bewegung, und ich kann Khan'derin und Euch auf meinem Rücken tragen. Mutter sagt, Ihr habt meinen Bruder vor den bösen Soldaten gerettet, und dafür danke ich Euch, obwohl er manchmal sehr grob ist. Ich heiße Caillec Asrohc Airi Telloch Cas.*

*Asrohc!*, rief Khan'derin aus.

*Es wurde erlaubt, Khan'derin. Mutter sagte, ich dürfte es erwähnen. Außerdem hast auch du es bereits erwähnt, sodass du mir kaum noch Vorhaltungen machen kannst!*

Khan'derin errötete erneut, und Meghan betrachtete in schweigender Neugier ihre Narben. Plötzlich war sie so müde, dass sie dachte, der Boden schwanke unter ihren Füßen.

»Kommt und esst etwas, bevor wir gehen«, sagte Khan'derin. »Der erste Flug auf dem Drachenrücken kann wirklich furchtbar sein.«

Während Khan'derin sprach, schirrte sie die Drachenprinzessin in ein kompliziertes System von Gurten und Polstern, das den Menschen Halt bieten und sie am Herabfallen hindern würde. Als das Geschirr zu ihrer Zufriedenheit befestigt war, richtete sie auf einem Tuch etwas frisch gebackenes Brot und weichen Käse, getrocknete Glockenfrucht und eine Flasche mit Kräutern versetztes Wasser an. Meghan aß dankbar, wobei sie sich der beständigen Blicke des Mädchens und des Drachen gleichermaßen bewusst war, und versuchte, für den Flug Mut zu fassen. Das hoch gewachsene Mädchen betrachtete Meghans Wollgewand und Plaid und legte dann ihre Felle ab. Darunter trug sie Hosen und ein Wams aus weichem weißen Leder.

»Es ist auf dem Drachenrücken sehr kalt, alte Mutter. Ihr müsst meine Felle tragen.«

Meghan betrachtete die weißen Felle entsetzt und schüttelte den Kopf. In den Stoff ihres handgewobenen Plaids waren zwar auch Streifen weißen Geal'teas-Fells eingewoben, aber sie waren am Berghang gesammelt worden, wo sie sich an Dornenbäumen verfangen hatten. Meghan konnte ebenso wenig die Haut eines toten Tieres tragen, wie sie die eines toten Menschen tragen konnte. Ihr Magen rebellierte schon bei dem bloßen Gedanken daran, und sie schüttelte, trotz Khan'derins wiederholtem Angebot, weiterhin den Kopf. Das Mädchen sah sie überrascht an, zuckte dann die Achseln und zog die Felle selbst wieder an. Dann band sie sich eine kleine Armbrust auf den Rücken, schlang sich einen Köcher mit Pfeilen über eine Schulter und zog mit weißem Fell gesäumte Lederhandschuhe an. Vor dem Grau des Gesteins und dem Blau des Morgenhimmels bot sie einen blendenden Anblick.

Sobald Meghan aufgegessen hatte, schwang sich Khan'derin auf Asrohcs Rücken. Sie streckte Meghan eine Hand entgegen, und Meghan kletterte ebenfalls hinauf, wobei sie das Knie des Drachen als Stufe benutzte. Sie hatte kaum Zeit, den Gurt um ihre Taille zu befestigen und tief durchzuatmen, als sie schon beim Abflug vorwärts geschleudert wurde. Plötzlich neigte sich die Welt unter ihr, unermesslicher, als Meghan es sich jemals hätte vorstellen können, und viel zu weit unten, um sich auch nur im Geringsten wohl zu fühlen. Hinter ihnen verschwammen die schneebedeckten Bergspitzen im weiten, blauen Dunst.

Über Asrohcs Kopfkamm hinweg konnte sie die grünen Täler der Sithicheberge und weit, weit entfernt ein Schimmern sehen, das nur der sich seinen Weg zum Meer bahnende Rhyllster sein konnte. Die Kälte stach wie tausend Nadeln, und sie zog ihr Wollplaid enger um Kopf und Schultern und hielt ihre Röcke im Wind fest. Gitâ, der sich wie immer tief in ihre Tasche kauerte, quiekte protestierend, und seine scharfen Krallen durchdrangen ihre Kleidung.

Asrohc drehte und ging in den Sturzflug über, und Meghan sank das Herz, als der Horizont verschwamm. Einen schrecklichen Augenblick lang fürchtete sie, sie würde ihr Frühstück wieder von sich geben. Dann stabilisierte sich Asrohcs Flug wieder, und sie umkreiste mehrere Male den Berggipfel, bevor sie erneut in einem solchen Tempo sank, dass Meghans Wangen schlotterten und ihr langer, eisgrauer Zopf hinter ihr herwehte wie ein weiterer Drachenschwanz.

*Sehen wir einmal nach, was meine Brüder im Schilde führen,* sagte Asrohc ausgelassen und sauste so eng um eine zerklüftete Ecke der Drachenklaue, als wolle sie ausprobieren, wie nahe sie mit ihren Schwingenspitzen an den Berg herangelangen konnte.

Der Ausblick hinter dieser Ecke bereitete Meghan Übelkeit. Die große, schneebedeckte Wiese, auf der sie sich in jener mondbeleuchteten Nacht vor einer Woche abgemüht hatte, war jetzt mit toten und sterbenden Körpern von Rotgardisten übersät. Mehr als dreihundert Körper lagen dort, die Jacken ebenso rot wie der blutbefleckte Schnee, die Körper so zerfetzt und verkohlt, dass sie kaum mehr zu erkennen waren.

Drei der großen, bronzefarbenen männlichen Drachen labten sich gerade an einigen der Leichen, ein Anblick, der Meghan den Magen umdrehte. Sie beugte sich über Asrohcs Schulter und übergab sich ins Leere, woraufhin der Drache schrie und seine Schwinge wegriss.

»Ich dachte, sie wären Eure Feinde«, rief Khan'derin in den Wind.

»Das waren sie«, sagte Meghan, bemüht, ihren Mund abzuwischen, ohne den Halt auf dem Drachenrücken zu verlieren.

»Warum weint Ihr dann und seufzt und leert Euren Magen wegen ihres Todes? Habt Ihr nicht genau das gewollt?«

»Ja«, sagte Meghan grimmig. »Genau das habe ich gewollt. Jetzt bin ich sicher, dass schreckliche Zeiten für uns angebrochen sind!«

Ein wenig überrascht darüber, dass Meghan das gewaltige Blutbad nicht ebenso interessant und aufregend fand wie sie selbst, wandte sich Asrohc von dem Anblick ab und flog ruhig über die Bergschulter der Drachenklaue gen Norden. Meghan konnte einen kurzen Blick auf ihr verborgenes Tal erhaschen, dessen See im Morgenlicht grün schimmerte, und dann befanden sie sich über der hohen Bergkette und stießen die andere Seite des Berges hinab. Meghan spähte abwärts, sah ein weites, schneebedecktes Tal, von einem Fluss geteilt, der sich nach Norden wand. Rundherum war eine verschneite Bergspitze nach der anderen zu sehen, deren Hänge das ganze Jahr über weiß blieben. Inmitten des Tales befand sich ein Dornenwald.

»Das dort unten ist das Verfluchte Tal. Von hier aus kann man gerade eben die Dächer der Türme sehen. Könnt Ihr sie erkennen?«, fragte Khan'derin.

Meghan wunderte sich über diese Worte und strengte sich an, etwas zu erkennen, aber ihre Augen waren alt, und sie konnte nur Bäume sehen. Sie setzten zur Landung an, beide im kalten Wind zitternd, der unmittelbar von den eisigen Ebenen des Nordens herabwehte. »Was ist das Verfluchte Tal?«

»Das wisst Ihr nicht? Seid Ihr keine Turmhexe?«

»Das war ich in der Tat, als es noch Türme gab«, erwiderte Meghan. »Aber nun sind sie alle fort.«

»Nicht alle«, widersprach Khan'derin.

Der kleine Drache setzte sie am Fuß der nördlichen Großen Treppe ab und erklärte, er könnte wegen der Dichte des Waldes nicht näher heranfliegen, da die Bäume sonst ihre zerbrechlichen Schwingen zerreißen würden. *Außerdem ist es mir noch verboten, mich sehr weit vom Kreis zu entfernen. Und wir haben einen Pakt mit den Gemeinschaften geschlossen und versprochen, ihre Herden nicht zu erschrecken.*

Meghan fragte sich, wie alt der Drache war. Die Prinzessin beantwortete ihre unausgesprochene Frage, indem sie sagte: *Ich bin noch ein Kind, knapp einhundert Jahre alt. Ich bin der letztgeborene Drache, und Mutter sagt, ich müsse vorsichtig sein, weil alle anderen weiblichen Drachen inzwischen zu alt für Nachwuchs werden, und so ist es meine Aufgabe, viele Eier zu legen.*

*Wie alt müsst Ihr sein, um Junge zu bekommen?*, fragte Meghan, und der Drache antwortete: *Ich bin jetzt beinahe alt genug, obwohl ich die meisten jungen, männlichen Drachen nicht mag, da sie mich nicht mit dem Respekt behandeln, den ich verdiene.*

Während der Drache seinen geschmeidigen Körper wieder in die Luft erhob, trat Khan'derin hinter einen Busch und zog einen langen Schlitten hervor. Das an beiden Enden gebogene und mit einem wilden, roten Drachen bemalte Holzgestell war länger als ihr Körper und musste recht schwer sein, aber sie handhabte es leicht und geschickt. Auf dem Schlitten lag eine Tasche aus demselben geschmeidigen, weißen Leder wie ihre Kleidung. Sie suchte darin umher und zog eine Auswahl seltsam geformter Waffen und Werkzeuge hervor, die sie an ihrem Gürtel befestigte.

Meghan, die so angespannt wie ein gerade gesponnener Faden war, setzte sich mit dem Rücken zum großen Bogen hin. Sie betrachtete die Verzierungen an den Steinwänden. Zwischen jedem Triptychon befand sich ein Muster, das sie schon von ihrem Aufstieg der Treppe her kannte – zwei Rosen zwischen gewellten Dornenlinien. Sie betrachtete sie erneut sehr genau und fragte das Mädchen dann: »Weißt du, was die Bilder im Stein bedeuten?«

»Bei einigen«, antwortete Khan'derin. »Sie wurden natürlich vom Roten eingraviert.«

»Warum natürlich?«

»Nun, wegen der Rosen und Dornen«, sagte Khan'derin überrascht, und Meghan nickte langsam. Sie erinnerte sich, als Kind die frühe Geschichte Eileanans und die Geschichte der Errichtung der Dreizehn Türme gehört zu haben. Es hatte einen Turm gegeben, wie sie sich vage erinnerte, oder vielmehr zwei, welche die Türme der Rosen und Dornen genannt wurden. Sie waren vor langer, langer Zeit zerstört worden. Es hatte eine Tragödie stattgefunden, erinnerte sie sich, und die Türme waren verloren.

»Der Rote? Wer ist der Rote?«

»Der Rote Zauberer«, erwiderte Khan'derin.

Meghan hatte ihr Geschichtswissen vor über vierhundert Jahren erlernt, und vieles davon war seit dem Tag des Verrats neu geschrieben worden, sodass sie sich nur schwer erinnern konnte, was real und was nicht real war. »Es gab einen Bruder und eine Schwester, die Zauberer waren, nicht wahr? Die auf das Rückgrat der Welt kamen und dort ihre Türme errichteten. War einer davon der Rote?«

»Sie waren beide der Rote«, sagte Khan'derin. »Zumindest habe ich es so gelernt.«

»Tìrlethan!«, rief Meghan aus, und Khan'derin warf ihr einen seltsamen, feindseligen Blick zu. »Natürlich. Dieser Ort ist jetzt Tìrlethan, nicht wahr? Die Drachenklaue bezeichnet auf der Karte die Grenze. Das Land der Zwillinge. Sie waren Zwillinge und ebenfalls rothaarig!«

»Zwillinge sind verboten«, sagte Khan'derin mit gedämpfter Stimme. Meghan sah sie bestürzt an. »Ein Zwilling wird stets den Weißen Göttern geopfert. Das ist ein weiterer Grund dafür, warum die Feuermacherin bei meiner Entdeckung so besorgt war. Was, wenn ich ein *Geas* für die Weißen Götter war? Aber der Traum hatte ihr befohlen, mich aufzunehmen, und so hat sie es getan.«

»Aber warum sind Zwillinge verboten?«

»Es kann nur eine Feuermacherin geben.«

»Also ist die … Feuermacherin … ein Zwilling?«

»Meine Urgroßmutter sagt, Zwillinge würden stets den Feuermacherinnen geboren, und sie sind stets rothaarig. Normalerweise sind es ein Mädchen und ein Junge. Ich habe bisher nur von einem einzigen weiblichen Zwillingspaar gehört. Aber es wird allgemein als unhöflich angesehen, das Thema Zwillinge zu erörtern. Sie gelten unter den Gemeinschaften als schlechtes Omen.«

Als Meghan die harten Züge und die schmalen Narben dieses seltsamen Mädchens bewusst wurden, erkannte sie, dass sie sie sanft behandeln musste, sie, die Isabeau so ähnlich sah, aber so völlig anders war. »Bitte erzähl mir deine Geschichte«, sagte sie. »Ich weiß, ich bin für dich eine Fremde und nur ein altes Weib, aber ich hab ein Mädchen aufgezogen, das genau wie du aussieht. Ich glaube, deine Geschichte wird viele meiner Verständnislücken füllen.«

Khan'derin musterte sie und nickte dann zögernd. »Es ist wirklich eine seltsame Geschichte. Ihr müsst Euch ein wenig ausruhen, während ich erzähle, denn Eure Wangen sind weiß, alte Mutter.« Sie setzte sich auf eine Felsplattform, kreuzte die Beine und wandte die Handflächen im Schoß aufwärts. Sie atmete einige Male tief durch und wurde sichtlich ruhig und gefasst. Als sie sprach, geschah dies nicht in ihrem natürlichen Tonfall, sondern in einem eigenartigen Singsang. »Ich wurde vor vielen Jahren, beim höchsten Stand des Drachensterns, von der Feuermacherin der Gemeinschaft des Feuerdrachen an den Hängen der Verfluchten Gipfel gefunden …«, begann sie.

»Entschuldige, aber ich weiß nicht, was alle diese Begriffe bedeuten«, unterbrach Meghan sie. Khan'derin erklärte ihr, dass der Drachenstern der Komet war, der in den letzten Tagen am Himmel aufgeflammt war, und die Verfluchten Gipfel die Berge waren, auf deren Rücken sie jetzt saßen.

Als Meghan nickte, fragte Khan'derin: »Darf ich fortfahren?« Meghan lächelte und Khan'derin begann ihre Geschichte erneut. »Ich wurde vor vielen Jahren, beim höchsten Stand des Drachensterns, von der Feuermacherin, der ein Traum gesandt worden war, an den Hängen der Verfluchten Gipfel gefunden. In ihrem Traum wurde ihr befohlen, zu den Verfluchten Gipfeln zu kommen, und sie sah dort zwei Rosen, weiß und rot, wie sie im Verfluchten Tal wachsen, durch einen magischen Talisman gezogen, der manchmal ein Dreieck und manchmal einen Stern darstellte. Als sie am nächsten Morgen erwachte, erinnerte sie sich an den Traum und machte sich allein auf den Weg, um die hoch gelegenen Pfade zum Verfluchten Tal hinaufzuwandern. Dort fand sie mich, ausgesetzt und halb tot, und bei mir befanden sich der Drachenaugenstein und die *Sheyeta*. Da erkannte die Feuermacherin, dass ich das Kind ihres Enkels war, der seit langem im Land der Zauberer vermisst war.«

»Wodurch wusste sie das?«, fragte Meghan und sah Zorn über Khan'derins schmales Gesicht zucken. Einen Moment lang wollte sie nicht antworten, sagte dann aber widerwillig: »Wegen des Roten natürlich.«

Meghan war verwirrt, aber Khan'derin fuhr bereits fort. »Und ich besaß das Drachenauge.« Sie zog einen weißen Lederhandschuh aus, um der Waldhexe den Ring zu zeigen, den sie trug. »Die Drachen hatten meinem Vater, dem Drachen-Laird, diese Steine vor langer Zeit gegeben, und er hatte sie mit sich genommen, als er die Gemeinschaft verließ. Solche Steine sind in meinem Land sehr selten und hoch geschätzt, da sie als Gunstbezeigung der Drachen bekannt sind.«

Meghan nickte zum Zeichen des Verstehens. Khan'derin beruhigte sich wieder und wiederholte mit ihrer seltsamen, singsangartigen Stimme: »Die Feuermacherin erkannte, dass ich das Kind ihres Enkels war, der seit langem im Land der Zauberer vermisst war, und so nahm sie mich mit zur Gemeinschaft zurück, wo ich aufgezogen und den Weg des Volkes gelehrt wurde. Das verursachte in der Gemeinschaft der Kämpfenden Katzen, die seit langem erwarteten, die Tochter Khan'fellas würde erben, einige Bestürzung …«

»Wer war sie?«

Khan'derin hielt einen langen Moment inne, die Augen gesenkt, die Finger ineinander verschränkt, und sagte dann in normalem Tonfall: »Sie war die Schwester meiner Urgroßmutter, durch unsere Feinde, die Kämpfenden Katzen, vor den Göttern des Weiß gerettet. Sie erhob Anspruch auf die Göttlichkeit, als die Feuermacherin, die Mutter meiner Urgroßmutter, starb. Meine Urgroßmutter besiegte sie in Prüfungen der Macht, und die Heuchlerin starb, was bedeutete, dass die Götter des Weiß sie als Opfer angenommen hatten. Ihr Tod hätte die Angelegenheit beenden sollen, aber sie hatte Zwillingstöchter geboren, während die Tochter meiner Urgroßmutter bei der Geburt starb und sie nur einen Sohn hatte, meinen Vater. Natürlich wurde den Göttern des Weiß eine von Khan'fellas Töchtern geopfert, aber eine lebt noch.«

»Also beansprucht deine Tante – die Tochter derjenigen, die starb – das Erbe, weil sie einer direkten Linie der Töchter entstammt?«, fragte Meghan.

Khan'derin warf ihr einen raschen Blick zu. »Ja.«

»Aber du bist der direkte Abkömmling der gegenwärtigen Feuermacherin und glaubst daher, du seist die Erbin?«

»Ja.«

»Und daher ist die Feuermacherin wie unsere Banrìgh?«

»Das weiß ich nicht. Die Feuermacherin führt und beschützt die Gemeinschaften und klärt Streit zwischen ihnen. Sie kann Feuer bringen, wenn Dunkelheit herrscht, und sie kann den Vögeln und Tieren des Rückgrats befehlen. Sie kann sogar mit Drachen sprechen und, wie Ihr wisst, manchmal mit ihnen fliegen, wie ich es tue und mein Vater es vor mir getan hat. Ihr Wort ist Gesetz, ihre Entscheidung bindend. Die Alten Mütter und die Narbigen Krieger dürfen zu ihr sprechen, aber sie dürfen sich ihr nicht widersetzen oder ihrem Wunsch zuwiderhandeln. Das ist der Grund, warum ich die Erbin bin, weil die Feuermacherin es so will.«

»Also ist sie eine Hexe?«, fragte Meghan und sah, wie ein seltsamer Ausdruck das Gesicht des Mädchens überzog.

»Ich weiß nicht viel über Euch Hexen«, erwiderte sie. »Ich weiß, dass jeder, der Macht besitzt, unterrichtet werden kann, aber bei der Feuermacherin ist das nicht so. Die Tochter der Feuermacherin wird zu gegebener Zeit die nächste Feuermacherin werden und ihre Tochter ebenso. Wird keine Tochter geboren, um die Linie fortzuführen, dann fällt diese Aufgabe der ältesten Tochter eines Sohnes zu, obwohl das als sehr tragisch angesehen wird und erst ein einziges Mal geschehen ist. Es hat niemals zuvor zwei der Roten gegeben, zumindest nicht seit den Roten Zauberern selbst.«

»Ich glaube, ich verstehe«, sagte Meghan nachdenklich. »Als dich deine Urgroßmutter also gefunden hat, bedeutete das, dass es zwei Thronanwärterinnen gab.«

»Die Entdeckung des Kindes Khan'gharads löste bei der Gemeinschaft der Kämpfenden Katze große Bestürzung aus …«

»Ja, das hab ich verstanden«, sagte Meghan ungeduldig. »Du sagtest gerade, dass sie nicht glaubten, du seist wirklich Khan'gharads Tochter, und dachten, deine Urgroßmutter versuchte, den Gemeinschaften ein Kuckucksei unterzuschieben, damit die Gemeinschaft der Kämpfenden Katze nicht erben würde. Was ist dann geschehen?«

Dieses Mal erinnerte der vorwurfsvolle Blick eher an Zorn. »Die Feuermacherin zeigte den Gemeinschaften den Drachenaugenring, und als ich älter wurde, musste ich beweisen, dass ich Feuer heraufbeschwören konnte, denn das ist etwas, was niemand außer Feuermacherinnen kann.« Meghan schürzte nachdenklich die Lippen. »Am Abend meines achten Geburtstags, als der Drachenstern erneut über den Himmel zog, wurde der Feuermacherin ein weiterer Traum gesandt, und obwohl sie vor Angst zitterte, gehorchte sie dem Traum und brachte mich zum Anfang der uralten Straße zwischen unserem Land und dem der Drachen. Ich wurde angewiesen, die Treppe hinaufzusteigen, und so kam ich in das Land der Drachen. Zuerst wurde ich von Furcht ergriffen, denn die Drachen sprachen zu mir und befahlen mir, zum Verfluchten Tal zu ziehen und eine Hälfte jeden Jahres dort in den Türmen zu leben, um mich um die schlafende Zauberin zu kümmern und in den Bibliotheken zu lernen. Ich hatte sehr große Angst, denn es war allgemein bekannt, dass die Türme der Rosen und Dornen voller Geister und Klagen sind. Ich war auch traurig, weil das Volk im Frühjahr des Drachensterns zur Zusammenkunft zum Weltenschädel reist, um Tauschhandel zu betreiben und Hochzeiten zu arrangieren. Es wird geschmaust und gefeiert, und ich hatte viel davon gehört, war aber noch niemals dort gewesen, da die vorherige Zusammenkunft in meinem Geburtsjahr stattgefunden hatte. Wie dem auch sei, die Feuermacherin sagte, dass auf mir ein *Geas* läge, den ich annehmen müsste, wie es sich gehört. Also habe ich die Frühjahrs- und Sommermonate der vergangenen acht Jahre in den Türmen der Rosen und Dornen verbracht und gelernt.«

»Und gibt es dort Geister?«

»In der Tat, ja, und sie sind manchmal ganz schrecklich.«

»Welche Art Geister?«

»Die Geister des Zorns und des Grams«, erwiderte Khan'derin. »Kommt, alte Mutter, es ist noch ein langer Weg bis zu den Türmen, und wir müssen vor Sonnenuntergang dort sein.«

Meghan setzte sich auf den Schlitten, wie ihre Begleiterin sie anwies, die sie dann mit langen Ledergurten festband. Gitâ verbarg sich tief in Meghans Tasche, blieb dort und klagte erneut über die Kälte. Khan'derin begann, den Schlitten zu ziehen, stolperte durch den dicken Schnee, bis der Schlitten sich regte. Dann sprang sie vorne auf und bewegte ihn nur mit dem Gewicht ihres Körpers den Hang hinab. Der verschneite Horizont flog vorüber, während Meghan in Staunen und Bewunderung versank.

»Dies ist ein Langschlitten und nicht derjenige, den ich üblicherweise benutze«, erklärte Khan'derin. »Tatsächlich benutzen wir diese Schlitten nur im Frühjahr, wenn wir allmählich auf die

Sommerweiden hinabziehen. Es ist gut, dass Ihr nicht so schwer seid wie meine Urgroßmutter.«

»Isabeau wäre sehr froh gewesen, wenn sie gewusst hätte, dass sie eine Urgroßmutter hatte«, sagte Meghan, während die dunkle Masse des Waldes auf sie zuraste.

Bald mussten sie absteigen und durch den matschigen Schnee laufen, aber sie waren den Hang innerhalb von Minuten hinuntergelangt. Zu Fuß hätten sie dagegen einen ganzen Tag gebraucht. Khan'derin verbarg den Schlitten unter einigen Büschen und führte sie rasch über den fleckigen Schnee. Als Meghan zur Drachenklaue zurückschaute, war sie überrascht, dass sie aus dieser Richtung zwei Bergspitzen ausmachen konnte, die in Größe und Form identisch waren. Sie erkannte, dass die Perspektive die niedrigere Bergspitze – von Süden hinter der Masse der Drachenklaue verborgen – gleich groß erscheinen ließ.

»Die Legende besagt, dass die Roten Zauberer wegen der Zwillingsgipfel beschlossen haben, sich in diesem Tal niederzulassen«, sagte Khan'derin über die Schulter. »Das ist natürlich ein weiterer Grund dafür, warum Ihr dieses Land Tìrlethan nennt.«

»Sind Zwillinge in deinem Volk üblich?«

Khan'derin zögerte. »Nein, sie sind sehr selten«, antwortete sie schließlich. »Nur die Feuermacherin gebärt Zwillinge.«

»In meinem Volk wird die Geburt von Zwillingen als vollkommenes Glück angesehen«, sagte Meghan. »Es werden so selten Menschen mit der wahren Macht geboren. Hexen heiraten selten und haben selten Kinder. Ich glaube, dass der Gebrauch der Einen Macht unfruchtbar macht, und der Geschlechtstrieb wird wohl in anderen Kräften vergeistigt. Für mich bedeutet die Entdeckung einer weiteren Isabeau also eine wundervolle Neuigkeit.«

»Ich bin keine weitere Is'a'beau«, sagte Khan'derin, wobei sie den Namen ihres Zwillings seltsam betonte. »Mein Leben ist völlig anders verlaufen.«

»Das stimmt«, sagte Meghan, während sich die dunklen Zweige des Waldes über ihren Köpfen schlossen. »Ich würde dich jedoch gern prüfen, wenn du nichts dagegen hast. Ich spüre Macht in dir, obwohl ich deren Natur nicht erkennen kann.«

»Wir werden bald bei den Türmen sein«, antwortete das Mädchen und schritt weiterhin voran. Ihre weiß gekleidete Gestalt wirkte in der Düsterkeit unter den überhängenden Zweigen geisterhaft.

Der Wald war eine fast undurchdringliche Barriere verwachsener Bäume und wild wuchernder Dornbüsche ohne einen einzigen, deutlich erkennbaren Weg. Meghan bezweifelte, dass sie, trotz ihrer Fähigkeit, im Wald zu leben, ohne Khan'derin hätte hindurchfinden können. Das Mädchen führte sie unter Zweigen und durch Dickichte hindurch, indem sie mit ihrem gebogenen Dolch und der scharf geschliffenen Axt geschickt einen Weg freischlug.

»Dieser Wald wuchs erst, nachdem die Türme verlassen wurden. Einst reichte die Aussicht dort über den See bis zu den Verfluchten Gipfeln, aber jetzt kann man aus den meisten Fenstern nur noch Dornenbarrieren sehen«, erklärte Khan'derin. »Wenn man nicht wüsste, dass sich die Türme hier befinden, könnte man daran vorbeilaufen, ohne sie zu bemerken.«

Meghan sah, dass viele der dornigen Zweige knospten. »Sind das Rosen?«

Khan'derin nickte. »Später werden in diesem Wald zahllose weiße und rote Rosen blühen. Wenn der Frühling kommt, ist es stets hübsch anzusehen. Man erinnert sich dann nur schwer daran, dass dies das Verfluchte Tal ist.«

Die Dornensträucher waren jetzt so dicht, dass Khan'derin ihr Gesicht mit einem Schal bedeckte und die Handschuhe wieder anzog. Als nur noch die blauen Augen durch einen schmalen Spalt zwischen ihrer Fellkappe und dem Schal zu sehen waren, wirkte sie seltsam bedrohlich. Meghan folgte ihrem Beispiel, wickelte ihr graues Plaid fester um sich und zog es auch über den Kopf, um ihr Gesicht ebenfalls vor den bösartigen Zweigen zu schützen. Aber es war sinnlos. Die Dornen drangen durch den dicken Stoff ihrer Kleidung und schienen sich um ihre Knöchel und Handgelenke zu winden, als wollten sie sie daran hindern weiterzugehen.

»Der Wald erkennt Euch nicht«, sagte Khan'derin, während sie mit ihrem Dolch auf die verflochtenen Zweige einschlug.

Meghan sandte besänftigende und beruhigende Gedanken aus und sah die langen Ranken davongleiten. Danach kam sie leichter voran, und sie konzentrierte sich darauf, weiterhin friedliche Gedanken auszusenden.

Als sie schließlich bei den Türmen ankamen, merkte Meghan gar nicht, dass sie bereits am Ziel waren. Khan'derin blieb stehen und deutete in eine bestimmte Richtung. Meghan sah sich um, entdeckte aber nur einen moosbewachsenen Felsen, der über und über von wilden Rosen überwuchert war. Khan'derin legte eine Hand an den Stein, und Meghan sah, als sie aufschaute, dass er, vom dichten Wald umgeben, über ihnen aufragte. Plötzlich erkannte sie, dass das, was wie Verwitterungen auf dem Fels aussah, in Wahrheit kompliziert eingemeißelte Rosen und Dornen rund um eine wuchtige Steintür waren. Khan'derin zog einen großen, wundervoll gearbeiteten Schlüssel aus einer Innentasche, steckte ihn in etwas, was nur ein Spalt in der Felswand zu sein schien, und drehte ihn sichtbar mühsam. Ein lautes Klicken erklang, dann stemmte Khan'derin eine Schulter gegen die Tür und drückte mit aller Macht dagegen, bis sie sich schließlich langsam knarrend öffnete.

Im Inneren befand sich eine große Halle, die mit ebenso verschlungenen Ornamenten verziert war, wie es die Halle der Drachen gewesen war. Auf dem Boden lag dicker Staub, und Spinnweben hingen in Aufsehen erregenden Gebilden von der hohen Decke. Es gab einige wenige zerbrochene Möbelstücke, aber ansonsten war die Halle leer, wies nur widerhallenden Raum zwischen den bearbeiteten Säulen auf. Es war sehr dunkel, und Meghan zündete am Ende ihres Stabes ein Hexenlicht an, damit sie etwas sehen konnte.

An einem Ende der Halle befand sich eine Wendeltreppe, die so breit war, dass sieben Menschen hätten nebeneinander gehen können, und wunderschön mit dem inzwischen vertrauten Muster der Rosen und Dornen verziert war. Khan'derin ging die Treppe hinauf voran, schweigsam wie stets, und Meghan folgte ihr. Sie richtete den Blick rasch hierhin und dorthin, während sie versuchte, so viel wie möglich aufzunehmen. Der Turm war offensichtlich rund; in seiner Mitte schraubte sich die Treppe aufwärts. Sie passierten zwei Absätze mit kurzen, in vier Richtungen abgehenden Gängen. Jeder Gang wies zwei Türen auf jeder Seite auf und endete an einem hohen Fenster, das einst Aussicht gen Norden, Süden, Osten und Westen geboten hätte. Sie erkannte die Anordnung, da der Turm, in dem sie den größten Teil ihres Lebens verbracht hatte, ähnlich aufgebaut gewesen war – der gekreuzte Kreis, ein Symbol großer Macht.

Im dritten Stockwerk verließ Khan'derin die Treppe. Hier gab es statt der vier in Länge und Anordnung identischen, kurzen Gänge, die Meghan gewohnt war, nur drei, wobei derjenige gen Osten ein sehr großer Gang mit hohen Fenstern auf beiden Seiten war. Als Meghan aus den nördlichen Fenstern schaute, erkannte sie bestürzt, dass der Gang über den Fluss gebaut war und zu einem weiteren, anscheinend identischen Turm führte. Das von Ästen überhangene Wasser schimmerte unter ihnen geheimnisvoll.

»Schaut auf der anderen Seite hinaus«, sagte Khan'derin, und Meghan kam der Aufforderung nach. Sie sah, dass der Fluss von einem kleinen See aus nordwärts verlief, ähnlich wie derjenige in ihrem verborgenen Tal. Die Türme hatten sich gewiss einst im Wasser gespiegelt, aber jetzt war der See vom Wald überschattet, der Himmel mit der untergehenden Sonne durch die sich davor wölbenden Zweige kaum sichtbar.

»Welcher Turm ist dies?«, fragte sie, während sie zu einer weiteren Wendeltreppe kamen und sie ebenfalls hinaufzusteigen begannen.

»Ich weiß es nicht genau«, erwiderte Khan'derin stirnrunzelnd. »Ich glaube nicht, dass einer der Turm der Rosen und einer der der Dornen ist. Ich denke, sie sind beide beides, aber ich bin nicht wirklich sicher.«

Schließlich erreichten sie das oberste Stockwerk, Khan'derin öffnete eine Tür im östlichen Gang und trat dann zurück, sodass Meghan hineinsehen konnte. Auf den ersten Blick schien der Raum voller Schnüre aus silberfarbener Seide, die sich bewegten und im Licht ihres Stabes schimmerten. Bei näherer Betrachtung zeigte sich inmitten des Raumes jedoch ein aus den seidenen Strängen gewobenes Nest.

»Sie schläft«, sagte Khan'derin, schlüpfte in den Raum, nahm die Schnüre und stopfte sie an den weichen Seiten des Nestes fest. »Macht Euch keine Sorgen, Ihr werdet sie nicht aufwecken.«

Meghan nahm all ihren Mut zusammen und betrat den Raum. Sie musste sich ihren Weg durch die vielen Seidenschnüre bahnen, konnte aber bald in das große Nest hineinschauen. Darin schlief Ishbel. Ihr zartes Gesicht und ihre zerbrechliche Gestalt waren weich in Längen dessen eingehüllt, was Meghan nun als ihr Haar erkannte, das unglaublich lang und grau geworden war und wie ein in der Sonne schimmerndes Spinnennetz wirkte. Tränen traten ihr in die Augen, und sie spürte, wie Khan'derin ihre Hand nahm und sie aus dem Raum führte.

»Kommt mit in meine Räume, dann werde ich Euch einen Tee kochen«, sagte Isabeaus Zwilling mit ihrer kalten Stimme und führte Meghan in einen weiteren Raum wie denjenigen, in dem Ishbel schlief. Er war notdürftig mit einem Bett, einer Kiste und einem Stuhl möbliert. Khan'derin zündete mit einer Handbewegung die Kerzen an, die so dick wie Meghans Unterarm waren, und sie betrachteten einander prüfend in deren Licht.

»Die schlafende Zauberin steht Euch nahe?«, fragte Khan'derin schließlich. Es war das erste Mal, dass sie eine Frage stellte.

»Sie war vor vielen Jahren wie eine Tochter für mich«, sagte Meghan. »Sie war mein Lehrling. Bis vor wenigen Tagen hatte ich sie sechzehn Jahre lang nicht gesehen. Ich hatte sie für tot gehalten.«

*Sie ist eine ernste kleine Eule,* sagte Gitâ, setzte sich auf die Hinterbeine und beobachtete das Mädchen, während er an einem Stück Brot knabberte.

Meghan achtete nicht auf ihn und sagte: »Sie ist deine Mutter, das weißt du.«

»Ja, ich hatte es mir gedacht. Aber warum schläft sie? Ich kümmere mich hier schon seit acht Jahren um sie, und sie ist nur einmal erwacht.«

»Ich weiß nicht, warum sie schläft. Ishbels Magie war stets seltsam und jenseits menschlicher Erkenntnis. Ich kann nur vermuten, dass ihr Geist und Körper den Heilzauber des Schlafs brauchten. Der Tag des Verrats war schrecklich – die Verbrennung von allem, was wir liebten. Es kam so unerwartet.«

»Hattet Ihr keine Träume, die es vorhersagten?«

»Ich besitze die Gabe der Weissagung nicht«, seufzte Meghan. »Ich wünschte, es wäre so. Dann wäre vielleicht vieles gerettet worden, was nun verloren ist. Alle Türme wurden angegriffen, oder zumindest diejenigen, die nach all dieser Zeit noch standen.«

»Die Türme der Rosen und Dornen wurden nicht angegriffen.«

»Nein, aber wir dachten auch alle, sie wären schon vor langer Zeit verloren gewesen. Und sie liegen so tief in den Bergen, sind so schwer zugänglich.«

»Aye, Feld sagte, er habe fast ein Jahr gebraucht, um hierher zu gelangen.«

»Feld?«, rief Meghan aus. »Es gibt hier einen Zauberer namens Feld?«

»In der Tat. Er hat mich gelehrt, Eure Sprache zu sprechen, zu lesen und die Eine Macht zu gebrauchen.« Khan'derin machte eine Handbewegung, woraufhin die Kerzenflamme aufflackerte, aber Meghan war bereits aufgesprungen.

»Mein alter Freund Feld ist hier! Ich danke den Schicksalsgöttinnen! Kann ich ihn sehen? Bring mich zu ihm!«

Sie fanden den alten Zauberer in der Bibliothek im sechsten Stockwerk, mit einer Brille auf der Spitze seiner Hakennase, während er die Seiten eines Buches umblätterte, das fast so groß wie er selbst war. Er schaute auf, als Meghan eintrat, und begann zu lachen, ein vage klingendes Kichern, das in trockenem Husten endete. »Also sind die Gerüchte wahr, die ich hörte! Du hast die Verbrennung überlebt!«

»Ach, ich bin alt und zäh«, sagte Meghan. »Ich traue meinen Augen nicht! Was tust du hier?«

Es dauerte viele Stunden, die Geschichte zu erzählen, da Feld für seine Neigung abzuschweifen bekannt war – besonders, wenn er mit der großartigen Bibliothek der Türme der Rosen und Dornen prahlte. Aber schließlich erfuhr Meghan doch noch die Einzelheiten von ihm. Feld war dem Tag des Verrats nur knapp entkommen – die plötzliche Eingebung, auf der Suche nach alten Manuskripten die Hökermärkte zu durchstöbern, hatte bewirkt, dass er sich nicht im Turm der Zwei Monde aufgehalten hatte, als die Roten Garden zuschlugen, und auf dem Rückweg den Rauch gesehen und die Schreie gehört hatte. Klug wie stets, war der Zauberer entkommen, wobei er die Banrìgh verfluchte. Er war wegen seines Lehrlings Khan'gharad und seiner anderen Freunde und Mitarbeiter außer sich. Mit einer geschickten Verkleidung und der Hilfe einiger Hexenfreunde war er in die Weißschlossberge entkommen, wo er lange Zeit umherzog, von Kummer und Entsetzen über die Verbrennung seiner kostbaren Bibliothek und die Hinrichtung so vieler Hexen gemartert. Schließlich kam er wieder etwas zur Vernunft, und er erinnerte sich der Erzählungen seines Lehrlings, der auf dem Rücken eines Drachen beim Turm der Zwei Monde erschienen war; der erste Mensch seit Aedan Weißschloss, der sein Bein über einen Drachenrücken geschwungen hatte. Khan'gharad, der Drachen-Laird, hatte ihm die Geschichte erzählt, wie er eine junge Drachenprinzessin vor dem sicheren Tod gerettet und so die Dankbarkeit der großen Drachenkönigin erworben hatte. Also hatte Feld, der sein Leben der Drachenkunde gewidmet hatte, die lange und beschwerliche Reise durch die Berge zur Drachenklaue unternommen und die Drachen dort um Zuflucht gebeten. Er lebte seit fünfzehn Jahren in den Türmen der Rosen und Dornen, kümmerte sich um Ishbel, während sie schlief, und studierte nach Herzenslust.

»Ich weiß nicht, ob sie mich hätten bleiben lassen, wenn sie nicht gedacht hätten, ich könnte mich um Ishbel kümmern, die in den auf die Verbrennung folgenden Tagen hier erschien. Die Zwillinge wurden in der Halle der Drachen geboren. Es muss eine seltsame Geburt gewesen sein – ihre Mutter vor Kummer und Entsetzen außer sich und nur Drachen zur Gesellschaft.«

»Also muss sie unmittelbar dorthin geflogen sein. Welch eine Reise das gewesen sein muss mit der schweren Last der ungeborenen Zwillinge. Es wundert mich, dass sie sich in der Luft halten konnte!«

»Ich denke, nur der Wille hielt sie am Leben, denn sie schlief ein, sobald die Zwillinge geboren waren, und hat auch die ganzen Jahre geschlafen.«

»Ishbel hat diese ganzen sechzehn vergangenen Jahre verschlafen?«

»Vor einigen Jahren, als der Komet über uns hinwegzog und unsere junge Khan'derin eintraf, hat sie sich geregt, aber sie erwachte erst letzte Woche, als der Drachenstern erneut erschien.

Ich war bei ihr, bürstete ihr Haar und wusch ihr das Gesicht, wie ich es stets tue, als sie sich plötzlich regte und die Augen öffnete. Oh, welche Überraschung und Freude! Ich habe mich fünfzehn Jahre lang um sie gekümmert, und sie hat die ganze Zeit so friedlich geschlafen, wie man es sich nur vorstellen kann!«

»Wie ... wie war sie, als sie erwachte?«

»Ach, es war furchtbar. Ich hatte vergessen, dass diese sechzehn Jahre, in denen sie geschlafen hat, für sie nur ein Traum waren. Sie konnte sich nur an Blut und Feuer und Tod erinnern und an den schrecklichen Verrat des Rìgh, dem wir so treu gedient hatten. Und natürlich an den Tod Khan'gharads. Das war das Letzte, woran sie sich erinnerte – wie ihr Geliebter starb.«

Meghan spürte eine gewaltige Woge uralten Kummers über sich hinwegschwemmen, und obwohl sie dagegen anzukämpfen versuchte, rannen Tränen ihre runzeligen Wangen hinab. Sie stützte den Kopf auf die Hände und rang um Selbstbeherrschung, aber sie hatte ihren Kummer zu lange unterdrückt, und schließlich war der Damm gebrochen.

Nach einer Weile spürte sie Felds gebrechliche Hand ihre Schulter tätscheln und hörte ihn unbeholfen sagen: »Ruhig, ruhig, du durchnässt mein Buch, und es ist wirklich viel zu alt und selten, um von salzigen Tränen durchweicht zu werden. Ich weiß, was du getan hast und welch großen Kummer es dir bereiten muss, aber was hättest du tatsächlich anderes tun können? Du hast Ishbels Leben und dein eigenes gerettet, und du hättest die Banrìgh vernichten können, was wirklich eine gute Sache gewesen wäre – so sehr mich auch die Behauptung schmerzt, dass der Tod irgendeines Lebewesens gut sein könnte.«

»Der Mutterdrache hat mir erzählt, Khan'gharad sei nicht tot«, sagte Meghan, während sie ungeduldig über ihr zerfurchtes Gesicht wischte.

»Hat sie das? Nun, Drachen lügen nicht, obwohl sie Worte so verdrehen können, dass sie sehr wohl eine Unwahrheit bedeuten könnten. Ich verstehe nicht, wie er hätte überleben können, nachdem du einen Abgrund direkt zu seinen Füßen eröffnetest, aber andererseits hat auch die Banrìgh überlebt und ihre boshafte Dienerin ebenso. Es sind schon seltsamere Dinge geschehen. Nimm nur das Erwachen Ishbels. Im einen Moment schlief sie noch, und im nächsten war sie wach und sah sich mit ihren großen blauen Augen um. Sie wusste, dass du sie brauchtest, Meghan, obwohl ich nicht weiß, woher sie es wusste. Ich versuchte, sie hier zu behalten, nahm sie sogar in die Arme und habe sie festzuhalten versucht, aber sie war zu stark für mich. Ein kleines Wesen wie Ishbel, zu stark für mich! Ach, ich werd alt. Sie hat sich gewehrt und gekämpft wie eine Elfenkatze, und nachdem sie sich befreit hatte, sprang sie aus dem Fenster ihres Raumes! Ich dachte, sie wäre in ihrem Kummer und durch die Verwirrung darüber, nach so langer Zeit erwacht zu sein, wahnsinnig geworden und wollte sich töten.

Ich war schon immer ein Narr. Ishbel die Geflügelte – durch einen Sturz aus dem Fenster zu sterben! Denn sie wirbelte und schwebte leicht wie eine Feder durch den Himmel, und ich beobachtete sie, bis sie jenseits der Verfluchten Gipfel meinem Blick entschwand. Ich fand keine Ruhe, bis sie zurückkehrte. Ich machte mir Sorgen, und die junge Khan'derin feierte ihr Mündigwerden allein und war, wie ich fürchte, nicht sehr glücklich. Ich hatte das Gefühl, nicht eher beruhigt sein zu können, als bis Ishbel wieder sicher zu Hause wäre. Obwohl sie, als sie schließlich zurückkam, in Schlafes Arme und nicht in meine sank, und seitdem schläft sie nun.« Der alte Zauberer seufzte und nahm die Brille ab, um sie an seinem Gewand zu reinigen.

Meghan und ihr alter Freund Feld sprachen bis weit in die Nacht hinein miteinander, und er erzählte ihr von einigen Wunderdingen der Bibliothek der Türme. Die Bücher waren von den beiden großen Zwillingszauberern, Faodhagan und Sorcha, zusammengetragen worden, und Feld behauptete, es gäbe darin

Texte aus Alba, der Anderen Welt, die sie bei der Großen Durchquerung mit sich gebracht hätten. Sie waren hauptsächlich in lateinischer Sprache geschrieben, einer der geheiligten Sprachen der Anderen Welt, und sehr schwierig zu lesen, aber Feld hatte sich unbeirrt hindurchgearbeitet.

»Die Zwillinge lebten in Eintracht mit den Drachen, ritten auf ihren Rücken und bauten die Große Treppe für sie. Faodhagan war ein großartiger Künstler und Handwerker, weitaus begabter als alle uns bekannten Meister, und er konnte die Magie fantastisch handhaben. Er hat den Palast der Drachen erbaut, die Türme der Rosen und Dornen sowie auch viele der anderen Türme. Bücher in dieser Bibliothek berichten von magischen Taten, die fast nicht zu glauben sind. Ich habe noch kaum mit meinem Werk begonnen, obwohl ich schon fünfzehn Jahre hier bin.«

Meghan fühlte sich plötzlich so müde, dass sie kaum noch die Augen aufhalten konnte, und sie stützte den Kopf in die Hände und die Ellenbogen auf den Tisch, während Feld weiterhin die Schätze seiner Bibliothek beschrieb. Sie musste nach einer Weile eingeschlafen sein, denn sie erwachte, als er eine Hand auf ihre Schulter legte, um Verzeihung bat und sie zu ihrem Bett führte.

Ihre erste Nacht in einem weichen, warmen Bett seit über einer Woche wirkte bei Meghan Wunder, und sie erwachte frisch gestärkt und fast glücklich. Obwohl sie und Feld sich im Turm der Zwei Monde nie sehr nahe gestanden hatten, jeder mit seinen eigenen Belangen beschäftigt gewesen war, munterte es sie außerordentlich auf, ein bekanntes Gesicht zu sehen. Es war für sie auch tröstlich zu wissen, dass sich hier ein großartiger Reichtum an Wissen befand, der den Hexen eines Tages helfen könnte, die Tradition der Türme wiederherzustellen und sie vielleicht sogar zu höherer Weisheit und Verständnis zu führen. Die Entdeckung Khan'derins war ebenfalls ein Wunder und eine Freude, weil hier vielleicht eine Macht war, die der Isabeaus gleichkam, und eine weitere junge Hexe, welche die Auditorien füllen würde, von der sie und Feld beide träumten. Meghan wusch sich das Gesicht und flocht ihr Haar, während sie von einem neuen Turm und einer besiegten Banrìgh träumte.

Ein Klopfen erklang an der Tür, und Khan'derin kam mit einem Tablett mit heißem Haferbrei und Tee herein. Sie trug ein loses, weißes Hemd, und ihr Kopf war von einer langgezogenen Kappe bedeckt, sodass Meghan ihr Haar noch immer nicht sehen konnte. Die alte Hexe lächelte ihr zu. »Ich bin froh, dass ich gekommen bin«, sagte sie. »Es war wunderbar, die verlorenen Türme der Rosen und Dornen noch immer intakt vorzufinden, und dazu noch so reiches Wissen. So vieles ist verloren. Feld erzählt mir, es gäbe hier noch Bücher, die mit der Durchquerung hierher gelangt sind!«

»Sind also wirklich alle anderen Türme zerstört?«

»Ich glaube schon«, erwiderte Meghan. »Ich habe Brieftauben zu jenen gesandt, von denen wir wussten, dass sie noch standen, und habe versucht, ihre Kristallsehergemeinschaft zu erreichen, falls irgendwelche Hexen nach der Verbrennung zurückgekehrt wären, erhielt aber keinerlei Antwort. Und ich habe in den Dörfern und Städten des Oberen Rionnagan nachgefragt, und jedermann sagt, die Türme lägen in Schutt und Asche, und kein anderes lebendes Wesen außer Ratten und Krähen störe ihre Leere. Ich hoffe, dass wir sie eines Tages wieder aufbauen werden, aber im Moment sind sie nur Steinhaufen.«

Khan'derin zuckte die Achseln. »Ich habe ohnehin niemals wirklich an ihre Existenz geglaubt«, sagte sie. »Tatsächlich hörte ich das erste Mal etwas über Hexen, als ich hier ins Verfluchte Tal kam und Feld begegnete. Er versucht, mich zu lehren, aber was haben Hexen mit mir zu tun?«

»Ich hoffe viel«, sagte Meghan. »Warte ein wenig, während ich esse, und dann können wir reden.«

Khan'derin blieb stehen. »Ich möchte nicht hören, was Ihr zu sagen habt.«

Meghan war überrascht und verletzt. »Was meinst du?«

»Die Feuermacherin hatte einen Traum darüber, dass ich das Rückgrat der Welt verlassen und weit fortziehen müsste. Aber ich will nicht gehen.«

Meghan wurde sich erneut der Tatsache bewusst, dass sie Khan'derin nicht kannte und sie vorsichtig behandeln musste. »Sagen die Träume deiner Großmutter nicht die Wahrheit?«

»Alle Träume sind Visionen zukünftiger Ereignisse. Wir selbst erwählen, ob wir Träume wahr werden lassen oder nicht.«

»Was hat die Feuermacherin geträumt?«

»Sie hat geträumt, dass ich meinem Schatten begegnen müsste.«

»Was denkst du, was das bedeutet?«

»Ich wusste es nicht, bis ich Euch begegnete, aber jetzt fürchte ich, dass Ihr mich mitnehmen wollt, um dieses Mädchen kennen zu lernen, von dem Ihr dauernd sprecht, diejenige, die so aussehen soll wie ich.«

»Ihr seht euch tatsächlich so ähnlich, dass sie dein Spiegelbild sein könnte. Ich bin mir jetzt sicher, dass sie deine Zwillingsschwester ist, Ishbel der Geflügelten geboren, die du die schlafende Zauberin nennst. Ishbel und der Drachen-Laird, Khan'gharad, waren damals im Turm der Zwei Monde ein Paar. Als die Roten Garden den Turm angriffen, stand Ishbel nur noch wenige Wochen vor der Geburt. Ich habe ihr zur Flucht verholfen, und sie muss dann auf die Suche nach Khan'gharads Volk geflogen sein. Die Drachen sagen, sie hätten sie mit entsetzlichen Schmerzen an den Hängen der Drachenklaue gefunden – die ihr die Verfluchten Gipfel nennt. Sie halfen ihr bei der Geburt, gaben Isabeau dann in meine Obhut und dich in die Obhut des Volkes deines Vaters. Ich weiß nicht, warum sie euch getrennt haben.«

»Weil Zwillinge verboten sind, denke ich«, sagte Khan'derin kalt.

»Vielleicht … obwohl ich euch gerne beide genommen hätte. In Rionnagan sind Zwillinge nicht verboten. Ich versteh nicht, warum es hier so ist.«

»Es ist nicht natürlich, wenn zwei aus demselben Mutterleib geboren werden. Sie sind sich zu nahe, die Fäden ihrer Schicksale zu sehr miteinander verwoben. Sie bringen Unglück, weil wir alle allein geboren werden und sterben sollen.«

»Willst du deshalb nicht mit mir kommen? Du willst Isabeau nicht kennenlernen?« Meghans Stimme klang wider Willen ungläubig.

»Nicht nur das. Ich habe gerade erst meine Narben erhalten. Nächsten Winter sollte ich dem Konzil beitreten. Alte Mutter sagt, ich sei die jüngste, narbige Kriegerin, die es je gegeben hat.«

»Sind die Narben dafür gedacht? Als Zeichen der Tapferkeit im Kampf?«

Khan'derin zog die Narbe auf ihrer linken Wange nach. »Diese ist für die Jagd. Ich habe im letzten Winter die größte Beute erlegt und erhielt so meine erste Narbe. Diese«, sagte sie, während sie ihre rechte Narbe entlangfuhr, »ist für den Kampf.«

»Für den Kampf? Wen bekämpfst du?«

»Unser größter Feind ist natürlich die Gemeinschaft der Kämpfenden Katzen, die es gewagt haben, in unsere traditionellen Jagdgründe einzudringen, und dann einen Angriff auf unseren Haven unternommen haben. Die Kämpfenden Katzen sind Narren, die sich in unser Land drängen wollen.«

»Also kämpfen die Gemeinschaften untereinander?«

Khan'derin sah sie an. »Natürlich. Wir haben stets gegeneinander gekämpft. Was sollen wir sonst tun?« Als Meghan schwieg, fuhr sie fort: »Die Kämpfenden Katzen neiden uns unseren Haven, dessen Größe für die ganze Gemeinschaft ausreicht und der so hoch gelegen ist, dass er von keinerlei bösen Geistern in den Tälern angegriffen werden kann. Der Haven der Kämpfenden Katzen liegt viel weiter nördlich, auf den vereisten Ebenen, wo der Frühling sehr spät kommt und wo die Eisriesen leben. Ihre Weiden sind nicht so saftig wie unsere, und es war wirklich ein sehr harter Winter.«

»Also wurden dir als Zeichen der Tapferkeit bei der Jagd und im Kampf Narben zugefügt?«

»Ja. Wir tragen alle Narben, entsprechend unserer Berufung. Ich habe es mir erwählt, eine Narbige Kriegerin zu werden, was auch der Grund dafür ist, warum ich nicht fortgehen will. Ihr werdet mir alle Eure Tricks und Listen beibringen wollen, während ich nur bei meiner Gemeinschaft bleiben und für sie kämpfen und sie ernähren will. Dies ist der Weg des Narbigen Kriegers.«

»War dein Vater ein Narbiger Krieger?«

»Das war er tatsächlich, der größte von allen. Er hat alle sieben Narben erhalten, was mir eines Tages auch gelingen wird.«

»Was bedeutet das – alle sieben Narben?«

»Nur diejenigen, welche die sieben Narben haben, können das Konzil der Narbigen Krieger leiten. Ich habe in meinem ganzen Leben erst von zwei Narbigen Kriegern mit allen sieben Narben gehört.«

»Erklär mir noch mal, wie du deine Narben erworben hast und was es bedeutet. Du sagst, du hättest die Gemeinschaft nun anführen sollen?«

»Nein! Kein Narbiger Krieger führt die Gemeinschaft an. Das ist die Aufgabe der Alten Mutter. Ich werde eines Tages Feuermacherin sein, und das ist der Grund, warum ich mir die Narben erwerben muss. Das Konzil der Narbigen Krieger bespricht Kriegspläne und wann wir den Haven verlassen müssen, um auf die Sommerweiden zu ziehen – solche Dinge. Die Alte Mutter entscheidet natürlich, aber sie hört den Narbigen Kriegern aufmerksam zu.«

»Und du wirst eines Tages Alte Mutter sein?«

»Ich bin die einzige leibliche Tochter – zumindest dacht ich das. Nun erzählt Ihr mir, dass ich eine Schwester habe. Das ist nicht gut. Wer soll Alte Mutter und Feuermacherin werden?«

»Das weiß ich nicht. Das liegt doch gewiss noch in weiter Ferne?«

»Das hoffe ich wirklich. Ich muss mir zuerst die Narben erwerben und dann das Wesen des Windes verstehen lernen und wie man in Träumen reist.«

»Ich kann dich das nicht lehren, aber ich kann dir andere Dinge beibringen. Wie man mit Tieren spricht und das Wesen der Erde versteht. Wie man Omen und Zeichen deutet, wie man erkennt, was andere denken.«

»Feld hat mich solche Dinge zu lehren versucht, aber ich kann nicht erkennen, wie sie mir helfen sollen.«

»Wenn du Feuermacherin werden sollst, werden sie dir enorm helfen. Aber was ist inzwischen mit dem Traum der Alten Mutter?«

»Ich will die Gemeinschaft nicht verlassen.«

»Manchmal müssen wir tun, was wir nicht tun wollen. Erzähl mir, was sie geträumt hat, und ich werd dir sagen, was ich darüber denke.«

»Ich weiß nicht, was sie geträumt hat. Ich weiß nur, was sie mir gesagt hat, als ich mich gerade bereitmachte, ins Verfluchte Tal aufzubrechen. Sie sagte, sie hätte geträumt, dass ich das Rückgrat der Welt verlassen und den Spuren meines Vaters folgen müsste. Sie sagte, ich müsste meine Schwingen ausprobieren.«

»Mehr erwarte ich auch nicht von dir«, sagte Meghan. »Ich hab ein starkes Omen gespürt, als ich dir zum ersten Mal begegnete. Ich spürte, dass die Schicksalsgöttinnen unsere Lebensfäden verflechten.«

»Also denkt Ihr, dass ich mit Euch gehen sollte?«

»Ja, ich möchte, dass du mitkommst, Khan'derin.«

Sie wandte sich jäh um. »Ich werde darüber nachdenken.«

Meghan verbrachte den Tag mit Feld in der Bibliothek und fand noch mehr über Tìrlethan und seine seltsame Geschichte heraus. Die ursprünglichen Bewohner dieses Berglandes, die sich Khan'cohbans oder Kinder der Weißen Götter nannten, lebten in als Gemeinschaften bezeichneten Gruppen. Sie waren keine Menschen, wenn sie ihnen auch im Körperbau sehr ähnelten, denn sie waren nahe mit den Celestine verwandt, der Rasse der Waldbewohner, die Eileanan vor der Zeit der Ersten Durchquerung beherrscht hatten. Faodhagan der Rote war von ihrer alten Kultur fasziniert gewesen und hatte nach der Errichtung der Türme viel Zeit mit ihnen verbracht. Er hatte sich in eine ihrer Frauen verliebt und mit ihr Zwillinge bekommen.

*Also*, dachte Meghan, *sind Isabeau und Khan'derin wahrscheinlich Abkömmlinge seiner Linie, halb Mensch, halb Zauberwesen. Kein Wunder, dass Isabeaus Magie so mächtig ist!*

Später an diesem Tag tauchte das in Weiß gekleidete junge Mädchen hinter Meghan auf und verblüffte sie mit ihrer geräuschlosen Annäherung. »Ich habe lange darüber nachgedacht, alte Mutter«, sagte sie zögernd, »und wenn Ihr und meine Großmutter beide glaubt, dass es mein Schicksal ist, das Rückgrat der Welt zu verlassen, dann muss ich das tun.«

»Ich freue mich, das zu hören«, erwiderte Meghan ernst.

»Ich bin sehr unglücklich«, sagte Khan'derin. »Ich habe die Berge noch nie überquert – ich weiß nichts über Euer Volk und Euer Land.«

»Sie sind auch dein Volk, Khan'derin, zweifle keinen Moment daran. Du bist vielleicht in einen Stamm der Zauberwesen hineingeboren, aber in dir fließt zweifellos menschliches Blut. Nach dem, was ich erfahren habe, bist du der Abkömmling eines Mitglieds des Ersten Hexensabbats, Faodhagan des Roten, und dadurch seid ihr – du und Isabeau – von edelster Abstammung. Eine Banprionnsa, nicht weniger. Und als wäre das noch nicht genug, spüre ich in dir eine verborgene, starke Macht. Ich kann nicht zulassen, dass sie ungenutzt bleibt. Aber du brauchst keine Angst zu haben.«

»Ich hab keine Angst!«, fauchte Khan'derin. »Ich sehe Euer Volk einfach nicht als mein Volk an. Die Gemeinschaften bleiben schon seit vielen hundert Jahren für sich. Nur die Feuermacherin überquert die Berge, und auch nur dann, wenn die Zeit der Vermählung gekommen ist.« Sie seufzte. »Vielleicht bedeutet dies, dass auch meine Zeit zu heiraten gekommen ist.«

»Heißt das, dass die Feuermacherinnen keine Mitglieder der Gemeinschaften heiraten und mit ihnen Kinder bekommen?«, fragte Meghan fasziniert.

»Manchmal. Khan'fella hat es getan. Aber die Feuermacherinnen gehen überwiegend jenseits der Berge auf die Suche nach einem geeigneten Gefährten. Wenn sie schwanger sind, kehren sie zum Rückgrat der Welt zurück.«

»Was ist ein geeigneter Gefährte?«

Khan'derin seufzte. »Einen starken und weisen Mann, mit blauen Augen wie die aller Feuermacherinnen und rötlichem Haar … das sucht die Feuermacherin.« Meghan nickte nachdenklich. Khan'derin fuhr fort: »Kinder der Weißen und Kinder der Roten sollten sich nicht verbinden, weil es stets Unglück bringt, wenn sie es tun. Deswegen wurden ursprünglich die Türme der Rosen und Dornen verlassen und das Tal verflucht … Also überquert die Feuermacherin die Berge, wenn es an der Zeit ist, und das Volk bleibt zurück und wartet angstvoll auf ihre sichere Rückkehr. Alte Mutter sagt, mein Vater war der einzige Mann unseres Volkes, der die Berge seit Generationen überquert hatte.«

»Und jetzt folgst du den Spuren deines Vaters, und das ist vielleicht wirklich keine schlechte Sache.«

»Wohin gehen wir also?«

»Ich denke, ich würde zunächst gerne zu meinem Zuhause zurückkehren«, sagte Meghan. Sie erzählte Khan'derin, wie die Roten Garden ihr Baumhaus angegriffen hatten und wie gerne sie zurückkehren wollte, um nachzusehen, wer und was überlebt hatte.

»Befürchtet Ihr nicht, dass die Soldaten noch dort sein werden?«, fragte Khan'derin.

»Die Tiere werden es mir sagen«, antwortete sie.

Meghan verbrachte den restlichen Tag mit Feld, erzählte ihm von ihren Plänen und bat um seinen Rat. Der alte Zauberer wusste jedoch sehr wenig zu sagen. Er hatte alle diese Jahre in den Türmen der Rosen und Dornen gelebt, recht glücklich in seine Bücher und die Fürsorge für die schlafende Zauberin vertieft, die er wie eine Tochter liebte. Er hatte es für unmöglich erachtet, dass irgendwelche seiner früheren Freunde und Mitarbeiter dem Tag des Verrats entkommen sein konnten, und daher nicht versucht, jemanden von ihnen aufzuspüren.

Meghan verbrachte auch einige Stunden an Ishbels Lager, hielt ihre Hand und bestaunte das Haarnest, das sie umgab. Ishbels Magie war stets seltsam gewesen. Sie hatte viele der einfachen magischen Handlungen, über welche die meisten Hexen nicht hinausgelangen, niemals beherrschen gelernt. Sie war niemals im Stande gewesen, eine Kerze anzuzünden oder einen Gegenstand zu bewegen oder dessen Vergangenheit zu erkennen. Es war, als wäre all ihre Magie auf dieses eine *Talent* konzentriert, das *Talent* des Fliegens, eine solch seltene Fähigkeit, wegen der die Türme sie stets recht ehrfürchtig betrachtet hatten. Vielleicht war das der Grund, warum sie und Khan'gharad sich ineinander verliebt hatten, denn er war auf dem Drachenrücken geflogen, und auch das war ein seltsames Wunder und jagte den meisten Hexen Angst ein.

Meghan beschloss, dass es an der Zeit war zu gehen, und führte Ishbels Hand zu einem Kuss an den Mund. »Es tut mir Leid«, flüsterte sie. »Schlafe in Sicherheit, meine Liebe.« Dann beugte sie sich impulsiv herab und küsste Ishbel auf die Stirn. Die Hexe mit dem Silberhaar regte sich, und ihre Lider flatterten und öffneten sich. Ishbel sah sich verwundert um und richtete sich in dem schimmernden Haarnest ein wenig auf.

»Meghan ...« Ihre leuchtend blauen Augen füllten sich mit Tränen.

»Ishbel, du bist erwacht!«

»Ich habe deine Anwesenheit gespürt«, flüsterte sie. »Ich will dich nicht hier haben. Bitte geh.«

»Es tut mir Leid, Ishbel ...«

»Ich weiß, dass du meine Liebe, meinen Schatz, nicht töten wolltest, aber du hast es getan, du hast es getan!« Ishbel begann zu wimmern, und Tränen rannen ihre Wangen hinab. »Ach, er ist tot, mein Khan'gharad ist tot!«

»Ishbel, die Drachen sagen, er lebt noch! So seltsam es auch scheint, sie sagen, er ist nicht tot. Wir könnten versuchen, ihn für dich zu finden, Ishbel, wir könnten es versuchen.«

»Er ist tot, er ist tot«, klagte die Hexe mit dem Silberhaar, sank in das Haarnest zurück und barg ihr Gesicht in den Händen.

»Aber die Drachenkönigin sagt ...«

»Du glaubst, ich würde es nicht wissen, wenn meine Liebe lebte? Ich weiß, dass er von mir gegangen ist, denn ich suche und suche, ich rufe nach ihm, und es erfolgt keine Antwort. Geh weg, Meghan, ich will mich nicht erinnern, ich will schlafen ...« Ishbels Augen begannen sich zu schließen, noch während sie sprach, aber Meghan schüttelte sie in ihrer Not heftig wieder wach.

»Ishbel, wir brauchen dich! Wir erheben uns gegen den Eindringling, wir brauchen deine Hilfe! Jetzt ist keine Zeit zu schlafen. Die Dinge sind in Bewegung geraten.«

Ishbel sah sie mit großen blauen Augen an und sagte sanft: »Du hast meine Töchter, genügt das nicht?«

Meghan erwiderte verzweifelt: »Ich wusste, dass Isabeau dein Kind war, Ishbel, sie hatte deine Augen. Ich hab alles in meiner

Macht Stehende für sie getan. Ich hab sie aufgezogen, als wäre sie mein eigenes …«

»Ich weiß, Meghan«, sagte Ishbel, »und ich danke dir dafür. Ich habe deine Stimme in meinen Träumen gehört, als du um Hilfe riefst, und ich bin zu dir gekommen, um ihre Prüfungen zu beurteilen, wie es sich gehört. Aber es war zu viel, zu viel. Sie so erwachsen zu sehen, wo ich sie doch zuletzt gesehen hatte, als sie noch voller Schleim von der Geburt war. Zu erkennen, dass sechzehn Jahre vergangen sind … dass meine Liebe schon sechzehn Jahre tot ist und ich noch immer lebe … Ich kann es nicht ertragen!«

»Ishbel, bitte!«

»Glaub nicht, dass ich dich für das hasse, was du getan hast, aber ich kann deinen Anblick nicht ertragen. Ich erinnere mich zu gut an jenen Tag. Er ist in meine Erinnerung eingebrannt. Ich kann es nicht ertragen, mich zu erinnern, ich kann es nicht ertragen …« Ihre Worte wurden allmählich undeutlich, und sie schloss die Augen, während noch immer Tränen unter ihren Lidern hervorrannen.

Meghan schüttelte sie erneut heftig. »Ishbel, Ishbel, was ist mit dem Schlüssel? Was ist mit dem Schlüssel geschehen?«

»Ich weiß es nicht«, flüsterte sie, ohne die Augen zu öffnen.

»Was hast du mit dem Schlüssel gemacht? Hast du ihn noch?«

»Nein …«

»Was ist damit geschehen? Ishbel, du musst versuchen, dich zu erinnern!«

»Ich weiß es nicht …« Ihre Stimme versiegte, und Meghans Bitten und Ermahnungen und Rütteln konnten sie nicht wieder aufwecken, obwohl ihr Schlaf zunehmend unruhig wurde, bis Meghan sie schließlich in Ruhe ließ, während ihr Schluchzer bitter in die Kehle stiegen. Sie war jetzt in das beständig schwebende Haar verwickelt wie in ein riesiges Spinnennetz, und sie musste sich beherrschen, sich nicht in Panik daraus zu befreien.

Sie stand still, die Hände an den Seiten verkrampft. Gitâ kroch aus ihrer Tasche, tröstete und hätschelte sie und schob seinen seidigen Kopf unter ihr Kinn. Kurz darauf umfasste sie ihn mit einer Hand, und er barg seine kalte Nase in ihrer Handfläche.

»Also gut«, sagte sie. »Wir suchen weiter und hoffen, dass Isabeau in Sicherheit ist.« Dann befreite sie sich vorsichtig und ging zu ihrem Raum zurück.

Nachdem sie ihre Sachen eingesammelt hatte, ging Meghan, um sich von Feld zu verabschieden, der ebenso bedrückt aussah, wie sie sich fühlte. »Vielleicht brauchen wir dich doch, wenn wir uns gegen Maya die Verhexerin erheben. Wirst du helfen?«

»Ich bin nur ein alter Mann und sehr müde ...«, begann Feld.

Meghan unterbrach ihn. »Ich bin weitaus älter als du, Feld. Ich erinnere mich daran, wie du als eifriger Novize zum Turm kamst, noch grün hinter den Ohren. Und ich bin auch müde, so müde, dass ich mich manchmal frage, wie ich es schaffe, diesen alten Körper noch dazu zu bringen, sich voranzuschleppen. Aber jetzt ist nicht die Zeit, sich über solche Dinge Gedanken zu machen! Unser Land wird unter dem Absatz einer bösen Zauberin zu Staub zermahlen, und wir haben sechzehn Jahre lang unsere Wunden gepflegt und uns nach den guten alten Zeiten gesehnt. Nun, sie kehren nicht zurück, aber wir können neu beginnen. Eileanan braucht dich, Feld. Wir brauchen deine Weisheit und dein Wissen, wir brauchen deine magische Kraft. Kann ich auf dich zählen, wenn ich dich brauche?«

Kurz darauf nickte der alte Zauberer, und sein runzeliges Gesicht wirkte beschämt. »Ja, Bewahrerin des Schlüssels, das kannst du«, erwiderte er.

Mit Gitâ auf der Schulter bahnte sich Meghan ihren Weg durch die verfallenen Gänge der Türme. Spinnweben hingen in prächtigen, staubigen Girlanden zwischen den Säulen, zerbrochenes Mauerwerk bedeckte den Boden, und die alte Hexe musste ihre Röcke fest um die Stiefel ziehen, damit sie sich nicht am

Schutt von Jahrhunderten verfingen. Ihr war sehr elend zumute, und Gitâ summte ihr leise zu, während er sich mit einer Pfote, deren Spitze schwarz war, an ihrem Ohr festhielt.

Plötzlich erklang ein lautes Kreischen, und eine gewaltige, weiße Gestalt flog über ihren Kopf hinweg. Meghan fuhr zusammen und legte eine Hand auf ihr Herz.

»Ihr braucht keine Angst zu haben.« Khan'derins Stimme erklang aus dem Dunkel. »Es ist nur eine Rieseneule. Es heißt, die Rote Zauberin habe eine Rieseneule als Vertraute gehabt, und nachdem sie sich von den Höhen in den Tod gestürzt hatte, wagte es nur ihre Eule, in den Türmen zu bleiben.«

»War es das, was geschehen ist? Wird dies deshalb das Verfluchte Tal genannt?«

Khan'derin trat ins trübe Licht, ganz in weißes Fell gekleidet, eine Armbrust und einen Köcher mit Pfeilen über eine Schulter sowie eine kleine Tasche über die andere geschlungen. »Die Rote Zauberin hat ihren Zwillingsbruder erschlagen, wie auch alle, die sie zurückzuhalten versuchten. Erst als alle Gänge der Türme der Rosen und Dornen rot vor Blut waren, tötete sie sich selbst. Alle anderen flohen, und jahrhundertelang wollte den Türmen niemand mehr nahe kommen, da die Gänge die Geister der Erschlagenen beherbergten. Darum hatte ich Angst, den Befehl der Drachen zu befolgen, und versuchte, bei den Gemeinschaften zu bleiben, als mir befohlen wurde, hierher zu kommen. Darum kommt niemand sonst jemals hier in die Nähe.«

Meghan konnte die Beweggründe verstehen, als sie die zerstörten Steinmetzarbeiten, trostlosen Vorhänge aus Spinnweben, die zerbrochenen Bogengänge und die dunkel gähnenden Türöffnungen betrachtete. Sie erschauderte, zog ihr Wollplaid fester um sich und war froh, als sie schließlich aus der zerfallenen Halle in die graue Düsterkeit der Dornenbäume hinausgelangten. Die Außenluft war zumindest frisch, und die Dornenbäume knospten mit dem Versprechen des Frühlings.

Khan'derin sah sie an, und ihr kaltes, ausdrucksloses Gesicht schien von Mitleid bewegt. »Im Sommer, wenn ich hier bleiben soll, verbringe ich so viel Zeit wie möglich draußen. Es ist ein unheimlicher Ort. So empfinde ich es immer noch, selbst nach acht Jahren.«

Meghan lächelte ihr aus Mitleid für die ehemals verängstigte Achtjährige zu, aber Khan'derins Gesicht erhellte sich daraufhin nicht, sodass auch Meghans Lächeln erstarb. Sie wusste kaum, was sie zu Khan'derin sagen sollte. Obwohl ihre Züge mit denen Isabeaus identisch waren, hätten sie nicht unterschiedlicher sein können. Meghan hatte Khan'derin nicht einmal lächeln oder lachen sehen, sie sprach nur, wenn sie angesprochen wurde, und sie hatte die seltsamsten Angewohnheiten. Sie bahnten sich schweigend ihren Weg durch die verflochtenen Zweige, indem Khan'derin wieder mit Axt und Dolch einen Pfad hindurchschlug.

Schließlich mühten sie sich den schneebedeckten Hang hinauf bis zu dem Platz, an dem die Drachenprinzessin Flugübungen ausführte, wobei ihr grüngoldener Körper vor dem blauen Himmel schimmerte. Als Meghan zusah, vollführte sie einen perfekten Dreifachüberschlag, stieß, offensichtlich zufrieden mit sich, einen triumphierenden Schrei aus und fegte dann über ihre Köpfe hinweg, während Khan'derin den Schlitten in seinem Versteck verbarg.

Meghan lächelte der Drachenprinzessin zu, die ausgelassen umhertanzte und es Khan'derin dadurch erschwerte, ihr das Geschirr anzulegen. Schließlich waren sie jedoch aufgestiegen und bereit. Gitâ kauerte in Meghans Tasche und zitterte beim Geruch des Drachen, ließ sich aber durch Meghans Versprechen trösten, dass sie bald zu Hause wären.

Asrohc flog auf das verborgene Tal zu. Die Reise, für die Meghan sieben Tage gebraucht hatte, war in weniger als einer Stunde zu Ende, als die Drachenprinzessin mühelos auf dem breiten

Felsen beim Wasserfall landete. Meghan glitt vom Drachenrücken herab, wobei sie in dem nutzlosen Versuch, den widerlichen Gestank verwesenden Fleisches auszuschließen, Nase und Mund mit der Hand zuhielt. Um sie herum lagen die Körper der Roten Garden, nach einer Woche in der Sonne von Fliegen umschwirrt, sowie die Leichen von Tieren, die im Kampf oder in den Feuern gestorben waren, mit denen die Roten Garden das Tal zu vernichten versucht hatten.

Asrohc sah sich mit einem gewissen drachenhaften Vergnügen um und stieß den Körper des großen Rothirschs, der einst über dieses Tal geherrscht hatte, mit dem Vorderfuß an.

Meghan hob die Hand. *Bitte lass sie in Ruhe,* sagte sie. *Ich werde sie begraben, wie es unser Brauch ist.*

Khan'derin wirkte bei ihren Worten überrascht, blieb aber ansonsten von dem Gemetzel um sie herum unberührt. Meghan konnte nicht umhin, sie mit Isabeau zu vergleichen, die bei diesem Anblick geweint hätte. Ein Haubenfalke flog augenblicklich auf Meghans Handgelenk herab und erzählte ihr, was die Roten Garden in ihrer Enttäuschung und ihrem Zorn angerichtet hatten. Viele der tierischen Bewohner des Tales waren tot, die meisten zum Zeitvertreib niedergeschossen. Der ganze Wurf Elfenkatzen war tot, der winzige Körper ihrer Mutter von Pfeilen gespickt, während die Körper ihrer Jungen verstreut um sie herum lagen. Das dichte Unterholz war verbrannt worden, und die großen Bäume waren jetzt nur noch geschwärzte Stämme.

Als der Drache mit einem Abschiedsschrei davongeflogen war, kamen alle überlebenden Tiere heraus, Fell oder Federn stellenweise versengt, und die meisten streckten Meghan zur Untersuchung eine verletzte Pfote oder ein verwundetes Bein entgegen. Sie verbrachte einige Minuten damit, sie zu tätscheln und in ihren Sprachen zu trösten. Dann machte sie sich mit grimmiger Miene und fest zusammengepressten Lippen auf den Weg um den See. Der Weg war jetzt ohne die blühenden Büsche, deren

Zweige einst bis ins Wasser gehangen waren, viel leichter zu begehen. Aber als sie das Baumhaus erreichte, war ihr Rocksaum bereits schwarz vor Asche. Am Fuße des großen Baumes lag Seychella, das Gesicht von einer roten Jacke bedeckt, um die Raubvögel fern zu halten.

»Zumindest besaßen sie ein wenig Anstand«, sagte Meghan und hob die Jacke an. Seychellas Hals war in unnatürlichem Winkel verdreht, aber es lag ein Lächeln auf ihrem verwesenden Gesicht. »Es heißt, in den Armen des Mesmerd zu sterben bedeute, glückselig zu sterben«, sagte Meghan und ließ die Jacke wieder sinken.

Sie sah sich noch einmal in ihrem verwüsteten Tal um und legte dann eine knorrige Hand an den dicken Stamm des Baumes, der ihr Heim war. »Sie ist verletzt«, sagte Meghan weich, »aber sie lebt noch.«

Gitâ saß auf Meghans Schulter, die glänzenden Augen von Kummer über den Tod seiner Tierfreunde und die Verbrennung des Waldes erfüllt. Meghan streichelte sein Fell und sagte ruhig: *Bist du jetzt froh, dass du den Drachen mit mir zusammen mutig begegnet bist?* Er legte seine kalte Pfote mit der schwarzen Spitze an ihren Hals und schnatterte laut. *Magst du für mich ins Haus gehen, Gitâ, und sicherstellen, dass diese verfluchten Garden keine unliebsamen Überraschungen für mich zurückgelassen haben? Aber sei vorsichtig.*

Gitâ sprang widerwillig von Meghans Schulter und kroch in den Eingang zum Geheimgang, der einst von einem großen Dornenbusch verborgen, nun aber ebenso gut zu sehen war wie jeder andere schmale Spalt im Fels. Er kam fast zehn Minuten lang nicht wieder hervor, aber weder Meghan noch Khan'derin zeigten Anzeichen von Ungeduld. Schließlich sprang er ängstlich keckernd heran, und Meghan beugte sich hinab, hob ihn hoch und streichelte sein seidiges, braunes Fell. *Ich danke dir.* »Komm, Khan'derin, Gitâ sagt, es sei sicher.«

Die Küche im Inneren war von Leichen übersät, die nach verwesendem Fleisch stanken. Khan'derin band sich ihren weißen Schal über den Mund, zeigte aber ansonsten wieder wenig Abscheu oder Unbehagen. Die meisten Gardisten schienen bei dem Versuch umgekommen zu sein, den Eingang in die oberen Stockwerke aufzubrechen. Sie hatten den Holzriegel mühelos entfernt, aber nicht daran gedacht zu überprüfen, ob auch die Tür von einem Zauber bewacht wurde. Die Explosion hatte neun Angehörige der Roten Garden getötet und musste weitere verletzt haben, denn Meghan fand mehrere Finger, Hände und unidentifizierbare Fleischfetzen, die anscheinend nicht zu den Leichen gehörten. Sie entdeckte auch einen kleinen Haufen Staub und Asche, der seltsam nach Moor roch – ein nicht vollkommen unangenehmer, aber in der trockenen, kalten Bergluft völlig ungewohnter Geruch.

Meghan beugte sich herab und untersuchte den Haufen Staub- und Knochenreste sorgfältig, berührte ihn aber nicht und erlaubte Khan'derin nicht, sich ihm zu nähern. Nach einer Weile fegte sie ihn sorgfältig auf, hielt dabei Mund und Nase bedeckt und achtete darauf, dass der Staub auch nicht auf ihre Haut gelangte. Erst als der Haufen vollständig entfernt war, ließ sie davon ab, um das übrige Haus zu überprüfen, und dann betrachtete sie mit finsterer Miene die zerbrochenen Teller und zerstörten Möbel sowie die Spuren von Axt und Feuer, die überall in dem kleinen Raum zu erkennen waren.

»Nun, wir sollten dies alles aufräumen«, sagte sie.

Sie mühten sich den ganzen Nachmittag über ab, die Toten, sowohl menschliche als auch tierische, fortzuschaffen. Khan'derin war überrascht, dass Meghan den Tieren dieselbe Sorgfalt und Höflichkeit zukommen ließ wie den getöteten Gardisten, aber sie sagte nichts und arbeitete in der heißen Sonne hart und willig.

Sie begruben Seychella und den Rothirsch in dem von der

Sonne beschienenen Tal mit Blick auf den See. Die übrigen Leichen wurden in die tiefe Spalte geworfen, die Meghan während des Kampfs mit den Roten Garden vor einer Woche geöffnet hatte. Als sie fertig waren, war dieser Spalt fast angefüllt. Meghan beugte den Kopf, beschwor die Eine Macht herauf und führte dann mit einem lauten Klatschen die Hände zusammen. Die Ränder des gewaltigen Risses schlossen sich langsam und begruben Gardisten und Tiere gleichermaßen. Dann intonierte Meghan die Todesrituale über den Gräbern und verstreute sorgfältig gewässerte Erde, Samen und Asche. Khan'derin sah interessiert zu, während sie im Schneidersitz im Schatten saß, die Hände im Schoß aufwärts gewandt und weitaus weniger von den Ereignissen betroffen als Meghan. Als sie schließlich fertig waren – beide schmutzig und verschwitzt und Meghan tief betrübt –, gingen sie in der zunehmenden Dämmerung zum Baumhaus zurück, während sie beide über das Geheimnis der jeweils anderen nachsannen.

An diesem strahlenden Morgen begannen sie mit ihrer Aufgabe, die vielen Verbrennungen und Wunden der überlebenden Tiere zu säubern und zu verbinden. Khan'derin hatte bis jetzt alles so tüchtig erledigt, dass Meghan überrascht war, als sie merkte, dass sie nicht auch noch ein *Talent* zum Heilen besaß. Und sie zeigte auch keinerlei Zuneigung oder Mitleid für irgendeines der verletzten Tiere, die Isabeaus einzige Freunde gewesen waren. Meghan schickte sie nach einiger Zeit in der Erwartung fort, dass sie schwimmen oder auf Erkundung gehen würde, wie Isabeau es getan hatte. Stattdessen zog Khan'derin jedoch ihre feste Lederkleidung aus und begann, eine Reihe stilisierter Bewegungen auszuführen, die jenen ähnelten, welche die Hexen *Ahdayeh* nannten. Diese waren jedoch weitaus aggressiver und wurden mit wesentlich größerem Können und mehr Anmut ausgeführt, als Isabeau sie jemals gezeigt hatte. Khan'derin war über eine Stunde in der Sonne in Bewegung, trat, boxte, vollführte Saltos, arbeitete mit einem Holzstock, den sie aus einem Zweig geschnitten hatte, wie auch mit den zahlreichen eigenartigen Waffen, die sie an einen Ledergürtel gebunden um ihre bloße Taille trug. Sie besaß einen scharfen Kurzspieß, einen Streitkolben an einem kurzen Stiel mit einem abtrennbaren Kopf, den man an einem Lederriemen im Kreis schwingen konnte, einen achtzackigen Wurfstern, der glitzerte, als sie ihn an einen Baum schleuderte, und der dann direkt in ihre Hand zurückkam, ein Seil, das sie mit erstaunlicher Geschicklichkeit schwang, sowie ein langes Messer mit einer stark gezackten Schneide. Meghan hielt damit inne, Breiumschläge auf- und Verbände anzulegen, um Khan'derin zu beobachten. Sie fand es interessant, dass Khan'derin sich, bis auf den Waffengürtel und eine lange Leinenkappe, die ihr Haar bedeckte, nackt bewegte.

Dann hielt Khan'derin inne, die weiße Haut schwach schweißglänzend, und sah sich nach einem interessanteren Ziel um. Auf dem Zweig eines Grünbeerbaums saß ein Vogel, der in der Sonne glücklich zwitscherte. Mit einer so schnellen Bewegung, dass ihre Hand nur schemenhaft erkennbar war, schleuderte Khan'derin den scharfkantigen Wurfstern auf den Vogel.

Meghan riss schreiend eine Hand hoch und lenkte die Waffe ab, bevor sie treffen konnte. »Alle Tiere dieses Tales stehen unter meinem Schutz«, sagte Meghan ruhig. »Du darfst hier nicht töten.«

Khan'derin balancierte auf den Fußballen und ließ den Wurfstern in ihre Hand zurückgleiten. Sie betrachtete Meghan mit Interesse, schwieg aber.

Als Meghan alle überlebenden Tiere im Tal behandelt hatte, blieben ihr nur noch wenige Stunden Sonnenlicht. Die Waldhexe streckte ihren schmerzenden Rücken und sah sich nach ihrem neuen Schützling um. »Khan'derin? Komm und hilf mir, so viele Vorräte wie möglich zusammenzutragen, denn ich möchte morgen beim ersten Tageslicht aufbrechen.« Das Mädchen mit der weißen Kappe erhob sich von dem Stamm, auf dem sie schweigend abgewartet hatte, und trat neben Meghan. »Es ist noch zu früh, als dass viel zu finden wäre, aber dieses Tal ist fruchtbar, und das Wetter ist hier allgemein milder als anderswo auf dem Berg, sodass man gewöhnlich immer etwas entdeckt«, sagte die alte Frau.

»Ihr meint, dass ich Nahrung sammeln soll?«

»Ja, natürlich. Was sollte ich sonst meinen?«

»Ich sammele nichts. Das ist eine Aufgabe für Kinder und schwache alte Frauen.«

»Also für mich geeignet, aber nicht für jemanden wie dich?«, erwiderte Meghan sarkastisch.

»Genau«, bestätigte Khan'derin.

Die alte Hexe war einen Moment verblüfft. Sie betrachtete das Mädchen ungläubig und sagte dann: »So ist es vielleicht auf dem Rückgrat der Welt, Kind, aber hier bekommst du nichts zu essen, wenn du nicht sammelst. Komm mit mir, und ich werde dir zeigen, wo die besten Pflanzen wachsen.«

Khan'derin rührte sich nicht. »Ich bin eine Narbige Kriegerin. Ich jage und ich kämpfe. Ich sammle keine Nüsse wie ein Eichhörnchen.«

»Es ist noch ein wenig zu früh für Nüsse, obwohl mir die Eichhörnchen und Donbeags zweifellos etwas ihrer Wintervorräte überlassen werden. Aber wir können auch vieles andere finden.«

»Ich bin eine Narbige Kriegerin.« Khan'derin erhob die Stimme ein wenig, und ihre Wangen röteten sich, sodass die weißen Linien ihrer Narben entlang der Wangenknochen erneut sichtbar wurden. »Wir sammeln nicht! Es ist beleidigend für mich, darum gebeten zu werden.«

»Ich werd dich gleich noch schlimmer beleidigen, wenn du nicht mitkommst und mir hilfst!«, sagte Meghan verärgert. »Was glaubst du, was du auf unserer Reise essen wirst, wenn wir nicht ernten, was dieses Tal zu bieten hat, und es mitnehmen? Es wird uns nichts nützen, die Zeit zu vertrödeln, nicht wahr? Und wir müssen rasch weiterziehen. Ich möchte versuchen, Isabeau einzuholen, und unterwegs können wir keine Nahrung suchen. Nimm den Korb mit, und ich werd dir sagen, was du ernten musst.«

Das Mädchen hielt stand.

»Khan'derin, heb diesen Korb auf und hilf mir, Nahrung zu suchen! Ich bin zu alt, um mich lange zu bücken und zu graben, und wenn du glaubst, ich ließe dich da sitzen und mir bei der Arbeit zusehen, dann irrst du dich gewaltig.«

Mit fest zusammengepressten Lippen und hochroten Wangen nahm Khan'derin schließlich den Korb auf und folgte der Hexe durch den Wald. Es hatte während der Nacht geregnet, und einige wenige frühe Pilze waren hier und da aus dem Boden geschossen. Khan'derin pflückte sie mürrisch und zog dann große, kupferfarbene Schwämme von den Baumstämmen, wie es ihr die Waldhexe auftrug. Hier und da wurde sie angewiesen, nach Wurzeln und Knollen zu graben oder Blütenköpfe abzuschneiden, die schwer vor Samen waren, oder Blätter von einem Zweig abzustreifen. Als Gladrielle aufstieg, während die Sonne gerade hinter dem fernen Horizont verschwand, war ihr Korb voll, und sie schwitzte und hatte großen Durst. Meghan hatte, abgesehen vom Erteilen energischer Befehle, nur wenig gesprochen, und Khan'derin war so schweigsam wie eine Elfenkatze gewesen.

Wieder im Baumhaus, musste sie das Gesammelte waschen und klein schneiden, während Meghan schwungvoll ihren großen Eisentopf herabnahm und Tiegel und Pfannen ausbreitete. Khan'derin tat alles, was ihr gesagt wurde, zeigte aber keinerlei Initiative oder Freude an der Arbeit, obwohl die Küche bald von Kochdüften erfüllt war. Sie war eindeutig unglücklich, und Meghan streckte, nachdem sie die Brote in das Kohlenfeuer geschoben hatte, zum Trost die Hand aus und sagte: »Es tut mir Leid, wenn du das Sammeln und Kochen von Nahrungsmitteln lästig findest, Khan'derin, aber du wirst dich wirklich daran gewöhnen müssen, viele Dinge zu tun, die du niemals zuvor getan hast.«

Sobald sie jedoch Khan'derins Schulter mit der Hand berührte, zuckte das Mädchen zurück, wich ihr angespannt aus. Meghan trat mit fest zusammengepressten Lippen zum Tisch zurück und knetete den verbliebenen Teig mit solchem Nachdruck, dass das Brot gewiss sehr flach werden würde. *Zumindest wird es in unseren Rucksäcken dann weniger Platz einnehmen,* dachte sie verbittert.

Nachdem alle Vorräte zubereitet waren, schöpfte Meghan zum Abendessen Gemüsesuppe in Schalen. Sie reichte Khan'derin ihre Schale und aß hungrig, im Geiste bereits mit Plänen für den Morgen beschäftigt. Plötzlich bemerkte sie, dass Khan'derin ihr Essen nicht anrührte, sondern mit einem Ausdruck des Abscheus darauf hinabblickte. »Um Eàs willen, iss dein Essen, sonst hungerst du dich zu Tode!«, fauchte sie.

Khan'derin begann zögernd, die Suppe in ihren Mund zu löffeln, aber ihre linke Hand blieb auf dem Schoß fest verkrampft, und Meghan musste sich weitere ärgerliche Worte versagen, indem sie sich in Erinnerung rief, dass sie keine wirkliche Autorität über das Mädchen hatte.

Nachdem nach der Mahlzeit aufgeräumt worden war, gab es einen weiteren Willenskampf, da Khan'derin sich weigerte, ihre auffällige Fell- und Lederkleidung zu wechseln. Meghan musste erneut erst die Geduld verlieren, bevor sie nachgab, und als sie schließlich in einer von Isabeaus alten Hosen die Leiter hinabstieg, trug sie noch immer ihre weiße Lederweste und ihre Fellkappe.

»Du kannst auf der Reise durch Rionnagan keine solche Kappe tragen!«

»Ich muss es tun«, erwiderte Khan'derin.

»Aber du wirst Aufmerksamkeit auf uns ziehen und als Fremde erkennbar sein. Das darfst du nicht! Außerdem kann ich es nicht ertragen, dich in meiner Nähe zu haben, wenn du Felle toter Tiere trägst. Willst du einer armen alten Hexe bitte den Gefallen tun und diese Kappe abnehmen!«

Khan'derin starrte vor sich hin, griff dann zögernd und widerwillig nach oben und nahm die Kappe ab. Ihr rotgoldenes Haar war bis fast auf die Kopfhaut gestutzt, so knapp man es mit einem Messer schneiden konnte. Meghan war beim Anblick ihres geschorenen Kopfes betrübt, da Hexen glaubten, dass ihr Haar und ihre Fingernägel, als Teil ihres lebendigen Körpers, Spuren der Macht enthielten. Aus diesem Grunde achteten Hexen stets sehr sorgfältig darauf, ihre abgeschnittenen Fingernägel und alle im Kamm verbleibenden Haare zu verbrennen. »Dein Haar! Warum hast du es so kurz geschnitten? Warst du krank?«

»Die Menschen der Gemeinschaft haben kein solches Haar wie ich«, erwiderte Khan'derin unwillig. »Im Schnee leuchtet es wie eine Flamme. Ein Narbiger Krieger muss unsichtbar durch das Weiß gleiten. Hässliches rotes Haar wie meines würde mich verraten, falls ich meine Kappe verliere. Wenn ich könnte, würde ich es so weiß bleichen, wie Haarschöpfe meines Volkes sind, aber ich bin die Erbin der Feuermacherin, ein Kind der Roten. Ich muss mein Erbe annehmen.«

»Du darfst dein Haar nicht wieder schneiden«, sagte Meghan. »Aus zwei Gründen. Erstens müssen wir während der Reise so unauffällig wie möglich sein. Du musst wie jedes andere in Rionnagan geborene Mädchen wirken – und glaub mir, kein Mädchen würde ihren Kopf scheren, wenn es nicht lebensgefährlich erkrankt wäre! Zweitens enthält dein Haar Macht, genau wie jeder andere Teil deines Körpers. Du musst lernen, alles zu bewachen und zu beschützen, was deine lebenden Zellen enthält. Du kannst mit Hilfe einer Locke deines Haars oder einer Hautschuppe oder dem abgeschnittenen Halbmond eines Fingernagels von weither aufgespürt oder verletzt werden. Denke stets daran!«

Khan'derin schien sich einen Moment erneut widersetzen zu

wollen, aber dann beugte sie den Kopf. »Ja, alte Mutter, ich werde es versuchen.« Sie ersetzte die Fellkappe jedoch nur durch die lange Leinenkappe, die sie beim Kämpfen getragen hatte, und presste die Lippen fest zusammen, als Meghan erneut Einwände erhob. Später kam sie mit einer von Isabeaus alten Mützen die Leiter herab, die so ausgeblichen war, dass sie fast weiß wirkte. Sie wollte sie nicht wieder abnehmen, selbst als Meghan sanft darauf hinwies, dass es nicht nötig war, sie drinnen zu tragen. Als Meghan später müde die Leiter hinaufstieg, um ihre vorläufig letzte Nacht in einem Bett zu verbringen, fand sie Khan'derin fest schlafend noch immer mit der Mütze auf dem Kopf vor.

Als Meghan Khan'derin am nächsten Morgen weckte, war es in dem hohlen Baum vollkommen dunkel, und Gitâ gähnte breit, wobei seine lange rötliche Zunge sichtbar wurde. »Wir müssen uns bereitmachen. Ich möchte dich in der Dämmerung prüfen, und du musst vorbereitet sein. Ich hätte dich gern der Probe unterworfen, aber gestern war ein harter Tag, und ein ebenso harter Tag liegt vor uns. Außerdem ist dies keine offizielle Prüfung, denn es ist außer mir keine andere Hexe anwesend. Jedoch weiß nur Eà, wann wir eine weitere Gelegenheit haben werden, und ich muss eine Vorstellung von deinen Fähigkeiten bekommen. Das Tal wird bewacht – falls noch mehr Soldaten kommen und nachsehen wollen, würd ich es sofort erfahren. Deshalb glaube ich, dass wir die Eine Macht unbesorgt gebrauchen können. Und nun geh, wasch dich und komm zu mir auf die Lichtung, auf der wir vorhin gelandet sind. Ich werde dich der Ersten Prüfung der Macht unterziehen, der sich Kinder des Hexensabbats gewöhnlich im Alter von acht Jahren stellen müssen.«

Sie dachte einen Augenblick lang, Khan'derin würde sich weigern, aber dann nickte das Mädchen und senkte den Blick, sodass ihr Ausdruck nicht erkennbar war. »Wie Ihr wünscht, alte Mutter.«

Auf der Lichtung am See, wo sich das Wasser über den Felsrand ergoss, um in schmalen Rinnsalen kaskadenartig die Felsoberfläche hinabzustürzen, prüfte Meghan ihren neuen Lehrling und fand die Ergebnisse verwirrend. Khan'derin legte die Luftprobe leicht, fast verächtlich ab, zeigte, als die Waldhexe sie dazu drängte, dass sie auch Unbewegliches bewegen konnte, und bewies damit, dass sie in diesem Element stark war. Aber sie konnte Wasser in einer Schale nicht einmal zum Erbeben bringen und bestand daher die Wasserprobe nicht. Sie kannte keinen der Samen und keines der Kräuter oder Minerale und versagte so in der Wissensprüfung für das Element Erde. Und sie konnte auch die ersten sieben Sprachen der Tiere nicht sprechen. Aber Meghan wusste, dass sie mit Drachen sprechen konnte, wozu man in der Lage sein muss, wenn man die Erdprobe der Zauberin bestehen will. Mit Drachen zu sprechen, war eine seltene und schwierige Herausforderung, da ihre Sprache der jedes anderen Lebewesens sehr unähnlich war, denn sie fand vollkommen im Geiste und ohne Worte oder gemeinsame Ansichten statt. Mit Drachen, nicht aber mit den Vögeln und anderen Tieren aus Wald und Wiese sprechen zu können war in der Tat seltsam.

Meghan wusste bereits, dass Khan'derin eine Kerze anzünden konnte, denn sie hatte sie dabei in den Türmen der Rosen und Dornen beobachtet. Sie stellte jedoch verblüfft fest, dass Khan'derin die Flamme nicht allein mit dem Geist löschen konnte. »Es ist die Prüfung der Flamme und der Leere«, sagte sie verwirrt. »Du musst es tun, um zu bestehen. Denk an Dunkelheit, Kälte. Denk an das Ersterben der Flamme. Denk an Leere.«

Sie merkte plötzlich, dass sie zitterte, und erkannte, dass nicht nur die Kerzenflamme ausgegangen war, sondern auch das Feuer, und sich in der Wasserschale eine dünne Eisschicht bildete. Sie rieb sich kräftig die dünnen Arme und sagte ruhig: »Denk an Wärme, Kindchen, sonst erfrier ich noch wegen dir!«

Khan'derin ließ das Feuer mit verwundertem Gesichtsausdruck wieder aufflackern und sagte: »Das habe ich noch niemals zuvor getan. Die Feuer im Haven dürfen niemals ausgehen.«

Mit der letzten Probe, der Herausforderung des klaren Sehens, hatte Khan'derin, wie alle Akoluthen, einige Probleme, aber schließlich sagte sie vorsichtig: »Ist es ein Stern in einem Kreis, den ich sehen soll?«

Meghan lächelte erleichtert und nickte. »In der Tat, das ist es, Kind, und du hast es gut gemacht. Feld muss es doch gelungen sein, dich etwas zu lehren. Ich werde dir auf der Reise beibringen, was ich kann, obwohl jeglicher Gebrauch der Einen Macht gefährlich sein wird, wenn so viele Hexensucher in der Nähe sind.«

Nachdem sie die Schnellprüfung mit guten Wünschen für die Elemente abgebrochen hatten, zogen sie sich an und schulterten ihre Rucksäcke, und Meghan seufzte bei dem Gewicht. Ihre Kraft hatte wirklich nachgelassen. Gitâ saß oben auf dem Rucksack und verabschiedete sich keckernd von den anderen Donbeags, die über ihnen von Baum zu Baum sprangen. Alle anderen Tiere scharten sich um Meghan und kletterten einander auf den Rücken, um sie besser erreichen zu können.

Sie liebkoste die Ohren des Hasen und streichelte den nass schimmernden Rücken des Otters. »Bewache das Tal für mich«, sagte sie zu der traurig dreinblickenden Bärin, die neben ihr dahintappte. Die Bärin hob ihre pelzige Schnauze und wehklagte erbärmlich, denn sie hatte im Kampf gegen die Roten Garden ihren Gefährten verloren. Meghan tätschelte die wuchtige Pranke, da die Schulter der Wollbärin zu hoch über ihr war, und sagte sanft: »Du wirst bald wieder einen Wurf Junge haben, der dich tröstet.« Sie freute sich, als sie sah, dass die kleinen Augen aufleuchteten. Mit einem Brüllen trottete die Bärin in den Wald davon, und Meghan sagte lächelnd zu Khan'derin: »Sie sagt, sie muss in ihrer Höhle Frühjahrsputz machen, denn sie war bisher zu niedergeschlagen, um es zu tun. Die Höhle muss schließlich für ihre Jungen sauber sein.«

»Ihr Fell ergäbe einen dicken, warmen Teppich«, erwiderte Khan'derin und war überrascht, als die Waldhexe ihr einen zornigen Blick zuwarf. Meghan ergriff fest ihren mit Blumenschnitzereien verzierten Stab und marschierte los. Sie ließ Khan'derin hinter sich herlaufen, die sich zwar der Tatsache bewusst war, dass sie Meghan verärgert hatte, aber glaubte, ihr vorlautes Geplapper sei das Problem.

Erst nach einigen Meilen begann Meghans Wut zu verrauchen, und Gitâ schnatterte ihr sanft ins Ohr. *Sie ist noch ein Kind, meine Vertraute, sie weiß nicht, was sie sagt.*

*Sie findet nur am Töten und Verletzen Gefallen …*

*Sie ist wie der Säbelzahnpanther,* sagte Gitâ. *Es liegt an ihrer Natur und an ihrer Ausbildung. Du kannst einen Säbelzahnpanther nicht in einen Donbeag verwandeln.*

*Aber Isabeau …*

*Du hast Isabeau ausgebildet. Erinnere dich daran, dass dieses Kind sein halbes Leben mit Drachen verbracht hat und die andere Hälfte mit Jägern und Kriegern. Es war kein leichtes Leben, keines, das Güte lehrt.*

*Nein, das ist wahr …*

*Ich habe dich selbst sagen hören, dass uns schwere Zeiten bevorstehen. Denke daran, dass die Drachen in beiden Richtungen am Faden der Zeit entlangsehen. Vielleicht werden wir gerade einen Säbelzahnpanther brauchen.*

Meghan hob eine Hand und streichelte ihren kleinen Gefährten, der seinen samtigen Kopf an ihrem Kinn rieb. *Du hast Recht,* sagte sie beschämt. *Ich sollte sie nicht ständig mit Isabeau vergleichen und Fehler sehen. Wer weiß, welche Fäden die Schicksalsgöttinnen in das Gewebe unseres Lebens weben?*

# Isabeau der Hexenlehrling

Nachdem sie Meghan am Hang der Drachenklaue verlassen hatten, reisten Isabeau und Jorge zusammen nach Süden und durchquerten verschneite Täler, während der Rabe vorausflog. Ein oder zwei Mal mussten sie sich in einem Gehölz verstecken, als ein Kontingent Roter Garden vorbeimarschierte, aber der Rabe warnte sie frühzeitig, sodass sie sich keine Sorgen zu machen brauchten.

Die Reise ging notgedrungen langsam vonstatten. Der alte Mann tastete sich mit seinem Stock voran und hielt häufig inne, um wieder zu Atem zu kommen. Irgendwann wurde Isabeau so ungeduldig, dass sie vorauslief, einen Felsen mit hübschem Ausblick fand, sich hinsetzte und auf Jorge wartete. Große Adler schwebten hoch über ihr dahin, und auf einem Felsplateau unter ihr aalte sich eine Gemeinschaft von Schneelöwen in der Sonne. Sechs kleine Junge, weiße, flaumige Bündel, tollten umher, griffen den büscheligen Schwanz ihres Vaters an und hängten sich an seine großartige, schwarz gesäumte Mähne. Die Löwinnen gähnten, zeigten dabei Reihen scharfer Zähne, streckten sich und versetzten ihren Jungen mit der Pranke träge Hiebe. Isabeau beobachtete sie verzückt, bis Jorge sie schließlich einholte, und begab sich dann widerwillig auf die Suche nach einem Weg in das unter ihnen liegende Tal hinab.

Sie bot dem alten Seher Hilfe an, aber ihre Hilfe erwies sich als schlimmer, als wenn sie ihn bewusst behindert hätte, denn sie vergaß, Dinge wie niedrige Zweige oder plötzliche Steilstellen zu erwähnen, sodass Jorge am Ende des ersten Tages ziemlich zerschlagen war.

»Ich werde zukünftig wieder auf Jesyah vertrauen, der meine Art gewöhnt ist«, sagte er würdevoll, und Isabeau kundschaftete gerne den vor ihnen liegenden Weg aus und suchte einen perfekten Lagerplatz, da das Licht bereits zu schwinden begann.

In dieser ersten Nacht, als sie am Lagerfeuer saßen, plagte Isabeau den alten Mann, wie stets neugierig auf die Magie anderer, ihr mehr über seine *Talente* zu erzählen. Jorge war müde, erklärte ihr aber freundlich, dass er ein Seher sei, jemand, der in beide Richtungen am Faden der Zeit entlangsehen konnte. »Also könnt Ihr die Zukunft erkennen?«

»Ich kann zukünftige Möglichkeiten sehen«, sagte der alte Mann ruhig. »Die Zukunft ist wie ein verhedderter Flock Wolle, aus dem die ersten Fasern gezogen und zu einem Faden gesponnen werden sollen.«

»Ja, das hat auch Meghan stets gesagt.« Isabeau erinnerte sich der langen Wintertage, an denen sie im Baumhaus bleiben mussten, weil draußen Schneestürme wüteten. Sie und ihre Hüterin verbrachten den größten Teil des Winters mit dem Spinnen und Weben der weißen, seidigen Felle der langhornigen *Geal'teas* und der grauen Wolle der wilden Ziegen und fertigten Stoffe für ihre eigene Kleidung und als Handelsware an, die verkauft wurde, wenn der Frühling schließlich kam. Meghan kannte viele Pflanzen, mit denen man den Stoff in einigen wunderschönen Farben färben konnte – in Blau und Gelb und Karmesinrot. Diese gefärbte Kleidung verkauften sie, während sie sich selbst in das natürliche Grau der Wildziegenwolle kleideten.

Meghan nutzte die Zeit des Spinnens stets, um Isabeau zu lehren, was sie über die Geschichte und Politik des Landes wusste, oder ihr Geschichten der Drei Schicksalsgöttinnen zu erzählen.

Es gab natürlich viele Geschichten über Babys, denen Gearradh, die Fadenschneiderin, bei der Geburt einen Fluch auferlegte, die aber letztendlich von Sniomhar, der gütigsten der Drei Schicksalsgöttinnen und der Spinnerin des Fadens, gerettet wurden. Eine Geschichte, die Meghan sehr häufig erzählte, handelte von einem wunderschönen Mädchen, das zum Schloss gerufen wurde, nachdem sich ihre Mutter törichterweise mit ihrer Tüchtigkeit als Spinnerin gebrüstet hatte. Der Laird war so von ihrer Schönheit angetan, dass er schwor, er werde sie heiraten, wenn sie drei Räume voll Flachs zu einem Faden verspinnen könne. Gelänge es ihr nicht, müsste sie sterben. Unglücklicherweise war das Mädchen keine gute Spinnerin, und so saß sie in den Räumen und weinte. Von ihren Tränen gerührt, erschienen die Schicksalsgöttinnen, um ihr zu helfen, und baten nur darum, zur Hochzeit eingeladen zu werden. Das Mädchen willigte natürlich ein, und so wurde der Faden gesponnen. Bei der Hochzeit machte der Laird Bemerkungen über die Hässlichkeit der Schicksalsgöttinnen, von denen eine einen gewaltigen Fuß, die zweite eine gewaltige Unterlippe und die dritte einen gewaltigen Daumen besaß. Als er erfuhr, dass ihre Missbildungen von der Arbeit am Antrieb des Spinnrads herrührten, schwor er, dass seine reizende Frau nie wieder spinnen müsse. Meghan hatte ihrem eitlen Schützling diese Geschichte gern erzählt, denn jedes Mal erwischte sie Isabeau danach, wie sie ihr Gesicht ängstlich in der Wassertonne betrachtete, um nachzusehen, ob ihre Unterlippe schon anschwoll.

»Meghan sagte stets, die Zukunft sei das ungesponnene Vlies, die Gegenwart der Moment, wo er durch die Spindel geführt wird, und die Vergangenheit der gesponnene Faden. Und dann sagte sie noch, die Geschichte sei das, was die Weberin aus den vielen Fäden der Menschenleben webt.«

»Deine Hüterin ist eine weise Frau.«

»Sagt mir, was Ihr seht«, bat Isabeau.

»Du willst vielleicht nicht erfahren, was ich sagen werde«, antwortete Jorge müde. »Wenn ich in Trance bin, weiß ich nicht, was ich sehe. Es ist nicht immer gut zu wissen, was in der Zukunft geschehen wird, mein Kind.« Aber Isabeau bat weiterhin, bis der blinde Seher schließlich einwilligte.

»Gut, dass wir noch nicht gegessen haben. Ich muss rein und leer sein, damit mich die Vision erfüllen kann – so wie Wasser ein Glas füllt. Wir müssen jedoch vorsichtig sein. Ich kann niemanden in der Nähe spüren, aber einige der Sucher der Liga gegen Hexen sind sehr mächtig, und wir wollen sie nicht auf uns aufmerksam machen. Halt die Augen gut offen, Kind.« Dann wusch Jorge sich sorgfältig und streifte seine Kleidung ab, bis er unter seinem wallenden Bart und Haar, die seine eingesunkene Brust, den Bauch und die spindeldürren, ulkig darunter hervorragenden Beine bedeckten, völlig nackt war. Er zog mit der scharfen Spitze seines Dolches den magischen Kreis um sich herum und warf wohlriechendes Pulver und Blätter aufs Feuer, sodass seltsam duftender Rauch in den Nachthimmel aufstieg.

Isabeau fühlte sich benommen, der Rauch stach ihr in Augen und Kehle, aber sie kauerte sich schweigend hin, als die innen grün lodernden Flammen aufsprangen.

Jorge stellte seinen Stab, dessen klarer Abschlussstein die Flammen spiegelte, vor sich hin und wiegte sich vor und zurück. Dann blickte er in die Wasserschale, die er zwischen seine Füße gestellt hatte, und murmelte vor sich hin. Mehrere Male erhob er sich jäh und stampfte neben dem Feuer auf, bevor er wieder niedersank, sich erneut wiegte und schließlich intonierte: »Im Namen Eàs, unserer Mutter und unseres Vaters, du, die du die Spinnerin und Weberin und Fadenschneiderin bist, die du die Saat säst, das Leben nährst und die Ernte einbringst, spüre in mir die Gezeiten der Meere und des Blutes, spüre in mir die unendliche Dunkelheit und die Pracht des Lichts, spüre in mir die Schwingung der Monde und der Planeten, den Weg der Sterne und der Sonne, ziehe den Schleier beiseite, öffne meine Augen, durch die Heilkraft der vier Elemente, Wind, Stein, Flamme und Regen, zieh den Vorhang beiseite, öffne meine Augen, durch die Heilkraft der klaren Himmel und des Sturms, der Regenbogen und Hagelkörner, der Blumen und fallenden Blätter, der Flammen und der Asche …«

Isabeau spürte Angst aufsteigen, während sich die Nacht über sie legte und der Rauch umherwirbelte. Jorges blinde weiße Augen rollten in ihren Höhlen, und sein magerer Körper wand und drehte sich. Er warf den Kopf zurück und psalmodierte: »Ich sehe rote Wolken – die Sonne geht unter, und rote Wolken rasen über den Himmel. Es besteht Gefahr … Ein Wirbelwind erhebt sich … Ich sehe eine mehrfarbige Viper, wie ein Regenbogen gestreift. Sie greift an, ihre Kiefer tropfen vor Gift. Töte sie mit deinem Schwert! Töte sie! Ach, Eà! Sie zerfällt in viele Teile, und jedes der Teile greift an. Asche fliegt auf dem Wind …«

Isabeau hatte jetzt große Angst, da sie noch niemals zuvor jemanden in ekstatischer Trance erlebt hatte. »Was meint Ihr?«, flüsterte sie. Aber Jorge befand sich tief in seiner Vision und hörte sie nicht.

»Sturmwolken kommen auf. Der Mond wird gefressen, der Mond wird gefressen!« Der alte Mann fiel mit einem Schrei rückwärts, und Isabeau kniete sich neben ihn, rieb seine kalten Hände warm und bat ihn aufzuwachen. Obwohl er sich regte, öffneten sich seine Augen nicht, und er murmelte: »…der Laird des Meeres kommt.«

»Sagt Ihr mir, was Ihr über mich seht?«, fragte Isabeau ängstlich und mit der Befürchtung, dass der alte Mann aus der Trance erwachen würde, bevor sie irgendetwas erfuhr. Seine Augen waren nun geöffnet, und er blickte mit leeren Augen, aus denen Tränen rannen, zum Himmel.

»Gib mir deinen Hexendolch«, sagte er schwach und setzte sich auf.

Sie reichte ihm die schmale Klinge. Der alte Mann wiegte sich murmelnd vor und zurück. Der Rauch stieg in den Himmel, Jorge umfasste Isabeaus Dolch und ließ seine Finger darübergleiten. Seine Stimme veränderte sich, wurde tiefer. »Ich sehe dich in einen Spiegel schauen, und dein Spiegelbild streckt die Hand aus und ergreift dein Handgelenk. Ich sehe dich mit vielen Gesichtern und in vielen Verkleidungen. Du wirst zu jenen gehören, die sich in einer Menge verbergen können. Du wirst kein Heim und keinen Ruheplatz haben. Alle Täler und Gipfel werden dein Zuhause sein. Obwohl du niemals ein Kind gebären wirst, wirst du ein Kind aufziehen, das eines Tages das Land regieren wird.« Seine Stimme verklang, und er blinzelte und blickte auf; sein runzeliges Gesicht schien jetzt, wo die Vision vergangen war, grau vor Erschöpfung. »Dein Schicksal ist wahrhaftig seltsam und geheimnisvoll, Kind. Es erfüllt mich mit Angst. Diese Vision hängt mit anderen zusammen, die ich früher hatte – ein Kind, das mit gespreizten Beinen auf Meer und Land steht; Spiegel, die zerbrechen; Monde, die gefressen werden.«

»Was bedeutet das alles?«, fragte Isabeau mit zunehmender Erregung. Ein seltsames und geheimnisvolles Schicksal, hatte er gesagt. Ein Kind, welches das Land regieren wird.

Er schüttelte den Kopf und wickelte seinen zitternden Körper in sein abgerissenes Plaid. »Ich weiß es nicht, Kindchen. Ich sehe nur, was ich sehe, und die gesamte Zukunft ist geheimnisvoll. Komm, lass uns etwas essen und dann schlafen, denn wir haben einen weiteren langen Tag vor uns.«

Isabeau verbrachte den größten Teil des nächsten Tages an der Seite des alten Mannes und hoffte, er würde ihr noch mehr über ihre Zukunft erzählen. Er tat es jedoch nicht und wurde ärgerlich, als sie beharrlich blieb. Aber er sprach zu ihr über die Eine Macht.

»Die Eine Macht wohnt allem inne«, sagte der Zauberer. »Bäumen, Pflanzen, der Luft, die wir atmen, und dem Wasser, das wir trinken, unserem Blut und unserem Geist, den Sternen und den Monden und dem roten Kometen, der unseren Nachthimmel erhellt. Aber die Eine Macht ist nicht unerschöpflich. Darum lehren wir, sie vorsichtig zu gebrauchen. Wenn wir die Macht heraufbeschwören, entziehen wir sie unserer Umgebung und uns selbst. Je stärker die Magie, desto mehr Macht wird gebraucht.«

»Warum können manche Hexen viel Macht heraufbeschwören und andere nur wenig?«, fragte Isabeau. Das war eine Frage, die sie Meghan viele Male gestellt hatte, aber ihre Hüterin hatte nur stets geantwortet: »Mächtig ist, was mächtig wirkt.« Der blinde Seher äußerte sich auch nicht wesentlich aufschlussreicher. »Warum können manche Menschen einen Curlingstein bis zum Ende des Sees tanzen lassen und andere ihn nur über die Grundlinie werfen?«

»Wollt Ihr damit sagen, dass unterschiedliche Menschen unterschiedliche Kräfte haben?«

»Hab ich das nicht gesagt?«

»Also meint Ihr, dass man nur so viel Macht heraufbeschwören kann, wie man mit seinen Kräften halten kann?«

»Denkst du das?«

»Ich weiß nicht sehr viel darüber«, sagte Isabeau ungehalten. Sie fragte sich, warum sie so wenig wusste, obwohl sie doch von der Bewahrerin des Schlüssels selbst aufgezogen worden war.

»Gut, gut«, sagte der alte Mann. »Das ist der erste Schritt.«

Isabeau war so aufgebracht, dass sie vorauslief und mit ihrem Stock auf Blätter und Zweige einschlug.

Als sie den Fuß der Berge erreichten, verabschiedeten sie sich voneinander, da Jorge der Berglinie nach Westen folgen würde, während Isabeau weiter südwärts nach Rionnagan hineinzog.

»Werdet Ihr zurechtkommen?«, fragte sie besorgt.

Der alte Mann nahm ihre Hand in seine und führte sie zuerst an seine Stirn und dann an den Mund. »Ja, wirklich, Kind. Vergiss nicht, dass ich schon weitaus länger blind bin, als du auf der Welt bist. Und ich hab Jesyah, der mir den Weg zeigt und mich vor Schwierigkeiten warnt. Der Rabe ist weise und klarsichtig, musst du wissen. Nicht mein Wohlergehen sollte dich sorgen, sondern dein eigenes. Sei vorsichtig und besonnen, Kindchen. Du reist auf einem gefährlichen Weg und hast eine lebenswichtige Aufgabe übernommen. Hüte den Talisman gut. Ich darf mir gar nicht vorstellen, was passieren könnte, wenn er der Banrìgh in die Hände fiele.«

»Ist er so wichtig?«, fragte Isabeau ein wenig ernüchtert.

»Aber ja. Im Moment vielleicht das Wichtigste im Land. Meghan setzt großes Vertrauen in dich, Hexenlehrling Isabeau. Enttäusch sie nicht.«

»Aber was ist er?« Isabeau berührte durch den Stoff ihres Hemdes den schwarzen Beutel. »Warum ist er so wichtig?«

»Er ist der Schlüssel, der unsere Ketten löst«, sagte Jorge rätselhaft. »Bewahre dir deinen Mut, Isabeau, und alles Gute für dich.«

»Mögen mein Herz gütig, mein Geist stürmisch, meine Seele tapfer sein.«

Der Seher küsste sie zwischen die Augen auf die Stirn. »Fürchte dich nicht, denn die Zeit wird kommen, da der Schleier fällt und du klar sehen wirst«, sagte er und tastete sich dann mit seinem Stock voran, während der Rabe ein raues Lebewohl krächzte und auf Mitternachtsschwingen vorausflog.

Isabeau legte eine Hand an ihren Kopf, in dem es eigenartig nachhallte, und stieg dann den Pfad hinab, wobei sie ein Gefühl der Angst nicht abschütteln konnte. *Zumindest werde ich jetzt rascher vorankommen*, dachte sie.

Tatsächlich erwies sich die Reise aber weiterhin als langsam und schwierig. Sie war von den Höhen herabgestiegen und betrat nun den beinahe undurchdringlichen Wald, der den Rand der Bergkette säumte. Hier wuchs dichtes Dornengestrüpp, das sich in ihren Haaren verfing und an ihrem Rock zerrte. Häufig endete der scheinbar deutlich gekennzeichnete Pfad völlig unerwartet und sie brauchte Stunden, um sich ihren Weg durch das dichte Gehölz zu bahnen, bevor sie wieder auf einen Weg stieß, der dem rasch dahinfließenden Bach folgte. Andere Male traf sie auf eine tiefe Schlucht, die einen weiten Umweg erforderlich machte, bis sie eine Stelle fand, wo sie sie durchqueren konnte. Einmal glaubte sie, eine tauchende Wassernixe in einem Teich gesehen zu haben – winzige Füße und eine von durchscheinendem Haar umhüllte Gestalt, die wirbelnd und platschend verschwand. Ein anderes Mal begegnete sie einem großen Wollbären, der im eisigen Wasser des Baches fischte. Sie machte vorsichtshalber einen Bogen um ihn, da sie keine Kraftprobe mit dem Bären eingehen wollte, der sowohl für seine Wildheit als auch für seine Dummheit bekannt war.

In der Nacht hörte sie Wölfe den Mond anheulen, und sie kauerte sich unter ihre Decken und wünschte, Meghan wäre da, um sie zu beschützen. Am Tage stellte sie häufig fest, dass sie sich unbehaglich fühlte und dass ihr Nacken kribbelte, als würde sie beobachtet. Sie beschleunigte mehrere Male ihren Schritt, um dieses Gefühl abzuschütteln. Die einzige Wirkung war, dass es später, wenn sie sich schließlich wieder zu entspannen begonnen hatte, zurückkehrte.

Als Ergebnis ihrer Hast kam sie zweimal vom Weg ab. Das erste Mal fand sie sich in einem großen Tal wieder, das ihrer Heimat ähnelte. Es war auf drei Seiten von hoch aufragenden Felsen umgeben, und der einzige Weg hinaus war derjenige, auf dem sie hereingekommen war. Ein Sturm hatte sich erhoben, wie es in den Frühlingsmonaten so häufig der Fall war. Sie suchte in einer Höhle Schutz, wo sie auf eine Gemeinschaft von Elfenkatzen traf, die ihr plumpes Eindringen nicht freundlich aufnahmen. Glücklicherweise beherrschte Isabeau deren Sprache und konnte die Höhle unter Entschuldigungen und Verbeugungen rasch wieder verlassen, wie es die kleinen, aber wilden schwarzen Katzen ihres Wissens erwarteten. Sie verbrachte die Nacht dann unruhig in einem feuchten Baum, denn die gebleckten Fänge der Elfenkatzen waren auch in der Dunkelheit der Sturmnacht nur allzu deutlich zu erkennen gewesen.

Als sie das zweite Mal vom Weg abkam, war sie einem Pfad tagelang gefolgt und schließlich auf ein Plateau gelangt, von dem aus man auf die weit darunter gelegenen Wälder Aslinns hinabschauen konnte. Sie fluchte und schimpfte, hatte aber keine andere Wahl, als umzukehren und den Weg zurückzugehen – sie war zu weit östlich gelangt, wenn sie Aslinn sehen konnte. Sie musste wieder gen Süden ziehen, um den Weg aus den Sithichebergen hinauszufinden, den einzigen Durchlass in der Bergkette, der angemessenerweise *der Pass* genannt wurde.

Isabeau hätte den Weg kennen müssen. Sie hatte die Reise zum Bergland Rionnagans hinab jedes Jahr mitgemacht – schon als sie noch ein Säugling war. Sie war überzeugt gewesen, den Weg zu kennen, und tatsächlich musste sie sich nur südöstlich halten und abwarten, bis das Land selbst sie in die tiefer gelegenen, fruchtbaren Täler und Wälder führte. Aber die Landschaft kann sich in einem Jahr verändern – Stürme und Erdrutsche hinterlassen ihre Spuren, Bäume wachsen und fallen, und selbst die Tiere des Waldes ändern ihre Pfade, wenn das Futterangebot spärlicher wird. Und noch wichtiger war, wie Isabeau widerwillig eingestand, dass ihre Hüterin auf allen anderen Reisen bei ihr gewesen war, weshalb Isabeau für die Wahl des Weges oder des nächtlichen Lagerplatzes nicht verantwortlich gewesen war. Und sie hatte, trotz ihrer Kenntnis der Sprachen und Gebräuche der Geschöpfe des Waldes, mehr Schwierigkeiten mit den wilden Tieren als bei ihren Reisen mit Meghan. Sie erinnerte sich daran, dass Seychella gesagt hatte, alle Geschöpfe des Landes regten sich. Aber das erklärte nicht wirklich, warum ihre bisherigen Reisen von den Berggipfeln zu den Dörfern im Tal stets so erfreulich und leicht vonstatten gegangen waren, diese aber die anstrengendste und schwierigste ihres Lebens war.

Bald nachdem sie wieder auf dem richtigen Weg war, begann der Talisman, den sie in ihrem Hemd trug, zu brennen und zu kribbeln. Den größten Teil des Tages ignorierte sie es, aber die Hitze wurde immer unerträglicher, je weiter südlich sie gelangte, und so nahm sie den Talisman hervor und verstaute ihn in ihrem Rucksack, wo er sie nicht verbrennen konnte.

Der Weg verlief entlang dem schnell fließenden Bach, der, wie sie hoffte, der Anfang des großen Rhyllster war. Wenn dem so war, würde er sie direkt zum Pass und nach Rionnagan hineinführen.

Isabeau eilte den Weg hinab und bemühte sich, das Unbehagen durch den brennenden Talisman zu ignorieren, dessen Hitze sich nun direkt durch das Leder ihres Rucksacks fraß, als eine junge Frau unmittelbar vor ihr aus den Bäumen sprang. »Schscht!«, zischte sie und legte den Finger auf die Lippen.

Isabeau unterdrückte augenblicklich einen Überraschungsschrei, sah sich aber schnell nach einem möglichen Fluchtweg um. Es gab keinen: Zu ihrer Rechten fiel das Ufer zum Felsenbett des Baches hin steil ab, und zu ihrer Linken ragte eine hohe Felsböschung auf, die keinerlei Halt bot.

»Geh zurück!«, sagte das Mädchen. Sie trug einen schmutzigen grünen Kittel und eine lange Kappe. Sie hatte die grünsten Augen, die Isabeau jemals gesehen hatte, und ein Gesicht voller Sommersprossen. Ihre Füße waren nackt und schwarz vor Dreck.

»Warum?«

»Voraus sind Soldaten. Sie werden dich sehen. Schnell, folge mir!« Sie schoss an Isabeau vorbei und den Weg hinab, bis sie eine Stelle fand, wo sie die Böschung erklettern konnte.

Nach einem kurzen Moment des Zögerns folgte ihr Isabeau. Die Fremde sprang die Böschung hinauf wie ein Reh und streckte Isabeau dann eine Hand entgegen, um ihr zu helfen. Nach atemberaubender Kletterei gelangten sie sicher in den Wald, wo das grünäugige Mädchen augenblicklich eine wilde Jagd zwischen den Bäumen begann. Sie folgten dem Bergkamm und gelangten schließlich zu einer Stelle, wo er über dem Bach aufragte. Dort ließen sie sich fallen, um wieder zu Atem zu kommen und die den Weg hinaufmarschierende lange Reihe von Soldaten zu beobachten. Es mussten über hundert sein, die meisten zu Fuß, aber einige auch auf stämmigen Pferden, mit blank polierten Helmen auf den Köpfen. Wäre die Fremde nicht gewesen, wäre Isabeau unmittelbar auf sie getroffen.

»Sie gehen auf die Jagd nach den Drachen«, sagte das Mädchen.

»Woher weißt du das?«

»Ich hab sie darüber reden hören.«

»Wie heißt du? Ich bin Isabeau. Ich fürchte, ich hab keinen Familiennamen.«

Das Mädchen kicherte und sagte: »Ich auch nicht. Ich bin Lilanthe. Man nennt mich Lilanthe vom Wald. Wie wirst du genannt?«

Isabeau zögerte. Sie war jetzt der Hexenlehrling Isabeau, aber das konnte sie dieser Fremden nicht erklären, weshalb sie widerwillig und mit einem Seufzen sagte: »Isabeau das Findelkind.«

»Ich fürchte, das sind wir beide«, sagte Lilanthe lebhaft. »Namenlos und heimatlos. Du kannst auch Isabeau vom Wald sein, wenn du willst.«

»Isabeau von den Bergen.«

»Isabeau von den Steinen und vom Fluss!«

»Isabeau vom Himmel!«

Sie lächelten einander an und gingen dann weiter durch den Wald. An diesem Tag kamen sie gut voran, und es war für Isabeau der angenehmste Reisetag der ganzen Woche. Sie hatte häufig um eine Begleitung in ihrem Alter gefleht, mit der sie die Wälder erforschen und Geheimnisse teilen könnte. Ihr ganzes

Leben lang war sie allein gewesen, die Geschöpfe des Waldes und eine schlecht gelaunte alte Hexe als einzige Gefährten. Lilanthe empfand es anscheinend ebenso.

»Ich hab mir schon immer eine Freundin gewünscht«, gab sie zu. »Jemanden, der mich immer mag und niemals missversteht.«

Die folgenden Tage waren eher ein Spiel als eine wirkliche Reise. Sie liefen umher und sangen und kicherten und erzählten sich Geschichten. Lilanthe reiste ebenfalls gen Süden, obwohl sie, als Isabeau sie nach dem Grund fragte, nur lachte und sagte, sie erforsche den Fluss.

»Wird dich niemand vermissen?«, fragte Isabeau.

Lilanthe lachte erneut und schüttelte den Kopf. »Ich bin frei wie ein Vogel!«, rief sie und lief mit ausgebreiteten Armen den Hang hinab, sprang über Felsblöcke und Dornsträucher und wich seitlich aus, als passe sie Schwingen dem Wind an. Isabeau folgte ihr rufend und lachend mit ebenfalls weit ausgebreiteten Armen.

Da Isabeau wusste, dass Lilanthe, wie Meghan, erspüren und so vermeiden konnte, was vor ihnen lag, hatte sie keine Angst, gefangen genommen zu werden. Sie fragte sich während ihrer Reise, warum sie das nicht auch tun konnte. Jedermann sagte, sie hätte Macht, aber sie hatte bei den Proben des Geistes versagt und wäre jetzt eine Gefangene der Roten Garden, wenn Lilanthe nicht gewesen wäre. Sie versuchte immer wieder, Gedanken auszusenden oder zu erspüren, was das andere Mädchen dachte, aber ihr Geist blieb leer. Ihre Aufregung über die wunderbaren Prophezeiungen Jorge des Sehers verwandelten sich allmählich in Niedergeschlagenheit, die durch ihre Angst um Meghan noch verstärkt wurde. Als ob es nicht schon gefährlich genug wäre, dass sich ihre gebrechliche alte Hüterin auf die Suche nach den Drachen begab, auch ohne dass sich einhundert Soldaten an ihre Fersen hefteten! Isabeau wünschte, sie könnte durch Feuer oder Wasser oder ihre Hexenringe kristallsehen, wie Meghan es so häufig tat. Dann hätte sie Meghan vor den Soldaten warnen können. Aber Isabeau hatte es niemals gelernt, und sie fragte sich zum ersten Mal, ob der Grund dafür war, dass Meghan ihre mangelnde Befähigung auf diesem Gebiet erkannt hatte. Aber eine Hexe ohne Hexensinn war überhaupt keine Hexe, und je weiter südlich die beiden Mädchen reisten, desto niedergedrückter wurde Isabeau. Lilanthes Eingeständnis, dass sie Isabeau zunächst mehrere Tage lang beobachtet hatte und ihr gefolgt war, erhöhte ihr Wohlbefinden auch nicht gerade, obwohl sie erkannte, dass Lilanthe tatsächlich jedermann durch den Wald folgen und dabei unentdeckt bleiben konnte. Sie schien einfach mit den Bäumen verschmelzen zu können und erschreckte Isabeau, indem sie aus Zweigen sprang oder hinter einem Büschel blühender Gänsekresse erschien, wenn Isabeau hätte schwören können, dass noch Augenblicke zuvor niemand dort gewesen war.

Sie reisten vier Tage lang gemeinsam und führten lange und tiefgründige Gespräche über ihr Leben. Beide waren Waisen – Lilanthes Mutter war gestorben, als sie noch ein Baby war, und sie war von ihrem Vater aufgezogen worden. Über ihn wollte Lilanthe, trotz ihrer Offenheit bei jedem anderen Thema, überhaupt nicht sprechen. Sie erschauderte leicht, als Isabeau auf diesem Punkt beharrte, und sagte nur: »Nun, er ist jetzt tot, sodass es nicht mehr wichtig ist.«

Obwohl sie es beide nicht erwähnten, wussten sie doch auch beide, dass die andere Magie besitzen musste. Isabeau vermutete, dass Lilanthe wie Meghan eine Waldhexe war, denn sie verstand die Sprache der Vögel und Waldgeschöpfe anscheinend ebenso gut wie Isabeau, und sie konnte ausgezeichnet im Wald leben. Sie konnte nur durch einen Laut oder Geruch oder durch Wärme, wo eigentlich keine sein sollte, feststellen, welches Wesen an einer Stelle vorbeigekommen war.

Am fünften Morgen erwachte Isabeau vor der Dämmerung,

obwohl die Sterne am Himmel so hell waren und das Licht von den untergehenden Monden so rot war, dass sie rund um die Lichtung deutlich sehen konnte. Sie schaute über die grauen Kohlen des Feuers hinweg, aber Lilanthe lag nicht mehr an ihrem Platz. Die Decken waren dort aufgehäuft, und Isabeau konnte ihren Kittel erkennen, aber von Lilanthe selbst war nichts zu sehen.

Isabeau war nicht beunruhigt, denn sie dachte, ihre Reisegefährtin müsse in den Wald gegangen sein, um sich zu erleichtern. Isabeau hatte auch selbst das Bedürfnis, suchte sich einen geeigneten Busch, schlenderte danach zum Teich in der Mitte der Lichtung hinab und wusch sich Hände und Gesicht. Es wurde langsam hell, und sie setzte sich hin und beobachtete, wie matte Farben über die Wasseroberfläche zogen.

Tief in Gedanken, richtete Isabeau ihren Blick auf einen wunderschönen Trauergrünbeerbaum auf der anderen Seite des Teichs. Seine länglichen Blätter reichten bis ins Wasser, und der Baum hatte einen schlanken, weißen Stamm, der sich geschmeidig in der Brise wiegte. Isabeau konnte sich leicht vorstellen, dass der Baum in Wahrheit eine hübsche junge Frau war, die gerade aus dem Schlaf erwachte und sich streckte. Die langen, biegsamen Zweige konnten Arme sein, die grünen Ranken ihr wallendes Haar, in dem sich Blätter und Blüten verfangen hatten. Und die Knoten im Stamm konnten Augen sein, die sich gleich öffnen würden. Sie würde jeden Moment die herabhängenden Arme heben und sich die Augen reiben.

Irgendwie war Isabeau nicht überrascht, als der Baum tatsächlich die Arme hob und sich streckte und die länglichen Augen öffnete, und sie erkannte, dass es Lilanthe war. Einen Moment lang verschmolzen ihre Fantasie und die Wahrheit dessen, was sie gerade sah, miteinander, und plötzlich klärte sich alles. Warum Isabeau Lilanthe niemals schlafen sah, warum sie so sehr Teil des Waldes zu sein schien. Sie musste eine Baumwandlerin sein! Obwohl Isabeau stets geglaubt hatte, Baumwandler müssten viel eher Bäumen als Menschen ähneln, hatte Lilanthe überaus menschlich gewirkt.

Ihre blauen Augen begegneten Lilanthes grünen Augen, und ein Ausdruck der Verzweiflung und des Bedauerns huschte über das Gesicht der anderen. Sie strich sich mit einem Aufschrei das Haar zurück, das unbestreitbar grün und ebenso dicht und lang wie Isabeaus Haar war. Dann erhob sie sich und lief in halsbrecherischem Tempo davon, sah mit ihren tränennassen Augen keine Felsblöcke oder Dornsträucher auf ihrem Weg. Da Isabeau schon selbst mehrere Male dermaßen aufgebracht in den Wald gelaufen war, wusste sie, dass sie ihr folgen musste. Sie lief wieder zum Lagerplatz hinauf, warf ihre und Lilanthes Habe in einen Rucksack, löschte das Feuer und folgte ihrer Freundin.

Sie verfolgte Lilanthe über zehn Minuten durch den Wald, konnte sie durch den Klang ihres gedämpften Schluchzens leicht ausmachen. Plötzlich verklangen jedoch jegliche Geräusche. Kein Vogel sang, kein Donbeag oder Eichhörnchen keckerte, keine Kaninchen tollten umher. Isabeau blieb unbehaglich stehen. Von Lilanthe war nichts mehr zu sehen. Sie ging vorsichtig einige Schritte weiter und dann noch ein paar, sah oder hörte aber immer noch nichts.

Nachdem sie mehrere Minuten lang erfolglos gesucht hatte, setzte sie sich hin und erkannte, dass sie sich hoffnungslos verirrt hatte, weil sie nicht darauf geachtet hatte, in welche Richtung sie gelaufen waren. Der Wald schien überall gleich auszusehen, selbst die schneebedeckten Berge, die so nah dahinter aufragten, waren alle ähnlich, da sie die charakteristisch geformte Drachenklaue schon lange hinter sich gelassen hatte. Am meisten sorgte sich Isabeau jedoch um Lilanthe. Sie hatte offensichtlich ihr Bestes getan, menschlich zu erscheinen, hatte das verräterische grüne Haar unter einer langen Kappe verborgen und vorgegeben, sich jede Nacht zum Schlafen in ihre Decken einzuhüllen. Die Entlarvung ihrer wahren Natur hatte sie offensichtlich zutiefst verunsichert. Vielleicht weil sie von dem Erlass des Rìgh gegen die Zauberwesen wusste? Vielleicht befürchtete sie, Isabeau würde sich von ihr abwenden, weil sie ein *Uile-Bheist* war, oder sie vielleicht sogar anprangern. Isabeau erhob sich und suchte die gleiche Strecke noch einmal ab, hielt aber dieses Mal nicht nach einem nackten Mädchen mit grünen Augen Ausschau, sondern nach einem schlanken, weißen Grünbeerbaum.

Sie fand sie fast sofort. Lilanthe musste erkannt haben, dass Isabeau nicht aufgeben würde, und so hatte sie sich wieder in einen Baum verwandelt. Isabeau setzte sich zu ihren Wurzeln, in den Schatten der wunderschönen langen Zweige, und nahm ihr Mittagessen ein. Während sie Kartoffelbrot und Käse aß und aus ihrer Flasche Wasser trank, überlegte sie laut. »Was kann ich getan haben, um Lilanthe so sehr aufzubringen? Ich muss etwas gesagt haben. Vielleicht hat meine Miene gezeigt, wie überrascht ich darüber war, dass sie eine Baumwandlerin ist, obwohl ich doch die ganze Zeit dachte, sie wäre ein Mensch wie ich. Ich hoffe nicht, dass es das ist, weil Lilanthe meine erste richtige Freundin war und ich sie nicht verlieren möchte.« Als keine Antwort erfolgte, seufzte Isabeau tief und fuhr fort: »Vielleicht fürchtet sie, dass ich sie nicht mehr mögen würde. Das macht mich richtig wütend. Am liebsten würde ich sie schütteln, bis ihr die Zähne ausfallen.«

Die hellen Zweige schienen zu beben, aber das konnte auch der Wind gewesen sein. Isabeau begann sich zu fragen, ob sie unter dem richtigen Grünbeerbaum saß. »Vielleicht hat sie Angst, ich könnt sie den Garden der Banrìgh verraten. Wenn sie nur wüsste. Nun, sie könnte auch *mich* jederzeit anzeigen, und ich flüchte nicht in den Wald oder lass mich von ihr durch dieses verdammte Dornengewirr jagen!«

Isabeau aß ihren Käse zu Ende und nahm einen getrockneten Apfel aus einer ihrer Segeltuchtaschen. Die Blätter bewegten sich, und eine Hummel flog unbeholfen hindurch, um von den winzigen grünen Blüten zu trinken, die an den Stielen wuchsen.

Isabeau seufzte erneut und sagte dann mit zitternder Stimme: »Ich habe solche Angst … Wie konnte Lilanthe mich so in den tiefen, dunklen Wald locken und mich dann hier ganz allein lassen? Ich bin verlo-oo-ooren!« Obwohl sie befürchtete, das Zittern in ihrer Stimme übertrieben zu haben, schlossen sich plötzlich kühle weiße Arme um ihren Hals, und Lilanthe war wieder da.

»Närrin!«, sagte sie und lachte unter Tränen. »Als könntest du den Rückweg nicht allein finden, nach der Spur, die du hinterlassen hast!«

»Ach, dank sei Eà, Lilanthe, ich hab dich verzweifelt gesucht! Warum bist du einfach so davongelaufen?«

»Ich bin eine Baumtauscherin!«, rief Lilanthe jäh aus. »Keine Baumwandlerin. Ich bin halb menschlich. Mein Vater war einer von euch!«

»War deine Mutter dann eine Baumwandlerin?«

Lilanthe nickte, obwohl Angst ihr Gesicht verdüsterte.

»Zumindest weißt du, wer deine Mutter und dein Vater waren«, sagte Isabeau verbittert. »Ich könnte, nach allem, was ich weiß, zur Hälfte ein Eisriese sein.«

»Nicht mit diesem Haar«, stellte Lilanthe lachend fest und hob dann selbstbewusst eine Hand zu ihrem eigenen Haar, das grün wie frische Blätter war. Dann seufzte sie. »Es tut mir Leid, Isabeau, du verstehst nicht, wie das ist. Mein Vater schlug mich meist, wenn ich die Gestalt zu tauschen versuchte, und sperrte mich ein, damit ich nicht in den Wald gelangen konnte. Er verkaufte mich gewöhnlich an die männlichen Dorfbewohner, denn niemand hielt mich für etwas anderes als ein *Uile-Bheist*. Als er starb, verrieten sie mich an die Roten Garden, die mich gefangen nahmen. Ich hatte mein ganzes Leben lang unter ihnen gelebt, aber keiner konnte mir in die Augen sehen, als sie mich holten. Die Soldaten benutzten mich ebenso, wie mich die Männer im Dorf benutzt hatten, und verhöhnten mich damit, was der Inquisitor mit mir tun würde, bevor ich stürbe. Schließlich gelang es mir zu fliehen: Irgendein Narr ließ mich mit den Füßen die Erde berühren. Obwohl sie wussten, dass ich ein *Uile-Bheist* war, hatten sie niemals daran gedacht zu fragen, welche Art Zauberwesen ich war. Ich verbarg mich sechs Tage lang in meiner Baumgestalt, und schließlich gingen sie davon. Seitdem lebe ich in den Wäldern. Seit fünf Jahren! Ich bin seit fünf Jahren frei und könnte es niemals ertragen, den Wald wieder zu verlassen.«

»Wie alt warst du?«, flüsterte Isabeau.

»Dreizehn«, antwortete Lilanthe. »Baumtauscher entwickeln sich wohl weitgehend so wie Menschen. Ich war einem Menschenkind sehr ähnlich, außer in mancher Hinsicht.« Sie bedeckte ihr Gesicht mit den Händen und atmete schwer. Dann hob sie den Kopf und sah Isabeau mit einem Ausdruck der Unsicherheit in den Augen an. »Also, nun weißt du alles. Was wirst du jetzt tun?«

»Dir meine Geschichte erzählen«, sagte Isabeau gelassen. »Das ist nur fair. Ich wurde von einer Hexe in einem Baumhaus tief in den Bergen aufgezogen. Sie hat mich viele der uralten Weisheiten gelehrt, und erst letzte Woche bin ich in den verbotenen Hexensabbat eingeführt worden. Ich glaube, meine Hüterin steht in Kontakt mit den Rebellen, denn manchmal erhalten wir durch Brieftauben merkwürdige Botschaften. Ich befinde mich derzeit auf einer gefährlichen Mission für sie und bringe einen magischen Talisman zu einer Spionin im Schloss des Rìgh. Wenn es gelingt, wird die böse Banrìgh gestürzt werden, und Zauberwesen und Menschen können wieder in Eintracht leben«, beendete sie ihre Erzählung selbstbewusst und mit blitzenden Augen. »Was wirst *du* also jetzt tun?«

Lilanthes Augen strahlten. »Wie wundervoll«, flüsterte sie. »Auf einer Mission! Wirklich?«

»Ja! Sieh her, ich werd es dir zeigen.« Isabeau angelte in ihrem

Hemd nach dem schwarzen Beutel und zog ihn hervor. Sie öffnete das Zugband und nahm den dreieckigen Talisman hervor.

Lilanthe hielt augenblicklich den Atem an. »Ich kann seine Macht fühlen!«, rief sie. »Er ist wie eine Fackel in deiner Hand! Warum konnte ich ihn vorher nicht spüren?«

»Ich glaube, der Beutel schützt magische Objekte«, sagte Isabeau nachdenklich. »M … M … M …« Sie versuchte, den Namen ihrer Hüterin auszusprechen, aber ihre Zunge schien sich wieder im Mund zu verknoten, und es gelang ihr nicht. »Mir wurde befohlen, ihn darin zu belassen«, sagte sie schließlich.

»Vielleicht konnte ich dich deshalb nicht erspüren«, sagte Lilanthe. »Normalerweise erspüre ich alle Lebewesen auf einige Entfernung, aber bei dir konnte ich es nicht. Ich bin auf deine Spuren gestoßen und konnte nicht glauben, dass jemand durch mein Gebiet zog, ohne dass ich etwas davon wusste. Darum bin ich dir gefolgt – nicht nur, weil du interessant wirktest, sondern weil dich eine Art Schleier zu umgeben schien, durch den ich deinen Geist nicht erkennen konnte, Ich frage mich, ob es an dem kleinen Beutel liegt, aber wenn dem so ist, muss er sehr mächtig sein.«

Isabeau spielte mit ihren Ringen, die sie auch in dem Beutel verborgen hatte, und legte sie dann widerwillig zurück. »Ich wünschte, ich könnte meine Ringe tragen«, sagte sie. »Ich kann den Tag kaum erwarten, an dem Hexerei nicht mehr geächtet wird.«

»Oder an dem Baumtauscher nicht mehr wie Tiere gejagt werden«, fügte Lilanthe betrübt hinzu. »Es ist manchmal einsam in den Wäldern. Ich wünschte, du müsstest nicht weiterziehen oder ich könnte mit dir reisen. Ich werd dich vermissen, wenn wir den Waldrand erst erreicht haben.«

»Ich dich auch«, sagte Isabeau, der das Mitleid für ihre Freundin die Kehle zuschnürte. »Aber es ist zu gefährlich.«

»Hast du keine Angst?«

»Ach nein«, sagte Isabeau leichthin. »Tatsächlich muss ich nur bis Caeryla kommen und werd ab dann Hilfe haben.«

»Also wirst du wirklich niemandem erzählen, dass ich mich hier draußen in den Wäldern verberge?«, fragte Lilanthe unruhig.

»Natürlich nicht!«, rief Isabeau aus und ahmte sie dann nach: »Wirst du wirklich niemandem erzählen, dass ich auf einer geheimen Mission bin, um die Banrìgh zu stürzen?«

Lilanthe lachte. »Ach ja, sicher, ich werd zum nächsten Rotgardisten gehen, den ich sehe, und ihm sagen: ›Ich weiß, ich bin nur eine Baumtauscherin, und Ihr seid verpflichtet, mich zu töten, aber wenn ich Euch erzähle, wo Ihr eine Hexe finden könnt, werdet Ihr mich dann in Ruhe lassen?‹ Nein, ich werde mich strikt von jeglichen Soldaten fern halten, glaub mir!«

Die beiden Mädchen trennten sich drei Tage später am äußersten Waldrand. Sie umarmten und küssten einander und vergossen einige Tränen, und dann verschmolz Lilanthe wieder mit den Bäumen, und Isabeau wandte sich dem Pass zu. Schließlich erreichte sie den Kamm des letzten Hügels, blieb schweigend stehen und schnupperte in den Wind. Der Pass, ein schmaler Hohlweg, der durch die letzte von Bergen gebildete Barriere verlief, wirkte, als hätte irgendein verrückter Eisriese mit einer Axt auf den Berg eingeschlagen und einen Weg mitten durch den Fels geöffnet. Es war jedoch nicht die Axt eines Riesen gewesen, sondern der Rhyllster, der sich über Tausende von Jahren seinen Weg durch den Fels geschnitten hatte.

Die Sonne ging rasch unter, und der Schatten der Berge fiel auf die Wiese vor Isabeau. Sie beschloss seufzend, eine weitere Nacht im Wald zu verbringen, denn der Weg durch den Pass war schmal und gefährlich und sollte nicht nachts begangen werden. Und es gab keinen anderen Weg in die Highlands von Rionnagan hinab, denn in diesem Gebiet waren die Berge praktisch undurchdringlich. Sie wandte sich rasch um, kletterte zu dem steilen Hang zurück und sah sich nach einem sicheren Lagerplatz um. Isabeau wusste, dass es im Wald nur wenige Wesen gab, gegen die sie sich nicht behaupten konnte, aber sie war müde und hungrig, und der Wald beherbergte viele seltsame Wesen.

Schließlich fand sie einen alten Baum, dessen wuchtige Wurzeln sich zu großen, flachen, Hohlräumen wölbten. Sie stopfte ihre Tasche in die größte dieser Höhlungen und verbarg die Beutel mit Kräutern dahinter. Dann schürte sie sorgfältig ein Feuer, zündete mit dem Finger die trockenen, eingerollten Blätter und Rindenstücke an, sodass eine kleine blaue Flamme aufsprang. Sanft blies sie auf die Funken und legte weitere Zweige und trockene Blätter auf, bis zwischen den Wurzeln des Baumes ein kleines Feuer loderte. Sie warf einige Süßwurzeln auf die Glut und setzte ihren kleinen Kochtopf auf. Schatten tanzten wie Kobolde über die verflochtenen Wurzeln und die Baumstämme um sie herum, aber Isabeau fürchtete sich nicht.

Während der Nacht erwachte sie plötzlich mit einer Vorahnung von Gefahr. Das Feuer war erloschen, aber der Talisman, den sie in seinem schwarzen Beutel trug, brannte durch den Stoff ihres Hemdes kochend heiß. Sie streckte vorsichtig die Hand aus und berührte ihren Dolch, während sie zu erschnuppern versuchte, was in der Luft lag. Sie glaubte, Pferde riechen zu können, und konnte im nächsten Moment auch hören, wie sie durch das Unterholz brachen.

Isabeau band sich leise ihre Stiefel um die Taille und sammelte ihre Habe ein. Sie konnte jetzt auch die Reiter hören – sie fluchten, und die Zaumzeuge klirrten. Mit dem Fuß schob sie Erde über die Überreste des Feuers und erkletterte barfuß den Baum. Es war leicht hinaufzusteigen, denn die Wurzeln boten vielfältigen Halt. Isabeau war gerade sicher in den Schutz der Zweige gelangt, als sie die Reitergruppe auf die Lichtung preschen hörte und durch die Zweige die Umrisse absitzender Männer ausmachen konnte. Ein dumpfer Aufschlag war zu hören, als ein Bündel von einem Pferdesattel auf den Boden geworfen wurde, und das Klingen von Metall, als die Pferde abgesattelt wurden.

»Bei der Wahrheit, ich hasse diesen Wald«, sagte einer der Männer. »Mit läuft's ganz kalt über den Rücken. Wenn ich es nicht besser wüsste, würd ich schwören, dass heute Nacht hier draußen Geister wären.«

»Welche Art Geister?«, fragte die Stimme einer Frau, und der seidenweiche, drohende Tonfall ließ Isabeau erschaudern. »Wenn du nicht aufpasst, Carldo, könnten die Leute denken, du glaubtest an … Gespenster. Die Leute könnten zu reden beginnen, und Gerede macht die Runde und kann an Orte gelangen, wo es dir lieber wäre, dass es nicht gehört würde.«

Es folgte eine kurze Pause, und dann sagte Carldo bestürzt: »Ach, aber meine Lady Glynelda, es tät doch niemand denken … Jedermann weiß, dass ich richtig erzogen wurde und die Wahrheit gelernt habe. Niemand würd etwas anderes glauben.«

»Man sollte dennoch vorsichtig sein«, sagte Glynelda. »Die Liga gegen Hexen mag Leute nicht, die gegen die Wahrheit sprechen.«

Carldo brummte zustimmend, aber die Frau unterbrach ihn mit einer Geste. Dann sprach sie, sehr leise, sodass Isabeau sie kaum hören konnte. »Ich kann … Hexerei riechen.«

Isabeau erstarrte. Eine Hexenschnüfflerin! Entsetzen rann wie Eis durch ihre Adern. Welches Pech, auf eine Sucherin zu stoßen! Es könnte vielleicht sogar diejenige sein, die ihr verborgenes Tal entdeckt und sie zur Flucht gezwungen hatte. Sie wünschte jetzt, sie hätte ihr Feuer mit Feuerstein und nicht mit Magie angezündet, und drängte sich tiefer in die Schatten der Zweige. Der Talisman schien ihre Haut zu brandmarken, so heiß war er.

Nun ergriff ein anderer Mann das Wort. »Dieser Wald strotzt wahrscheinlich vor Hexerei, Mylady. Denkt an das Scheusal, das wir bereits gefunden haben. Nur die Wahrheit weiß, welche bösartigen Wesen diese verfluchten Berge hier hervorgebracht haben. Wir müssen einen kühlen Kopf bewahren.«

Die Gruppe richtete sich auf die Nacht ein. Isabeau hörte das Geräusch weiterer von Sätteln geworfener Bündel und das wiehernde Schnauben eines Pferdes, das wie ein unzufriedenes Knurren klang. Sie hörte einen der Männer die Stiefel ausziehen und einen weiteren etwas darüber sagen, dass sie ein Feuer anzünden sollten. Isabeau wich weiter in die schützenden Zweige zurück, aus Angst, dass das Licht sie den Menschen unter ihr offenbaren würde. Sie könnte ihnen natürlich entkommen, aber es wäre ihr lieber, wenn sie niemand vorüberziehen sähe.

Im Licht der flackernden Flammen erkannte sie acht Männer, sechs in die roten Jacken der Garde der Banrìgh und zwei in grobe braune Wolle und Leder gekleidet, die auf einer Seite des Feuers saßen. Auf der anderen Seite saß allein eine Frau in einem strengen, hochgeschlossenen, roten Gewand. Sie hatte ein starres Gesicht und saß so gerade, als hätte sie ein Lineal verschluckt. Die Pferde standen zwischen den Bäumen im Hintergrund, die meisten davon rechte Gäule – nur eines ein edler Fuchs. Einer der Männer hängte einen schwarzen Topf über das Feuer, und Isabeau konnte Fleisch riechen. Sie rümpfte angewidert die Nase.

»Sollen wir das *Uile-Bheist* füttern?«, fragte Carldo zögernd.

»Wir haben schließlich Mitleid mit ihm, oder?«, sagte ein anderer Mann höhnisch.

Carldo schüttelte heftig den Kopf. »Nein, nein, ich dacht nur, es wär besser, wenn es nicht stirbt, bevor wir es zum Schloss gebracht haben. Sie hätt es doch gewiss lieber lebend?«

Kurz darauf sagte die Sucherin: »Das stimmt. Dann füttere es, wenn du willst.«

Carldo erhob sich schwerfällig und trat zu dem eingehüllten Bündel, das die Männer zuvor auf den Boden geworfen hatten. Isabeau beugte sich vor und beobachtete, wie er das Seil zu lösen versuchte, das mehrere Male um das Bündel geschlungen war. Schließlich gelang es ihm, und er zog das Tuch beiseite. Darin lag ein junger Mann mit einem Knebel im Mund.

»Hast du Hunger?«, fragte Carldo barsch und nahm ihm den Knebel ab. Die Antwort war ein schauerlicher Schrei der Verzweiflung und des Trotzes, der wie eine Fanfare in die Nacht stieg. Carldo trat ihn rasch, damit er still war.

»Heiliger Drachenarsch, was war das denn?«, murrte Carldo. »So etwas hab ich noch nie gehört.«

»Halte ihn ruhig!«, fauchte Lady Glynelda mit erschreckter Stimme. »Willst du alle Geschöpfe des Waldes auf uns aufmerksam machen? Füttere ihn, wenn es sein muss, aber halte ihn ruhig!«

Carldo schien sich dem Gefangenen nicht wieder nähern zu wollen, aber dann schöpfte er widerwillig doch ein wenig Eintopf in eine Schüssel und reichte sie ihm, nachdem er zunächst seine Hände befreit und ihm befohlen hatte, nur ja still zu sein. Der Gefangene aß hungrig, schaufelte sich das Essen mit beiden Händen in den Mund. Carldo stand mit seinem Langschwert in der Hand über ihm und betrachtete unbehaglich den Wald, aus dem raschelnd und murmelnd die Nachtgeräusche des Windes und der Vögel und klopfender Zweige erklangen. Isabeau fragte sich, ob Carldo, ebenso wie sie, noch immer den Nachhall dieses seltsamen Schreis hören konnte.

Schließlich war die Schüssel geleert, und obwohl der Gefangene ein kurzes Kreischen ausstieß und mehr verlangte, nahm Carldo sie ihm fort und fesselte ihn wieder. Isabeau beschäftigte sich im Geiste mit Rettungsplänen. Sie fragte sich unbehaglich, ob Meghan es gutheißen würde, wenn sie es wüsste – die Anweisungen ihrer Hüterin hatten die Rettung eines Fremden mit einer Vogelstimme nicht eingeschlossen. Dann lächelte sie und zuckte die Achseln. Sie war schon immer ihren eigenen Weg gegangen.

Nach einer Weile, nachdem der Gefangene wieder gefesselt und geknebelt worden war, schlief die Gruppe ein. Ein Mann hielt Wache, aber er saß mit dem Rücken zu Isabeau und blickte unruhig in die Nacht hinaus. Sie glitt vorsichtig vom Baum und wartete, im Schatten kauernd, bis sein Kopf herabsank. Dann schüttete sie sich aus einem ihrer Beutel langsam etwas Baldrianpulver in die Hand und verstreute es über ihm. Er schnaubte und zuckte zusammen, begann aber dann fast augenblicklich zu schnarchen. Isabeau lächelte und verstreute auch ein wenig über die anderen Männer. Sie wartete, bis sich der Rhythmus ihres Atems vertieft hatte, und glitt dann lautlos zu der Stelle hinüber, wo der Gefangene gekrümmt auf der Seite lag, das grobe Tuch über ihn gebreitet.

»Singt nicht«, flüsterte sie ihm ins Ohr, zuerst in ihrer Sprache und dann in der Sprache der Vögel. Beim Klang der lebhaften Melodie regte sich einer der Männer unbehaglich, und Isabeau erstarrte. Sie wartete fast zehn Minuten, bevor sie erneut sagte: »Singt nicht.« Sie hoffte, dass er sie verstanden hatte.

Das Mädchen durchschnitt rasch das Seil um Füße und Hände des Gefangenen und rieb sie heftig, wohl wissend, wie schmerzhaft der Blutfluss in seine Glieder zurückkehren würde. Im schwachen Feuerschein sah sie, dass er unter dem groben Tuch nackt war, was sie verwirrt erröten ließ. Isabeau hatte noch nie viel mit Männern zu tun gehabt, und die offensichtlichen Unterschiede zwischen ihrem Körper und dem seinen machten sie verlegen. Er presste das Tuch an sich, und sie versuchte, ihm aufzuhelfen, wobei sie den Blick abwandte. Aber es hatte keinen Zweck, denn der Gefangene war durch die Stunden des Gefesseltseins geschwächt und konnte nicht gehen. Isabeau blickte sich rasch um und sah die Pferde ruhig in den Schatten stehen. Sie waren wach und beobachteten sie mit einem gewissen Interesse. Der Fuchs, ein großer Hengst mit feuerroter Mähne und Schweif, scharrte auf dem Boden, trat dann zögernd vor und rieb sich an Isabeaus Arm. Sie streichelte sein seidenweiches Maul und sagte: »Ich danke dir« – in dem Wissen, dass das Pferd ihren Wunsch verstanden hatte.

Isabeau war noch nie mit Zaumzeug und Sattel geritten, da sie daran gewöhnt war, die wilden Pferde der Berge zu reiten und nicht diese zahmen, dressierten Tiere. Nachdem sie einige Zeit mit den Riemen gekämpft hatte, gelang es ihr, den Hengst abzuzäumen, und er warf den wunderschönen Kopf auf und scharrte erneut auf dem Boden. Dann zäumte Isabeau alle Pferde ab und stapelte die Zaumzeuge so leise wie möglich beim Feuer.

»Kommt«, sagte sie und half dem Gefangenen aufzustehen. Er stolperte, und sie sah, dass er bucklig und kaum in der Lage war, ohne Hilfe zu stehen. Eine Schulter lag höher als die andere, und er konnte den Rücken unter dem riesigen schwarzen Umhang, den er fest um sich gezogen trug, nicht strecken. Isabeau stöhnte leise, da sie erkannte, um wie viel schwieriger ihre Flucht dadurch würde, und führte dann das kräftigste der Pferde neben ihn. Es gelang ihr, den Gefangenen auf dessen Rücken zu hieven, während sie angespannt dem ruhigen Schnarchen der Männer lauschte. Der Gefangene sank vornüber, und einen Moment öffnete sich der schwarze Umhang, wie von einer frischen Brise bewegt. Aber die Luft in der Stille der Vordämmerung war ruhig. Isabeau wusste, dass sie sich beeilen mussten.

Sie griff mit einer Hand in die flammende Mähne des Hengstes, der, wie sie vermutete, der Frau in Rot gehören musste, und gab zu verstehen, dass die anderen Pferde folgen sollten. Als sie erst von der Lichtung fortgelangt waren, blieb Isabeau mit dem Hengst stehen und bat ihn durch leises Wiehern und Schnauben zu warten. Dann schlich sie zur Lichtung zurück, während sie in ihrem Kräutersack nach dem kleinen Beutel Baldrianpulver suchte. Sie schüttete vorsichtig noch etwas mehr davon in ihre Handfläche und bemühte sich, die Menge instinktiv abzuschätzen. Dann streute sie das Pulver sorgfältig ins ersterbende Feuer und flüsterte: »Schlaft, schlaft.« Das Feuer flackerte blau und grün auf, bevor es fast völlig ausging. Isabeau verließ die Lichtung, um nicht auch vom Schlaf übermannt zu werden.

Obwohl Isabeau das Erwachen der Männer nun um einige Stunden verzögert hatte, war sie entschlossen, so viele Meilen wie möglich zwischen sich und die Garden zu bringen. Den edlen Hengst reitend und das mit dem Gefangenen, der nicht bei vollem Bewusstsein war, führend, versetzte sie den anderen Pferden mit einem Zweig einen Klaps aufs Hinterteil, sodass sie auseinander stoben. Dann hielt sie sich ostwärts, ritt zurück in die Berge und dann südwärts, um eine enge, trügerische Schlucht zu umgehen, durch die ein reißender Strom donnerte. Sie war gezwungen, die lange, schwierige Reise durch den Pass in die darunter liegenden Täler zu verschieben, weil sie in den Wäldern eine weitaus größere Chance hatten, unentdeckt zu bleiben, als im Freien.

Der Mann, den sie gerettet hatte, konnte sich kaum im Sattel halten und sank auf den Hals des grauen Ponys vor. »Lass ihn nicht hinabstürzen«, mahnte sie das Pony, das seine Mähne schüttelte und kräftig vorwärts schritt.

Schließlich dachte Isabeau, dass es sicher genug wäre zu rasten, und sie zündete ein Feuer an und kochte etwas Wasser, in das sie eine Auswahl von Kräutern gab. Der Talisman brannte und kribbelte noch immer, selbst durch die Tasche hindurch, und so wickelte sie ihn in ihr Plaid und schob ihn zur Seite, damit er sie nicht mehr so stark beeinträchtigen konnte. Der Bucklige war letztendlich doch vom Rücken der grauen Stute herabgefallen und lag jetzt halb bewusstlos im Schatten eines alten Baumes. Isabeau war müde, da sie in dieser Nacht kaum geschlafen hatte, aber sie ignorierte ihren schmerzenden Körper und begann, die Kratzer und Quetschungen um die Handgelenke und im übel zugerichteten Gesicht des jungen Mannes zu säubern. Seine Arme waren sehr muskulös, und sie fragte sich, ob sich sein Oberkörper deshalb so stark entwickelt hatte, weil er ein Hufschmied oder Bergarbeiter war.

»Wie heißt Ihr?«, fragte sie in ihrer Sprache. Er sah sie misstrauisch an.

»Mein Name ist Isabeau«, sagte sie und versuchte, nett und freundlich zu klingen. Er antwortete nicht, sodass sie seine wund geriebenen Handgelenke schweigend zu Ende verband, ihm dann in ihrem Holzbecher Kräutertee zu trinken gab und den Kochtopf erneut mit Wasser füllte. Einen Moment lang war sie versucht, ihren Finger ins Wasser zu halten, um es zu erhitzen, bevor sie sich errötend erinnerte und den Topf an einem Haken über das Feuer hängte.

Der junge Mann sank erneut vornüber, die wunden Handgelenke auf dem Schoß, während der haarige, schwarze Stoff ihn vom Hals bis zu den Knöcheln bedeckte. Er hatte dunkles Haar mit einer reizvollen weißen Strähne an der Stirn, und seine Augen schimmerten in einem seltsamen Gelb. Unter dem Schmutz und den Schrammen war er wohl, trotz seiner Missbildung, ein sehr sympathischer junger Mann, dachte Isabeau, und sie war froh, dass sie ihn vor seinen Bewachern gerettet hatte.

»Wer waren jene Männer?«, fragte sie. »Warum wart Ihr ihr Gefangener?«

Er antwortete nicht, sondern blickte nur mürrisch in seinen Becher hinab.

»Sie sagten, sie wollten Euch zum Palast des Rìgh bringen. Warum? Wollten sie Euch der Banrìgh ausliefern?«

Es erfolgte noch immer keine Antwort. Isabeau spürte Gereiztheit aufkommen. »Ich bin Eure Freundin«, sagte sie. »Ich hab Euch gerettet. Ich hab doch gewiss das Recht zu erfahren, wovor ich Euch gerettet habe?«

»Ich weiß nicht, wer jene Männer sind«, sagte er schließlich. »Ich weiß nicht, was sie mit mir vorhatten.«

»Ihr könnt also sprechen«, sagte Isabeau und warf eine Hand voll Hafer ins kochende Wasser. »Wie heißt Ihr?«

Er zögerte lange, bevor er murmelte: »Man nennt mich Bacaiche.«

»Bacaiche«, sagte Isabeau. »Bedeutet das nicht … Krüppel?«

Er sah sie verärgert an und fauchte: »Na und?«

Isabeau verlor rasch die Geduld mit ihrem undankbaren Schützling. Sie rührte den Haferbrei um und beobachtete, wie Bacaiche den Becher anhob und vorsichtig an der Flüssigkeit roch. »Ihr könnt den Tee ruhig trinken«, sagte sie sarkastisch. »Ich hab ihn nicht vergiftet oder so.« Er warf ihr einen raschen Blick zu und nippte dann vorsichtig an dem wohlriechenden Gebräu. Kurz darauf nippte er mit anscheinend wachsendem Zutrauen erneut daran.

»Bitte sagt mir, warum Ihr der Gefangene jener Männer wart«, schmeichelte Isabeau. »Ich kann Euch nicht helfen, wenn ich nicht weiß, was vor sich geht.«

»Ich brauch deine Hilfe nicht«, sagte er rüde.

»Ach, sicher«, erwiderte Isabeau. »Ihr wart so sorgfältig verschnürt wie ein Huhn, das zum Markt gebracht wird, als ich Euch das erste Mal sah. Ihr wärt zweifellos noch immer dort, wenn ich es mir nicht dummerweise in den Kopf gesetzt hätte, Euch zu retten. Und Ihr habt vermutlich auch keinen Hunger. Ihr wollt jetzt nichts von dem Haferbrei, nicht wahr? Oder noch etwas Tee?«

Nachdem er den Tee erst probiert hatte, hatte Bacaiche ihn gierig ausgetrunken und schaute jetzt eher sehnsüchtig zu dem Haferbrei, der in dem kleinen Topf kochte. Isabeau hatte gesehen, wie wenig Essen seine Gefangenenwärter ihm in der vorigen Nacht gegeben hatten und wie hungrig er es verschlungen hatte. Sie nahm den Kochtopf vom Feuer, löffelte seinen Inhalt in eine Schüssel und rührte noch etwas Honig hinein, sodass der Haferbrei braun und klebrig wurde. »Köstlich«, sagte sie, nachdem sie einen Löffel voll gegessen hatte, den Rücken nun bequem an den Stamm eines umgestürzten Baumes gelehnt.

Er beobachtete sie und schwieg. Sie aß langsam einen weiteren Mund voll, während sie zu den gezackten Gipfeln schaute, die vor dem frischen Morgenhimmel aufragten. Isabeau überlegte, wie viele Tage sie durch ihre Entscheidung verlieren würde, diesen eigensinnigen jungen Mann zu retten. Sie nahm noch einen Löffel, froh über die warme Nahrung nach ihrer schlaflosen Nacht, und fragte sich, wie lange er dort sitzen bleiben würde, die Lippen fest zusammengepresst und mit den Augen jeder Bewegung des Löffels folgend. Gerade als sie nachgeben und ihm die Schüssel hinüberreichen wollte, brach er sein Schweigen.

»Ich weiß nicht, wer jene Männer sind«, sagte er. »Sie haben mich niedergeritten und gefesselt und gesagt, sie würden mich nach Süden bringen.«

»Warum?«, fragte sie.

Er zuckte die Achseln und wandte den Blick ab.

»Wer seid Ihr, dass sie so etwas tun wollten?«

»Nichts. Niemand. Ich bin nur ein armer Hirte.«

Isabeau erinnerte sich an seinen seltsamen Schrei in der letzten Nacht und wie er in der Sprache der Vögel gesprochen hatte. Sie saß mit der Schüssel auf dem Schoß da, unsicher, ob sie sie ihm reichen oder in der Hoffnung weiteressen sollte, dass er ihr noch mehr erzählen würde. Sie erkannte, dass er kein einfacher Hirte sein konnte. Sein Gesicht war jedoch so übel zugerichtet und sein Körper so offensichtlich schmerzerfüllt, dass ihr gütiges Herz schließlich siegte und sie ihm die Schüssel reichte.

Er verschlang den Haferbrei so gierig, kratzte die Schüssel so sauber aus und blickte so sehnsüchtig in die schließlich geleerte Schüssel hinein, dass Isabeau den Kochtopf noch einmal aufsetzte. Als sie ihrem Begleiter einen Blick zuwarf, sah sie, dass er die Augen geschlossen hatte, und so riskierte sie es, das Wasser mit dem Finger umzurühren, damit es schneller kochte. Sie leerte ihren Baumwollbeutel mit Hafer hinein, wobei sich ihre Sorgen verstärkten. Ihre Vorräte wurden knapp, und sie konnte nicht ohne Nahrung reisen. Sie würde sich unterwegs mit Essen versorgen müssen, was erhebliche Verzögerungen bedeutete. Erneut beschlichen sie Zweifel über die Weisheit ihres impulsiven Handelns. Wie dem auch sei – was geschehen war, das war geschehen, und sie würde sich den Konsequenzen einfach stellen müssen.

Die Konsequenzen ergaben sich weitaus früher als erwartet. Als sie die kärglichen Reste ihrer Vorräte wegpackte und den Kochtopf ausspülte, hob der Hengst den Kopf und wieherte. Isabeau fuhr herum und lauschte angestrengt. Durch den Gesang der Vögel und den sanften Wind hindurch hörte sie den Klang von Pferdehufen und das Klingen von Metall.

Isabeau sammelte rasch ihre Habe ein. »Wir müssen uns verbergen«, sagte sie und betrachtete die zusammengesunkene Gestalt Bacaiches mit ernster Sorge. Die Quetschungen in seinem Gesicht wirkten im hellen Licht bläulich, und er war offensichtlich steif und wund. »Es ist hoffentlich nichts, worüber man sich sorgen müsste, aber wir können nicht vorsichtig genug sein. Ich kann mir nicht vorstellen, dass es Eure Bewacher sein könnten – sie hätten uns nicht so schnell finden können, da wir ihnen die Pferde genommen haben.«

Bacaiche erhob sich mühsam und stand dann schwer atmend an die graue Flanke des Ponys gelehnt. Der dunkle Umhang, den er trug, schleifte im Staub hinter ihm. Isabeau half ihm, mit großen Schwierigkeiten aufzusteigen. »Hier entlang«, sagte sie und führte sie von der Lichtung den Talhang hinauf auf einen Felsvorsprung zu, der ihnen sowohl Schutz bieten als es ihnen auch ermöglichen würde, das Tal zu überblicken.

Die kleine graue Stute war kräftig und der Hengst schnellfüßig, sodass Isabeau sie ohne Pause vorantrieb, mit immer größerer Angst, als sie erkannte, dass es eine recht große Gruppe war, die den Weg herauf auf sie zuritt. Sie konnte das Klirren von mindestens sechs Zaumzeugen und den Klang menschlicher Stimmen hören. Als sie den Hügelkamm erreicht hatten, hielt sie die Pferde an und schaute, sich hinter dem Felsvorsprung verbergend, auf das enge Tal hinab. Am Eingang des Tales hatte eine Gruppe Reiter angehalten. Zwölf von ihnen trugen die leuchtenden Jacken und Helme der Kavallerie der Roten Garden, und Isabeau verspürte zum ersten Mal wahre Angst. Laut Meghan waren diese Männer ihre natürlichen Feinde, die sich der Jagd auf Hexen und magische Wesen verschworen hatten. Die übrigen Männer trugen braune Wolle und Leder, wie die Leute dieser Gegend. An der Spitze ritt die Frau, die Isabeau letzte Nacht gesehen hatte, das karmesinrote Gewand bis zum Hals geschlossen. Sie schaute zu den Bergen hinauf und hob den Kopf auf merkwürdige Art, als schnuppere sie in den Wind. Kurz darauf deutete die Frau nach Süden, und die Gruppe ritt auf die Lichtung zu, auf der Isabeau ihr Frühstück bereitet hatte. Sie würden nicht lange brauchen, um die schwelende Asche ihres Feuers unter der darüber geschobenen Erde zu finden. Die Soldaten würden erkennen, dass sie nur Minuten zuvor aufgebrochen waren.

»Das sind die Männer, die mich gefangen genommen haben«, sagte Bacaiche heiser und deutete auf zwei Männer in brauner Wolle hinab, die sich gerade aus den Sätteln beugten, um nach Hufspuren auf dem Boden zu suchen.

»Wie konnten sie uns so schnell einholen?«, fragte Isabeau verwundert. Ihr Schlafzauber musste seine Wirkung rascher verloren haben, als sie erwartet hatte, und sie mussten Freunde in der Nähe gehabt haben, obwohl das noch immer nicht erklärte, wie sie ihr so schnell hatten folgen können. Isabeau konnte einen Moment lang nicht entscheiden, ob sie ihren Verfolgern besser davonzulaufen versuchen oder einfach verborgen bleiben und darauf warten sollten, dass sie fortritten. Dann erinnerte sie sich wieder der in den Wind schnuppernden Frau und traf die Entscheidung für sie – wenn sie eine Sucherin war, bedeutete Flucht

Isabeaus einzige Chance. Sie wünschte jetzt, sie hätte ihre Magie nicht so offensichtlich gezeigt. Schlafzauber! Wasser mit dem Finger erhitzen! Würde sie niemals lernen, vorsichtig zu sein?

Isabeau riss den Hengst herum und ritt tiefer in den Wald hinein. Die Schatten der großen Bäume legten sich über sie, und der Boden begann anzusteigen. Es war nicht so leicht, ihre Verfolger abzuschütteln, wie Isabeau gedacht hatte. Die Roten Garden waren schnell und entschlossen und schienen jeden Trick zu durchschauen, den Isabeau anwandte, um ihr Vorüberziehen zu verbergen. Sie hatte lange genug angehalten, um Zweige an die Schweife der Pferde zu binden, aber die Gruppe der Reiter auf ihrer Spur ließ sich durch die verwischten Spuren kaum täuschen. Isabeau spürte Panik aufkommen und hinterließ mit dem Hengst am Ufer eines Flusses deutliche Hufspuren, die anzeigen sollten, dass sie das Wasser durchquert hätten und noch immer südwärts hielten, während die beiden Pferde in Wahrheit eine beträchtliche Strecke stromaufwärts durchs Wasser wateten, bevor sie umkehrten. In dem Glauben, dass dieser Trick sie gewiss irreführen würde, war Isabeau zutiefst besorgt, als die Gruppe ihnen nach nur kurzem Zögern stromaufwärts folgte.

Sie trieb die Pferde an, schaute zu Bacaiche und fragte sich, warum er Anlass für eine solch entschlossene Verfolgung geben sollte. Der dunkelhaarige Mann schwankte im Sattel, sein Gesicht war vor Erschöpfung grau. Isabeau würde ihnen jedoch keine Rast gönnen. Sie ritten den ganzen Tag hart durch die Berge, bis die Pferde schweißgebadet waren und Isabeau vor Müdigkeit fast ohnmächtig wurde. Sie hielt nur an, um den Sonnenstand zu prüfen und ihre Spur zu verbergen, die nun wieder zu sich selbst zurückführte. Nachdem sie jeden Trick angewandt hatte, den Meghan sie gelehrt hatte, hielt Isabeau nun erneut auf den Pass zu, da sie nicht zu weit von ihrer ursprünglichen Richtung abkommen wollte. Sie machten erst zu einer Mahlzeit Rast, als die Sonne bereits unterging und sie nur noch einen mehrstündigen

Ritt von dem Platz entfernt waren, von dem aus sie aufgebrochen waren. Sie hoffte, dass ihre Verfolger weiter gen Norden ziehen würden und sie heimlich den Pass hinab und in das darunter liegende große Tal gelangen könnten.

Während der kurzen Aufenthalte zur Beobachtung des Weges war Isabeau abgestiegen und hatte auf Lichtungen Nahrung gesucht. Es war jedoch noch früh im Jahr, und der Winter war hart gewesen. Sie fand nur einige wenige Knollen, die ihnen, selbst mit dem Inhalt ihres Rucksacks, nur ein kärgliches Mahl liefern würden. Als sie das Essen zubereitete, kam der Hengst heran, rieb seinen Kopf an ihr und blies sanft in ihr Haar. Sie streichelte sein weiches Maul und bemerkte, als sie aufschaute, dass Bacaiches gelbe Augen auf sie gerichtet waren. Isabeau ermahnte sich erneut, vorsichtig zu sein. Sie wusste nicht mehr über ihren fremden Begleiter, als dass er von den Roten Garden gefangen genommen worden war und die Sprache der Vögel beherrschte. Obwohl dies ein Hinweis darauf war, dass er ebenfalls ein Feind der Banrìgh sein musste, konnte sie nicht wissen, ob sie ihm vertrauen konnte. Meghan hatte gesagt, sie solle niemandem trauen.

Isabeau betrachtete den über das Feuer gebeugten Bacaiche. Er hatte den rauen Stoff, in dem er gefunden worden war, wie ein Lendentuch um seine Taille geschlungen und den schwarzen Umhang noch immer über die Schultern gelegt. Es war nachts in den Bergen jedoch bitterkalt, und Schnee glitzerte auf den oberen Hängen. Da sein übriger Körper nackt war, musste Bacaiche frieren. Nicht nur das, sondern wie sollte Isabeau unbemerkt den Pass überqueren, wenn Bacaiche diese Kleidung trug?

Sie beugte sich zu ihrem Rucksack hinab, suchte darin umher und zog ihre Ersatzhose und ein Hemd hervor. »Ihr müsst frieren«, sagte sie. »Ihr seid nicht viel größer als ich, sodass Euch dies großartig passen müsste.« Zu ihrer Überraschung überzog ein Ausdruck tiefsten Unbehagens Bacaiches Gesicht. Er schüttelte den Kopf. Sie drängte ihn erstaunt, die Gabe anzunehmen, und erklärte ihre Beweggründe. »Von nun an werden wir an Dörfern vorbeikommen, und wir können es uns nicht leisten, zu viel Aufmerksamkeit auf uns zu ziehen. Wir müssen wie normale Reisende aussehen.«

Sie bedauerte ihre Worte, sobald sie sie geäußert hatte. Soweit Bacaiche wusste, *war* sie eine normale Reisende, obwohl nur ein Augenblick weiteren Nachdenkens sie eines Besseren belehrte. Ernüchtert und verängstigt machte sie sich klar, dass sie sich kein einziges Mal wie eine normale Reisende verhalten hatte. Eine normale Reisende würde einen völlig Fremden nicht vor den Roten Garden retten oder mit Pferden sprechen oder die Tricks kennen, wie man einer Gefangennahme entkam. Isabeau bezweifelte zum ersten Mal ihre Fähigkeit, Meghans Anweisungen zu befolgen.

Wie dem auch sei – bevor sie eine Ausrede ersinnen konnte, antwortete Bacaiche: »Ich geh nicht nach Rionnagan. Ich muss weiter in die Berge ziehen.«

Isabeau war überrascht. Es war ihr nicht in den Sinn gekommen, dass Bacaiche eigene Pläne haben könnte. »Aber ... in den Bergen ist nichts ...«

»Ich muss meinem eigenen Weg folgen«, sagte er. Er sah sie zum ersten Mal direkt an. »Ich bin vor zwei Tagen durch den Pass heraufgekommen. Dort haben sie mich erwischt. Der Pass wird bewacht.«

Isabeaus Mut sank, aber sie sagte: »Wir werden es versuchen und morgen früh, beim ersten Tageslicht, hindurchgehen.«

Bacaiche schüttelte den Kopf. Der rötliche Feuerschein glitt über seine Brust und betonte die mächtigen Muskeln. »Ich muss in die Berge ziehen.«

»Aber warum?«, fragte sie enttäuscht. »Ich kenne diese Berge. Es gibt nur wenige Wege hindurch, und diese sind noch immer vom Schnee versperrt.«

Er runzelte die Stirn. »Du stellst nur ständig Fragen. Du brauchst nicht zu wissen, was ich tue.«

»Tut mir Leid«, sagte Isabeau peinlich berührt. »Ich wollte nur helfen.«

»Ich hab dich auch nicht ins Kreuzverhör genommen«, erwiderte er kurz angebunden.

»Ich wollte nur …«, begann sie und brach dann ab, weil sie keine weiteren Erklärungen abgeben wollte. »Also gut, ich werd keine Fragen mehr stellen. Wie dem auch sei – in den Bergen friert es, sodass Ihr Kleidung braucht. Wollt Ihr sie nicht doch annehmen?« Isabeau streckte das Bündel erneut aus.

Kurz darauf nahm Bacaiche die Kleider und verließ die Lichtung vor Schmerzen hinkend, während sein schwarzer Umhang hinter ihm herwehte. Als er wiederkam, hatte er nur die Hose angezogen und hielt das Hemd in der Hand. »Es passte nicht«, sagte er unbeholfen, und als Isabeau erneut seine breiten Schultern betrachtete, konnte sie es sehr wohl glauben. Er hatte jedoch als zusätzlichen Schutz das raue Tuch über die Schultern und um die Brust geschlungen, sodass sich Isabeau nun etwas weniger sorgte. Sie hatte ihn nicht gerettet, damit er jetzt eine Lungenentzündung bekäme, sagte sie sich eigensinnig.

Während sie aßen, versuchte Isabeau mehr über Bacaiche herauszufinden, ohne tatsächlich Fragen zu stellen. Aber alle ihre verbalen Schachzüge wurden von ihrem mürrischen Begleiter abgewehrt, weshalb sie recht wütend auf ihn war, als sie ihre Mahlzeit schließlich beendet hatten. Bacaiche, der bereits fast über seinem Eintopf eingenickt war, schlief nun beinahe augenblicklich ein. Aber Isabeau war zu ängstlich, um zu schlafen, obwohl sie ihren Lagerplatz sorgfältig ausgewählt hatte.

Es war eine klare, kalte Nacht. Isabeau lag auf dem Rücken und schaute zum Sternenhimmel und den zwei Monden empor, die nahe der weißen Berggipfel standen. Sie dachte über alles das nach, was ihr während der vergangenen Tage passiert war. Vor drei Wochen bestand die größte Aufregung in ihrem Leben noch darin zu beobachten, wie Otter ihren Jungen das Schwimmen beibrachten. Jetzt lief sie vor Rotgardisten davon und rettete undankbare Fremde. Sie lächelte leicht und legte die Finger fest um den Talisman, den Meghan ihrer Obhut anvertraut hatte. Isabeau gefielen die Veränderungen in ihrem Leben.

Als sie am nächsten Morgen blinzelnd die Augen öffnete, erkannte sie, dass es ein frischer, blauer Tag würde. Dichter Tau lag auf allem, sodass auch ihr Plaid feucht glänzte. Nur wenige Sterne schimmerten noch über den Bergen, obwohl das Tal jenseits des Passes schon schemenhaft sichtbar wurde, während die Nacht verging. Sie streckte sich und gähnte und schaute dann instinktiv zu ihrem Begleiter hinüber, um zu sehen, ob er sich schon regte. Er war nicht da. Nicht einmal eine Mulde im Gras zeigte an, wo er gelegen hatte. Sie wurde ärgerlich. Ihr mürrischer Begleiter musste sich während der Nacht davongeschlichen haben.

Als sie sich aufsetzte, sah sie, dass er die Stute mitgenommen hatte, und war nun erst recht verärgert. Da sie diejenige war, die das Pferd gestohlen hatte, hätte er sie zumindest fragen können, ob er es nehmen durfte, dachte Isabeau verdrossen. Sie rappelte sich hoch und entdeckte dann entsetzt, dass ihr Rucksack geöffnet und sein Inhalt durchwühlt worden war. Sie brauchte nur wenige Minuten, um festzustellen, dass er ihren Hexendolch und ihre letzten Vorräte mitgenommen hatte. Tränen schossen ihr in die Augen. Sie war stolz auf ihren Dolch gewesen, der im Feuer ihrer Prüfungen geschmiedet worden war. Als Ergebnis seines Verlusts und ihrer Dummheit, dem Fremden überhaupt getraut zu haben, schwanden ihre während der einsamen Nacht empfundene Freude und Zuversicht im Morgenlicht ebenso wie der Tau dahin.

Da Isabeau sich weder entkleidet noch ihre Stiefel ausgezogen hatte und sie keine Nahrung besaß, um sich ein Frühstück zu bereiten, spritzte sie sich nur rasch eiskaltes Wasser vom Fluss ins Gesicht und zog ihren Gürtel in der Hoffnung fest, dass dies den dumpfen Schmerz in ihrem Bauch lindern würde. Der Hengst weidete auf dem frischen Wiesengras, trottete aber nur allzu bereitwillig auf sie zu, als sie ihn rief. Sie fragte sich, warum Bacaiche nicht den Hengst gestohlen hatte, dachte dann aber wiederum, das Pferd hätte sich vielleicht nicht fangen lassen. Als Krüppel konnte Bacaiche einem nicht angepflockten Hengst nicht ohne weiteres hinterherjagen.

Isabeau lehnte den Kopf einen Moment an die Flanke des Hengstes und genoss seine Wärme und seinen Geruch. »Nun, wir sind ohne ihn besser dran. Er hat uns nur Schwierigkeiten eingebracht und unser ganzes Essen verspeist.«

Der Hengst begann unbeeindruckt erneut zu grasen.

»Was wirst du tun?«, fragte Isabeau. »Ich muss nach Süden ziehen, wenn du mit mir kommen magst.«

Der Fuchs hob den Kopf und blies sie durch die Nase sanft an. Dann rieb er sich erneut an ihr und warf sie dabei beinahe um. Tränen der Dankbarkeit brannten in Isabeaus Augen. Sie sagte sich, das käme daher, dass ihre Chancen, den Rotgardisten zu entkommen, beritten wesentlich größer waren, aber tief im Herzen erkannte sie, dass sie die lange und einsame Reise durch das Bergland gefürchtet hatte. Der Hengst war bereits ein ebenso guter Freund und Begleiter geworden, wie Lilanthe es gewesen war.

Die rasche und leichte Verständigung, die sich zwischen Isabeau und dem Hengst entwickelt hatte, war höchst ungewöhnlich. Denn die Sprache eines Tieres zu sprechen bedeutete, seine feinen Unterschiede in Klang und Bewegung und Geruch zu verstehen und nachzuvollziehen, und das war keinem Menschen möglich. Wie sehr Isabeau es auch versuchte, sie besaß keinen Schweif, keine Hufe und nicht die Fähigkeit, die Muskeln unter der Haut kaum merklich zu bewegen, wie ein Pferd es tun konnte. Daher sprach Isabeau notgedrungen merkwürdig und gestelzt und auch gelegentlich unverständlich. Normalerweise waren Zeit und Geduld auf beiden Seiten vonnöten, um sich gegenseitig zu verstehen, was einer der Gründe dafür war, warum nur wenige Hexen jemals die Sprache von Tieren wie dem Säbelzahnpanther erlernten, die nicht für ihre Geduld bekannt waren.

Daher hatte Isabeau es, obwohl sie die Sprache der Pferde fließend sprach, noch niemals zuvor als so leicht empfunden, sich auszudrücken. Sie und das Pferd hatten sich rasch auf eine Art Kauderwelsch geeinigt, das aus Wörtern, Wiehern und Körpersprache bestand. Normalerweise bedurfte es großer Vertrautheit, um solche Kurztexte zu entwickeln, die aber in keiner Weise der Verständigung zwischen einer Hexe und ihrem Vertrauten ähnelten, welche sich auf einer tieferen Ebene abspielte. Wie dem auch sei – die Leichtigkeit, mit der sie eine Beziehung aufgebaut hatten, erweckte in Isabeau die Frage, ob das Pferd vielleicht eines Tages ihr Vertrauter würde, ein Gedanke, der sie mit Freude erfüllte.

Auf bloßem Pferderücken zu reiten war nicht die bequemste Reiseart, und Isabeau war bereits vom harten Ritt des Vortags wund, sodass sie ihr Plaid und den Rucksack auf den Rücken des Hengstes lud und neben ihm die lange, grüne Wiese hinabging. »Ich werde dich Lasair nennen«, sagte sie, während sie seine rote Schulter streichelte. »Du strahlst wie eine Flamme. Dein Haar hat fast dieselbe Farbe wie meines, vielleicht ein wenig dunkler.« Der Hengst wieherte als Antwort und stieß mit dem Kopf gegen ihren Arm.

Hinter ihnen waren in gestaffelten Reihen Berge zu sehen, deren höchste Gipfel schneebedeckt waren. Vor ihnen ragten die beiden hohen Felsen auf, die den engen Pass kennzeichneten, den einzigen Weg in die Highlands hinab. Sie war nervös, denn sie dachte daran, dass Bacaiche erst vor wenigen Tagen hier gefangen genommen worden war. Es war jedoch keine Menschenseele zu sehen, und es war noch immer sehr früh. Wenn Rote Garden in der Nähe waren, würden sie vielleicht alle noch schlafen.

Die Wiese verengte sich, die Hänge rundum wurden steiler

und höher, und der Himmel schrumpfte zu einem schmalen Stück hellen Blaus zwischen den Felsen zusammen. Isabeaus Herz pochte. Es hatte jedoch keinen Sinn innezuhalten, denn sie musste den Schutz der Berge letztendlich verlassen. Schließlich war die Wiese zu Ende, und nur noch die schmale Kluft zwischen den Felsen lag vor ihr. Der Weg verlief den felsigen Bach entlang. Als es schwierig wurde, neben dem Hengst herzugehen, stieg Isabeau mit Hilfe eines großen Felsblocks auf und zuckte leicht zusammen, als ihre wunde Kehrseite mit dem Rückgrat des Hengstes in Berührung kam.

Der Weg wand sich unter Mühen durch den Felsspalt, und niemand außer einem gelegentlichen Raben sah Isabeau. Schließlich erreichte sie das andere Ende des Passes und hielt inne, um die nördlichen Höhen Rionnagans zu beobachten, das Heimatland der MacCuinns, der Rìghrean Eileanans. Die kahlen, grauen Berge erstreckten sich meilenweit, bevor sie in das darunter gelegene, fruchtbarere Tal abfielen. Kein Lebenszeichen war zu erkennen, nicht einmal das eines Kaninchens. Isabeau konnte nur graue Stechginsterbüsche und wildes Gras, einsame Felsvorsprünge und den weiten, blauen Himmel sehen.

»Gehen wir«, sagte sie zu Lasair, und der Hengst trottete gehorsam aus dem Schatten des Felsens hinaus, die Ohren nach vorn geneigt. Sie waren erst ein kurzes Stück geritten, als sie angerufen wurden. Isabeau zuckte zusammen, blickte sich um und sah einen Wächter aus dem Gras aufstehen, dessen rote Jacke im Wind peitschte.

Lasair tänzelte ein wenig und spannte seine mächtigen Muskeln an, als wollte er davonlaufen. »Besser nicht«, sagte Isabeau. »Das wäre verdächtig.«

Der Hengst blieb gehorsam stehen, und der Wächter schritt auf sie zu, die Hand nicht weit von seinem Langschwert entfernt, obwohl offensichtlich war, dass er keine Schwierigkeiten erwartete. »Wer bist du?«, fragte er. »Was tust du hier?«

»Was ich jedes Frühjahr tu«, erwiderte Isabeau schroff. »Hab Kräuter und Blumen gesucht. Meine Großmutter sagt, jetzt sei die beste Zeit zum Sammeln, weil der Saft im Frühjahr üppig fließt.« Sie wusste, dass Frauen, die etwas von Kräutern und Pflanzen verstanden, hier in den Highlands hoch angesehen waren, da sie häufig die Einzigen waren, welche die Geheimnisse des Heilens kannten. Jedes Dorf hatte seine weise Frau, einige kenntnisreicher als andere, obwohl sie inzwischen außerordentlich bemüht waren, jeglichen Anschein von Zauberei zu meiden.

»Welche Kräuter?«, fragte der Wächter misstrauisch.

Isabeau lächelte schüchtern. »Hartkraut zum Heilen von Quetschungen, Wacholder, unheimlich gut gegen Magenweh, und schwarze Nieswurz für den alten Jento, der im Frühjahr immer ein wenig komisch wird.« Während sie sprach, zeigte sie ihm einige der Pflanzen in ihrer Tasche, von denen eine noch feuchte Erde an den Wurzeln aufwies, denn Isabeau war zu gut ausgebildet, um an der seltenen Nieswurzpflanze vorbeizugehen, ohne sie zu pflücken.

»Wozu ist die gut?«, fragte der Wächter.

»Stoppt Anfälle und Wahnsinn«, sagte Isabeau kurz angebunden. »Aber nur ein klein wenig davon. Zuviel wär noch schlimmer als die Anfälle.«

Der Wächter schien beruhigt, und obwohl er ihr noch viele weitere Fragen darüber stellte, wo sie lebte und was sie ganz allein in den wilden Sithichebergen tat, konnte Isabeau ihn zufrieden stellen. Schließlich durfte – abgesehen von einem plumpvertraulichen Knietätscheln und dem Angebot, ihn doch zu besuchen, wenn ihr das Leben bei ihrer Großmutter zu langweilig würde – unbelästigt passieren. »Is'n unheimlicher Ort hier, kannst dir gar nich vorstellen, wie einsam's hier wird«, vertraute ihr der Wächter an. »Bis vor wenigen Tagen war 'ne ganze Truppe von uns hier, aber es sollen *Uile-Bheistean* in den Bergen sein, und so haben se mich hier ganz allein zurückgelassen.«

Isabeau lächelte erneut freundlich und ritt über das Hochmoor davon, ihre Zuversicht durch ihre erfolgreiche List weitgehend wiederhergestellt. *Bacaiche hat das nicht geschafft,* dachte sie selbstgefällig.

Als die Sonne hoch am Himmel stand, wurde ihre Zuversicht jedoch von Hunger verdrängt. Mehrere Durchsuchungen ihres Rucksacks brachten nur einige leere Baumwollbeutel und Mehlstaub zutage. Isabeau hatte jedoch immer noch ihre Kräuter, und so kochte sie sich einen dünnen, aber nahrhaften Tee, während das Pferd an kurzen Grasbüscheln zupfte. Obwohl ihr der Tee wieder Kraft verlieh, füllte er nicht ihren Magen, und Isabeau erkannte, dass sie trotz Meghans Anweisungen eines der Dörfer betreten müsste. »Ich muss etwas essen«, rechtfertigte sie sich und machte sich auf die Suche nach einem Dorf. Sie hatte letztendlich herausgefunden, dass es weitaus bequemer war, auf dem Pferd zu reiten, wenn sie sich auf ihr Plaid setzte, auch wenn das bedeutete, dass es bald voller fuchsfarbener Haare war. Ein behaartes Plaid war weitaus besser als eine wunde Kehrseite, sagte sie sich, während sie aufstieg.

Das Moor war ein hoch gelegener, einsamer Ort, und daher kehrte Isabeau den Bergen den Rücken und wandte sich dem abfallenden Land zu. Sobald sie auf einen kleinen Bach trafen, folgte Isabeau ihm, und gerade, als die Sonne unterzugehen begann, führte er sie in ein graues, wenig einladend wirkendes Dorf. Ein paar Frauen standen um den Dorfteich herum, Eimer zu ihren Füßen, während magere Kinder barfuß über den schmutzigen Dorfplatz liefen. Häuser kauerten sich um den Teich zusammen, und Hühner scharrten im Schmutz. Soweit Isabeau wusste, war sie niemals zuvor in diesem Dorf gewesen, da sie und Meghan auf ihren Ausflügen in die Highlands die größeren Städte aufsuchten, weil die dortigen Bewohner weniger barsch waren und es mehr Neuigkeiten zu erfahren gab. Jedoch waren sich alle diese Highlanddörfer mit ihren grauen Steinmauern und steilen

Strohdächern sehr ähnlich. Dieses schien sehr arm zu sein, denn viele der Mauern waren zerbrochen und mit Schlamm geflickt, und die Frauen trugen Säcke anstatt Plaids um die Schultern. Ihre bloßen Füße und Beine waren bis über die Knie grau vor Schmutz, und alle Gesichter wiesen einen Ausdruck der Erschöpfung und fatalistischen Ergebenheit auf. Eine schwangere Frau hob ihren Eimer gerade hoch und stemmte sich dabei die Hand ins Kreuz; unter ihren Augen und Wangenknochen lagen dunkle Schatten.

Während Isabeau in das Dorf einritt, fragte sie sich, welche Geschichte sie erzählen und was sie für Nahrung eintauschen könnte. Sie hatte nur ihre Kräuter, und viele dieser Frauen würden ebenso viel über Pflanzenkunde wissen wie sie selbst. Sie gab sich dennoch Mühe, breitete einige der Blüten und Blätter auf dem Boden aus und nahm geschickt die Rolle der Marktfrau ein. »Ich hab auch etwas Mutterkraut, was, wie Ihr wisst, ausgezeichnet das Herz beruhigt, wie auch das Baby im Mutterleib ...«

»Wenn ich Mutterkraut wollte, würde ich einfach die weise Frau darum bitten«, sagte die werdende Mutter mit dem erschöpften Gesicht abweisend.

Isabeaus Augen blitzten auf, denn vielleicht hatte sie etwas Seltenes bei sich, was die weise Frau benötigen würde, und eine weise Frau würde eine andere auf jeden Fall stets willkommen heißen.

»Wo ist Eure weise Frau?«, fragte sie und erfuhr, dass diese in einer kleinen Hütte fünf Minuten vom Dorf entfernt wohnte. »Die weise Frau wird dir helfen, Kind«, wiederholten sie alle. Isabeau dankte den Frauen und ging die schmutzige Straße entlang, wobei sie dachte, wie mager die Kinder waren und wie zerfallen die Häuser aussahen. Der Winter musste hier, am Rande der Highlands, hart gewesen sein.

Die Hütte der weisen Frau, durch deren hinteren Garten ein Fluss verlief, lag in einem Wäldchen. Es war nur eine kleine Hütte, aber der Eingang war so sauber geschrubbt, wie keiner im Dorf es gewesen war. Isabeau stieg zögernd ab und ließ Lasair frei grasen. Bevor sie das Tor aufstieß und den Weg betrat, warf sie einen geübten Blick auf den Garten und war beeindruckt von der Vielfalt der dort wachsenden Kräuter und Pflanzen. Damit konnte die weise Frau fast alle Leiden der Dorfbewohner heilen. Isabeau erkannte in einer Ecke sogar die hübschen blauen Blüten des Flachses, einer mächtigen Pflanze, die in diesem kalten Klima gewiss schwer anzubauen war. Sie lachte leise – hier kam sie an und dachte, sie könnte der weisen Frau eine Pflanze bringen, die sie nicht besaß, und nun sah es eher so aus, als würde sie die Frau stattdessen um etwas bitten.

Die Tür wurde geöffnet, bevor sie die Gelegenheit bekam anzuklopfen, sodass Isabeau mit einer törichterweise in die Luft erhobenen Hand dastand. »Komm rein, komm rein«, sagte die alte Frau mit atemloser Stimme. »Was kann ich für dich tun? Hast du Probleme mit der Menses, Kind? Ich hab etwas Tee aus Pflügers Lavendelöl bereitet, der dir sofort helfen wird.«

»Warum nicht Flohkraut?«, fragte Isabeau. »Ich seh, dass es direkt vor Eurer Tür üppig wächst, während Ihr doch gewiss reisen müsstet, um Pflügers Lavendelöl zu finden?«

»Das ist wahr, das ist wahr«, sagte die alte Frau und warf Isabeau einen schlauen Blick aus funkelnden, schwarzen Augen zu. »Aber ich hab keinen Flohkrauttee bereitet, während ich noch viel Pflügers Lavendelöl von einem Posten Tee übrig hab, den ich vor einigen Jahren gezogen hab. Aber ich glaub nicht, dass du zu mir gekommen bist, um über Flohkraut und Pflügers Lavendelöl zu reden. Hast du Hunger? Siehst aus, als hättest du schon seit ein paar Tagen kein gutes Mahl mehr gehabt. Ich hab etwas Eintopf auf dem Herd.« Isabeaus Knie gaben vor Erleichterung nach, und sie taumelte ohne Zögern vorwärts.

»Wird dein Pferd nicht weglaufen, wenn du es so frei umherlaufen lässt?«, fragte die weise Frau.

Isabeau schüttelte den Kopf. »Ach, nein, er ist sehr gut dressiert«, erwiderte sie, setzte sich in einen der kissenüberhäuften Sessel vor dem Feuer und streckte die Hände in die tröstliche Wärme.

Die weise Frau lief flink in der kleinen Küche umher, schwang den Kessel übers Feuer, nahm Becher und Schalen hervor und polierte mit einem kleinen Tuch Löffel. Während der Arbeit schwatzte sie mit ihrer atemlosen Stimme über die der Jahreszeit unangemessene Kälte, den harten Winter, die Probleme, seltene Wurzeln und Pflanzen zu finden.

Isabeau ließ ihren Körper sich entspannen, jäh erkennend, wie ausgesprochen müde und hungrig sie war. Als ihr die weise Frau einen Becher Tee reichte, nahm sie ihn und trank, wobei sie wegen des ungewohnten Geschmacks leicht die Stirn runzelte. Die Wärme des Feuers und der bequeme Sessel ließen ihre Knochen butterweich werden. Dann reichte ihr die weise Frau eine mit duftendem Eintopf gefüllte Schale, in der in einer dicken, dunklen Soße Möhren und Kartoffeln schwammen. Isabeau aß gierig.

»Warum wandert also ein junges Mädchen wie du allein durchs Hochmoor?«, fragte die weise Frau, während der Feuerschein über ihr runzeliges Gesicht tanzte.

»Ich bin auf dem Weg nach Süden«, murmelte Isabeau mit vollem Mund.

»Du ziehst nach Süden? So viele junge Leute wollen anscheinend in den Süden, obwohl es dort wirklich nichts gibt, außer einer schmutzigen Stadt, dem schrecklichen Meer und den Piraten. Du willst dir vermutlich in der Stadt Arbeit suchen?« Isabeau nickte. »Nur du und dein Pferd ziehen nach Süden.« Isabeau nickte erneut, leerte ihre Schale mit einem Stück ungesäuertem Brot und versuchte, nicht zu hoffnungsvoll auf den Topf zu schielen, der neben dem Feuer noch immer dampfte. »Und du hast keine Familie, die sich um ihre allein übers Moor ziehende hübsche Tochter sorgt?«, fragte die weise Frau, während sie Isabeaus Schale nahm und sie erneut füllte.

Jetzt war für Isabeau der Zeitpunkt gekommen, die Geschichte über ihre ältliche Großmutter zu erzählen, die im Moor lebte und sie auf die Suche nach Heilkräutern ausgeschickt hatte. Sie öffnete daher den Mund und hörte sich dann überrascht sagen: »Nein, ich hab meine wirkliche Familie niemals kennen gelernt.«

»Sind sie gestorben, als du klein warst?«

»Nein, zumindest weiß ich das nicht. Ich wurde gefunden.« Isabeau war überrascht, so offen gesprochen zu haben. Sie schaute zu der weisen Frau hoch und sah, dass ihr altes Gesicht ruhig war und die schwarzen Augen eher unbewegt darauf gerichtet waren, die wenigen Möhrenstücke in die Schale zu schöpfen, als Isabeau zu beobachten. Ihr Unbehagen wich.

»Du wurdest gefunden! Das is ja eine interessante Geschichte. Ich glaub nicht, dass ich jemals zuvor jemandem begegnet bin, der gefunden wurde. Wer hat dich gefunden?«

»Meine Hüterin. Ich nenne sie meine Großmutter, aber sie ist es nicht wirklich.«

»Und wo lebt deine Hüterin? Wie heißt sie?«

»M … M … M …«, versuchte Isabeau zu antworten, konnte den Namen aber nicht aussprechen. Sie versuchte es erneut. »Sie lebt …« Isabeau merkte wieder, dass sie die Worte nicht hervorbrachte, und ihre Hand, die sie ausgestreckt hatte, um in Richtung der Berge zu deuten, erstarrte in der Luft. Sie versuchte es noch einmal, aber irgendwie konnte ihr Mund das Wort »Drachenklaue« nicht aussprechen. Kurz darauf sank ihre Hand herab, und sie aß weiter, während sie leicht den Kopf schüttelte, als wollte sie das insektenartige Summen abschütteln, das plötzlich in ihrem Ohr erklang.

»Du lebst auf dem Hochmoor?«

Isabeau öffnete den Mund, um »Ja« zu sagen, hörte sich aber

»Nein, in den Bergen« sagen und geriet nun wirklich in Panik darüber, dass sie so offen antwortete.

»In den Bergen!«, rief die weise Frau aus. »Ihr müsst einen harten Winter gehabt haben. Selbst wir waren eingeschneit, und viele sind gestorben. Natürlich hauptsächlich die Alten und die ganz Jungen. Ich konnte nicht viel dagegen tun, da mein Garten eingefroren war und sich der Schnee vor den Fenstern aufhäufte. In den Bergen muss es noch viel schlimmer gewesen sein.«

»Wir spüren die Kälte nicht so deutlich«, sagte Isabeau, die daran dachte, dass der Schnee nur immer stellenweise auf den Hängen ihres Heimattales lag. Selbst auf dem Höhepunkt des Winters blieb das Tal nur von einem Hauch Schnee bedeckt. Sie erkannte zum ersten Mal, wie seltsam das war, und erinnerte sich, wie sie sich bei ihrem Aufbruch auf der anderen Seite der Drachenklaue durch den Schnee hatte kämpfen müssen.

»Du musst an einem geschützten Fleck leben«, sagte die weise Frau und nahm Isabeau die leere Schale ab.

»Ja«, bestätigte Isabeau.

»Aber die Berge sollen recht unbarmherzig sein. Das Leben ist für ein junges Mädchen bestimmt hart dort.«

»Ich weiß nicht wirklich …«, sagte Isabeau zögernd und verwundert. Ihr Leben war ihr niemals hart erschienen. Alles, was sie jemals getan hatte, war zu spinnen und zu säen, Kräuter zu suchen und Meghans Lektionen zuzuhören. Als sie an die dünnen Kinder und die erschöpften Frauen im Dorf dachte, erkannte sie, dass ihr Leben wahrscheinlich weitaus leichter gewesen war als ihres. Sie hatte niemals Hunger gelitten oder war ohne warme Kleidung oder Stiefel gewesen.

»Deine Hüterin muss eine sehr weise Frau sein, wenn sie bei der Kälte und den Stürmen in den Bergen lebt und niemals leidet.«

»Ja, sie ist die weiseste Frau überhaupt. Sie weiß alles über Pflanzen und Tiere und das Wetter«, plapperte Isabeau. »Sie kann am Geruch des Windes erkennen, ob es schneien wird, und sie …« Sie merkte erneut, dass sie nicht weitersprechen konnte. Ihre Gedanken schienen sich aufzulösen, sodass sie sich nicht mehr erinnern konnte, was sie hatte sagen wollen. »Sie ist eine sehr weise Frau«, sagte sie abschließend ausweichend.

»Wie hieß sie noch?«, fragte die weise Frau, aber Isabeau konnte nicht antworten. Meghans Name blieb ihr in der Kehle stecken. Sie lehnte sich im Sessel zurück und merkte, dass sie nicht einmal mehr einen Finger heben konnte, um sich die schmerzende Stirn zu reiben. Die Schatten lasteten nun schwer auf der Hütte, erhoben sich über den beiden Sesseln am Feuer und wirkten beinahe lebendig. Isabeau spürte Angst aufsteigen, obwohl selbst dieses Gefühl nur sehr vage war. Ihre Zunge fühlte sich dick und pelzig an, und sie hatte einen unangenehmen Geschmack im Mund.

Die weise Frau beugte sich vor. »Ich möchte, dass du mir von deiner Kindheit erzählst«, befahl sie mit fester und klarer Stimme.

Isabeau tat es zu ihrem Entsetzen. Alle möglichen Einzelheiten strömten hervor – was Meghan zu ihrem neunten Geburtstag vorbereitet hatte, wie sie im Winter stundenlang Wolle spinnen musste, wie langweilig sie Meghans endlose Lektionen fand. Immer wieder jedoch überkam sie diese seltsame Verwirrung, sodass sie sich nicht erinnern konnte, was sie gerade zu sagen versucht hatte. Die Schatten wurden dichter und fester, der Raum jenseits des Feuerscheins verschwommener und unwirklicher und die weise Frau ungeduldiger in ihrem Drängen, weitere Informationen preiszugeben. Isabeau versuchte schließlich, sich zu widersetzen, und stellte entsetzt fest, dass sie es nicht konnte.

So erzählte sie der eigenartigen alten Frau viele Dinge, die sie niemals jemandem hatte erzählen wollen, aber sie sagte kein Wort über Magie oder Hexerei, noch konnte sie Meghans Namen aussprechen. Irgendwie gelang es ihr, der Enthüllung gefährlicherer Geheimnisse aus ihrem und Meghans Leben doch zu widerstehen, woraufhin die weise Frau bei ihrer Befragung direkter wurde. Bald wurde Isabeau klar, dass die alte Frau selbst etwas über Hexerei wissen musste. Dieser Zwang zu sprechen musste durch irgendeinen Zauber begründet sein, dessen Gebrauch Isabeau nicht einmal bemerkt hatte. Als sie das erkannte, plapperte sie drauflos, sprach über die Alltäglichkeiten ihres Lebens, bis sich die weise Frau schließlich in ihrem Sessel vorbeugte und ihre durchdringenden schwarzen Augen auf Isabeaus Gesicht richtete. Sie sagte etwas in einer merkwürdigen Sprache, und Isabeau spürte, wie sie vorwärts gezogen wurde und ihr Mund sich bewegte, als sie zu sprechen versuchte, ihre Zunge, die sich nun so dick wie eine Holzplanke anfühlte, aber nicht reagieren wollte. Fast eine Minute lang rasten Worte in ihrem Geist hin und her, vernichtende Worte, die sie und ihre Hüterin vor die Liga gegen Hexen hätten bringen und eine Verurteilung zu einem schrecklichen Tod bedeuten hätten können. Aber sie äußerte keines dieser Worte. Schließlich lehnte sich die weise Frau zurück.

»Ich verstehe«, sagte sie. »Ein überaus mächtiger Schutz.«

Sie blickte einige Zeit ins Feuer, die knorrigen Finger im Schoß verschränkt, lehnte sich dann zurück und sagte mit ihrer atemlosen Stimme: »Du meine Güte, welch schlechte Gastgeberin bin ich. Da belästige ich dich mit Fragen, während jedermann sehen kann, dass du schon im Sitzen einschläfst. Du musst verzeihen, es ist manchmal ein solch einsames Leben hier im Moor, und ich hab nicht oft solch ein hübsches, kluges Kind zur Unterhaltung bei mir. Komm, komm, wir sollten dich für die Nacht ins Bett stecken, und morgen sieht alles anders aus.«

Isabeau konnte nur gehorchen. Sie war so müde, dass sich ihre Knochen nicht gleichmäßig bewegen wollten, und sie stolperte, als sie der weisen Frau zu einem in einer Ecke des Raumes vorbereiteten Bett folgte, das wie ein in die Wand eingelassener Schrank aussah. Das Bett war hart, aber warm, und sie konnte die Schatten der Flammen über die raue Decke tanzen sehen. Sie kroch ins Bett und schlief fast augenblicklich ein.

Als sie am nächsten Morgen vom Geräusch des aufs Dach prasselnden Regens erwachte, hatte sie nur eine äußerst vage Erinnerung an den vorangegangenen Abend. Sie erinnerte sich an den köstlichen Eintopf, sie erinnerte sich daran, so wie niemals zuvor über ihre Kindheit gesprochen zu haben, und sie erinnerte sich an das Gefühl zu schlafen, obwohl sie wach war. Es fiel ihr schwer, ihre Träume von dem zu unterscheiden, was wirklich geschehen war. Es blieb jedoch ein vages Gefühl des Unbehagens, und so war ihr unmittelbarer Gedanke, etwas Essen und vielleicht einen Dolch einzutauschen und sich dann auf den Weg zu machen. Die weise Frau hatte jedoch andere Pläne.

»Wart eine Weile, Kind, und ich werd dir etwas Haferbrei und Rahm zum Frühstück machen. Ich back heute Morgen auch Brot. Soll ich einen zusätzlichen Laib für dich mitbacken?« Auch brauchte sie Isabeaus Hilfe beim Destillieren einiger reiner Essenzen, und Isabeau mochte sich nicht weigern. Die weise Frau hatte Recht, sie sollte warten, bis es wärmer würde, bis die Stürme vergingen, bis die weise Frau Zeit hatte, ihr Nusskekse zu backen. Es war so gemütlich in der kleinen Hütte, und sie hatte noch nie solch schmackhaftes Essen genossen. Die weise Frau war reizend und zeigte solch großes Interesse an Isabeau und allen ihren Gedanken und Empfindungen. Gewiss fühlte sich Isabeau bei ihren Fragen manchmal unruhig oder unbehaglich, aber diese Gefühle wichen bald, und die weise Frau konnte sie Dinge über Pflanzen lehren, die sogar Meghan nicht wusste.

Die alte Frau bereitete ein köstliches Mittagessen, das abzulehnen Isabeau ebenfalls nicht fertig brachte, und bevor sie sich versah, brach erneut die Nacht herein, und sie konnte sich nicht mehr auf den Weg machen. Und wieder war Isabeau jeder Aufschub so natürlich und dessen Ablehnung so schwierig erschienen, dass sie nur vage Unruhe oder Ungeduld verspürte. Als sie in dieser Nacht in dem kleinen Wandbett schlief, träumte sie nur vom Sommer auf dem Hochmoor.

Isabeau summte vor sich hin, während sie auf den Fersen im Garten hockte. Die Luft war weich und warm, Bienen summten um sie herum, und der Garten war voller Schmetterlinge. Nach sechs Tagen Sturm und Regen war der Anblick des klaren, blauen Himmels und das Gefühl der warm auf ihr Gesicht scheinenden Sonne eine Wohltat für ihre Seele, die in letzter Zeit seltsam niedergeschlagen war.

Manissia hatte sie mit einem Korb und einer Schere in den Garten hinausgeschickt, um Blumen und Kräuter zu schneiden. Heute würden sie damit beginnen, die vielen Tees und Aufgüsse zuzubereiten, welche die weise Frau gebrauchte, um die in der Nähe lebenden Dorfbewohner zu heilen und die sie auch auf dem Markt verkaufte. Isabeau war vom Destillieren würziger Blätter, Hölzer und Wurzeln schon immer fasziniert gewesen, und sie freute sich darauf zu sehen, inwieweit sich Manissias Methoden von denen Meghans unterschieden.

Einen Moment lang beschlich sie erneut seltsames Unbehagen, aber sie tat es achselzuckend ab und konzentrierte sich auf den üppigen Geruch der Erde, den würzigen Duft von Rosmarin und Thymian und das sinnliche Vergnügen der Sonne auf ihrem Nacken. Manissia wollte ihr heute Nachmittag einige ihrer seltsamen Bücher zeigen, Bücher mit vom Alter vergilbten Seiten und angefüllt mit Schaubildern der Sterne und Planeten, der beiden Monde und der Sonne. Meghan hatte sich niemals für den Himmel interessiert, nur für die Erde, ihre Tiere und ihre Pflanzen … Erneut überlief Isabeau ein Angstschauer, und sie runzelte einen Moment die Stirn, zitterte trotz der Sonne, kreuzte die Arme über der Brust und rieb ihre plötzlich von Gänsehaut überzogenen Gliedmaßen. Dann schwand das Unbehagen fast augenblicklich wieder, und sie dachte erneut freudig an die Bücher der weisen Frau.

Isabeaus Korb war voll, und ihr Rücken begann zu schmerzen, als ein plötzliches Wiehern sie dazu veranlasste, sich aufzurichten und umzusehen. Das Häuschen, durch dessen Garten ein kleiner Bach strömte, stand im Schutz einer Baumgruppe. Hinter dem Haus zog sich ein steiler Hügel zum leuchtend purpurfarbenen Moor hoch, das sich in Wellen bis zum Horizont erstreckte. Ein rotes Pferd galoppierte auf dem Hügelkamm entlang, während seine Mähne in der Sonne hell aufflammte. Als Isabeau hinsah, wieherte das Pferd erneut, warf den Kopf auf, stieg und scharrte mit den Hufen auf dem Boden. Das Pferd rief sie. Sie konnte den Klang selbst auf diese Entfernung erkennen.

»Isabeau!«, rief das Pferd. »Isabeau!«

Isabeau stand verwirrt still. Das Pferd wieherte erneut, und plötzlich erkannte sie den Klang. Lasair! Wie konnte sie Lasair vergessen haben? Während sie noch immer hinsah, machte Lasair kehrt und lief wieder zurück, stampfte auf den Boden auf und wieherte. Das Wiehern klang schrill, fast panisch. Isabeau ließ den Korb fallen und lief seitlich ums Haus. Am unteren Ende des langen Gartens befand sich eine Hecke mit einem Tor. Sie rief Lasair zu sich, und der Hengst wieherte, warf den Kopf auf und lief wild hin und her, kam aber nicht näher. Isabeau wollte sofort das Tor öffnen, um zu ihm hinauszulaufen, aber sobald ihre Hand den Holzriegel berührte, wich alles Verlangen hinauszugehen, und sie stand nur verträumt da und strich mit der Stiefelsohle sanft über einen Grasbüschel.

Lasair musste erneut wiehern und noch einmal, bevor Isabeau sich erinnerte und dann von Entsetzen und Kummer überschwemmt wurde. Wie hatte sie Lasair vergessen können? Und Meghan, ihre geliebte Hüterin, und ihre Reise nach Süden? Sie konnte sich nur an das auf den cremefarbenen Wänden flackernde Feuer, den Klang des gegen die Fenster trommelnden Regens und die atemlose Stimme der weisen Frau erinnern, als sie einen weiteren Teller ausgezeichnetes Essen servierte … und an ihre eigene Stimme. Sie konnte sich erinnern, dass sie viel gesprochen hatte. Was hatte sie der alten Frau erzählt? Kalte Angst vereinnahmte sie. Sie musste verhext gewesen sein. Aber wie? Sie hatte keinerlei Frösteln gespürt, das einen normalerweise überkommt, wenn der Luft und der Erde Macht entzogen wird. Sie hatte nichts gespürt als zunehmendes Wohlbehagen. Wenn Lasair sie nicht aus ihrem traumähnlichen Zustand gerissen hätte, wäre sie wieder ins Haus gegangen, in Vorfreude auf einen weiteren Nachmittag mit der weisen, alten Frau, ohne auch nur darüber nachzudenken, wie die Zeit verging.

Lasair wieherte jetzt noch einmal, ein schriller Klang. Isabeau antwortete mit beruhigendem Wiehern und versuchte nachzudenken. Kurz darauf hob sie einen Stock auf und schlug den Torriegel damit beiseite. Ohne sich von den verflochtenen Zweigen berühren zu lassen, schlüpfte sie durch das grob eingepasste Tor und lief den Hügel zu Lasair hinauf. Es war jedoch mühsam – weiße Schmetterlinge tanzten im Sonnenschein vor ihr, und es war schwer, sich nicht von ihrem hübschen Flügelschlag und der Schönheit des Anblicks ablenken zu lassen. Sie zwang sich, den Hügel weiter hinaufzusteigen, während der Fuchshengst den Hügelkamm entlanglief.

Als Isabeau den Hügelkamm erreicht hatte, spürte sie eine Trägheit und Müdigkeit von sich abfallen, deren Existenz sie sich nicht bewusst gewesen war. Sie atmete tief die saubere, nach grauem Stechginster duftende Luft ein, während Lasair sie rau mit dem Kopf anstieß.

»Sie muss eine Hexe sein«, sagte Isabeau. »Das hätte ich niemals gedacht.«

Lasair wieherte und schüttelte seine rote Mähne. Isabeau fuhr mit der Hand hindurch und haderte mit sich. Was sollte sie nun tun? All ihre Habe – ihr Rucksack, ihre kostbaren Ringe, sogar der Talisman, den Meghan ihr gegeben hatte – befand sich noch in der Hütte. »Ich muss zurückgehen«, sagte sie.

Lasair stampfte auf den Boden auf, schüttelte den Kopf und wieherte, aber Isabeau wusste, dass sie keine Wahl hatte. Wie hätte sie den Talisman bei einer Hexe zurücklassen können? Meghan hatte ihr vertraut, und sie hatte nach einem Reisemonat bereits ihre Vorräte und ihren Dolch verloren und war dem Zauber einer einfachen weisen Frau erlegen!

Sie wandte sich um und eilte den Hügel wieder hinab, wobei sie dachte: *Ich muss stark sein. Ich muss einen klaren Kopf bewahren. Ich muss stark und mutig und klaren Verstandes sein, so wie Meghan mich haben wollte.*

Als sie die Tür zur Hütte aufstieß, wandte sich die alte Frau lächelnd vom Feuer um. »Gerade rechtzeitig zur Kartoffel-Estragon-Suppe, meine Liebe. Stell den Korb auf den Tisch.«

Isabeau hatte den Korb vergessen. Sie hätte sich beinahe umgewandt und ihn geholt, als sie sich erinnerte. »Ihr seid eine Hexe«, sagte sie.

»Wie auch du«, erwiderte die weise Frau und füllte dicke Suppe in eine Steingutschale.

Isabeau war einen Moment aus der Fassung gebracht. »Ihr habt mich verhext. Ihr habt mich vergessen lassen, was ich tat, wohin ich wollte.«

»Wirklich, meine Liebe? Nun, es war sehr nasses, erbärmliches Wetter. Du wärst nicht gern in dem Sturm dort draußen gewesen.« Die weise Frau stellte die Schalen auf den Tisch. »Iss, Kind, du bist noch immer nur Haut und Knochen.«

»Nein, ich muss gehen.«

»Nun, wenn du willst, Kind, obwohl – macht es nicht Sinn, noch etwas zu essen, bevor du gehst?«

Es machte Sinn, und Isabeau schaute recht sehnsüchtig auf die Schalen, von denen Dampf aufstieg und die köstlich dufteten.

Dann fuhr sie aber verärgert mit dem Arm über den Tisch und fegte die beiden Schalen auf den Boden, wo sie zerbrachen, sodass sich die Suppe über den dicken Teppich ergoss.

»Nun, meine Liebe, das ist nicht sehr nett. Welche Art, mir meine Gastfreundlichkeit der letzten Woche zu vergelten! Ich schäm mich für dich.«

»Es tut mir Leid«, murmelte Isabeau, die sich zutiefst schämte. »Ich werd es aufräumen.« Sie begann, die Steingutscherben aufzusammeln, und verbrannte sich dabei an der heißen Suppe die Hand. Die weise Frau nahm eine Schüssel, füllte sie mit Wasser aus der Tonne in der Ecke und reichte sie ihr zusammen mit einem Tuch. Isabeau schrubbte auf Händen und Knien den Teppich, bevor sie sich dessen bewusst wurde. Sofort warf sie das Tuch wieder hin. »Ihr habt es schon wieder getan! Ich sagte, dass ich gehe.«

»Nun, natürlich, Kind, du kannst gehen, wann immer du willst, obwohl ich denke, dass du vorher dieses Durcheinander beseitigen solltest.« Die in der Stimme der weisen Frau hörbare Rüge ließ Isabeau erröten, und sie beugte sich rasch wieder über ihre Arbeit. *Ich werde dies noch tun, und dann gehe ich,* sagte sie sich.

Die weise Frau hatte inzwischen jedoch weitere Suppe aufgefüllt und plapperte ununterbrochen mit ihrer atemlosen, alten Stimme. Nachdem Isabeau die zerbrochenen Schalen fortgeräumt hatte, spürte sie, dass sie die alte Frau nicht erneut vor den Kopf stoßen konnte. *Ich werde es nicht wieder vergessen,* schwor sie und löffelte die Suppe, so schnell sie konnte.

»Langsam, Isabeau, langsam«, sagte die weise Frau. »Du wirst Blähungen kriegen, wenn du dein Essen so hinunterschlingst. Was hat dir deine Hüterin nur beigebracht?«

Isabeau spürte sofort Panik aufkommen. Sie hatte der weisen Frau offensichtlich von Meghan erzählt. Wie sonst könnte sie wissen, dass sie eine Hüterin hatte und nicht eine alte Großmutter, wie sie es eigentlich hatte erzählen sollen? Sie versuchte verzweifelt, sich an die letzte Woche zu erinnern, aber das meiste davon war verschwommen.

Bevor sie antworten konnte, hob Manissia plötzlich den Kopf. »Der Torschutz wurde gebrochen«, sagte sie. »Isabeau, es ist niemand, den ich kenne. Rasch, ins Wandbett!«

Isabeau sträubte sich augenblicklich und sammelte sich, um etwas zu sagen, was ihrer Verachtung für die alte Vettel Ausdruck verleihen würde, aber die weise Frau wandte sich um und sagte sanft: »Isabeau, ins Wandbett.«

Noch bevor Isabeau erkannte, dass sie sich bewegt hatte, befand sie sich bereits im Bett, und die weise Frau hatte die Türen zugeschlagen, sodass sie darin eingeschlossen war. Isabeau öffnete den Mund zu einem Aufschrei, stellte aber fest, dass sie keinen Laut hervorbringen konnte – ihre Stimmbänder waren plötzlich starr. Dann wich der Wunsch zu protestieren, denn durch den Spalt in der Tür konnte sie zwei Rotgardisten im Eingang stehen sehen. Es waren Kavalleristen mit unter den Arm geklemmten Helmen und wehenden roten Umhängen.

»Du liebe Zeit, wie kann ich Euch helfen?«, fragte die weise Frau mit ihrer atemlosen Stimme. »Habt Ihr Euch verirrt? Das Dorf ist nicht schwer zu finden ...«

»Wir haben Berichte über Hexerei hier in dieser Gegend gehört«, sagte einer der Gardisten barsch.

»Hexerei? In diesem armen, kleinen Dorf? Ach, nein, ich glaub, Ihr beiden netten jungen Männer seid fehlgeleitet worden. Hier gibt es nur Schafe und Kinder. Kommt herein, kommt herein. Darf ich Euch etwas Tee anbieten? Wo könnt Ihr solche Reden gehört haben? Was sollte eine Hexe hier anfangen? Nun, in diesen Landesteilen ist kein Geld zu verdienen, und Ihr müsst wissen, dass die Leute von Quotil gute, ehrliche Menschen sind, nicht die Sorte, die mit so etwas Üblem wie Hexerei in Berührung kommt ...«

»Wir haben gehört, dass hier in der Gegend ein Mädchen mit einem Pferd gesehen wurde«, gelang es dem anderen Soldaten einzuwerfen.

»Ein Mädchen? Nun, ja, hier war ein Mädchen wegen ein wenig Flohkrauttee. Hatte sie ein Pferd dabei?« Die Rotgardisten drängten sich in die Hütte und sahen sich streitsüchtig um. Die weise Frau lief geschäftig umher, goss Tee ein und suchte Nusskekse, während sie unaufhörlich redete. »Ja, es ist hart für eine arme, alte Frau hier oben in dieser einsamen Gegend. Bitte, nehmt einen Keks. Ich bin zu alt, um noch viel wert zu sein. Aber die Dorfbewohner sind freundlich zu der armen, alten Manissia und kaufen meinen Flohkrauttee …«

»Sie ist wirklich nur eine arme, alte Frau«, sagte einer der Gardisten.

»Und was sollte eine Hexe auch hier in dieser einsamen Gegend anfangen?«, sagte der andere.

Sie wandten sich zum Gehen und ergriffen auf dem Wege jeder eine Handvoll Kekse, aber bevor die weise Frau mehr als ein paar Schritte auf das Wandbett zu tun konnte, kehrten sie verlegen dreinschauend schon wieder zurück, eine Frau mit spöttischer Miene hinter ihnen. Isabeau spähte durch den Spalt, sah einen karmesinroten Rock und verspürte erneut Angst.

»Ihr schwachsinnigen Narren«, sagte die Hexenschnüfflerin verächtlich. »So leicht zu überlisten wie ein Baby, das gerade zu laufen beginnt …«

Die weise Frau Manissia äußerte erneut sanfte Worte, aber die Hexenschnüfflerin ignorierte sie und sah sich in dem kleinen Raum um.

»Ich rieche Verhexung«, sagte Lady Glynelda. »Die Luft ist davon dicht wie Rauch.«

»Das wird mein Schönbeerkuchen sein, den Ihr riecht«, sagte die weise Frau. »Er riecht kräftig, nicht wahr? Einige finden die Schönbeere ein wenig süß, aber ich persönlich denke …«

»Sei still, alte Frau«, sagte die Sucherin böse und atmete tief durch die Nase ein, wobei sie leicht die Stirn runzelte. »Hier wurde Hexerei angewandt, zweifellos, und wir werden sie finden.« Sie wies die Gardisten an, die kleine Hütte zu durchsuchen, und Isabeau konnte die krachenden und knallenden Geräusche geöffneter Schränke und auf den Boden entleerter Büchsen und Kanister hören. Manissia stieß weiterhin einen Strom von Geplapper, Ausrufen und Bitten um Milde aus und bot auch weiterhin Kekse und Tee an, was die Hexenschnüfflerin anscheinend außerordentlich verärgerte. Isabeau presste ein Auge an den Spalt, konnte aber kaum mehr als den karmesinroten Rock erkennen, während die Hexenschnüfflerin an der Tür wartete und den Tee trank, den Manissia ihr in die Hand gedrückt hatte.

Plötzlich erklang lauter Aufruhr und ein schwaches Wehklagen von Manissia. »Meine Baldrianwurzeln! Schnell, sie werden verbrennen! Sie werden verbrennen! Das ist mein ganzer Vorrat. Was soll ich tun, wenn die Dorfbewohner danach fragen?«

Süßlich riechender Rauch stieg aus der Feuerstelle auf, und Isabeau barg ihr Gesicht in den Händen, als er sogar durch die geschlossene Tür des Schrankes drang. Sie hörte die Hexenschnüfflerin rasch Befehle erteilen sowie das Geräusch schwerer Stiefel und rasselnden Metalls, und dann verklang der Tumult allmählich zu Stille. Plötzlich wurde die Tür aufgezogen, und Isabeau schaute erschreckt auf. Sie fühlte sich seltsam benommen und blinzelte einen Moment ins helle Licht, ohne einen Fluchtversuch zu unternehmen. Jedoch stand nur Manissia da, und Isabeau sah, als sie aus dem Schrank kletterte, zu ihrem Erstaunen, dass die Rotgardisten beide in den Sesseln am Feuer zusammengesunken waren, laut schnarchten und sich anscheinend sehr wohl fühlten. Die Sucherin Glynelda lag auf der kleinen Sitzbank an der Vordertür, die Arme ordentlich über der Brust gekreuzt, der rote Rock schicklich ausgebreitet.

»Was ist passiert?«, fragte Isabeau benommen und rieb sich mit den Handballen über die Augen, die sich sandig und müde anfühlten.

»Ich hab ihnen Entspannungstee gegeben«, sagte Manissia, während sie rasch einen Laib Gerstenbrot und etwas Käse in ein weißes Tuch packte und in Isabeaus Rucksack stopfte. »Dann hab ich törichte, ungeschickte alte Frau mein Bündel Baldrianwurzeln ins Feuer fallen lassen, und ... Du meine Güte, nur wenige Menschen können wach bleiben, wenn sie einen Mund voll Baldrianwurzelrauch geschluckt haben.«

»Wie kommt es, dass Ihr noch wach seid?«, fragte Isabeau und versuchte, nicht zu gähnen.

»Ach, ich hab mir natürlich die Schürze über den Kopf gezogen«, sagte Manissia. »Und jetzt musst du gehen, Isabeau, rasch. Ich weiß nicht, warum dir die Rotgarden folgen, aber ich weiß, dass ich keines meiner Mädchen diesem Miststück in die Hände fallen lassen möchte.« Sie stieß mit einem in einem Pantoffel steckenden Fuß gegen das Bein der Hexenschnüfflerin. »Ich hab noch nie ein härteres Gesicht gesehen.«

»Was ist mit Euch?«

»Ach, sie können eine weise Frau nicht verletzen«, sagte Manissia heiter. »Jetzt, wo sie den Bauch voll meines Tees haben, sind sie wie Frühlingslämmer auf dem Weg zum Schlachthof. Sie werden heut Abend im Gasthaus von Quotil sitzen und den Dörflern von der einfachen alten Frau erzählen, die oben im Wäldchen lebt. Armes altes Ding, werden sie sagen, nicht ganz bei Trost, aber harmlos.«

»Wie macht Ihr das?«, fragte Isabeau, während sie ihren Rucksack schulterte.

»Nun, es sind der Wille und das Wort«, antwortete die weise Frau und sah mit funkelnden Augen zu Isabeau hoch. »Hat man dir nichts beigebracht?«

»Meint Ihr ... Zwang? Ich dachte, Zwang wäre nicht erlaubt?«

»Ach, also lernst du bei einer der Turmhexen«, sagte Manissia. »Sehr interessant. Ich dachte, sie wären alle tot.«

Isabeau presste fest die Lippen zusammen und fragte sich, ob sie schon wieder geplaudert hatte. Manissia lachte glucksend. »Selbst die Turmhexen sind sich nicht zu fein, anderen ihren Willen aufzuzwingen, wenn es ihnen passt, meine Liebe. Außerdem sind die Türme jetzt fort, und es herrschen schwere Zeiten. Eine arme, alte weise Frau muss jeden möglichen Trick anwenden, um in diesen Zeiten glücklich und gesund zu bleiben. Und nun geh!«

Die Hexenschnüfflerin regte sich bereits, obwohl die Rotgardisten noch wie tot dalagen. »Der Trick besteht nun darin«, sann Manissia, während Isabeau aus der Hintertür schlüpfte, »sie daran zu hindern zu erkennen, dass sie überhaupt geschlafen haben. Alle guten Wünsche seien mit dir, Kind, und besuch mich irgendwann wieder ...«

Lasair galoppierte auf dem hohen, grünen Hügelkamm hinter der Hütte aufgeregt hin und her. Isabeau lief auf ihn zu, ängstlich besorgt, dass sie aus einem der Fenster gesehen werden könnten. Sie sprang mühelos auf den Rücken des Hengstes, und sie ritten im Galopp von dem Dorf Quotil fort, als wären böse Geister hinter ihnen her. Lasair war beim Anblick seiner alten Herrin sehr besorgt gewesen und hatte befürchtet, er würde erneut gefangen und der Demütigung von Zaumzeug und Sattel, Sporen und Peitsche ausgesetzt. Daher lief er wie der Wind, musste von Isabeau nicht angetrieben werden, die sehr froh war, dass ihr wieder der Wind ins Gesicht blies.

Sie ritten den ganzen Tag strikt nach Süden und hielten sich von gelegentlich an den Hängen steiler Hügel kauernden Dörfern fern.

Bei Sonnenuntergang gelangten sie über einen hohen Hügel und sahen die weite Schleife des Rhyllster zwischen dunklen Bäumen schimmern. Als kleiner Quell tief in den Sithichebergen entspringend, wand sich der Rhyllster seinen Weg durch die grünen Täler Rionnagans zum Meer und verband dabei viele, wie Edelsteine schimmernde Seen miteinander. Er war das Herzblut des Landes, das es den Bauern erlaubte, Nahrung zu produzieren, die zu den Städten und Dörfern des Unterlandes befördert wurden, wie auch Metalle, Werkzeuge und in der Stadt gefertigte Güter in die Highlands zu bringen.

Unterhalb des Hügels, auf dem Isabeau stand, verbreiterte sich der Fluss zu einem See, über dem fahler Nebel schwebte, der das dunkle Wasser verbarg. Am Ufer lag eine große Stadt, in der die ersten Lichter aufflammten, während sich die Dunkelheit herabsenkte. Isabeau seufzte bei dem Anblick vor Erleichterung. Sie hatte einen Monat gebraucht, um aus den Sithichebergen nach Caeryla zu gelangen, dank der Verhexung der weisen Frau Manissia viel länger, als sie erwartet hatte. Obwohl Isabeau es nicht einmal sich selbst gegenüber zugeben mochte, drückte sie die Verantwortung für den Talisman, den sie in ihrem Rucksack trug, und sie würde mit Freuden einen Teil dieser Last auf ältere und weisere Schultern übertragen. Den vergangenen Tag über hatte sie das Brennen und Kribbeln des Talismans wieder an sich gespürt, und je näher sie dem See kam, desto schmerzhafter wurde das Gefühl. Er war jetzt bei Berührung so heiß, dass sie ihn in mehrere Lagen Tuch wickeln musste, bevor sie ihn weiterhin tragen konnte. Selbst dann schien er noch an ihrer Hüfte zu pochen, und sie war froh, wenn sie ihn Meghans Freundin übergeben konnte. Sie fragte sich, ob diese jetzt, über einen Monat, nachdem Meghan die Nachricht gesandt hatte, noch immer am Tulachna Celeste auf sie warten würde. Sie würde sich jedoch erst Gedanken darüber machen müssen, wenn sie dorthin gelangte, denn zunächst musste sie Caeryla hinter sich lassen.

Der Anblick der Stadt, die innerhalb ihrer Steinmauern von Kindern aufgetürmten Bauklötzen glich, erinnerte Isabeau an ihren letzten Besuch vor acht Jahren. Sie hatte Caeryla als strahlenden, heiteren Ort, mit Laternen und flatternden Bändern geschmückt, in Erinnerung, die Straßen voller Menschen, der See beständig nebelverhüllt. Sie schlug Lasair die Fersen in die Flanken und ritt gemächlich den Hügelhang hinab aufs Wasser zu, wobei sie an weiche Betten, heißen Eintopf und Gesellschaft dachte.

Daher war sie bitter enttäuscht, als sie zu den Toren hinaufritt und die dahinter liegenden Straßen schmutzig und verwaist vorfand. Sie zögerte leicht, bevor sie hineinritt, da sie erwartet hatte, in eine Menschenmenge eintauchen zu können. Wie dem auch sei – die Verlockung einer Mahlzeit und eines Bettes war zu stark, sodass sie Lasair unter dem ausladenden Tor hindurchtraben ließ. Sofort trat ein Wächter aus dem Schatten und gebot ihr mit erhobener Hand Einhalt. Isabeaus Puls beschleunigte sich, während sie den Hengst verhielt.

»Name?«

»Mari Collene, Herr«, antwortete Isabeau.

»Gewerbe?«

»Kräuterkunde, Herr. Meine Großmutter ist eine weise Frau, und sie hat mich hierher geschickt, um seltene Heilpulver zu kaufen.«

»Tatsächlich, Kind? Und aus welchem Dorf kommst du?«

»Aus Byllars«, antwortete Isabeau, wie Meghan es stets getan hatte.

»Byllars, was? Da hast du einen langen Weg zurückgelegt.« Der Wächter trat vor und sah Isabeau ins Gesicht. Sie lächelte ihn an, und er erwiderte ihr Lächeln, wobei sichtbar wurde, dass ihm einige Zähne fehlten. »Nun, eh, es ist vermutlich in Ordnung …«

Gerade als sie den Hengst vorwärts treiben wollte, streckte er eine Hand aus und umfasste ihr Knie. »Einen Moment, Kind, woher hast du das Pferd? Was macht die Enkelin einer einfachen weisen Frau mit solch einem Pferd?«

»Der Hengst gehört meinem Vater«, erwiderte sie unvorbereitet. »Er hat unserem Laird einen großen Dienst erwiesen und hat, als er gefragt wurde, was er zur Belohnung haben wollte, um ein Füllen aus dem Stall des Laird gebeten.«

Sie glaubte einen Augenblick, die Geschichte würde standhalten, aber dann trat der Wächter jäh weiter vor. »Lass mich dein Haar sehen.« Bevor ihr eine Erwiderung einfiel, hatte er ihr bereits das Plaid vom Kopf gezogen, und ihr roter Zopf löste sich aus der Mütze.

»Ach, hab ich's mir doch gedacht«, sagte der Wächter. »Ein Rotschopf, genau wie sie gesagt hat.«

Isabeau versuchte ihr Knie aus seinem Griff zu befreien, und trat Lasair in die Rippen, aber der Wächter hob eine übergroße Faust und traf sie seitlich am Kopf. Isabeau stürzte in tosende Dunkelheit.

Als sie aufwachte, war es dunkel, und sie lag auf einem Haufen Stroh, der nach Urin und Moder stank. Angst stieg ihr in die Kehle, und sie versuchte, sich aufzurichten, aber ihre Hände waren fest auf dem Rücken zusammengebunden, sodass sie sich kaum rühren konnte. Sie atmete mehrere Male tief durch und versuchte auszumachen, wo sie sich befand. Es war kalt und feucht, und hinter ihr war eine vor Nässe glitschige Steinmauer. Bald hatten sich ihre Augen an die Dunkelheit angepasst, und sie konnte weit über sich ein Quadrat sehen, in dem zwischen geraden Linien, die nur Gitterstäbe sein konnten, einige Sterne schimmerten. Sie befand sich also in einer Art Zelle. Isabeau knirschte mit den Zähnen. So rasch gefangen zu werden! Sie hätte sich denken können, dass nach dem Pferd der Hexenschnüfflerin gefahndet würde! Die Strafe für den Diebstahl eines Pferdes war der Tod durch Erhängen, erinnerte sie sich, und spürte den schalen Geschmack des Entsetzens im Mund.

Nach einigen Augenblicken, in denen sie aus Zorn und Angst

gegen ihre Fesseln ankämpfte, sank sie mit einem unterdrückten Stöhnen wieder auf das Stroh. Nur mit ihrer Hose und dem dünnen Hemd bekleidet, spürte sie die Kälte des Steinbodens durch das stinkende Stroh. Sie kämpfte erneut gegen die Fesseln an und versuchte, allein durch Gedankenkraft die Knoten zu lösen. Es war jedoch, ohne sie sehen zu können, unmöglich, und schließlich weinte Isabeau aus reiner Enttäuschung. Als ihre Tränen versiegt waren, konnte sie wieder klarer denken und sann sorgfältig über ihre Situation nach. So betroffen sie auch über ihre gefährliche Lage war, sorgte sie der Verlust des Talismans und der Verrat an Meghans Vertrauen doch am meisten. Wenn sie nur entkommen und den Talisman zurückholen könnte! Isabeau probierte die ganze Nacht hindurch ihre Kraft an den Fesseln aus, erwog mehrere Pläne, von denen jeder undurchführbarer war als der vorige, und entglitt schließlich in einen unruhigen Schlummer.

Wenige Stunden vor der Dämmerung erwachte sie jäh, lag starr im Stroh und versuchte, erneut das leise Geräusch auszumachen, das sie aufgeschreckt hatte. Zunächst war nur Stille, und dann hörte Isabeau das Scharren und Tappen von Pfoten, das bedeutete, dass Ratten in ihre Zelle eingedrungen waren. Die meisten anderen Mädchen hätten geschrien, aber Isabeau fühlte Erleichterung in sich aufkommen. Sie öffnete vorsichtig ihren Geist und sandte als Gruß ein einfaches Gedankenbild.

Als Reaktion erklang ein weiteres Scharren, und sie spürte etwas Warmes an ihren Beinen. Isabeau erschauderte wider Willen, hielt aber einen leichten Fluss von Gedankenbildern aufrecht, die hoffentlich verstanden würden. Die Nagetiere sprachen keine Sprache, die Menschen leicht erlernen konnten, hauptsächlich weil sie sich auf ihren Instinkt, ihre Körpersprache und ihren Geruch verließen. So sehr Isabeau es auch versuchen mochte, war sie ohne Schnurrhaare und Schwanz doch nicht im Stande, die Feinheiten dessen zu vermitteln, was sie ausdrücken wollte.

*Zerkaut das Seil!*, visualisierte sie immer wieder, aber es dauerte lange, bevor sie auch nur zuhörten, denn Ratten waren von einem Heißhunger erfüllt, der ihnen kaum Platz für andere Gedanken ließ. Schließlich begannen sie jedoch an den Seilen zu knabbern, von dem Geruch des Blutes an Isabeaus wunden Handgelenken angezogen. Bald konnte sie ihre Hände mit einem unterdrückten Schmerzensschrei befreien, und danach war das Abnehmen der Fesseln von ihren Füßen nur noch ein Kinderspiel.

Der kleine Funke Hoffnung, der aufgeflammt war, erstarb rasch wieder, denn Isabeau konnte keinen Ausweg aus ihrer Zelle finden. Nachdem das Blut wieder in ihren tauben Gliedern zirkulierte, rappelte sie sich hoch und begann, den Raum zu erkunden. Sie suchte nach ihrer Schätzung stundenlang in der Dunkelheit umher, ohne weiteren Nutzen, als dass ihre Glieder warm wurden, sowie der Entdeckung, dass ihre Zelle genau acht Schritte lang und vier Schritte breit war. In einer Wand war eine verriegelte Tür, und das Fenster befand sich ungefähr fünfzehn Fuß über dem Boden – das war alles.

Isabeau hatte niemals zuvor eine eisenbeschlagene Tür gesehen, und sie stellte fest, dass das Metall für ihre Magie unempfänglich war. Wäre die Tür nur verriegelt gewesen, wie alle Türen, die Isabeau bisher gesehen hatte, hätte sie wahrscheinlich sofort fliehen können. Die Tür war jedoch verschlossen und der Schlüssel entfernt worden, und Isabeau hatte keine Ahnung, wie ein Schloss überhaupt funktionierte. Sie versuchte es lange Zeit mit Geisteskraft, konnte es aber nicht öffnen. Schließlich sank sie erschöpft zurück ins Stroh und schlief erneut ein.

Als sie zum dritten Mal erwachte, begann sich das kleine Viereck hoch oben in der Wand zu erhellen, und Schritte kamen den Gang draußen entlang. Isabeau wand schnell das Seil wieder um die Handgelenke, um vorzugeben, dass sie noch gefesselt sei. Aber die Täuschung war unnötig, denn es kam niemand herein.

Ein kleines Gitter am Fuß der Tür wurde geöffnet und ein Holztablett mit schimmeligem Brot und einem Krug Wasser hindurchgeschoben. Isabeau untersuchte das unappetitliche Mahl, und die Erinnerung an ihre Tagträume von heißem Eintopf ließ sie zusammenzucken. Aber sie hatte keine anständige Mahlzeit mehr gehabt, seit sie die Hütte der weisen Frau verlassen hatte, und sie kam fast um vor Hunger. Daher stürzte sie sich wie ein raubgieriger Wolf auf das schimmelige Brot und warf auch den Ratten einige Krümel zu, die sie aus dem Stroh ansahen. Nachdem ihr Hunger und Durst gelindert waren, betrachtete sie die Tür im Tageslicht erneut. Es war eine massive Eichentür, eisengebunden und genau in den Türrahmen eingepasst. Isabeau konnte mit viel Konzentration die Riegel zurückschieben, aber das Schloss ließ sich noch immer nicht öffnen. Sie hatte ihre Aufmerksamkeit gerade den rostigen Scharnieren zugewandt, als sie erneut Schritte den Gang entlang marschieren hörte. Als ihre Tür geöffnet wurde, lag sie bereits wieder auf dem Stroh und gab vor zu schlafen.

»Wer hat vergessen, die Riegel vorzuschieben!«, hörte sie jemanden sagen. »Lady Glynelda würde euren Kopf fordern, wenn sie das wüsste!«

Die Erwähnung der Hexenschnüfflerin beruhigte Isabeau keineswegs. Sie gähnte ausgiebig und gab vor, gerade aufzuwachen. Als sie die Augen öffnete, sah sie zwei Wächter in den roten Jacken und grünen Kilts der gewöhnlichen Soldaten unmittelbar an der Tür stehen. Neben ihnen stand einer der größten Männer, die Isabeau jemals gesehen hatte, fast sieben Fuß groß und so breit wie ein Baum. Er trug ein Lederwams und hatte eine schwarze Kapuze über den Kopf gezogen, was ihr ein schwaches Wimmern entlockte.

»Wie ich seh, hast du die übliche Wirkung auf Mädchen, Blyn«, sagte einer der Rotgardisten lachend. »Ich muss dich irgendwann mal bitten, mir zu zeigen, wie du das machst.«

Der Riese mit der Kapuze stieß ein Grollen aus, und der Rotgardist trat unwillkürlich zurück. Dann drängte sich Blyn in die Zelle, die plötzlich nur noch halb so groß wirkte. Isabeau bemühte sich, auf dem Strohbett nicht zurückzuzucken, aber es gelang ihr nicht. Sie hatte größere Angst als jemals zuvor in ihrem Leben. Er stellte sich über sie und sagte barsch: »Steh auf.«

Obwohl ihre Knie zitterten, gelang es Isabeau, sich zu erheben, die Hände hinter dem Rücken, damit die gelösten Fesseln nicht bemerkt würden.

Die Rotgardisten traten nun ebenfalls vor. »Du stehst wegen des Verdachts unter Arrest, ein Pferd gestohlen zu haben, das der Lady Glynelda gehört, der Großsucherin der Liga gegen Hexen und Regentin Caerylas. Dir wird außerdem das abscheuliche und äußerst grässliche Verbrechen der Hexerei vorgeworfen, die du dazu gebraucht hast, dieses Pferd zu stehlen. Die Strafe für solche Verbrechen ist der Tod durch Ertränken.«

Isabeau öffnete den Mund zum Widerspruch, aber der andere Rotgardist trat vor und schlug ihr so hart ins Gesicht, dass sie rückwärts gegen die Wand prallte. »Du wirst heute Nachmittag meinem Laird Serinyza und seinen Richtern vorgeführt«, sagte er, »und wenn die Vorwürfe der Hexerei bewiesen werden, wirst du anschließend durch den Großinquisitor befragt und durch Wasser hingerichtet.«

Isabeau weinte leise und presste die brennende Wange an ihre Schulter. Sie war niemals zuvor geschlagen worden, da Meghan es vorzog, sie auf andere Arten zu disziplinieren. Der Schock über den Schlag, zusammen mit der Zuversicht des Wächters, dass sie hingerichtet würde, brachte sie der Verzweiflung nahe. Dann erkannte sie, dass die Wächter noch immer über ihr standen und recht offen auf das Stück freie Haut unter ihrem zerrissenen Hemd schauten.

»Ich hab noch nie 'ne Hexe gehabt, muss 'ne gute Erfahrung sein«, sagte einer der Soldaten, trat vor und hob seinen Kilt an.

Noch bevor Isabeau seine Worte richtig verstand, war der Wächter mit der Kapuze bereits murrend und mit einer Daumenbewegung in Richtung Tür zwischen sie getreten. Beide Soldaten protestierten lautstark gegen seine Einmischung, aber er zog die Lippe hoch und knurrte, woraufhin beide nervös zurückwichen.

»Himmel, Blyn, du hättest sagen sollen, dass du sie für dich vorgemerkt hast«, sagte einer.

Ihre Worte ließen Isabeau das Entsetzen erneut in die Kehle steigen. Sie maß die Größe des Riesen und fragte sich, ob sie ihn überrumpeln und fliehen könnte. Zu ihrer Erleichterung ging er aber hinter den Wächtern hinaus und verschloss die Tür wieder. Als Isabeau hörte, wie der Schlüssel im Schloss gedreht wurde, bekam sie eine Vorstellung davon, wie es funktionierte, und die Verzweiflung verlieh ihr Mut. Sobald die Schritte der Wächter verklungen waren, begann sie das Schloss mit Geisteskraft zu untersuchen.

Nach vorsichtigem Herumprobieren begann sie die Mechanik des Schlosses zu verstehen, hörte leises Klicken, als sich die Hebel darin auf und ab bewegten. Schweiß erschien auf ihrer Stirn, denn sie handhabte Luft auf eine Weise, wie sie es noch niemals zuvor getan hatte. Einen nach dem anderen rückte sie die Hebel zurecht und hörte schließlich ein lautes Klicken, als das Schloss aufsprang. Sie setzte sich auf die Fersen zurück, ihr Kopf wie benommen, und wandte ihre Aufmerksamkeit dann den Holzriegeln außen an der Tür zu. Es dauerte dieses Mal weitaus länger, sie zu öffnen, und als es schließlich geschafft war, fühlte sich Isabeau vor Anstrengung elend und schwindelig. Sie wartete, bis sich ihr Atem wieder beruhigte, bevor sie es wagte, die Zellentür vorsichtig zu öffnen.

Ihre Zelle gehörte zu einer Reihe von zehn Zellen und führte auf einen dunklen Gang hinaus, der an beiden Enden an jeweils einer eisenbeschlagenen Tür endete. Isabeau schlich auf Zehenspitzen zuerst zu der linken Tür, da die Wächter in diese Richtung gegangen waren. Sie legte ihr Ohr an den Spalt und lauschte angespannt, hörte aber nichts. Leise schlich sie zum anderen Ende des Ganges und lauschte erneut. Dieses Mal hörte sie einen dünnen Schrei, der dann abbrach, und ihr gefror das Blut in den Adern. Ohne zu zögern, ging sie zurück und machte sich an der ersten Tür zu schaffen. Schließlich öffnete sich das Schloss mit einem Klicken, und Isabeau, die vor Angst kaum atmen konnte, drehte langsam den Griff und öffnete die Tür einen Spalt. Sie konnte nichts sehen oder hören, sodass sie die Tür schließlich weit genug öffnete, um hindurchschlüpfen zu können.

Auf der anderen Seite befand sich ein Wachraum, mit Schilden und Streitäxten an der Wand, in der Feuerstelle fröhlich flackernden Flammen und einem Tisch mit unordentlich herumstehenden Stühlen. Auf dem Tisch herrschte ein Durcheinander von Krügen, ein Zeichen, dass die Wächter nicht allzu weit entfernt sein konnten. Isabeau schlich weiter und schloss die Tür hinter sich. Sie hatte beinahe die Hälfte des Raumes durchquert, als sie herannahende Stimmen und raues Gelächter hörte, und schoss in blindem Entsetzen durch den Raum und hinter einen Holzstoß. Es war gerade genug Platz, dass sie sich hinter den aufgestapelten Holzscheiten verstecken konnte, bevor der Riese Blyn mit zwei anderen Wächtern zurückkehrte. Alle drei trugen schwarze Lederhosen, eine Lederkapuze und beschlagene Lederriemen, die kreuz und quer über ihre bloßen Oberkörper verliefen. Isabeau glaubte, noch niemals einen bedrohlicheren Anblick erlebt zu haben.

Die drei Wächter gossen sich noch etwas Ale ein und setzten sich an den Tisch, woraufhin einer der Männer zwei Würfel hervornahm, sie auf den Tisch warf und rief: »Blumen!«

Und da saßen sie weitere drei Stunden, während Isabeau vor Ungeduld fast wahnsinnig wurde. Nur einmal verließen alle drei Männer den Raum gemeinsam, und Isabeau wollte gerade aus ihrem Versteck hervorkommen, als der Riese mit einem Tablett mit kaltem Fleisch und Brot zurückkam. Sie konnte sich erneut rechtzeitig verstecken, obwohl ihr Herz durch die beinahe erfolgte Entdeckung laut pochte und sie sich wunderte, dass der Wächter es nicht hörte.

Die Unterhaltung zwischen den Wächtern war hauptsächlich Bier und Pferden gewidmet. Gelegentlich wurde auch ein rauer Scherz gemacht und darüber gegrinst. Sie sprachen viel über Lasair, der anscheinend der Angharar-Blutlinie entstammte und daher äußerst wertvoll war. Isabeau schlug vor Wut über sich selbst die Stirn auf den Boden, weil sie einen Vollbluthengst gestohlen hatte und dann mit ihm fröhlich in die größte Stadt des nördlichen Berglands hineingeritten war. Sie war faul gewesen, entschied sie, und auch anmaßend. Sie hätte Lasair so bald wie möglich gehen lassen und die Reise unauffällig auf ihren eigenen Füßen machen sollen, wie Meghan es vorgesehen hatte.

»Die Lady-Sucherin ist stinkwütend darüber, dass ihr Hengst gestohlen wurde, während sie unmittelbar daneben geschlafen hat«, sagte ein Wächter, ein bulliger Mann mit dichten schwarzen Augenbrauen über kleinen schwarzen Augen. »Weißt du, dass die Banrìgh ihr dieses Pferd geschenkt hat? Das würd sie bestimmt nicht verlieren wollen.«

»Das war 'ne Frechheit«, sagte der andere mit offensichtlicher Ehrfurcht. »Ich glaub, das Mädchen muss 'ne Hexe sein – wie hätte sie sonst das Pferd der Sucherin stehlen können.«

»Ho, ho«, sagte Blyn. »Das war keine Hexerei. Ich hab von Pferdedieben gehört, die dem Rìgh das Pferd unterm Hintern wegstehlen könnten.«

Die anderen Wächter spotteten lauthals, und eine Weile drehte sich die Unterhaltung um die größten Pferdediebe aller Zeiten. Isabeau döste fast ein; die Steine der Feuerstelle an ihrem Rücken waren heiß und der Raum von Rauch und dem Geruch nach Ale erfüllt. Bald wurde jedoch über Stadtbelange gesprochen, und sie bemühte sich zuzuhören, denn man konnte niemals wissen, wann Ortskenntnis nützlich sein würde. Hätte sie gewusst, dass die Sucherin Glynelda in Caeryla so angesehen war, wäre sie niemals auch nur in die Nähe dieser Stadt gekommen!

Isabeau grübelte auch darüber nach, wie eine Sucherin der Liga gegen Hexen Regentin über Caeryla werden konnte. Die Liga gegen Hexen war nach dem Tag des Verrats gegründet worden, um Hexen und *Uile-Bheistean* zu jagen und strafrechtlich zu verfolgen, aber das sollte nichts mit den Lairds Eileanans zu tun haben, die ihre Länder mit beinahe ebenso viel Recht und Macht regierten wie der Rìgh selbst.

Obwohl die Familie MacHamell, die Lairds von Caeryla, nicht zu den zehn größten, von der Ersten Hexenversammlung abstammenden Clans gehörten, waren sie dennoch mächtig und eng mit den Rìghrean verbunden. Die schmerzlich vermisste Lavinya, die Mutter des gegenwärtigen Rìgh, war aus Caeryla gewesen. Der Sohn ihrer Schwester hatte das Schloss von seiner Mutter geerbt, und als Meghan und Isabeau das letzte Mal nach Caeryla gereist waren, hatte er gerade die Tochter eines anderen großen Laird geheiratet, was in der Stadt ausgiebig gefeiert wurde. Was war mit diesem jungen Laird geschehen, dass eine Regentin in seinem Land nötig war?

Durch sorgfältiges Zuhören erfuhr sie, dass der Laird tot war und sein junger Sohn das Schloss geerbt hatte. Die Wächter schienen Laird Serinyza eher zu bedauern, der offensichtlich sehr kurz gehalten wurde und nur wenig Freiheit hatte. Wie Glynelda es geschafft hatte, zur Regentin ernannt zu werden, blieb ein Geheimnis, aber sie war offensichtlich gefürchtet und sogar verhasst, wenn man bedachte, wie die Wächter ihre Stimmen senkten, wenn sie von ihr sprachen. Isabeau bemerkte, dass Blyn schwieg, obwohl er die übrigen zur Indiskretion anhielt, ihnen Bier nachgoss, wenn ihre Kehlen trocken wurden, und gelegentlich ermutigend brummte. Die Anwesenheit der Roten Garden im Schloss war offensichtlich ein wunder Punkt, da die beiden geschwätzigen Wächter sie verächtlich Rotjacken nannten und sich über ihre Kampffähigkeiten lustig machten. »Hübsche Muttersöhnchen in hübschen Jacken«, murrte einer der Wächter.

Die Mittagszeit war längst vorüber, als Isabeau schließlich hinter dem Holzstoß hervorkommen und ihre Flucht fortsetzen konnte. Das Würfelspiel war schließlich beendet worden, und einer der Wächter hatte sich zu einem Schläfchen auf einer Bank vorm Feuer ausgestreckt. Die beiden anderen reckten sich, gähnten und tranken ihre Krüge leer, bevor sie ihre Waffen wieder schulterten und hinausgingen. Glücklicherweise dachte niemand daran, die Gefangenen zu überprüfen, sodass Isabeaus Flucht noch immer unentdeckt blieb. Ihre Zuversicht kehrte zurück, und so streckte sie sich vorsichtig und durchquerte auf Zehenspitzen den Raum, wobei sie sehr sorgfältig darauf achtete, kein Geräusch zu verursachen, das den schlafenden Wächter vielleicht wecken könnte. Bevor sie den Raum verließ, durchsuchte sie ihn rasch, konnte aber kein Zeichen ihres Rucksacks mit dem überaus wichtigen Talisman finden. Sie hatte keine andere Wahl, als weiter zu suchen.

Jenseits des Wachraumes befand sich ein weiterer lang gezogener Raum, der anscheinend als Küche diente, da dort geräucherte Schinken, Knoblauchzöpfe, große Kupferpfannen und eine Vielzahl eiserner Küchengeräte hingen. Zunächst erschrak Isabeau, da sie die Geräte für eine Art Folterinstrumente hielt, aber als sie erst die Schinken und den Knoblauch sah, entspannte sie sich. Als sich Stimmen näherten, musste sie erneut rasch ein Versteck finden, und sie stürzte hinter einige Säcke Mehl und Gerste und versuchte, den Kopf einzuziehen. Zum Glück gingen die Besitzer der Stimmen unmittelbar an der Tür vorbei und kamen nicht herein, sodass sie wenige Minuten später wieder hervorkriechen konnte, mehlbestäubt, aber sicher.

Die Küche führte auf einer Seite auf einen quadratischen Hof, mit einer weiteren Tür in der linken Wand. Isabeau riskierte einen raschen Blick aus den Fenstern und sah, dass der Hof voller Gardisten war, die mit gepolsterten Schilden und unhandlichen, hölzernen Langschwertern kämpften. Blyn rief mit seiner polternden Bassstimme Anweisungen, und die übrigen Soldaten wichen zurück oder griffen an, wie er sie anwies. An der gegenüberliegenden Wand hing ein Mann zwischen zwei Pfosten, das Hemd zerrissen und blutig von einer offensichtlich harten Auspeitschung. Er war entweder tot oder bewusstlos, denn er bewegte sich nicht, obwohl sich dichte Fliegenschwärme auf seinen entzündeten Wunden sammelten. Isabeau wurde von Übelkeit und von Entsetzen überwältigt, denn wenn sie einen ihrer eigenen Leute so hart bestraften – was würden sie dann erst mit ihr machen?

Sie versuchte, ihr Zittern unter Kontrolle zu bekommen, schlich zu der anderen Tür und öffnete sie vorsichtig. Dahinter befand sich ein weitaus kleinerer Raum mit bunten Wandteppichen und einem gepolsterten Stuhl hinter einem Tisch. Auf dem Tisch lag Isabeaus Rucksack, der Inhalt über die glänzend polierte Oberfläche verteilt. Sie lief mit einem frohen Aufschrei vorwärts, ergriff die Ledertasche und durchstöberte sie rasch. Gerade als sich ihre Finger um das schmale Dreieck schlossen, hörte sie hinter sich das leise Klicken eines Türriegels und fuhr herum.

Ein großer, sehr dünner Mann lehnte mit einem höchst unangenehmen Lächeln auf den Lippen am Türrahmen. »So«, sagte er, »die Hexe hat es also geschafft, an drei geschlossenen Türen und einem vollen Kontingent Wächtern vorbeizukommen. Das wird eine interessante Verhandlung, nicht wahr?«

Isabeau nahm zögernd die Hand von der schwarzen Tasche und hoffte, dass der Mann nicht bemerkt hatte, wie besorgt sie um den Talisman war. »Ich weiß nicht, was Ihr meint«, sagte sie und versuchte, einfältig auszusehen und zu klingen.

Der Mann ließ sich nicht täuschen und zog mit einem Furcht

erregenden Lächeln die blutlosen Lippen hoch. »Meine Lady wird höchst erfreut über diesen weiteren Beweis für deine Hexerei sein«, sagte er. »Sie sagte, sie hätte dich bis zur Großen Wasserscheide und zurück verfolgt und sei niemals einem gerisseneren Fuchs begegnet. Du weißt, dass es ein Fehler war, sie zu erzürnen. Ich dagegen, ich bin nicht hitzköpfig. Ich finde solche Zornausbrüche eher belustigend. Wie ich sehe, hast du rotes Haar – ich hoffe, du wirst bei mir in Wallung geraten.«

Isabeau schwieg und sah sich beiläufig nach einer Fluchtmöglichkeit um. Der Mann lächelte erneut, und Isabeaus Blut gefror. »Weißt du, wer ich bin?«, fragte er, und sie schüttelte den Kopf., »Ich bin Baron Yutta, der Großinquisitor der Liga gegen Hexen. Und das ist die nette Art auszudrücken, dass ich der einfallsreichste aller Peiniger bin. Ich hab mich sehr darauf gefreut, dir zu begegnen. Ich war überaus enttäuscht, als ich mich mit dir unterhalten wollte und feststellte, dass du erneut davongeschlichen warst. Wie bist du dieses Mal entkommen?«

Isabeau merkte, dass sie nicht sprechen konnte. Er lächelte und sagte: »Ach, wir werden die Antwort bald erfahren, Kleine. Wir werden alle Antworten erfahren. Ich freue mich sehr darauf. Ich hoffe, du wirst gegen mich ankämpfen – es enttäuscht mich stets, wenn meine Versuchsobjekte zu rasch aufgeben. Hast du Angst vor Schmerzen?«

Isabeaus Beine bewegten sich plötzlich aus eigenem Antrieb. Sie ergriff den Rucksack vom Tisch und schoss auf die Tür zu. Der Großinquisitor schnitt ihr, dünn lächelnd, mit einer geschmeidigen Bewegung den Weg ab, aber sie trat ihm hart zwischen die Beine und lief aus der Tür und in den Gang – direkt in die Arme der Roten Garden. Sie brachten sie in den Raum zurück, wo Baron Yutta am Tisch lehnte, dessen Gesicht ein wenig grün war, der aber ansonsten auf Isabeaus heftigen Tritt hin wenig Wirkung zeigte. Er lächelte sogar noch immer, wenn auch verzerrt.

»Bringt die Hexe in den Befragungsraum«, sagte er sanft. »Wir haben eine Menge Arbeit vor uns.«

Von Wächtern umringt, wurde Isabeau durch die langen Gänge und Räume zum Zellenblock zurückgebracht. Ihre Beine zitterten so sehr, dass sie kaum gehen konnte, und sie drängten und stießen sie mit ihren Lanzen noch vorwärts, durchstachen mit den scharfen Spitzen mitunter ihre Haut. Dieses Mal wurde sie direkt an ihrer Zelle vorbei und durch die Tür am anderen Ende des Ganges geführt.

Der Raum war lang und dunkel, die Decke von den flackernden Kohlenpfannen rauchverhüllt. Hier und da standen Tische mit daran befestigten Fesseln, einige mit Rädern an beiden Enden, deren Zweck Isabeau kaum zu vermuten wagte. An einer Wand hing ein junger Mann, nackt, der ganze Körper mit Verbrennungen und Quetschungen übersät, sein Oberkörper vor Schweiß und Blut glänzend. Beim Klang der sich öffnenden Tür öffnete er den Mund zu einem Schrei, aber kein Laut drang hervor, nur schweigende Qual, die Isabeau in Übelkeit erregenden Wogen überschwemmte. Sie würgte und hustete, aber sie stießen sie vorwärts, sodass sie ins stinkende Stroh fiel. Während sie dort lag und entsetzt schluchzend zu Atem zu kommen versuchte, rauschte der Großinquisitor herein, jetzt in lange, rote Gewänder mit dem gewundenen Emblem der Inquisitoren auf der Brust gekleidet.

»Zieht sie aus und kettet sie dort an«, sagte er und deutete auf einen bestimmten Tisch, »und dann geht.«

Obwohl Isabeau um sich trat und sich wand, wurde ihr unter vielem Streicheln und Drücken die Hose ausgezogen, das Hemd vom Rücken gerissen und ihr nackter Körper an einen der hochgekippten Tische gebunden. Einer der Wächter presste ihre Brustwarze so fest, dass Isabeau schrie, und der Großinquisitor lächelte. »Ich mag diesen Klang«, murmelte er, sodass sich die Wächter ermutigt fühlten und ihr mit Kniffen und Klapsen sehr weh taten. Schließlich gingen sie widerwillig und ließen Isabeau beschämt und voller Quetschungen zurück. Sie war sich Meghans Warnung bewusster denn je. »Gerate nicht in die Hände der Liga gegen Hexen«, hatte sie gesagt. »Sie werden dich wie eine Puppe zerbrechen.«

Baron Yutta kam und streichelte ihre gequetschte Wange. »Arme Kleine«, sagte er und hob ihr verfilztes Haar an, damit er ihren Körper betrachten konnte. Isabeau zuckte vor seinen Fingern zurück, aber er lächelte nur und ließ ihr Haar wie ein Seil durch seine Finger gleiten. »Es ist noch nie geschnitten worden, oder?«

Isabeau schwieg und blickte nur über seinen Kopf hinweg zur Decke. Alle möglichen seltsamen Geräte hingen dort oben an Ketten herab, und sie erschauderte.

Er umfasste ihr Kinn und zwang sie, ihn anzusehen. Seine Augen waren von seltsam heller Farbe, in diesem Land dunkelhaariger, dunkeläugiger Menschen höchst ungewöhnlich. »Also sage mir, wer hat dich geschickt, um das *Uile-Bheist* zu retten? Stehst du in Kontakt mit irgendwelchen Rebellen? Wie heißen sie, und wo halten sie sich auf?«

Isabeau konnte nicht fortschauen, sodass sie ihn so herausfordernd wie möglich ansah.

»Gut«, flüsterte er. »Kämpfe gegen mich, Hexe. Widersetze dich mir. Ich kann erkennen, dass du eigensinnig bist.« Er streichelte mit einem Finger ihre Wange. »Ich mag das. Wollen mal sehen, wie lange du dich mir widersetzen kannst.« Isabeau versuchte, Speichel zu sammeln, um ihm ins Gesicht zu spucken, aber ihr Mund war trocken wie eine Wüste.

Er trat fort und begann, auf einem langen Tisch Geräte anzuordnen. Er steckte mehrere zum Erhitzen ins Feuer, und eines brachte er zu einem Rad und begann es zu schärfen. Bei dem Geräusch warf der junge Mann, der an der Wand hing, entsetzt den Kopf zurück. Der Großinquisitor trat zu ihm hinüber und strich mit einem Finger seine Wange entlang. »Ah, du erinnerst dich, mein hübscher Gimpel. Du weißt, was ich für die rothaarige Hexe bereithalte, nicht wahr?« Der Mann nickte wie ein hypnotisiertes Kaninchen und sah Baron Yutta entsetzt an. »Sag mir, was soll ich dem Mädchen antun? Du hast die Wahl der ersten Berührung. Das ist deine Belohnung, weil du so hübsch für mich geschrien hast.«

Der Mann warf den Kopf hin und her. »Wähle«, sagte der Peiniger. Als der junge Mann schwieg, streckte Baron Yutta die Hand aus und ergriff fest die Hoden des jungen Mannes. »Wähle«, sagte er mit seiner sanften Stimme und drehte die Hand heftig. Der Mann schrie und wurde ohnmächtig, und der Großinquisitor trat erneut zu dem Tisch mit den Geräten und holte eine kleine Flasche, die er dem Opfer unter die Nase hielt. Als der junge Mann hustend wieder zu Bewusstsein kam, lächelte Baron Yutta und streichelte seine Wange. »Wähle«, sagte er.

»Verbrennt sie, verbrennt sie«, schrie der junge Mann.

»Hm, wunderbar«, sagte er. »Mit der flachen Seite der Klinge?« Als der junge Mann nickte, küsste er ihn auf den Mund. »Mein süßer Junge. Wohin?« Der junge Mann stöhnte und warf wieder den Kopf hin und her, und der Großinquisitor umfasste erneut seine Hoden und presste sie leicht zusammen. »Auf dem Rücken«, stieß der junge Mann erstickt hervor.

»Du enttäuschst mich«, sagte Baron Yutta. »Hast du keine Fantasie? Lady Glynelda ist unzufrieden mit dieser Hexe. Sie möchte, dass ihr wehgetan wird.«

»Nein«, keuchte der junge Mann mit elender Stimme. »Ich kann Euch nicht sagen, wo Ihr sie verletzen sollt. Zwingt mich nicht dazu.«

»Ach, ich denke, du wirst es mir sagen. Du willst mir doch nicht missfallen, oder? Zeig mir, wie viel du über Schmerz gelernt hast.«

»Nein! »

Baron Yutta schwieg und lächelte nur, als der Gefangene schluchzte und sich in den Ketten wand. »Ich kann nicht …«, flehte er, und der Peiniger schwieg noch immer, lächelte und fuhr mit einem Fingernagel sanft die Wange des Jungen hinab.

»Verbrennt sie!«, schrie er. »Ich sagte, verbrennt sie!«

»Ja, aber wo, mein Bürschchen? Wo willst du, dass ich sie verbrenne? Zeig mir, was du gelernt hast.«

»An den Brustwarzen!«, stieß er erstickt hervor und warf Isabeau einen verzweifelten Blick zu. »Nur tut mir bitte nicht mehr weh.«

»Du bist ausgesprochen kultiviert«, schnurrte Baron Yutta. »Hat dir das Spiel gefallen, das wir gespielt haben? Ich werde es zur Belohnung noch einmal mit dir machen. Aber zuerst die Hexe.«

Krank vor Entsetzen schrak Isabeau gegen den harten Tisch zurück und beobachtete hypnotisiert, wie der Peiniger die Geräte in den glühenden Kohlen wendete. Ihr kam eine Idee. Sie konzentrierte sich auf die Kohlenpfanne und dachte an die Leere. Der Großinquisitor wandte sich rasch um, und sie erkannte, dass er die schwache Abkühlung der Luft und den leichten Geruch des Zaubers bemerkt haben musste, die bedeuteten, dass Magie gebraucht wurde. »Ach«, sagte er, »die Hexe benutzt ihre Zauberei.« Er bemerkte, dass das Feuer ausgegangen war, und sie erkannte erste Anzeichen von Zorn auf seinem Gesicht. »Schlau«, sagte er. »Die Frage ist, werd ich es wieder anzünden können?«

Er bearbeitete die Kohlen mit einem Blasebalg, während Isabeau wütend an die Leere dachte. Er versuchte, mit Feuerstein ein neues Feuer anzuzünden, aber jeder Funke erlosch einfach zu nichts. Schließlich wandte er sich wieder zu Isabeau um und lächelte. »Das wird interessant«, sagte er. »Wir können mit dem Feuer warten, bis du ein wenig schwächer bist.«

Er kam langsam auf sie zu, bis sein blasses, hageres Gesicht und die karmesinroten Gewänder ihr Sichtfeld ausfüllten. Er hob mit einer Hand erneut ihr Kinn an und sah ihr tief in die Augen. Sie erschauderte bei seiner Berührung, aber das schien ihm zu gefallen. Er streichelte ihre Wange und führte seine Hand dann langsam zu ihrer Körpermitte, zwischen ihre Brüste, über den Bauch und zwischen die Beine. Während er forschend in sie eindrang, drehte er mit der anderen Hand an einem Rad am Tisch. Ein quälender Schmerz schoss durch sie hindurch, als sich die Ketten an ihren Handgelenken und Knöcheln zu strecken begannen, und Isabeau schrie.

»Wunderbar«, sagte er und steckte ihr seine Finger in den Mund, sodass sie ihre eigenen Körperflüssigkeiten schmecken musste. Sie biss hinein, wusste kaum, was sie tat, und er riss die Finger mit einem Aufschrei weg und lachte dann. Er drehte das Rad erneut, und ihr ganzer Körper zuckte und verkrampfte sich. Sie fiel in einen roten Dunst halber Bewusstlosigkeit und spürte, wie er sie erneut streichelte. Dann riss sie ein beißender Geruch unter der Nase wieder ins Bewusstsein.

»Wer hat dich zur Rettung des *Uile-Bheist* geschickt? Woher wusstest du, wo die Großsucherin war?«

Isabeau fühlte sich zu elend, um antworten zu können, er beugte sich über sie, sodass nur seine hellen, wahnsinnigen Augen ihr Sichtfeld ausfüllten. Als sie schwieg, drehte er erneut an dem Rad, wenn auch nicht sehr fest, und Schmerzen gellten durch sie hindurch.

»Wer hat uns verraten? Wo ist die Rebellen-Hochburg? Sind dort Hexen? Wer hat dich die Eine Macht gelehrt?«

Isabeau überlegte, was sie sagen könnte, irgendetwas. Ihr Mund formte Meghans Namen, aber ihre Zunge wollte nicht gehorchen. Sie versuchte es ihm immer wieder zu sagen, aber ihre Stimme gehorchte ebenfalls nicht. Sie erinnerte sich dann daran, wie die weise Frau sie befragt hatte, mit ebenso wenig Erfolg, aber sie litt zu große Schmerzen, um über den Grund dafür nachzudenken.

»Sollen wir etwas anderes probieren?«, fragte der Peiniger und lächelte sein frostiges Lächeln. »Wie ist es mit den Daumenschrauben? Was ist dir lieber – die Streckbank oder die Daumenschrauben? Du hast die Wahl.« Isabeau schüttelte den Kopf, wimmerte, und er lehnte sich gegen sie. »Du willst doch bestimmt nicht, dass ich wähle, oder? Glaub mir, was ich dir gerne antun würde, ist viel schlimmer als diese beiden Dinge. Sag mir, meine Süße, was wäre dir lieber – die Streckbank oder die Daumenschrauben?«

»Nicht die Streckbank, nicht die Streckbank«, schrie sie, während jedes Gelenk ihres Körpers schmerzte und pochte.

Er lächelte. »Also willst du die Daumenschrauben? Eine interessante Wahl, mein Kind.«

»Nein, nein«, stöhnte sie, aber es war zu spät. Der Großinquisitor steckte die Finger ihrer linken Hand sanft in eine metallene Schraubvorrichtung. Er schlug den Deckel trotz aller Versuche Isabeaus, ihre Hand freizuwinden, zu und drehte dann die Knebelschraube, sodass die Metallzähne zusammengeführt wurden und ihre zerbrechlichen Knochen an den untersten Knöcheln zerquetschten. Isabeau wurde von heftigstem Schmerz erschüttert, und ihr ganzer Körper krümmte sich vor Höllenqualen. Als Blut und Knochenmark unter dem Schraubstock hervorsickerten, warf sie den Kopf zurück und heulte und sah dann durch den roten Nebel von Schmerz und Entsetzen unmittelbar über dem Kopf des Peinigers an einer Kette ein großes Eisenrad hängen. Mit aller Kraft ihres Geistes hakte sie ein Ende der Kette aus und beobachtete seltsam losgelöst, wie das Rad herabkrachte und den Peiniger am Hinterkopf traf. Als er langsam zu Boden sank, wurde sie erneut bewusstlos.

# Glossar

*Aedan MacCuinn:* der erste Rìgh, Hochlord von Eileanan. Er wurde Aedan Weißschloss genannt und stammte direkt von Cuinn Löwenherz ab (siehe Erster Hexensabbat). Im Jahre 710 vereinte er die sich bekriegenden Gebiete Eileanans bis auf Tìrsoilleir und Arran zu einem Land.
*Aedans Pakt:* Aedan MacCuinn begründete einen Pakt zwischen allen Einwohnern der Insel, die übereinkamen, in Eintracht miteinander zu leben und sich nicht in die Kultur des jeweils anderen einzumischen, sondern für Frieden und Gedeihen zusammenzuarbeiten. Die Fairgean weigerten sich, den Pakt zu unterzeichnen, und wurden deshalb ausgeschlossen, was die Zweiten Fairgeankriege zur Folge hatte.
*Ahdayeh:* Kampfkunst
*Alba:* die »mythische« Heimat, das Land, aus dem der Erste Hexensabbat entkam
*Alte Mutter:* ein Begriff der Khan'cohbans für eine weise Frau der Gemeinschaft
*Anghus MacRuraich:* Prionnsa von Rurach
*Arran:* südöstliches Land Eileanans im Besitz des Clans der NicFoghnan
*Aslinn:* stark bewaldetes Land im Besitz der MacAislins

*Bacaiche der Bucklige:* Meghans Cousin
*Banprionnsa:* Prinzessin oder Herzogin
*Banrìgh:* Königin
*Baumwandler:* Zauberwesen des Waldes. Kann die Gestalt eines Baumes gegen die eines menschenähnlichen Wesens eintauschen.
*Beltane:* 1. Mai, erster Tag des Sommers
*Berhtfane:* See in Clachan
*Blèssem:* Die Gesegneten Felder. Fruchtbares Ackerland südlich von Rionnagan im Besitz des Clans der MacThanach
*Buch der Schatten:* ein uraltes, magisches Buch, das am Tag der Abrechnung vernichtet werden sollte

*Caeryla:* die Hauptstadt der Highlands von Rionnagan. An den Ufern des Tuathansees erbaut, für seine Seeschlange berühmt. Regiert vom Clan der MacHamell.
*Carraig:* Land der Meerhexen. Nördlichstes Land Eileanans im Besitz des Clans der MacSeinn, die von den Fairgean vertrieben wurden und in Rhyssmadill Zuflucht nahmen.
*Celestine:* Rasse von Zauberwesen, berühmt für ihre empathischen Fähigkeiten und für die Kenntnis der Sterne und Prophezeiungen
*Clachan:* südlichstes Land Eileanans, eine Provinz Rionnagans, regiert vom Clan der MacCuinn
*Clàrsach:* Saiteninstrument, ähnlich einer kleinen Harfe

*Dide:* ein Jongleur und Mitglied des Untergrunds
*Donbeag:* kleines, braunes, spitzmausartiges Wesen, das durch die Hautsegel zwischen seinen Beinen über kurze Entfernungen fliegen kann.
*Drachenfluch:* ein seltenes und tödliches Gift, das einen Drachen töten kann
*Drachenklaue:* ein hoher, spitzer Berg im nordwestlichen Teil der

Sithicheberge. Von den Khan'cohbans die Verfluchten Gipfel genannt.
*Drachenstern:* Komet, der alle acht Jahre vorüberzieht. Auch Roter Wanderer genannt.
*Düsterwaid:* ein seltenes Kraut, das nur im Murkmyre vorkommt. Wächst auf Bäumen und heilt alles.
*Dùn Gorm:* die Rhyssmadill umgebende Stadt

*Eà:* die Große Erd-Gottheit, Mutter und Vater aller Wesen
*Eileanan:* größte Insel im die Fernen Inseln genannten Archipel
*Eine Macht:* die Lebensenergie, die allem innewohnt. Hexen beschwören die Eine Macht herauf, um ihre magischen Handlungen zu vollziehen. Die Eine Macht enthält alle elementaren Mächte der Luft, der Erde, des Wassers, des Feuers und des Geistes.
*Eisriese:* großes, im Schnee wohnendes Zauberwesen, das auf dem Rückgrat der Welt lebt
*Elementare Mächte:* die Kräfte der Luft, der Erde, des Feuers, des Wassers und des Geistes
*Elementenprüfung:* Sobald eine Hexe im Alter von vierundzwanzig Jahren im Hexensabbat vollkommen anerkannt ist, erlernt sie Fertigkeiten in dem Element, in dem sie am stärksten ist. Bei der Ersten Prüfung in jeglichem Element erlangen die Hexen einen Ring, der an der rechten Hand getragen wird. Wenn sie die Dritte Prüfung in einem der Elemente bestehen, werden die Hexen zu Zauberern oder Zauberinnen und tragen einen Ring an der linken Hand. Sehr selten erlangt eine Hexe einen Zauberinnenring in mehr als einem Element.
*Elfenkatze:* kleine Wildkatze, die in Höhlen und hohlen Baumstämmen lebt
*Enit:* eine Jongleurin, Großmutter von Dide und Nina
*Erster Hexensabbat:* dreizehn Hexen, die vor Verfolgung und Hexenjagden in ihrem Land flohen und einen großen Zauber he-

raufbeschworen, der die Struktur des Universums faltete und sie und ihre Angehörigen zu den Fernen Inseln brachte. Die zehn großen Familien Eileanans stammen alle vom Ersten Hexensabbat ab, wobei der Clan der MacCuinns der größte der zehn ist. Die dreizehn Hexen waren Cuinn Löwenherz, sein Sohn Owein vom Langbogen, Aislinna die Träumerin, Ahearn der Pferde-Laird, Berhtilde die strahlende Kriegerin, Fóghnan die Distel, Rùraich der Sucher, Seinneadair die Sängerin, Sian die Sturmreiterin, Tuathanach der Farmer, Brann der Rabe, Faodhagan der Rote und seine Zwillingsschwester Sorcha die Rote.

*Fairge; Fairgean (Pl.):* Zauberwesen, die sowohl das Meer als auch das Land zum Leben brauchen
*Feld:* studiert Drachenkunde, im Turm der Zwei Monde Mentor Khan'gharads, lebt jetzt in den Türmen der Dornen und Rosen
*Feuermacherin:* Abkömmling Faodhagans (siehe *Erster Hexensabbat*) und eine Khan'cohban

*Geal'teas:* langhörnige, im Schnee lebende Wesen, welche die Khan'cohbans mit Nahrung, Milch und Kleidung versorgen. Ihr sehr dichtes, weißes Fell ist hoch geschätzt.
*Geas:* eine Verpflichtung aufgrund einer Ehrenschuld
*Gehörnte:* eine Rasse wilder, gehörnter Zauberwesen
*Gemeinschaften:* die gesellschaftliche Einheit der Khan'cohbans, die in nomadischen Familiengruppierungen leben
*Gitâ:* ein Donbeag; Meghans Vertrauter
*Gladrielle die Blaue:* der kleinere der beiden Monde, von lavendelblauer Farbe
*Glynelda:* Großsucherin der Liga gegen Hexen und Regentin Caerylas
*Große Durchquerung:* als Cuinn den Ersten Hexensabbat zu den Fernen Inseln führte
*Große Treppe:* der Weg, der die Drachenklaue hinauf zum Palast

der Drachen und dann auf der anderen Seite des Gebirges nach Tìrlethan hinabführt

*Haven:* große Höhle, in der die Gemeinschaft des Roten Drachen den Sommer verbringt

*Isabeau das Findelkind:* Lehrling von Meghan von den Tieren
*Iseult vom Schnee:* Zwillingsschwester Isabeaus, auch Khan'derin genannt
*Ishbel die Geflügelte:* Windhexe, die fliegen kann. Mutter von Iseult und Isabeau.

*Jaspar:* Rìgh von Eileanan, verheiratet mit Maya der Unbekannten
*Jesyah:* Jorges Vertrauter, ein Rabe
*Jongleur:* ein fahrender Spielmann, Jongleur, Zauberkünstler, Spaßmacher
*Jorge der Seher:* ein blinder Zauberer, der die Zukunft sehen kann

*Khan'cohbans:* Kinder der Götter des Weiß; Zauberwesenrasse. Auf dem Schnee gleitende Nomaden, die auf dem Rückgrat der Welt leben. Eng verwandt mit den Celestine.
*Khan'gharad der Drachen-Laird:* Narbiger Krieger der Gemeinschaft der Feuerdrachen, Geliebter Ishbels der Geflügelten, Vater von Isabeau und Iseult
*Kreis der Sieben:* regierendes Konzil der Drachen, aus den ältesten und weisesten weiblichen Drachen gebildet
*Kristallsehen:* Wahrnehmung durch einen Kristall oder ein anderes Medium. Die meisten Hexen können kristallsehen, wenn ihnen das wahrzunehmende Objekt wohl bekannt ist.
*Krüppel:* Anführer der Rebellion gegen den Rìgh und die Banrìgh

*Lachlan:* jüngster Sohn von Parteta dem Tapferen
*Laird:* Gutsherr (Titel)
*Langschwert:* schweres, zweischneidiges Schwert, oft in Mannesgröße
*Latifa die Köchin:* Feuerhexe, Köchin und Haushälterin in Rhyssmadill
*Lavinya:* Partetas Ehefrau, Jaspars Mutter
*Leitstern:* das Erbe aller MacCuinns, Erbschaft Aedans. Wenn sie geboren werden, legt man ihre Hände auf ihn, und es wird eine Verbindung hergestellt. Wen auch immer der magische Stein anerkennt, ist Rìgh oder Banrìgh von Eileanan.
*Lichtmess* : Winterende und Frühlingsanfang
*Liga gegen Hexen:* von der Banrìgh Maya eingeführt
*Lucescere:* alte Stadt, auf einer Insel über den Schimmernden Wassern erbaut. Die traditionelle Heimat der MacCuinns und des Turms der Zwei Monde.

*Mac:* Sohn von
*MacBrann:* eine der zehn großen Familien; Abkömmlinge von Brann dem Raben
*MacCuinn:* eine der zehn großen Familien; Abkömmlinge von Cuinn Löwenherz
*MacRuraich:* eine der zehn großen Familien; Abkömmlinge von Rùraich dem Sucher
*MacSeinn:* eine der zehn großen Familien; Abkömmlinge von Seinneadair dem Sänger
*Magnysson der Rote:* der größere der beiden Monde, karmesinrot, allgemein als Symbol des Krieges und des Konflikts angesehen.
*Manissia:* eine weise Frau
*Maya die Verhexerin:* Banrìgh von Eileanan, Ehefrau von Jaspar
*Meghan von den Tieren:* Waldhexe, Zauberin der sieben Ringe:

kann mit Tieren sprechen. Bewahrerin des Schlüssels des Hexensabbats vor und nach der Verbannung Tabithas'.
*Mesmerd; Mesmerdean (Pl.):* ein geflügelter Geist oder Grauer; Zauberwesen aus dem Murkmyre, das seine Beute mit dem Blick hypnotisiert und ihr dann den Todeskuss verabreicht.
*Mithuan:* ein Heiltrank, der den Puls beschleunigen und Schmerz lindern soll
*Mondfluch:* eine halluzinogene Droge, aus der Mondblume destilliert
*Murkmyre:* die Sümpfe und Moore Arrans

*Narbige Krieger:* Khan'cohban-Krieger, die als Symbol ihrer Leistungen Narben tragen
*Nyx:* Nachtgeist. Düster und mysteriös, besitzt Kräfte der Täuschung und der Verbergung.

*Parteta der Tapfere:* früherer Rìgh von Eileanan, starb bei der Strandschlacht, bei der im Dritten Fairgeankrieg die Invasion der Fairgean abgewehrt wurde
*Prionnsa; Prionnsachan (Pl.):* Prinz, Herzog
*Prüfung der Macht:* eine Hexe wird zunächst an seinem oder ihrem achten Geburtstag geprüft. Wenn irgendwelche magischen Kräfte entdeckt werden, wird er oder sie ein Akoluth. Am sechzehnten Geburtstag werden die Hexen erneut geprüft, und wenn sie die Prüfung bestehen, dürfen sie Lehrlinge werden. Die Dritte Prüfung der Macht findet an ihrem vierundzwanzigsten Geburtstag statt. Wenn sie erfolgreich bestanden wird, wird der Lehrling im Hexensabbat vollkommen anerkannt.

*Ravenshaw:* stark bewaldete Region westlich Rionnagans, einst im Besitz des Clans der MacBrann
*Rhyllster:* der Hauptfluss in Rionnagan
*Rhyssmadill:* das Schloss des Rìgh am Meer

*Rìgh; Rìghrean (Pl.):* König
*Rieseneulen:* riesige, weiße Eulen; leben in den wilden Bergregionen
*Rionnagan:* zusammen mit Clachan und Blèssem die reichsten Länder Eileanans. Im Besitz der MacCuinns, Abkömmlinge von Cuinn Löwenherz, Anführer des Ersten Hexensabbats.
*Rote Garden:* Soldaten im Dienste der Banrìgh
*Roter Wanderer:* Komet, der alle acht Jahre erscheint. Auch Drachenstern genannt.
*Rückgrat der Welt:* die schneebedeckte Bergkette, die Eileanan teilt

*Säbelzahnpanther:* wilde Raubkatze mit gekrümmten Reißzähnen, die in entlegenen Bergregionen lebt
*Sani:* Dienerin von Maya der Verhexerin
*Schicksalsgöttinnen:* Die Spinnerin Sniomhar, die Göttin der Geburt; die Weberin Breabadair, die Göttin des Lebens; und die Fadenschneiderin, Gearradh, Göttin des Todes
*Schlüssel:* das heilige Symbol des Hexensabbats, ein mächtiger Talisman, den die Bewahrerin des Schlüssels, die Anführerin des Hexensabbats, trägt
*Seanalair:* Heerführer
*Seeschlange:* Zauberwesen, das in einem See lebt
*Seychella:* Windhexe. Von einem Mesmerd getötet.
*Sithicheberge:* nördlichstes Gebirge Rionnagans
*Sommerbaum:* Wappenbild des Clans der MacAislin, ein Baum, der vermutlich in den legendären Gärten der Celestine wächst. Von allen Zauberwesen des Waldlandes verehrt.
*Stechginster:* eine süß duftende Pflanze mit grauen Blättern und scharfen Dornen
*Sterngucker:* ein anderer Name für die Celestine

*Tabithas die Wolfsläuferin:* Bewahrerin des Schlüssels des Hexensabbats, bevor sie nach dem Tag des Verrats aus Eileanan verschwand
*Tag des Verrats:* Der Tag, an dem sich der Rìgh gegen die Hexen wandte, sie verbannte oder hinrichtete und die Hexentürme verbrannte. Von der Liga gegen Hexen Tag der Abrechnung genannt.
*Talent:* Hexen verbinden ihre Kräfte in den verschiedenen Elementen häufig zu einem mächtigen *Talent;* z. B. die Fähigkeit, Tiere zu bezaubern, wie Meghan.
*Theurgia:* eine Schule für Akoluthen und Lehrlinge
*Tìrlethan:* Land der Zwillinge; einst von Faodhagan und Sorcha, den Zwillingszauberern, regiert.
*Tuathansee:* der See in der Nähe von Caeryla
*Türme:* Die Türme der Hexen. Zwölf Türme, die in den zwölf Ländern Eileanans als Zentren des Lernens und der Hexerei erbaut wurden. Die Türme sind:

*Tùr de Aisling* in Aslinn (Turm der Träumer)
*Tùr na cheud Ruigsinn* in Clachan (Turm der Ersten Landung)
*Tùr de Ceò* in Arran (Turm der Nebel)
*Tùr na Fitheach* in Ravenshaw (Turm der Raben)
*Tùr na Gealaich dhà* in Rionnagan (Turm der Zwei Monde)
*Tùr na Ruoin Beannachadh* in Blèssem (Turm der Gesegneten Felder)
*Tùr na Rùraich* in Rurach (Turm der Sucher)
*Tùr de Ròsan is Snathad* in Tìrlethan (Turm der Rosen und Dornen)
*Tùr na Sabaidean* in Tìrsoilleir (Turm der Krieger)
*Tùr na Seinnadairean Mhuir* in Carraig (Turm der Meersinger)
*Tùr de Stoirmean* in Siantan (Turm der Stürme)
*Tùr na Thigearnean* in Tìreich (Turm der Pferde-Lairds)

*Tulachna Celeste:* ein heiliger Ort der Celestine. Im Faileaswald, nahe dem Tuathansee, Rionnagan.

*Tùr:* Turm

*Uile-Bheist; Uile-Bheistean (Pl.):* Scheusal

*Verfluchte Gipfel:* Bezeichnung der Khan'cohbans für die Drachenklaue

*Vermisste Prionnsachan von Eileanan:* die drei Brüder des Rìghs Jaspar – Feargus, Donncan und Lachlan. Verschwanden eines Nachts alle aus ihren Betten.

*Yutta:* Großinquisitor der Liga gegen Hexen

*Wulfrum:* Fluss, der durch Rurach verläuft

# Danksagungen

Der erste Faden dieser Geschichte wurde vor vielen Jahren gesponnen, und viele Hände haben dabei geholfen. An erster und wichtigster Stelle steht meine Mutter, die mich lesen lehrte, fast bevor ich laufen konnte. Viele der Wesen in diesem Roman haben ihre Namen ihr zu verdanken, und von ihr habe ich die große Liebe zu Wörtern und Begriffen geerbt. Mein liebevoller Dank gilt auch meinem Stiefvater Glyn für alles, was er im Laufe der Zeit für mich getan hat; meiner Tante Roz, die mir als Erste gezeigt hat, dass man mit Büchern in eine andere Welt reisen kann; meiner Großmutter Nonnie, einer gleichgesinnten Büchernärrin; meiner Schwester Binny, die mir jeden Abend Geschichten erzählte und meine erste Lektorin und Kritikerin war; meinem Bruder Nick, der immer für mich da war; und meinem Dad, der stets sagte, ich könne alles tun, was ich tun wolle.

Dank auch an meine Agentin Gaby Naher und meine Verlegerin Linda Funnell, die dieses Werk liebten und es zum Leben erweckten; an meine Lektoren Julia Stiles und Van Ikin für ihre harte Arbeit und viele nützliche Vorschläge sowie an alle meine Freunde und die Familie, in Anerkennung dessen, was sie während der Arbeit an diesem Buch gelitten haben. Als letztem, aber gewiss nicht unwichtigstem Beteiligten danke ich meinem Mann Greg, ohne den dieses Buch noch immer nur ein Traum wäre.